Vampire, Pech und P(f)annen

Allyson Snow

Prolog

»Verschwinde, Linett!«

Das waren die letzten Worte, die sie von Tony gehört hatte. Von ihrem geliebten Tony. Ihrem besten Freund und Mitbewohner. Er war mehr als nur ihr Freund gewesen. Er war der Bruder gewesen, den sie sich ihr ganzes Leben lang gewünscht hatte.

Sie war gerade in der Küche, als sich die Männer gewaltsam Zugang in die Wohngemeinschaft der beiden verschafften. Das Knirschen und Knacken des Holzes, als jemand das Schloss der Tür aufhebelte, würde sie niemals vergessen. Eine unheilvolle Ankündigung. Starr vor Schreck lauschte sie. Mit einem ohrenbetäubenden Krachen schlug die auffliegende Tür gegen die dahinter liegende Wand. Tonys Rufe, sie solle verschwinden, ließen Linett zusammenzucken, doch sie war unfähig sich zu rühren. Alles in ihr schrie danach, seinen Worten Folge zu leisten. Oder wenigstens den Notruf zu wählen.

Sie hatte nicht, wie viele annahmen, gesehen, wie Tony starb. Sie hatte es gehört.

Nach Tonys Ruf fiel der erste Schuss. Gefolgt von lähmender Stille. Sie erinnerte sich zu gut, wie sie an der Küchentheke gestanden hatte, das Messer in der Hand leicht erhoben, wollte sie doch gerade Zucchini für das gemeinsame Abendbrot schneiden. Es sollte Gemüsepfanne geben. Oder Ratatouille, wie man in Frankreich sagte. Das Blut rauschte ihr in den Ohren. Und dann folgte ein ohrenbetäubender Schrei. Es war erstaunlich, dass ein Mensch mit einer Kugel in der Brust noch derartige Töne von sich geben konnte. Der Schrei endete durch einen zweiten Schuss.

Und dann trat endgültig Ruhe ein.

Kapitel 1

Ein vermeintlich leichtes Spiel

Gelassen näherte sich der hochgewachsene Mann seinem Wagen, um sich hinter dem Steuer niederzulassen. Er zog ein Stück Papier aus seiner Sakkotasche und faltete es auseinander. In feiner, geschwungener Handschrift war darauf eine Adresse notiert, die er nun in sein Navigationsgerät eingab.

Bei der Adresse handelte es sich um einen relativ heruntergekommenen, nichtsdestotrotz hippen und angesagten Szeneclub. Jeremy Jansen selbst konnte diesen Ruf nur wenig beurteilen. Er wurde langsam zu alt für solche Dinge.

Das Einzige, was er dazu sagen konnte, war, dass sich der Club so ziemlich am Allerwertesten von Paris befand. Also in einem Vorort, in den sich kein Bürger mit einem normalen Leben wagen würde.

Trotzdem kannte sein Navigationsgerät die Adresse und lotste ihn sicher an sein Ziel. Jeremy hielt auf dem notdürftig befestigten Parkplatz und wäre am liebsten wieder umgedreht.

Das Gebäude machte den Eindruck, als könnte man sich allein beim bloßen Anblick die Pest holen. Fehlten nur noch Drogenjunkies und -dealer. Doch zu seiner Überraschung erspähte er keinen dieser zwielichtigen Gesellen, als er sich aus dem Wagen bequemte und in die Schlange am Einlass einreihte.

Die anderen Gäste waren eindeutig der Gothic- und Heavy-Metal-Szene zuzuordnen. Ihre Gesinnung zeigten sie mit Bandshirts des entsprechenden Genres. Gepaart mit einigen Piercings und schwarz oder kunterbunt gefärbtem

Haar. Die Damen waren mitunter so leichenblass geschminkt, dass er längst den Notarzt gerufen hätte, sollte seine Verabredung jemals so aussehen.

Allerdings gaben sich diese sehr viel Mühe mit ihrer Kleidung. Man(n) sah Röcke, die eher aus historischer denn aus moderner Zeit zu stammen schienen.

Warum hatte er diese Szene nicht schon vor Jahren entdeckt? Die Jagd nach hübschen, jungen Frauen schien hier noch einfacher zu sein als sonst. Zumindest bei den Damen mit den Röcken, die kaum bis über den Hintern reichten. Diese sahen nicht sonderlich prinzipienreich aus und wären ganz gewiss nicht einem gutaussehenden Mann um die Dreißig abgeneigt. Wenn sie dann erfuhren, dass sie sich auf einen Mann eingelassen hatten, der altersmäßig locker ihr Großvater sein könnte, war es bereits zu spät. Während er sich seine Gedanken machte, rückte er in der Schlange immer weiter nach vorn und landete schließlich vor einem freundlichen Türsteher. Dieser störte sich nicht an Jeremys zwar eleganten, jedoch zum Rest der Gäste eher unpassenden Kleidungsstücken und winkte ihn in das Innere des Clubs.

Der Raum war halbvoll. Wenn sich die wartende Meute vor dem Club vollständig hineingedrängt hatte, würde am Ende nur noch der Barkeeper ein wenig Armfreiheit besitzen. Bis zum Beginn der Veranstaltung waren es noch dreißig Minuten. Eine halbe Stunde, die er nutzte, um die Ausgänge zu besichtigen sowie das Alkoholangebot zu checken, welches nicht zufriedenstellend war (kein Scotch!).

Das Objekt seiner heutigen Begierde war eine junge Frau, und diese hatte heute Abend gefälligst das Zeitliche zu segnen. Linett war die Sängerin der Vorband, die das Publikum auf den eigentlichen Act des Abends einstimmte.

 7

Wie so viele hatte das Mädchen einfach nur Pech gehabt. Sie hatte Dinge in Paris gesehen, die sie besser nicht gesehen hätte, und anstatt den Mund zu halten und sich klammheimlich davonzuschleichen und unterzutauchen, war sie geradewegs zur Polizei gelaufen.

Ihre Geschichte war so brisant, dass sie schon bald dem leider cleversten Staatsanwalt der Pariser Gerichtsbarkeit ihr Liedchen singen sollte. Was dieser mit den Informationen anstellen konnte, wollten die Mitglieder der Pariser Mafia nicht herausfinden und hatten daher Jeremys Chef beauftragt, sich des Problems anzunehmen. Und da sein Boss gut zahlte, nahm Jeremy nun sogar ein geplatztes Trommelfell in Kauf. Das Schlagzeug erzeugte einen solchen Beat, dass er glaubte, das Fiepen in seinem Ohr nie wieder loszuwerden. Doch das sollte nicht die einzige Strapaze für seine Ohren sein. Das sollte Gesang sein?! Ernsthaft? Selbst Männer waren mitunter nicht zu einem solchen Gegröle in der Lage. Egal, wie dicht sie waren. War es nötig, hier zu warten? Hätte sie Mozart gespielt, dann hätte sich Jeremy vielleicht dazu überreden lassen, dem letzten Auftritt ihres Lebens beizuwohnen. So jedoch trampelte, äh, grölte sie lediglich seine Nerven zu Tode.

Das Mädchen war noch ein Weilchen beschäftigt, und es würde einfach sein, auch nach dem Auftritt an ihr dranzubleiben. Da konnte er seine vorhandene Zeit auch anderweitig verbringen. Das Brennen in seinem Hals und das leichte Unruhegefühl waren ihm nur zu gut bekannt. Er hatte Hunger. Zwar würde Jeremy schon bald das Blut von Linett kosten, aber warum sich mit weniger zufriedengeben, wenn hier mehr als ausreichend zweibeinige Nahrung herumlief?

Durch die Menge drängte er sich nach draußen. Der

Schweißgeruch wurde ohnehin langsam unerträglich und verursachte ihm gemeinsam mit den verschiedensten Gerüchen von Deo und Parfüm Übelkeit und Kopfschmerzen. Die kühle Nachtluft war ein hervorragendes Gegenmittel. Sein Blick wanderte zu der schwarzhaarigen Mittdreißigerin, die gelangweilt wie eine pubertierende Göre auf ihrem Kaugummi herumkaute und hin und wieder eine Blase damit erzeugte. Ihr entging nicht Jeremys Musterung, und ihr Blick wanderte nun ebenso prüfend über ihn.

»Hast dich wohl verlaufen, was?«, fragte sie ihn, jedoch keineswegs herablassend. Eher neugierig.

»Ich suche jemanden«, erwiderte Jeremy ruhig.

»Bist du von der Polizei?«

Ein Grinsen bildete sich auf Jeremys Zügen. Nicht, dass dieser Vergleich selten auftrat. Und doch war es der Lachhafteste, den man treffen konnte.

»Nein«, erwiderte er und die junge Frau schien erleichtert.

»Wir verticken hier nämlich keine Drogen. Gibt zwar immer welche, die uns das unterstellen, aber das ist nur, weil wir ihrer Meinung nach nicht der Norm entsprechen.«

Hörbare Verachtung schwang in ihrer Stimme mit. Das Los der verkannten Gruftis. Schon klar. Jeremy war in Wirklichkeit auch nur ein Teddybär mit zu spitz geratenen Zähnchen.

»Das hatte ich auch nicht angenommen. Gibt es hier in der Umgebung eigentlich noch mehr als diesen Schuppen?«

Nachdenklich ließ die junge Frau ihren Blick schweifen, als könnte ihr allein durch das Betrachten der Umgebung etwas einfallen. Jeremy hingegen behielt die Sicherheitsleute im Blick, deren Wachsamkeit langsam, aber sicher nachließ. Alle Besucher waren beim Konzert. Kaum einer lümmelte noch hier draußen herum, und die Security-Leute wühlten ihre ersten Zigaretten oder die Handys hervor.

»Da hinten gibt's noch ein schwedisches Restaurant. Soll aber nicht so gut sein«, teilte ihm die Gothic-Madame mit.

»Da hinten?«, wiederholte Jeremy und zeigte natürlich erst einmal in die falsche Richtung. Passend dazu machte er noch ein paar wenige Schritte um die Ecke des Gebäudes. Gerade ausreichend, um sich nicht zu weit von der Teufelsbraut zu entfernen, aber doch weit genug, sodass sie, wenn sie ihm folgte, aus der Sichtweite der anderen verschwand.

»Nein«, erwiderte sie. Ahnungslos wie sie war, stiefelte sie dem vermeintlichen Idioten, der nicht mal die richtige Richtung peilen konnte, geradewegs hinterher. Sie hob den Arm, um in die andere Richtung zu zeigen sowie ein paar passende Worte loszuwerden, da packte Jeremy sie bereits und zog sie an sich. Er hörte ihren erschrockenen Herzschlag ansteigen. Schockstarrt versuchte sie noch nicht einmal, zu schreien oder sich aus seinem Griff zu winden.

Innerhalb eines Wimpernschlages und ohne auch nur ansatzweise außer Atem zu sein, stoppte er mit seiner Beute einige Kilometer weiter, mitten im Wald. Er blickte hinab und starrte in zwei angstvoll aufgerissene, dunkelbraune Augen.

»Willst du versuchen, dich zu retten, oder akzeptierst du dein Schicksal?«, fragte er sie und ließ sie los.

Da er Zeit hatte, war Jeremy durchaus zu Spielen aufgelegt. Und hey, niemand sollte behaupten können, er würde keine Rücksicht auf die Wünsche Todgeweihter nehmen. Wortlos starrte sie ihn an, während sie zurückwich. Er konnte zusehen, wie sich die Rädchen in dem sonst so gelangweilten Gehirn drehten. War das Leben wohl nur noch halb so langweilig, wenn die Aussicht bestand, dass es bald vorbei war?

»Wenn du mich vergewaltigen willst, dann zieh dich schon mal warm an«, fauchte ihm sein Opfer nicht sonderlich überzeugend entgegen. Jeremy verdrehte die Augen.

»Bild dir nichts ein. Du bist zwar ganz süß, aber nicht so verführerisch, dass ich dich unbedingt haben muss. Das Einzige, was ich will, ist dein Blut. In eurer Szene sind Vampire doch nicht ganz ins Reich der Mythen verbannt, oder? Nun, du hast das Privileg, einem gegenüberzustehen.«

Von Freude oder gar Dankbarkeit über diese Ehre konnte bei der Frau jedoch keine Rede sein. Der Anblick seiner spitzen Zähne ließ sie lediglich entsetzt zurückspringen. Jeremy sah, wie sie in ihre Tasche nach ihrem Handy griff. Im nächsten Moment war er bereits bei ihr und riss es ihr aus der Hand. Ein Flug an den nächsten Baum ließ es in hunderte, unbrauchbare Einzelteile zerschellen.

»Ach ja, zu den Regeln: Hilfe holen ist nicht gestattet«, erläuterte der Vampir seelenruhig und strich ihr ein paar Haare beiseite. Sein Blick wanderte begierig über die ebenmäßige Haut, und wer genauer hinsah, konnte die Ader mit dem süßen, roten, köstlichen Saft pulsieren sehen. Jedenfalls so lange, bis sie nervös erneut von ihm wegstolperte.

»Du bist irre«, keuchte sie.

Da wandte man sich schon mal an die für Vampire aufgeschlossene Szene und erntete trotzdem nichts als Unglauben.

»Möglich. Je älter man wird und je mehr man tötet, umso abgeklärter wird man«, zuckte der Vampir die Schultern. »Wie heißt du überhaupt?«

»Warum willst du das wissen?«

»Vielleicht will ich dir ja einen Grabstein mit deinem Namen spendieren«, erklärte Jeremy leutselig. Sein freundliches Lächeln entblößte einmal mehr seine spitzen Eckzähne. Das war übrigens gelogen. Er würde dieser Frau auf keinen Fall etwas schenken. Er spielte mit ihr. Warum? Weil er es konnte.

»Lauf, kleines Häschen.«

Sie ließ sich nicht zweimal bitten. Es war lächerlich. Sie musste doch gemerkt haben, zu welchem Tempo er fähig war. Er konnte innerhalb weniger Sekunden viele Kilometer zurücklegen, und sie glaubte, sie könnte ihm zu Fuß davonlaufen? Vielleicht hätte er ihr ein Fahrrad besorgen sollen. Dann wäre diese Jagd wenigstens ein wenig aufregend. Jeremy schoss vor, packte sie und riss ihren Arm herum. Er brach wie ein trockener Zweig unter seiner Gewalt. Ihr schmerzgepeinigter Schrei hallte über die Lichtung. Schluchzend hockte sie auf dem Boden und presste den gebrochenen Arm an sich.

»Warum tust du das?«, schrie sie ihn an. Immer wieder versuchte sie, sich aufzurappeln. Erfolglos. Der Schmerz schwächte sie, während das Adrenalin in ihrem Körper jede verbleibende Kraftreserve mobilisierte. Eine interessante Mischung.

»Weil mir danach ist«, lautete die emotionslose Antwort Jeremys. »Ja, es stimmt. Ich könnte dich sofort töten und deinem Elend ein schnelles Ende bereiten. Aber das ist langweilig. Ich gebe dir eine weitere Chance.«

Die Jagd war eine dröge Angelegenheit. Ein Vampir war den Menschen in Kraft und Schnelligkeit haushoch überlegen. Selbst ein Förster hatte mehr Probleme, ein Reh aus der Ferne abzuknallen, als ein Vampir damit, einen Menschen zu töten. Die einzige Herausforderung bestand darin, sich einen Ort zu suchen, an dem man nicht gleich von hunderten Zeugen umzingelt war. Geheimhaltung war den meisten Vampiren doch heilig.

Wie ein Tiger auf dem Sprung hatte er damit begonnen, sie mit begierigem Blick zu umrunden. Das Aroma frischen, süßen Blutes umwehte sie. Ihr Herzschlag dröhnte in seinen Ohren, lieblicher als jede Musik. Das hier war eine gute Jagd.

Das menschenfreundliche Töten, vielleicht noch mit vorherigem Einschläfern, lag nicht in der Natur der Vampire. Sie waren Mörder. Und keinen Deut schlechter oder besser als die Menschen. Nur, dass sie in der Nahrungskette über den Menschen standen und darauf verzichteten, diese in großen Ställen zu halten. Die Menschen durften frei sein. So frei, wie es jedenfalls möglich war, und wenn sie Glück hatten, begegneten sie ihr Leben lang niemals einem hungrigen Vampir und starben eines friedlichen Todes.

Das unfaire Spiel zwischen Jäger und Gejagtem lag Jeremy und seinen Artgenossen ebenso im Blut wie den Menschen. Beschwerte sich das Reh, wenn es vom Jäger erschossen wurde? Hatte irgendwer Mitleid, wenn jemand ein Dutzend Rinder aus ihren Ställen holte und ihnen nacheinander das Bolzenschussgerät an die Stirn setzte? Ebenso wenig brauchte man es für unfair zu halten, dass Jeremy nun erneut seine vampirische Schnelligkeit nutzte.

Mühelos holte er die Frau ein, die es tatsächlich fünf Meter von ihm weggeschafft hatte. Endlich durchbohrten seine Zähne die weiche Haut an ihrem Hals. Ihr Winden hatte keinerlei Erfolg. Ihr Schrei verklang im Nichts, als köstliches Blut seinen Gaumen umspülte.

Nun galt es zu warten. Auf Linett. Ihren Aufenthaltsort hatte sie bisher gut verbergen können, auch mit Hilfe der Polizei, doch das hatte sich heute Abend geändert und noch etwas würde sich ändern: Linetts Gesundheitszustand.

Im Schatten der umliegenden Bäume verborgen, beobachtete Jeremy, wie Mademoiselle Roux, so hieß sein heutiges Opfer, durch den Hintereingang huschte und zielstrebig auf einen alten, verbeulten Toyota zusteuerte, sich hinter das Steuer setzte und mit einem Kavalierstart eilig davonfuhr.

Zeit, zu seinem eigenen Wagen zu eilen und sich unauffällig an die Stoßstange Linetts zu hängen.

Nun ja, das war nicht wörtlich zu nehmen. Zwischen ihnen herrschte ausreichend Abstand, sodass sie ihn auf dem engen Weg nicht sah, und in der Stadt würden genügend andere Wagen zwischen ihnen fahren. So folgte Jeremy der jungen Frau bis in ein kleines Dorf.

Er brauchte nicht viel Benzin zu verschwenden, um durch die Straßen zu patrouillieren, bis er endlich den kleinen, roten Toyota fand. Ein wenig Zeit ließ Jeremy Linett noch, bevor er schließlich den winzigen Gartenzaun überwand. Anstatt, wie üblich, den Hintereingang leise aufzubrechen (Es war gut, ein Vampir und so stark zu sein, dass man sich lediglich gegen eine abgeschlossene Tür lehnen musste, um diese ächzen und nachgeben zu lassen.), entschloss sich Jeremy zur direkten Konfrontation und klingelte an der Vordertür. Das Ergebnis sprach für die Theorie ›Frechheit siegt!‹, denn unsicher und sogar mit einer gusseisernen Pfanne bewaffnet, äugte Linett durch einen schmalen Spalt.

Ein Spalt, der ihm ausreichte, um die Tür zu fassen und sich nachdrücklich Zugang zu ihrem Heim zu verschaffen.

Seine Hand legte sich auf ihren Mund, um die Schreie zu dämpfen, und da sie die Pfanne in der falschen Hand hielt, blockierte sie sich selbst. Hätte sie ausgeholt, hätte sie lediglich die Tür getroffen. Doch selbst die Tatsache, dass er ihr die Pfanne aus der Hand wand, schien sie nicht aufgeben zu lassen. Ihre Finger gruben sich in seine Hand. Beharrlich versuchte sie, diese von ihrem Mund zu ziehen, und zugleich wollte sie sich seinem Griff entwinden.

Konnte die Kleine nicht einfach stillhalten, bis er die Zähne in ihrem Hals und in dem köstlichen Blut versenkt hatte?

War wohl zu viel verlangt, doch der Vampir wusste sich zu helfen. Jeremy ergriff mit der freien Hand ihre Handgelenke und drückte diese vor ihrer Brust zusammen, um Linett selbst gegen seine zu pressen. Ein unüberriechbarer Hauch von Adrenalin, das ihr Herz eilig durch ihre Adern pumpte, umwehte sie.

Kurz hielt Jeremy inne. Die Hölle mochte gefrieren und selbst dann würde jeder Vampir diesem unvergleichbaren Aroma huldigen, indem er sich die paar Sekunden gönnte, dieses zu genießen. Und um sicher zu gehen, dass sie kein Eisenkraut zu sich genommen hatte. Das Teufelszeug übte auf Vampire je nach Dosis nicht nur eine betäubende bis tödliche Wirkung aus. Es war zudem, wenn es im getrunkenen Blut enthalten war, damit zu vergleichen als würde ein Mensch flüssiges Blei trinken wollen.

Jeder Mensch, der Eisenkraut zu sich nahm, war also sicher vor Vampirbissen. Aber nicht vor dem Tod.

Den winzigen Moment seines Zögerns nutzte das kleine Biest, um ihm mit aller Kraft ihrer Panik den Bleistiftabsatz ihrer Highheels in die große Zehe zu rammen. Leider waren Vampire manchmal auch nur Menschen und ebenso anfällig für Schmerzen. Und das tat, verflucht nochmal, echt weh!

Unweigerlich lockerte sich sein Griff. Die ›Belohnung‹ folgte auf dem Fuße, denn das Mädchen nutzte die Bewegungsfreiheit, um ihm auch noch ihren spitzen Ellenbogen in den Bauch zu rammen. Ein gequältes ›uff‹ war die Antwort des Vampirs darauf.

Und sein Glückstag fing gerade erst an. Kaum frei,

schnappte sich das verflixte Weibsbild ihre Pfanne, nutzte den Schwung des Drehens und landete einen Volltreffer.

Benommen und mit dröhnendem Schädel sackte der Vampir auf die Knie, gleichzeitig redlich bemüht, sich am Kühlschrank festzuhalten und wieder auf die Beine zu kommen.

Klappte nur nicht so ganz.

Jeremys Blick fixierte die schwarze Haarpracht, die hektisch an ihrem Rücken auf und nieder wippte. Inzwischen sollte sie längst tot sein und nun kramte sie entspannt in einer Keksdose?! Völlig egal, ob sie nun Kekse essen wollte! Der Vampir raffte sich auf und während er auf Linett zustürzte (taumeln wäre der passendere Ausdruck), drehte sich das Mädchen mit einer 45er zu ihm herum und drückte ab.

»Verdammter Mist!«, fluchte der Blutsauger und zog sich fahrig eine Kanüle aus dem Bauch.

Dass sie wissend über Vampire und ihre Schwächen war, hatte ihm niemand gesagt! Sonst hätte er damit gerechnet, dass sie Eisenkraut im Haus hatte und zwar in Dosen, die einen Elefantenbullen niederstrecken konnten. Das typische Schwindelgefühl erfasste ihn, und das Letzte, woran er sich erinnern konnte, war, dass er sich wieder einmal auf den Knien wiederfand und Linett ihn mit großen Augen für einen Moment anstarrte, bevor sie sich scheinbar ein Herz fasste, seine Hand nahm und ihn mit sich zog. Im Nachhinein betrachtet machte das keinen Sinn.

Kapitel 2

Des einen Glück, des anderen Pech

Aber irgendwie doch. Jeremys Verwirrung war unbeschreiblich, als er irgendwann mit einem Brummschädel erwachte, den man in der Regel nur nach dem Konsum von zehn Flaschen Absinth bekam. Er versuchte, sich das Gesicht zu reiben, um wieder ein wenig klarer zu werden, bekam jedoch lediglich eine Hand auf die erforderliche Höhe. Die andere blieb, gepaart mit einem metallischen Klirren, nur eingeschränkt nutzbar.

Im ersten Augenblick glaubte Jeremy, er wäre zu Hause und seine Geliebte würde sich erstens einen Spaß erlauben und zweitens ein erotisches Abenteuer starten wollen. Diese Illusion hielt jedoch nur so lange an, wie Jeremy brauchte, um sich zu erinnern, dass seine letzte Bettgespielin den Weg aller Sterblichen gegangen war.

Genau genommen war seine letzte Bettgespielin eine im Club aufgerissene Nymphomanin gewesen, die es eben nicht überlebt hatte, mit einem hungrigen Vampir im Bett zu landen. Aber er schweifte ab. Zudem passte die rotierende Decke überhaupt nicht zu seiner Wohnung. Diese Decke hier war nicht weiß. Sie war es vielleicht einmal gewesen, das war jedoch lange her. Sie war einfach nur schäbig. Ebenso wie der Rest der Einrichtung, wie der Vampir mit leicht schwankendem Rundblick feststellte.

Die Vorhänge waren zugezogen. Scheinbar hatte ihm ausgerechnet Linett die Qualen des Sonnenlichtes ersparen wollen, dafür hatte sie ihm aber eine ganz andere

Überraschung dagelassen: Er war nackt! Bis auf die Unterhose! Ach Quatsch, selbst die hatte ihm dieses Weib nicht gelassen! Er hatte doch nicht, oder? War das Eisenkraut mit Viagra versetzt gewesen?

Unsinn, so etwas gab es nicht. Selbst wenn. Bei der Dröhnung Eisenkraut wäre er niemals lang genug bei Bewusstsein geblieben, um überhaupt zu irgendetwas brauchbar zu sein, geschweige denn zu einer erotischen Zwischeneinlage.

Der Uhrzeit nach zu urteilen, die ihm ein Wecker auf dem Nachtschränkchen anzeigte, hatte er in seinem Eisenkraut-Rausch den halben Tag verschlafen. Auch wenn der Erholungseffekt praktisch nicht vorhanden war.

Bis zur Dämmerung würden noch ungefähr vier Stunden vergehen, die er zwangsläufig abwarten musste. Die Tränke, die dafür sorgten, dass er sich unbekümmert ins Sonnenlicht begeben konnte, waren in seiner Sakkotasche. Und besagtes Sakko war weg.

Testweise riss der Vampir an der Handschelle (die Erklärung für seinen eingeschränkten Arm). Natürlich, Handschellen aus einem Hexenladen. Da Vampire jede Fessel zu sprengen wussten, gleichgültig aus welchem Material, gab es talentierte Hexen, die sich einen gewinnbringenden Spaß daraus machten, Handschellen und sonstiges mit ihren Zaubern zu ›tunen‹. Dank deren Magie war eine bloße Handschelle für einen Vampir ebenso stabil und unzerstörbar wie für einen Menschen. Und als besonderes Extra war es einem gefangenen Vampir noch nicht einmal möglich, den Einrichtungsgegenstand zu zerlegen, an dem der Rest der Handschelle befestigt war, denn dieser war durch den Zauber und die Berührung der Fessel ebenso massiv und standhaft geworden. Magie also, die das Kräfteverhältnis zwischen einem Vampir und einer Handschelle wiederherstellte, so wie es die Menschen gewohnt waren. Doch sollte man sich als Vampir besser nicht beklagen. Bisher war noch keine Hexe fähig gewesen (oder hatte es als notwendig erachtet), die Fesseln so zu verzaubern, dass sie es dem Vampir nicht nur unmöglich machte, sich zu befreien, sondern ihm auch sämtliche übermächtigen Kräfte raubte. Diese Gemeinheit war bisher allein dem Eisenkraut vorbehalten. Sich einem gefesselten Vampir zu nähern, war also nicht ratsam. Vielleicht hätte Linett ein entsprechendes Warnschild hier aufstellen sollen. Im Falle, es verirrte sich jemand hierher.

Frustriert seufzte der Vampir. Wenn nicht durch Zufall jemand vorbeikam, würde er hier elendig verhungern. In seinem ganzen Leben war ihm noch nie ein solcher Mist passiert!

Klar. Wenn man sich mit einem anderen Vampir anlegte und dieser älter und/oder besser vorbereitet war, konnte es durchaus vorkommen, dass man in kurzzeitige Bedrängnis kam. Die Tatsache, dass er lebte (was man von den anderen wiederum nicht behaupten konnte), sprach eindeutig für ihn. Aber noch nie (nie!) war er von einer schwachen Sterblichen besiegt worden! Das Mädchen wusste viel. Zu viel. Und das nicht nur über die Machenschaften der Pariser Mafia.

Bevor die deprimierenden Gedanken über seinen tagelang andauernden Hungertod überhandnehmen konnten, fiel ihm ein sachtes, metallisches Funkeln ins Auge. Hinter dem Wecker lag ein kleiner Schlüssel. Könnte passen.

Offenbar hatte Linett nicht vor, ihn verhungern zu lassen. Sie hatte sich jedoch auf diese Weise einen Tag Vorsprung gesichert.

Und hoffentlich hatte sie eine Kamera installiert, sodass

wenigstens eine ihren Spaß an dem Kommenden hatte. Mit dem Arm an die rechte obere Seite des Bettes gefesselt, war es nun an ihm, an den Schlüssel zu kommen, der auf dem Nachtschränkchen auf der linken Seite des Bettes lag. Da es sich nicht um ein Bett handelte, das lediglich neunzig Zentimeter breit war, musste der Vampir nicht nur eine Gliedmaße verrenken, um an den Schlüssel zu gelangen. Das scharfkantige Metall grub sich schmerzhaft in sein Handgelenk, als er den kleinsten Millimeter Bewegungsspielraum gnadenlos ausreizen musste. Begleitet von üblen Flüchen gelang es ihm schließlich, den Schlüssel zu erwischen. Und tatsächlich: Er passte!

Sein Kreislauf war über diese sportliche Einlage nur mäßig erfreut. Jeremy musste für einen Moment still liegen bleiben, damit das Drehen in seinem Kopf wieder nachließ. Doch ihm stellte sich schnell das nächste Hindernis in den Weg. Auf dem Flur herrschte noch immer Tageslicht und das war, wie gesagt, ohne schützenden Trank brandgefährlich. Und zwar im wahrsten Sinne des Wortes! Jeremy würde Linett nicht den Gefallen tun, wie ein Berg Kohle in Flammen aufzugehen.

Da Jeremy ohnehin nichts Besseres zu tun hatte, lauschte er in die Stille des Hauses hinein. Der Vogel war, wie erwartet, ausgeflogen. Der Leere der Schränke nach zu urteilen, die der Vampir nun durchsuchte, würde sie wohl nicht zurückkehren.

Mist, verfluchter. Linett war nicht das naive, unwissende Mädchen, für das er sie gehalten hatte. Auch wenn sie eindeutig zu Übertreibungen neigte. Ihn auszuziehen und ans Bett zu fesseln, war absolut nicht nötig gewesen! Zumindest nicht, solange sie nicht vorhatte, ihn zu töten.

Damit sich die Aktion lohnte, hätte sie ihm weder einen

Schlüssel dalassen, noch die Vorhänge zuziehen dürfen. Zwar war er gewiss nicht undankbar, aber ohne ihre Gutmütigkeit hätte sie nun einen Verfolger weniger an den Hacken. Nun, ihm konnte es nur recht sein. Er war es zwar nicht gewohnt, eine zweite Chance zu benötigen, aber er war auch nicht so dumm, sie nicht zu ergreifen.

Die Stunden bis zur Dämmerung zogen sich ewig hin. Gelangweilt und ungeduldig tigerte der Vampir in dem Schlafzimmer auf und ab und überlegte sich die nächsten Schritte. In diese Grübeleien versunken, vergingen auch die längsten Stunden, und so konnte er sich nach dem Sonnenuntergang endlich frei durch den Rest des Hauses bewegen. Seine Kleidung fand Jeremy im Flur des Erdgeschosses, ordentlich zusammengefaltet. Eine Irre mit Ordnungswahn? Seine Tränke und sein Handy waren ebenfalls vorhanden.

Die Jagd konnte also weitergehen.

Viele Möglichkeiten gab es für Linett nicht. Entweder sie versuchte aus der Stadt zu verschwinden oder sie blieb. Jeremy hatte sich über ihre Finanzen informiert. Die waren mehr als schlecht. Sie war mit ihrer Band zwar bekannt, der Großteil der Einnahmen schien jedoch in den Händen der Manager zu landen. Dank eines Besuchs auf dem Server des Musikproduzenten wusste er, welche Strafe Linett und ihren Jungs blühte, wenn sie einen Auftritt nicht wahrnahmen. Die zu zahlende Summe war horrend und jenseits von Gut und Böse. Glücklicherweise war dort auch eine Liste der Auftritte abgelegt. Sehr vorbildlich mit Ort und Datum. Der Auftritt am heutigen Abend in einem weiteren Club war vorerst der letzte Termin. Sehr bedauerlich für Linett, dass sie diesen nicht mehr erleben würde. Und bis es so weit war, konnte Jeremy die Zeit für einen weiteren Auftrag nutzen.

Dazu musste er in die Innenstadt. Inzwischen brach die Dunkelheit über der Stadt herein.

In seinem Wagen verschmolz Jeremy völlig mit der Umgebung, als er schließlich die Scheinwerfer ausschaltete. Es handelte sich um ein altes Fabrikgebäude und die Zentrale eines halbwegs bekannten Zeitungsverlages. Dessen Reputation ging vor einigen Tagen völlig in den Keller, als einer der Journalisten einen Artikel darüber veröffentlicht hatte, dass die Menschheit nicht die am höchsten entwickelte Spezies auf diesem Planeten war.

Selbst um diese Uhrzeit waren die meisten der Fenster beleuchtet, und auch der dicke Pförtner hockte unmotiviert in seinem kleinen Kämmerchen.

Selbstsicher spazierte der Vampir durch das Großraumbüro. Hin und wieder kreuzten leicht manisch wirkende Mitarbeiter seinen Weg, die gehetzt auswichen, um an ihm vorbei wohin auch immer zu sprinten. Andere wiederum hockten wie Affen über ihre Tastaturen gebeugt und hämmerten darauf herum als hinge ihr Leben davon ab, während die Nächsten völlig entspannt in ihren Stühlen lümmelten, telefonierten oder sich durch Bilder klickten.

Niemand schien sich daran zu stören, dass der Vampir geradewegs in das Büro des Chefredakteurs spazierte. Soweit Jeremy wusste, war dieser maßgeblich für den unglaubwürdigen, wenn auch ärgerlichen Zeitungsartikel verantwortlich.

»Wer sind Sie?«, fragte dieser und sah unwirsch von seinem Stapel Papier auf. Die Brille hatte er auf die Stirn geschoben und durch die Bewegung krachte sie ihm wieder auf die Nase zurück, was ihm ein irritiertes Blinzeln entlockte. Dick Thompsen war um die 40 Jahre alt, Engländer, von großer und sportlicher Statur und zog mit seinen grau melierten Haaren sicherlich eine Schar schwärmender Damen hinter sich her.

»Jemand, der Ihnen Grüße von Jason Harris überbringt«, erwiderte der Vampir gelassen und weidete sich an der entsetzten Reaktion seines Gegenübers.

Thompsens Augen wurden größer und traten ein wenig aus den Höhlen, während seine ganze Körperhaltung in zittrige Anspannung verfiel. In einer hektischen, unbewussten Bewegung lockerte der Mann seinen Krawattenknoten. Zu Jeremys Unmut entblößte er so ein kleines Kreuz um den Hals und zauberte nun einen nicht sehr freundlich aussehenden Pflock aus seiner Schublade hervor. Wie unangenehm. Aber auch ein wenig langweilig.

»Ich dachte, Sie wären ein Sportschütze. Warum haben Sie nur einen Pflock in Ihrer Schreibtischschublade?«, fragte Jeremy. So war es wirklich kein Wunder, dass er sich zu sehr an leichte Fälle gewöhnte. Es war doch immer interessanter, wenn das Opfer ein wenig Gegenwehr zeigte. So wie Linett. Diese Furie zu töten, würde nach deren Aktion ein hoher Genuss sein.

»Es ist unhöflich, sich nicht vorzustellen«, erwiderte Thompsen und versuchte sich darin, eine Fassade der Furchtlosigkeit aufzubauen.

»Es ist unhöflich, sich in die Angelegenheit anderer einzumischen und Fragen nicht zu beantworten«, erwiderte Jeremy gelassen und schloss die Bürotür hinter sich. Ohne Thompsen aus den Augen zu lassen, griff Jeremy nach den Bändern der Jalousien und ließ den metallenen Vorhang herunter. Es hielt nicht nur die Blicke der Neugierigen durch die transparenten Glaswände draußen. Es war eine einfache Tätigkeit, und doch wusste Jeremy um die beunruhigende Wirkung. Dem Bedeutungsschwangeren konnten sich die meisten nicht entziehen, und es machte Spaß, jemanden so einfach aus der Fassung zu bringen. Auch wenn, Respekt, Thompsen standhaft versuchte, gelassen zu scheinen. Allein seine Körperreaktionen auf Stress und das Adrenalin in seinen Adern verrieten ihn.

»Die Menschen haben ein Recht darauf zu erfahren, dass unter ihnen Vampire leben, die regelmäßig welche von ihnen töten«, zischte der Mann nun verärgert.

Jeremy zog nur die Augenbrauen nach oben.

»Das meinte ich zwar nicht, auch wenn sich Ihre Artikel nicht gerade sonderlicher Beliebtheit unter Vampiren erfreuen.«

Jeremys Gegenüber schaute nun etwas verwirrt drein, nickte dann aber verstehend. Der Vampir hingegen befand, dass es nicht seine Aufgabe war, Menschen vor ihrem Tod die Gründe für ihr Ableben zu erklären. Glück für den Mann, dass er von selbst darauf kam.

»Und weil ich Ihrem Chef nicht nur unterstellt habe, ein Vampir zu sein, sondern auch noch seine Verbrechen aufgedeckt habe, wollen Sie mich nun töten.«

Es klang mehr wie eine Feststellung als eine Frage, und würde sich Jeremy nur einen Funken für sein Gegenüber interessieren, würde er zugeben müssen, dass der Gute auch weiterhin Courage bewies. So manch anderer wäre bereits hysterisch in Tränen ausgebrochen.

»Bilden Sie sich nicht zu viel ein. Beweise haben Sie ebenso wenig wie alle anderen«, erwiderte Jeremy gelassen und näherte sich Thompsen mit zwei kleinen Schritten. Erheitert verfolgte er, wie sich Thompsen versteifte, auch wenn er weiterhin seinen Blick fest auf Jeremy hielt.

»Ich habe die Macht der Presse. Sein Ruf ist ruiniert. Beweise werden andere finden. Und einen toten Chefredakteur wird man unweigerlich mit Ihnen in Verbindung bringen. Denn mit Verlaub, die zeitliche und räumliche Nähe ist doch frappierend«, spottete Thompsen nun.

Jeremy sah die Schweißperlen, die sich auf seiner Stirn bildeten. Da der Blutsauger sich heruntergebeugt hatte und seine Nase auf der Höhe von Thompsens hatte, konnte Jeremy in dessen schreckhaft geweiteten Pupillen das rötliche Glühen seiner eigenen Augen wie in einem Spiegel sehen.

Der Chefredakteur zog scharf die Luft ein. Jeremy zeigte dafür seine Beißerchen. Man hatte ja sonst keinen Spaß.

»Damit haben Sie nicht unrecht. Um auf Ihre Frage zurückzukommen: Ihr Tod ist gewiss. Natürlich. Aber vorher werden Sie uns noch einen kleinen Dienst erweisen.«

Und wieder einmal wurde Jeremy bewiesen, wie dumm Menschen im Angesicht des Todes reagierten. Thompsen zog im Drang der Verzweiflung den Pflock nach oben und stach damit nach dem Vampir. Dieser entriss ihm das Stück Holz so heftig, dass er ihm fast die Hand brach.

Das ›fast‹ in diesem Satz war im Übrigen nicht akzeptabel. Mit unnachgiebigem Griff platzierte er Thompsens Hand auf dem Schreibtisch und jagte das spitze Holz durch dessen Handfläche. Mit der nun freien Hand drückte er Thompsens Kopf gegen seine Hüfte und erstickte dessen gepeinigten Schrei, indem er ihm den Mund zuhielt. Ein Zittern ging durch den Mann, gefolgt von einem armseligen Wimmern.

»Sie haben die Wahl. Entweder Sie tun, was ich von Ihnen verlange, oder es werden noch weitere Teile von Ihrem Körper ähnliche Löcher erhalten. Ich kann Ihnen sagen, dass das ein sehr schmerzhafter Tod ist. Es ist wichtig, keine lebenswichtigen Organe oder Arterien zu treffen. Bei meiner Übung kann ich Ihren Todeskampf über mehrere Tage hinziehen«, erläuterte Jeremy dem bebenden Mann geduldig.

»Nun?«, hakte er nach, als er eine Weile keine Reaktion erhielt. Erst als er erneut nach dem Pflock griff, nickte Thompsen hektisch, und Jeremy nahm die Hand von seinem Mund.

»Im Übrigen wäre es nicht empfehlenswert zu schreien. Ich bin sowieso schneller als alle anderen«, warnte er Thompsen. Dessen Gesicht hatte die Farbe der angegrauten Tapete übernommen, und erschüttert starrte er auf seine Hand, die noch immer auf den Tisch genagelt war. Jeremy seufzte. Ach ja, das war natürlich immer das Hinderliche. Er zog erst ein Tuch aus seiner Tasche und dann den Pflock aus der Hand. Immerhin gab Thompsen nicht mehr als ein gequältes Wimmern von sich, selbst als Jeremy seine Hand nachlässig verband.

»Was soll ich tun?«, fragte Thompsen nun kaum hörbar.

Gerade rechtzeitig parkte Jeremy abrupt in einer Nebenstraße. Linett schien sich lediglich in der Öffentlichkeit und in ihrem Wagen sicher zu fühlen. Die kurze Distanz zwischen ihrem Auto und dem Eingang des Clubs versuchte sie mit einem Sprint hinter sich zu bringen. Sie lief schnell, doch nicht schnell genug für den Vampir. Dieser war mit einem kurzen Blick auf das Mädchen sicher, dass sie keine Pfanne unter dem Rock trug (sah zumindest nicht danach aus), ignorierte die noch immer leichte Dämmrigkeit in seinem Kopf (verdammtes Eisenkraut) und bewegte sich in übernatürlicher Geschwindigkeit auf Linett zu. In altbewährter Art sorgte er dafür, dass sie nicht den gesamten Club nach draußen kreischte und zog sie mit sich in eine der abgeschiedenen Nebengassen.

»Au!«, empörte sich Jeremy und verpasste Linett eine Ohrfeige.

Das Weib hatte keine Manieren, ergo brauchte sie keine von ihm zu erwarten. Außerdem schlug er nicht hart zu. Okay, okay, sie taumelte zu Boden. Wer jedoch einen Vampir in die Hand biss, musste mit dem Echo leben.

Inzwischen hatte sich ein rot glühender Schimmer in seine Augen geschlichen. Ein eindeutiges Zeichen, das bei einem Vampir entweder auf ausgeprägten Zorn oder Hunger schließen ließ. Bei ihm war eindeutig Ersteres der Fall. Dieser scharlachrote Ton entging auch Linett nicht und steigerte ihre Panik. Er konnte selbst über den Lärm der Stadt hinweg den hektischen Herzschlag hören, der das Adrenalin durch ihre Adern pumpte. Mit rücksichtslosem Griff drückte Jeremy sie gegen die kalte Hauswand. Ein Griff in ihre Jacke und ihre 45er schlitterte über den Boden unter eine Mülltonne.

»So gefällt mir das besser«, knurrte Jeremy.

Ja, er wusste es selbst: Es war schon ein wenig erbärmlich, dass er offenbar erst gegen das Mädchen ankam, wenn sie unbewaffnet und völlig verängstigt war. Er stand jedoch drüber. Es entwickelte sich langsam, aber sicher zu einer persönlichen Angelegenheit. Da sie kein Eisenkraut zu sich nahm (Warum eigentlich nicht?), wollte er ihr nicht nur das Genick brechen, sondern ihr das köstliche Blut stehlen, das durch ihre Adern floss.

»Hey, was ist hier los?«, erklang eine männliche Stimme hinter ihm.

Der Vampir war zu sehr auf Linett (die inzwischen einen leicht erstickten Eindruck machte) fixiert gewesen, um auf Schritte in seinem Rücken zu achten. Genervt gab der

Vampir ein Seufzen von sich. Seine Hand war natürlich rein ›zufällig‹ zu ihrem Hals gewandert. Vielleicht, weil er eine solche Wut auf das Frauenzimmer hegte, dass der Gedanke, sie zu erwürgen ungemein befriedigend erschien.

Die Resignation in den braunen Augen Linetts wich ungläubiger Freude. Sie zögerte keinen Moment, sich nachdrücklich aus seinem inzwischen lockeren Griff zu befreien und zuzusehen, dass sie aus seiner Reichweite kam.

»Er ist nur ein Idiot, der einen lockeren Flirt zu ernst genommen hat«, erwiderte Linett die Frage, gepaart mit einem verächtlichen Blick, den Jeremy mit einem mordlüsternen beantwortete.

»Das sah mir aber nicht nur nach einem missverstandenen Flirt aus!«, murrte einer der beiden Männer, die sich anhand der Uniformen als Streifenpolizisten herausstellten und sichtlich etwas gegen Jeremys rüdes Verhalten hatten.

Nun gut, vor dem Hintergrund, dass Jeremy soeben einen Mord versucht hatte (im Übrigen wieder einmal erfolglos), konnte man das durchaus nachvollziehen. Versuchter Mord (Jeremy würde es eigentlich auch eher als Notwehr deklarieren) wurde von den wenigsten Ordnungshütern entspannt aufgenommen.

In Anbetracht der Tatsache, dass die beiden vorsichtshalber ihre Dienstwaffen gezückt hatten, hielt es Jeremy für angebrachter, sich vorerst ruhig zu verhalten und davon abzusehen, sofort die lästigen Zeugen zu beseitigen.

Erstaunlicherweise verzichtete Linett darauf zu erklären, dass er bereits zum zweiten Mal versucht hatte, sie zu töten. Was auch immer sie sich dabei dachte, sie beharrte trotz der skeptischen Nachfragen der Polizisten auf ihrer Version. Für ihn selbst immer noch ein Grund, sich zu wundern, denn gepaart mit ihrer Geschichte, was den Mord an ihrem

Mitbewohner betraf, könnte sie ihm mit der Wahrheit eine ordentliche Portion Ärger bescheren. So wie der Vampir erstaunt war, waren die Polizisten im gleichen Maße unzufrieden.

»Geh nach Hause und komm morgen beim Präsidium vorbei«, rieten sie ihr nicht sonderlich überzeugt, um sich dann wesentlich unfreundlicher dem Vampir zuzuwenden.

»Und Ihnen wird eine Nacht im Knast ganz guttun, um zu lernen, wie man Damen behandelt!«, blaffte ihn der größere der beiden an, was bei Jeremy für einen spöttischen Gesichtsausdruck sorgte. Wollten sie ihn verhaften?

Doch Jeremys Aufmerksamkeit wanderte schnell wieder zu seinem abtrünnigen Opfer, und frustriert musste er mit ansehen, wie sich Linett eilig vom Ort des Geschehens entfernte. Logisch, dass sie nicht auf ihn warten wollte, um sich wieder einfangen zu lassen.

»Umdrehen!«, herrschte ihn der Polizist bereits zum zweiten Mal an und griff nach seinem Arm.

Man konnte es nicht oft genug betonen: Menschen waren dumm. Man nehme zwei Männer, die mit ihren Knarren aus sicherer Entfernung auf einen Vampir zielten, und man würde einen Vampir erhalten, der sich kooperativ verhielt. Auch wenn die Selbstheilung einiges richten konnte, standen doch die wenigsten Vampire auf Schmerzen. Und Kugeln taten von Natur aus weh! Aber was machten diese beiden erbärmlichen Wichte? Sie stapften geradewegs in Jeremys Reichweite!

Viel Zeit zum Bereuen hatte keiner von ihnen, denn der Vampir schleuderte den Ersten mit Leichtigkeit gegen seinen Kameraden, sodass beide fluchend und stöhnend ineinander verkeilt zu Fall kamen. Der kräftige Vampir verlor keine Zeit und zögerte nicht, dem Kleineren das Genick zu brechen und dem anderen die zweifelhafte Ehre zuteil-werden zu lassen, als Jeremys Snack zu enden. Betörend aromatisch hinterließ dessen Blut einen metallischen Nach-geschmack auf seiner Zunge, und viel zu schnell war dieser kurze Rausch der Glückseligkeit vorbei. Doch endlich ver-flüchtigten sich auch die letzten Nebenwirkungen des Eisenkrautes, und sein Kopf wurde wieder klar wie eh und je. Achtlos ließ er den erschlafften Körper auf den Boden fallen, wischte sich mit dem Daumen den letzten Rest Blut von den Lippen und sah zu, dass er zu der Straße zurück-kehrte, in der Linett geparkt hatte.

Natürlich. Der Wagen war fort. Fluchend trat der Vampir gegen eine der Mülltonnen, die prompt mit einem lauten Knall umkippte und ihren stinkenden Inhalt über die Straße verteilte. Mit einem angewiderten Blick verzog sich der Vampir in eine andere Ecke, die nicht seine überempfindli-chen Geruchssinne beleidigte.

Das Mädchen entwickelte sich zu einer Herausforderung. Sie hatte mehr Glück als Verstand. Was man von den beiden toten Polizisten nicht behaupten konnte.

Deren Leichen versenkte Jeremy mit einem Bündel Steine in einem offen stehenden Abwasserkanal. Wenn sie in ein paar Tagen wieder hochkamen, würde niemand an den aufgedunsenen Leichen nach einer Bisswunde suchen.

Kapitel 3

Wenn die Maus die Katze in die Falle lockt

Es war geradezu lächerlich einfach.

Jeremy fand Linetts verbeulten Toyota am nächsten Bahnhof. Der schnelle Check von Linetts Konto über sein Smartphone (ja, ja, die Segnungen der Technik) zeigte die Abbuchung für ein Zugticket. Sogar der Zielort war bei der Buchung angegeben. Er liebte die Genauigkeit der Buchhalter.

Die klügste Idee war die Flucht nicht, doch zeigte sie, wie sehr Linett in Panik war. Sie versuchte verständlicherweise Hals über Kopf zu fliehen und dabei so wenig wie möglich von ihrem Geld auszugeben. Pech, wenn man auf der Flucht knapp bei Kasse war.

Allerdings ging es in diesem Fall sogar auf einer Fuchsjagd humaner zu. Das Versteckspiel, das sich zwischen den beiden entwickelte, war nicht mehr als feierlich zu bezeichnen. Der Vampir lenkte seinen Wagen in den Ort, bis zu welchem Linett das Ticket gelöst hatte, und kümmerte sich nicht im Geringsten um die Geschwindigkeitsbegrenzung. Doch weitere Polizistenleichen blieben vorerst aus, da ihn niemand an- oder gar aufhielt.

So verkürzte er den Vorsprung Linetts auf etwa drei Stunden. Die Straßen in Cassis, in der Nähe von Marseille, waren menschenleer. Offenbar ging man hier bereits um fünfzehn Uhr ins Bett. Nicht einmal Kleinkriminelle streiften durch die Gassen. Am Bahnhof befragte Jeremy die Angestellten und erfuhr zumindest, dass Linett beim

Aussteigen gesehen worden war, jedoch nicht, dass sie in einen anderen Zug eingestiegen war.

Was wollte sie hier? Sich in der Dorfkirche verstecken? Okay, nicht die schlechteste Idee, wenn man von einem Vampir verfolgt wurde, bekam dieser doch bereits beim Betreten geweihter Räume fürchterliche Kopfschmerzen, die jeder zehnfachen Migräne alle Ehre machten. Trotzdem glaubte er nicht daran, dass sie an einem solchen Ort Zuflucht suchte. Vielmehr ging er davon aus, dass sich Linett ein Zimmer gesucht hatte. In einem Dorf wie diesem nicht sonderlich einfach. Unangemeldete Besucher wurden misstrauisch beäugt, vor allem am Abend. Strategisch arbeitete sich der Vampir durch die Pensionen und wenigen angebotenen Privatzimmer, doch nirgends hatte man Linett gesehen. Sofern sie nicht auf der Straße (oder eben in einer Kirche) schlief, konnte sie kaum unerkannt untergekommen sein, es sei denn, sie kannte hier jemanden.

Das leise Summen des Telefons störte die abendliche Stille.

»Wie sieht's aus?«, hörte Jeremy die Stimme seines Chefs, kaum, dass er den Anruf angenommen hatte.

»Warum so eilig?«, lautete seine Gegenfrage.

»Schon vergessen, dass du noch anderes zu tun hast, als mit einer Zwanzigjährigen zu spielen? Mach kurzen Prozess!«

Ach nein, auf die Idee war Jeremy ja so gar nicht gekommen. Lautstark knirschte er mit den Zähnen.

»Sie ist entwischt, aber den Morgen wird sie nicht erleben«, versprach der Vampir unbeirrt. Für einen Moment herrschte Stille am anderen Ende der Leitung.

»Wie das?«

Jeder andere würde auf das offenkundige Versagen bei

einem leichten Spiel mit Genervtheit, Zorn und mindestens einer Rüge reagieren. Nicht so sein Chef. Der klang lediglich neugierig. Jeremy lieferte ihm eine knappe Zusammenfassung, gepaart mit einigen Beschimpfungen, die sich deutlich auf Linett bezogen. Und was bekam er dafür? Schallendes Gelächter dröhnte aus dem Telefon.

»Wahnsinnig witzig«, knurrte der Blutsauger, während ihm vom anderen Ende dreimal ein gelachtes ›mit einer Pfanne, ich geh ein‹ entgegenschlug.

»Weißt du, ob sie Verwandte in Cassis hat?«, unterbrach Jeremy entnervt das Gegacker.

»Ja, einen Onkel, der gerade im Urlaub ist …«, sagte sein Chef schließlich und stellte, dem Himmel sei Dank, endlich das belustigte Prusten ein, »… ich schick dir die Adresse.«

Nur zwei Minuten nach dem Ende des Telefonats erhielt Jeremy nicht nur die Adresse von Linetts Onkel, sondern auch die Information, dass sich sein Auftrag geändert hatte. Wer hätte das heute früh für möglich gehalten?

Suchend irrte er durch die Gassen, bis er schließlich die richtige Straße fand und an deren Ende ein windschiefes Haus, das dringend eine Renovierung nötig hatte. Die Wahl ihrer Absteigen wurde zunehmend schäbiger.

Zudem schallte laute Musik aus dem Haus. Die nicht vorhandenen Nachbarn fühlten sich vielleicht davon nicht gestört, das Gedröhne erinnerte ihn jedoch an den Club. Möglich, dass es sogar die gleiche Musik war. Jedoch war sie diesmal mit sehr hohen Frequenzen gemischt, sodass der Vampir bereits die Kopfschmerzen fühlte, die sich langsam anbahnten. War das moderne Musik? Wenn ja, dann war sie zum Kotzen.

Jeremy rechnete bereits mit einem dauerhaften Tinnitus,

trotzdem wagte er sich todesmutig in das Innere des Hauses.

Linett war hier. Er konnte sie riechen. Leider konnte er nichts hören, denn durch die Musik würde es ihn nicht wundern, wenn bereits Blut aus seinen Ohren lief. Es klang, als hätte jemand das Lied mithilfe von Hundepfeifen komponiert oder als würde jemand beharrlich mit den Fingernägeln über eine Tafel kratzen. Auch auf das Risiko hin, nicht mehr unbemerkt zu bleiben, marschierte Jeremy geradewegs in das Wohnzimmer und stellte das verdammte Ding aus. Herr im Himmel, gesegnet sei diese himmlische Ruhe. Lediglich ein beharrliches Fiepen blieb in Jeremys Ohr zurück, das er sich gerade rieb.

Seufzend und wahnsinnig erleichtert drehte er sich um. Die Erleichterung hielt nicht lange an. Sicher, das nervtötende Geschlatze hatte aufgehört, jedoch hatte er auch Linett gefunden. Eigentlich ein Grund zur Freude. Wenn man ignorierte, dass sie wieder einmal eine Waffe auf ihn richtete. Auch wenn ihre Hände verdächtig zitterten, so wiegte sich der Vampir nicht in falscher Sicherheit. Das Zimmer war zu klein, um ausweichen zu können. Sie bräuchte kaum die Haltung der Waffe zu verändern. Egal, in welcher Ecke des Zimmers er gerade wäre, sie würde ihn treffen, sobald sie abdrückte. Dass er sie nicht bemerkt hatte, lag daran, dass sie hinter der Tür gestanden hatte, und der Vampir empfindlich abgelenkt gewesen war.

»Schon wieder betäuben?«, fragte der Vampir mit fehlender Begeisterung, dafür mit einer gewissen Portion Resignation. Offenkundig war er viel zu durchschaubar. Das hatte man davon, wenn man sich mal der direkten und einfachen Methoden bedienen wollte, anstatt hundertfünf Fallen zu stellen. Und wie viele Waffen hatte das Weib eigentlich? Als der Vampir das letzte Mal nachgesehen hatte, lag ihre

Keksdosenwaffe noch unter der Mülltonne.

»Diesmal sind es keine Kanülen«, informierte ihn Linett mit leicht überschlagender Stimme, leichenblass, aber mit einem sehr entschlossenen Zug um die Lippen.

Sein Blick wurde um einiges skeptischer. Keine Kanülen. Das ließ nicht sonderlich viel Spielraum für andere Dinge. Es waren also Kugeln. Und so wie er sie inzwischen kannte, wohl Kugeln mit Eisenkraut-Upgrade. Das könnte schmerzhaft werden. Da sie ihn bereits mit einer Pfanne verprügelt und betäubt und zudem noch hatte verhaften lassen, spekulierte er lieber nicht auf ihr weiches Herz.

Jeremy machte sich keine Illusion. Sie würde abdrücken. Sie würde ihm vielleicht keine tödlichen Schüsse verpassen, aber auch alles andere würde ausreichen, um ihm empfindlichen Schaden zuzufügen. Logisch, dass der Vampir darauf keine Lust hatte. Allerdings konnte dieser nicht verleugnen, dass die Aktion hier dem ganzen Spektakel noch einmal die Krone aufsetzte und damit auch den Wunsch seines Chefs untermauerte.

Dessen bisherige Assistentin wurde nicht jünger und weigerte sich beharrlich, sich zum Vampir wandeln zu lassen. Zudem wusste die Blondine nicht mehr, wohin vor lauter Arbeit. Sie machte stets einen leicht gehetzten Eindruck. Es lag also nahe, dass sich Jason Gedanken im Hinblick auf eine Zweitbesetzung machte.

Diese konnte nicht von irgendjemandem eingenommen werden. Er brauchte jemand Wissenden, der zudem wehrhaft, gerissen und klug war. Alles Attribute, die auf Linett zutrafen, und diese bewies die Richtigkeit ihrer Überlegungen allein durch die Tatsache, dass der Vampir ihr auf ihre Anweisung/Bitte/Befehl hin den Rücken zudrehte.

Das erste Mal war sie ihm aufgrund des

Überraschungsmomentes entkommen. Das zweite Mal hatte sie einfach nur Glück. Doch das hier …, das war eine verdammte Falle gewesen. Und idiotisch wie er war, war er darauf hereingefallen. Vielleicht sollte er seinen Job aufgeben und Gärtner werden.

Linett lotste ihn nicht ins Schlafzimmer (immerhin), sondern in die Küche. Bereits der Anblick der dort an den unteren Schränken angebrachten Handtuchhalter ließ ihn Schlimmes ahnen. Dank der verfluchten Magie würde es ihm nicht möglich sein, auch nur ein Teil davon zu zerlegen. Und auf diese Fesseln schien Linett ein Jahresabo zu besitzen. Es war für den Vampir also nur wenig überraschend, dass ihm Linett nun ein weiteres Paar dieser getunten Handschellen zuwarf und zudem einen spöttischen Blick hinterherschickte.

»Sie kennen das ja.«

Würde sie nicht so unglaublich müde aussehen, könnte man meinen, sie machte sich über ihn lustig. Ungewöhnlich bereitwillig folgte Jeremy dieser indirekten Aufforderung und fand sich wieder einmal angekettet vor. Und wieder einmal ohne die Aussicht darauf, dass ihm eine willige Mademoiselle diesen Zustand versüßte. Erst jetzt begann sich Linett sichtlich zu entspannen.

»Und jetzt?«, wollte der Vampir nun interessiert wissen.

»Ich würde Sie gern erschießen, leider bin ich zu nett für diese Welt«, erwiderte Linett seufzend, während sie die Waffe senkte.

»Solange du nicht auf die Idee kommst, mich wieder auszuziehen«, brummte der Blutsauger. Amüsiert sah er zu, wie sich Linetts blasse Wangen ein wenig rötlicher färbten.

»Das war nur, um sicher zu gehen, dass Sie keine Hilfsmittel haben, mit denen Sie es vor der Zeit aus den Fesseln geschafft hätten!«

»Ah ja. Und du dachtest, in meiner Unterhose wäre ein Generalschlüssel für Handschellen?«

Hatte sie noch vor wenigen Minuten blass wie ein Gespenst ausgesehen, glühten ihre Wangen mittlerweile feuerrot. Ein ärgerlicher Ausdruck huschte über ihre Züge.

»Was weiß ich! Im Moment gehe ich lieber auf Nummer sicher. Und Sie sind nicht der erste Mann, den ich nackt gesehen habe. Und auch nicht der Attraktivste«, erklärte sie schnippisch und schwenkte hektisch die Waffe. »Ha! Sie haben Angst!«, fügte sie noch triumphierend hinzu.

»Dann sollte es dir ja nicht schwerfallen, mich zu töten«, erwiderte Jeremy trocken und ignorierte ihren Einwurf. Angst? Pah! Er hatte nur Sorge, dass sie versehentlich abdrückte und sich selbst verletzte. Linett hatte Feuer. Eine angenehme Abwechslung zu den nicht sonderlich cleveren, dafür umso schöneren Damen, mit denen er sich in letzter Zeit herumgetrieben hatte. Auch Linett war sicherlich eine hübsche Frau, wenn die Todesangst sie nicht gerade um Jahre altern ließ. Im Moment schluckte sie lediglich trocken.

»Sie glauben nicht, wie gern ich das täte. Aber wie ich schon sagte, ich bin nicht wie ihr. Ich habe Respekt vor dem Leben anderer!«

»Das ist ziemlich dumm«, erwiderte Jeremy herablassend. Ehrhaftigkeit war gut und schön und brachte sicherlich viele Karmapunkte, aber in dieser Welt überlebten nicht die mit den meisten Bienchen für ordentliche Lebensführung.

»Es gäbe einen Weg, deine Probleme zu lösen«, fügte der Vampir hinzu und erntete dafür ein ungläubiges, hohles Lachen.

»Ja, indem ich Sie erschieße!«

Dies war sicher eine Variante, aber dazu war sie ja

angeblich nicht in der Lage. Zudem mochte er sein Leben. Jeremy würde es Linett übel nehmen, sollte sie dieses nun unverschämterweise beenden, auch wenn er es ihr angeboten hatte.

»Nein, nach mir würden andere kommen«, suchte er sich mit anderen Argumenten herauszureden.

»Okay. Was wäre die Lösung?« Mit einem resignierten Seufzen setzte sich Linett in sicherer Entfernung zu ihm auf einen der Küchenstühle.

»Arbeite für den gleichen Mann wie ich. Jason Harris.«

Ein ungläubiges Schnauben war der Lohn hierfür.

»Ja, klar!«

War das jetzt eine Zusage?

»Jason braucht eine weitere Assistentin, die ihm seinen Laden aufrecht hält. Im Grunde beinhaltet das keine anderen Aufgaben, als wenn du tatsächlich die Assistentin eines Verlegers oder eines ganz normalen Firmenchefs wärst«, versuchte er nun klar zu machen. Immerhin wechselte ihre Miene nun von Ungläubigkeit zu Nachdenklichkeit. Wohl ein Zeichen dafür, dass sie aufhörte zu glauben, er würde sie verschaukeln wollen.

»Wenn du das Angebot annimmst, hat diese Hetzjagd ein Ende, und du brauchst dir keine Sorgen zu machen, dass weitere Parteien versuchen werden, dich umzubringen. Dann stehst du unter seinem Schutz, und er wird dafür sorgen, dass dir niemand zu nahe kommt oder zu nahe kommen kann. Außerdem zahlt er hervorragend und ist weder cholerisch noch ein unfähiger Idiot. Du könntest sicher auch weiterhin nebenbei singen. Oder das tun, was du als Singen bezeichnest.« Nein, man konnte wahrlich nicht behaupten, er würde nicht versuchen, sie zu der richtigen Entscheidung zu überreden. »Die Aussage müsstest du jedoch zurücknehmen«, schob Jeremy hinterher.

»Sie hatten also nicht vor, mich umzubringen, als Sie vorgestern oder vorvorgestern«, dabei sah sie irritiert auf die schwarz-weiße Wanduhr, um herauszufinden, ob es bereits nach Mitternacht war, »das Haus stürmten?«

»Doch«, gab der Vampir unumwunden zu.

»Entscheiden Sie sich immer so schnell um?«, bohrte Linett, während er sich darüber wunderte, dass sie noch immer beharrlich die höflichere Anrede wählte.

»Manchmal«

Okay, es war eher Jason, der sich umentschieden hatte …

»Warum?«

Himmel, wurde das ein Kreuzverhör?

»Flexibilität?«, schlug er inzwischen leicht genervt vor.

»Nein, warum entscheiden Sie sich bei mir um?«

Ach, daher wehte der Wind.

»Du bist nervtötend, rabiat und nicht kleinzukriegen.«

Okay, Komplimente klangen anders, jedoch traf es den Nagel auf den Kopf.

»Dann sind also Sie und Ihr Boss Masochisten?«

»Nein …«, knurrte Jeremy, dem langsam der Geduldsfaden riss. Wie kam sie denn jetzt bitte darauf?

»Dann stehen Sie darauf, gefesselt zu werden?«

»WAS?!?«, sprach er endlich aus, was er seit geraumer Zeit dachte.

»Ich versuche nur, eine logische Erklärung zu finden.«

Aha, und da fing sie mit dem Unlogischsten an?

Der Vampir seufzte tief und innig. »Die logische Erklärung ist, dass man ein Mädchen wie dich nicht in jeder Generation findet.« War das besser zu verstehen?

»Als ich Sie in meinem Schlafzimmer festmachte, waren Sie jedenfalls entzückt.«

Entgeistert hoben sich seine Augenbrauen. Sie träumte wohl! Er knirschte hörbar mit den Kiefern.

»Das wage ich zu bezweifeln. Unter Eisenkraut bin ich nie entzückt!«

Unfassbar, dass er gerade eine solche Diskussion führte. Hätte er sie nur gleich umgebracht. Ach nein, er hatte keine Gelegenheit dazu gehabt.

»Das beantwortet immer noch nicht mein Angebot«, unterbrach der Vampir Linett, die schon wieder den Mund öffnete und ganz gewiss noch weitere infame Unterstellungen äußern wollte.

»Ich denke darüber nach …«, verkündete sie gelassen, als hätte er ihr vorgeschlagen, sich zwischen Orangensaft und Sekt zu entscheiden. Sie tat beinahe so, als könnte sie sich die Jobangebote aussuchen. Doch Jeremy verzichtete auf eine Antwort, sondern maß sie mit einem misstrauischen Blick. Hatte sich ihr Herzschlag bis gerade eben beruhigt, so stieg dieser nun wieder sprunghaft an, als sie sich von ihrem Platz erhob und sich ihm näherte. Mit Bedacht wählte sie ihre Position so, dass er nicht einfach die Hand nach ihr ausstrecken und sie packen konnte.

»Geben Sie mir Ihre freie Hand«, bat sie ihn so ungewöhnlich leise, dass er sie fragend ansah.

»Warum?« Sie war nicht die Einzige hier, die nervtötende Fragen stellen konnte.

»Weil ich Ihnen sonst eine Kugel ins Bein jage«, erwiderte sie mit hörbar gefasster, strenger Stimme und zielte unmissverständlich auf sein Knie. Ein Argument, das zog, wenn auch widerwillig. Kaum hielt er ihr seinen Arm hin, packte sie nachdrücklich sein Handgelenk. Das kühle Metall schabte über seine Hand und drückte sich in seine Haut, als sie ihn mit einem weiteren Paar Handschellen an einen hervorstehenden Haken (An dem sicher sonst Dekorations-artikel aufgehängt wurden und keine Vampire!) in der gegenüberliegenden Wand quasi aufhängte, sodass er weder vor- noch zurückkonnte. Dass er seine Hände immerhin auf Hüfthöhe halten durfte, machte seine Lage zwar nicht unerträglich, jedoch auch nicht wesentlich bequemer.

Diese Handlungsunfähigkeit war für Linett sicherlich ungemein praktisch (Wusste der Geier, wie viele Handschellen dieser Besen noch in der Tasche hatte!), für Jeremy eher frustrierend.

»Gute Nacht«, wünschte Linett im nächsten Moment völlig überraschend und war weg. Okay, das ging schnell. Leicht desorientiert über den plötzlichen Abgang, verharrte der Vampir in der Küche (als ob er wegkönnte) und testete noch einmal die Festigkeit seiner Fesseln. Na toll! Der Wunsch, Gärtner zu werden, wurde eindringlicher, als er sich auf dem Küchenboden niederließ und feststellte, dass ihm zwar so das Stehen erspart blieb, seine Arme jedoch innerhalb einer Stunde taub wären. Er konnte sich nicht einmal gegen die Küchenschränke lehnen, da er mitten in dem kleinen, schlauchartigen Raum kauerte.

Die Position in ihrem Bett hatte ihm besser gefallen. Es war allerdings ein wenig zu spät, Linett überreden zu wollen, ihn in ihr Bett zu lassen. Denn den Geräuschen nach zu urteilen, machte sie sich bereits selbst dort breit. Unfassbar, dass sie schlafen konnte, während ein mordlüsterner, gefährlicher Vampir gefesselt in ihrer Küche hockte!

Kapitel 4

Angebot und Nachfrage

Das Gleiche dachte sich auch Linett, die sich erschöpft und mit allen Klamotten am Leibe auf die weiche Matratze fallen ließ. Allerdings war sie so unfassbar müde, dass ihr nichts anderes übrig blieb. Die Hoffnung auf ein wenig Schlaf wog schwerer als die Angst davor, der Vampir könnte sich befreien. Ihre Waffe drückte sich beruhigend in ihre Rippen. Immer wieder lauschte sie auf die wenigen Geräusche, die aus der Küche drangen, und versuchte, in den Schlaf zu finden. Doch erholsam war dieser nicht. Nicht nur, dass sie unbewusst weiterhin wachsam blieb; die kurzen Nickerchen waren stets von beängstigenden Träumen durchzogen, in denen der Vampir in ihrer Küche meist die Hauptrolle spielte. Seine Zähne waren furchteinflößend groß, und immer wieder spürte sie die Hilflosigkeit gegenüber seiner übermächtigen Stärke, wenn er sie erst einmal im Griff hatte.

Am nächsten Morgen rissen sie die rüden Flüche ihres ›Gastes‹ aus ihren wirren Träumen, und sie benötigte einen Moment, um die Geschehnisse des Abends zu rekonstruieren. Ihr Blick fiel auf den Wecker. Es war 8:25 Uhr morgens. Das war nicht einmal ansatzweise ausreichend Schlaf! Wie lange hatte sie zusammenhängend ohne Albträume schlafen können? Zehn Minuten?!

Endlich erkannte sie, wer da solche Begriffe von sich gab. Himmel, der Mann kannte Ausdrücke! Verschlafen und völlig zerzaust wankte Linett in die Küche und fand dort den Vampir im Schneidersitz am Boden hockend vor. Die

Position seiner Arme sah nicht sonderlich komfortabel aus. Hätte er nicht mehrfach versucht, sie zu töten, hätte sie vielleicht Mitleid gehabt. Aber nur vielleicht. Im Grunde wirkte er gerade eher genervt als gefährlich. Und er schien sich nicht nur wegen seiner erzwungenen Position unwohl zu fühlen. Blinzelnd bekam Linett nun endlich einen klaren Blick und erkannte die Ursache für das Genörgel des Vampirs. Bevor sie gestern ins Schlafzimmer gegangen war, hatte sie noch die Vorhänge zugezogen, um den Vampir vor dem zu erwartenden Sonnenlicht zu schützen. Bei Vampiren konnte man nie sicher sein, ob diese den Trank, der sie vierundzwanzig Stunden lang vor der schmerzlichen Wirkung der Sonnenstrahlen schützte, eingenommen hatten und vor allem wann. Wusste der Geier, warum sie so rücksichtsvoll zu ihm war. Er verdiente es nicht im Geringsten, aber zurück zu dem ach so armen, gefesselten Vampir: Trotz Linetts Vorbereitungen hatte es ein Sonnenstrahl geschafft, sich unter dem Stoff entlangzumogeln, und fiel nun durch den schmalen Spalt direkt auf die Hand des Vampirs, dessen Versuche, dem zu entgehen, scheiterten. Seine Haut warf bereits unappetitliche Blasen, wie es bei Verbrennungen üblich war, und es begann sogar, nach verbranntem Fleisch zu riechen. Vampire und Sonne – das war ein Phänomen, das Linett noch niemals aus nächster Nähe hatte bestaunen dürfen, und so war die Faszination ihrerseits groß. Hilfreich eilte sie zum Fenster, um die Sonne endgültig auszuschließen, konnte jedoch der Versuchung nicht widerstehen. Linett zog den Stoff noch ein kleines Stück zur Seite, sodass der Spalt größer wurde und damit auch der Lichtstrahl breiter. Sofort veränderte sich die nun ebenfalls betroffene Hautpartie, als würde jemand glühendes Eisen darauf drücken.

Erst das gepeinigte Stöhnen des Blutsaugers riss sie wieder in die Vernunft zurück, und endlich verdunkelte sie den Raum gänzlich. Blinzelnd versuchte sie, sich an die plötzliche Dunkelheit zu gewöhnen, und tappte, nach dem Lichtschalter suchend, durch den Raum, immer darauf bedacht, nicht versehentlich in die Richtung des Vampirs zu stolpern. Sie hätte das Licht besser auslassen sollen, denn dann wäre ihr der mordlüsterne Blick des Vampirs entgangen. Sein sowieso sehr markantes Kinn wurde durch die Tatsache, dass er lautstark die Kiefer aufeinanderpresste, noch kantiger.

»Tut es weh?«, fragte Linett in einem (ihr unverständlichen) Anfall von schlechtem Gewissen.

»Schalte den Herd an, lass ihn heiß werden und leg deine Hand auf die Herdplatte. Und dann sag mir, ob das weh tut!«, polterte der Vampir überraschend los, sodass Linett einen erschrockenen Satz nach hinten vollführte. Und prompt mit dem Türrahmen zusammenstieß.

»Au!«, rief Linett. Ihre Kehrseite schmerzte von dem Zusammenstoß. »Hast du Tränke mit?«

Erst jetzt fiel ihr auf, dass sie nicht einmal den Namen des Vampirs kannte. Sollte sie danach fragen? War es überhaupt relevant? Nein, sie wollte nicht mehr als nötig über ihn wissen. Sie wollte ihn nie wieder sehen müssen, aber alles der Reihe nach.

»Ja, in der Innenseite meines Sakkos«, gab der namenlose Blutsauger nun fügsam Auskunft. Okay, sie wollte seinen Zähnen bestimmt nicht so nahe kommen, dass sie es wagen würde, sein Jackett zu durchsuchen. Allerdings funktionierte die Selbstheilung der Vampire (noch so ein unfairer Vorteil gegenüber Menschen – selbst tiefe Wunden konnten innerhalb weniger Minuten verheilen) scheinbar nicht bei Verbrennungen, die von der Sonne verursacht wurden, denn noch immer zierten hässliche Brandblasen die Hand des Gefesselten. Unsicher und vorsichtig näherte sie sich dem Mann, der nun dazu überging, sie misstrauisch zu beäugen. Er sollte mal nicht so tun, als hätte sie ihn misshandelt! Schließlich hatte er versucht, sie zu töten, nicht andersherum! Was waren ein paar Brandnarben gegen ein Leben? Erneut begann ihr Herz schneller zu schlagen, was weniger mit der (zugegeben) attraktiven Gestalt des vor ihr sitzenden Mannes zu tun hatte, sondern mit dem Risiko, im nächsten Moment seine Zähne in ihrem Hals zu haben. Mit zitternden Fingern zog sie mit der freien Hand einen kleinen Schlüssel aus ihrer Hosentasche. Den Finger am Abzug richtete sie die Waffe unbeirrt auf seinen Oberkörper. Bebend und mit nur einer freien Hand einen winzigen Schlüssel in ein noch kleineres Loch zu bringen, war verdammt mühsam, doch es gelang. Linett befreite die verletzte Hand des Vampirs, um sich dann schleunigst wieder aus dessen Zugriffsweite zu entfernen und das überflüssige Paar Fesseln einzustecken. Wie vermutet, nutzte der Vampir seine halbseitige Freiheit, um selbst in die Innentasche seines Sakkos zu greifen und eine Phiole hervorzuholen. Umständlich entkorkte er diese und trank die golden schimmernde Flüssigkeit aus, während Linett den Zeitpunkt nutzte, um ihn näher zu betrachten. Diese Gelegenheit hatte sie zwar bereits gehabt, als er bewusstlos vor ihr gelegen hatte, doch war sie viel zu sehr in Eile und Panik gewesen, um sich näher mit seinem Aussehen zu beschäftigen. Sie hatte nur herausgefunden, dass seine Statur (sowie gewisse Ausstattungen) stattlich waren und er damit entsprechend schwer. Seine Nase war ein wenig zu groß und knollig für seine eher eckigen Gesichtszüge. Die braunen Haare trug er kurz geschnitten, aber lang genug, dass sie verwuschelt aussahen, als würde er sie sich regelmäßig raufen. Seine Augen waren von einem hellen Graublau und enthielten gerade absolut keinen Funken Wärme oder Freundlichkeit. Obwohl die Mordlust und der Zorn in ihnen schwanden, als die Verletzungen des Vampirs heilten und die roten Stellen zügig verblassten.

»Gut geschlafen?«, erkundigte er sich nun spöttisch.

»Ja«, gab Linett heiser zurück und sah ihm zu, wie er sich schwerfällig auf die Beine zog.

»Hast du es dir überlegt?«

Unweigerlich spürte Linett ihr Herz noch ein wenig schneller schlagen.

»Ja«, versuchte sie, Zeit zu schinden, bevor sie schließlich bei dem Unvermeidlichen landeten. Der Vampir verdrehte die Augen, denn er verstand nur zu gut, dass diese Worte noch nicht die Antwort auf das Jobangebot war, sondern lediglich auf die Frage, ob sie es sich überlegt hätte.

»Und?«, fragte er nun ungeduldiger nach.

»Nein!«

War der Vampir bisher damit beschäftigt gewesen, wieder Leben in seine Glieder zu bekommen und betont missbilligend an der anderen Handschelle zu ziehen, so hielt er nun in seinem Tun inne.

»Nein?«, echote er stumpfsinnig. Was ist? Hatte er nicht mit dieser Möglichkeit gerechnet?

»Ja, nein!« Irritiert starrten sie diese stechend hellen Augen an und sie schluckte. Er war gut gefesselt.

Diese Handschellen hielten, was sie versprachen. Er konnte nicht auf sie losspringen. Aber sie konnte trotzdem nicht das Zittern ihre Hände unterdrücken und auch nur mit Mühe den Drang, um Hilfe zu schreien.

»Was denn jetzt?« Sein Tonfall klang merklich gereizt.

Schritt für Schritt wich sie vor ihm zurück.

»Ich verschwinde aus Frankreich. Wenn du mir einen Gefallen tun willst, dann lass mich einfach laufen«, erklärte sie ihm so ruhig wie möglich und drehte sich auf der Ferse um. »Bye«, sagte sie noch zu ihm und verließ eilig den Raum. Sie musste weg. Schnell weg. Keine Minute später fiel die Tür mit einem lauten Knall ins Schloss.

Kapitel 5

Ein Pakt mit dem Teufel

Ähm … Okay … Hatte sie nicht einen entscheidenden Teil vergessen? Verdutzt hatte der Vampir gerade noch die wehenden Spitzen ihrer Haare sehen können, und schon war sie wie der Geist aus der Flasche verschwunden.

Linett Roux war völlig unberechenbar. Wäre die Konstellation anders, wäre es ihm ein Vergnügen gewesen, diese Frau in sein Bett zu holen. Wenn sie zwischen den Federn ebenfalls eine solche Widerspenstigkeit an den Tag legte, dann könnten es amüsante Nächte werden.

Kopfschüttelnd fischte Jeremy den Schlüssel aus seiner Hosentasche, mit dem er bereits vorgestern die Handschellen, mit denen er an das Bett gefesselt gewesen war, geöffnet hatte. Jene Handschellen lagen in seinem Wagen. Den Schlüssel jedoch hatte Jeremy in weiser Voraussicht und in der Hoffnung, es wäre ein Universalschlüssel, eingesteckt. Es war lächerlich einfach, sich zu befreien. Kurz prüfte er noch einmal, ob er alles Notwendige bei sich hatte, bevor er Linett folgte.

Das Weib war prädestiniert, einen Mann in den Wahnsinn zu treiben.

Und sie zog Ärger magisch an.

Offenbar war jemand der Meinung, dass Jason Harris seine Aufträge nicht schnell und zuverlässig genug bearbeitete. Dieser Jemand hatte seine eigenen Gorillas losgeschickt, um sich des Mädchens zu entledigen. Oder Linett hatte sich noch mehr Feinde geschaffen.

So oder so, das Endergebnis war, dass sie auf dem

Bahnhof zwei Gesellen in die Arme gelaufen war, die sich in der miesen Behandlung des Mädchens nicht im Geringsten von Jeremy unterschieden. Nur, dass sie ihr keinen Job anboten, sondern eindeutig gewillt waren, ihr die Kehle aufzuschneiden. Beide waren groß, mittleren Alters, muskulös und eindeutig italienischer Abstammung. Linett hatte keine Chance. Eigentlich. Doch sie schlug sich ganz gut.

Den einen hielt sich die kleine Wildkatze vom Leibe, indem sie ihm einen Tritt in die Kronjuwelen verpasste, der ihn ächzend zusammenbrechen ließ. Selbst Jeremy wurde bei dem Anblick flau im Magen, wie sollte es da dem Typen erst gehen? Der Kumpan des Eunuchen ließ sich jedoch nicht im Mindesten davon beeindrucken. Dieser nahm Linett in den Schwitzkasten und setzte an, ihr die spitze Klinge seines Messers in die Nieren zu stoßen. Was beinahe gelungen wäre, hatte Jeremy seine Finger nicht im Spiel gehabt. Dieser schritt entschlossen zur Tat. Anstatt Linett eine tödliche Verletzung zukommen zu lassen, krachte der böse Bube gegen die nächste Mauer. Was für die Unversehrtheit seines Gesichtes im Übrigen nicht sonderlich förderlich war. Mit zertrümmerter und blutender Nase rollte er sich stöhnend auf dem kalten Boden. Linett wehrte sich kratzend und beißend gegen den Eunuchen, der tatsächlich schon wieder die Kraft aufgebracht hatte um aufzustehen. Jedoch war fraglich, wer mehr Angst vor wem hatte. Der ›Wüstling‹ klammerte sich eher ängstlich als gefährlich an der kleinen Furie fest und lief dabei Gefahr, sich selbst ins Gesicht zu schießen.

Jeremy war schwer versucht, sich das Schauspiel bis zum Ende anzusehen. Und auf den Sieg Linetts zu setzen. Wo waren diese verfluchten Buchmacher, wenn man sie gerade brauchte?

Das Gerangel ähnelte eher einem Dschungeltanz als einer Auseinandersetzung. Gelassen trennte Jeremy Männlein von Weiblein und sorgte dafür, dass Männlein nicht mehr Weiblein belästigen konnte, denn Tote hatten bekanntlich nur noch eingeschränkte Handlungsmöglichkeiten.

Jeremys Zähne gruben sich in den Hals seines zappelnden Gegenübers. Wie immer schien für einen Moment die Zeit stillzustehen. Freudig registrierten seine Sinne den Genuss von Blut. Dunkel breitete sich das Gefühl der Gier und der Macht über das schwindende Leben in jeder Faser seines Körpers aus, fesselte seinen Geist und ließ ihn die Realität vergessen. Selbst seinen anderen Gegner, der sich inzwischen wieder aufgerappelt hatte und seine eigene Schusswaffe zog.

Doch der Vampir war schneller. Der Tote an seinen Lippen hielt noch immer seine Pistole umklammert. Jeremy packte diese, zog sie nach oben und selbst schlecht zielend traf er. Ein leises, geheimnisvolles Flitschen ertönte, dicht gefolgt von dem dumpfen Aufprall einer Leiche auf dem Asphalt.

Auch die zweite, blutleere Leiche fiel zu Boden, suchend sah sich der Vampir nach Linett um.

Diese Frau hatte ein unglaubliches Talent, ständig zu verschwinden. Und er war nicht gewillt, sich erneut abschütteln zu lassen.

Mit langen Schritten eilte er zu den Bahnsteigen, um Linett in einem der gerade angekommenen Züge verschwinden zu sehen. Ziel des Zuges war Genua. Jeremy stieg in der Sekunde ein, in der sich bereits die Tür schloss. Er konnte nur hoffen, dass Linett nicht weiter vorn wieder ausgestiegen war. Ruckelnd setzte sich der Zug in Bewegung. Da es bis zum nächsten Halt noch etwas dauern würde, konnte sich der Vampir beim Durchsuchen des Zuges Zeit lassen.

Eine Viertelstunde später fand Jeremy Linett in einem leeren Abteil und erschreckte sie zu Tode, als er sich neben sie setzte. Er konnte ihr Herz rasen hören. Noch ein wenig schneller und es würde innerhalb weniger Minuten wegen Überlastung den Geist aufgeben. Wie von der Tarantel gestochen sprang sie auf, in der offensichtlichen Absicht, erneut zu fliehen.

»Ich habe keine Lust, dich die nächsten zwei Stunden durch den Zug zu jagen«, stellte Jeremy klar, während seine Hand vorschoss und das Mädchen am Arm packte. Nachdrücklich manövrierte er sie wieder auf ihren Sitz. Dabei verlor sie das Gleichgewicht und landete erst auf seinem Schoß (uff), dann auf der Armlehne und endlich auf dem Polster des Sitzes, auf den ihr Hintern gehörte. Ein leises Fluchen war von ihr zu vernehmen.

»Schlimmer als die Pest«, beschwerte sich Linett. Ihr misstrauischer Blick klebte wie Teer an ihm, und es brauchte nicht viel Fantasie, um sich zu denken, dass sie ihm einige Gemeinheiten an den Hals wünschte. Glücklicherweise gab es hier nichts Brauchbares, woran sie ihn festketten konnte, und ihr Vorrat an Handschellen konnte nicht unendlich sein!

Schutz suchend verschränkte sie die Arme vor der Brust und zog die Beine an.

»Willst du warten, bis du wieder Hunger hast? Eine Leiche aus einem Zug zu werfen, sollte doch ein Leichtes sein«, fragte ihn Linett nun in einem Anflug von Trotz und warf ihm einen vernichtenden Blick zu.

»Wie ich schon erwähnte, wird das nicht nötig sein, wenn du die richtige Entscheidung triffst«, gab der Vampir gelassen und starrsinnig zurück.

»Erpressung und Angst sind nicht gerade eine gute Grundlage für eine loyale Zusammenarbeit. Und das wird dein Boss doch bestimmt wollen – Loyalität«, brachte Linett nun zweifelnd und ungläubig an.

»Ja, natürlich ist das wichtig. Auf Dauer reichen Angst und Erpressung nicht aus. Für den Anfang jedoch schon. Dann bist du eh meinem und seinem umwerfenden Charme verfallen. Ich wüsste nicht, was es da so abfällig zu schnauben gibt!«

»Na toll! Dann arbeite ich für Spinner.«

Okay, jetzt wurde sie unhöflich.

»Es gibt Schlimmeres. Einer der Spinner könnte zum Beispiel erneut versuchen, dich umzubringen«, erklärte Jeremy freundlich.

»Wird es diesem Spinner nicht langsam langweilig, ständig zu verlieren und am Ende gefesselt und wehrlos zu sein?«, fragte Linett zuckersüß und setzte gleich die nächste Frage hintenan. »Bekommst du von dem Knurren nicht irgendwann Zahnschmerzen?«

»Man könnte meinen, du hast Spaß daran. Was ist? Bleibt sonst kein Mann bei dir?«, erkundigte sich der Blutsauger nun süffisant, und Linett runzelte verärgert die Stirn.

»Wenn mich nicht ständig jemand umbringen wollte, hätte ich vielleicht gerade einen Freund!«

Herrje, Jeremy hatte ja so viel Mitleid.

»Wie oft soll ich dir noch die Lösung für deine Probleme offerieren?«

Seufzend schloss Linett die Augen und lehnte den Kopf an die Lehne in ihrem Rücken. »Ich will einfach nur … Ich will einfach nur schlafen. Ohne Angst zu haben, von einem potentiellen Mörder geweckt zu werden.«

War Linett taub oder wo war ihr Problem? Nun war es an Jeremy zu seufzen. Sie war taub. Anders konnte er sich nicht erklären, dass sie immer noch jammerte, aber das Angebot kategorisch ablehnte. Jeremy verschränkte nun ebenfalls die Arme vor der Brust und streckte die Beine aus. Für einige Minuten herrschte Stille zwischen ihnen, während jeder seinen Gedanken nachhing.

Er würde ihr bis zum Ende der Zugfahrt Zeit geben. Entweder Linett willigte freiwillig ein oder sie würde feststellen, dass die Geschehnisse der letzten Tage noch harmlos waren. Sie würde noch darum betteln, für Jason arbeiten zu dürfen, aber dann war es zu spät. Verdammt schade um sie, aber sie würde Jeremy vor ihrem Ableben wenigstens noch ein wenig Spaß bringen.

Linett war es schließlich, die die Stille zu seiner Überraschung mit einem leisen ›Okay‹ durchbrach. Mit leicht erhobenen Augenbrauen wandte der Vampir den Blick seiner Gesellschaft zu.

»Ich mach's«, fügte Linett nun erklärend hinzu und musterte ihn unsicher. War wohl doch nicht so dumm die Kleine.

»Von dem Gehalt kannst du dir einige Matratzen und eine Tonne Schlaftabletten kaufen«, versprach der Vampir und erntete dafür ein schiefes Lächeln.

»Oder eine Wohnung«, schlug sie nachdenklich vor.

»Hast du keine?«

»Sie ist abgebrannt. Zufällig ist darin ein Molotowcocktail gelandet.«

Nach diesem doch recht unerfreulichen Thema erstarb das Gespräch. Erstens, weil Linett keine Lust hatte, sich darüber auszulassen, und zweitens, weil es dem Vampir mit Sicherheit ziemlich egal war, wer ihre Wohnung angezündet hatte. Linett rückte auf ihrem Sitz so weit wie möglich von ihrer erzwungenen Begleitung weg, die ihr nicht den Gefallen tat, sich einen anderen Platz zu suchen. Sie glaubte zwar nicht, dass die paar Zentimeter ihn vom Zubeißen abhalten würden, doch versuchte sie, eine einigermaßen bequeme Position zu finden. Halb zusammengerollt lehnte sie den Kopf gegen ihre Lehne und schloss die Augen. Im Moment konnte sie ihm sowieso nicht entkommen, und die Tatsache, dass sie das Jobangebot nicht erneut verweigert, sondern dem sogar zugestimmt hatte, schien ihr Leben für den Augenblick zu bewahren. Aber genauso wie es von seiner Seite aus ein Trick sein musste, war es von ihrer Seite ebenso einer. Zwar war Linett nicht so ganz klar, was er damit eigentlich erreichen wollte (Vielleicht, dass sie ihm bereitwillig wie ein Lamm zu wem auch immer folgte?), aber sie würde ihm diesen Gefallen ganz sicher nicht tun. Wegen seiner penetranten Art hatte sie fast alles aufgebraucht, was sie gegen Menschen, Vampire und andere Gegner verwenden konnte.

Und die Hexe, die sie mit all dem versorgt hatte, war zu weit entfernt, um ihr mal eben Nachschub zu schicken.

Linett besaß gerade mal noch ein Paar Handschellen (sie konnte ja nicht ahnen, dass er die Handschellen, mit denen sie ihn zurückgelassen hatte, als Souvenir behalten hatte), eine Waffe mit zwei Eisenkrautkugeln und eine winzige Phiole mit Eisenkraut. Welches sie ihm jedoch nicht spritzen konnte, da die Injektionsspitze fehlte. Ergo konnte sie nur darauf warten, dass er irgendwann einschlief und sie ihn damit wie mit Chloroform betäuben konnte. Aber die Hoffnung darauf war gering. Jetzt wäre eine gute Gelegenheit, jedoch tat er ihr nicht den Gefallen, durch das gleichmäßige

Zuckeln des Zuges einzuschlafen. Das flaue Gefühl in ihrem Magen hielt an. Inzwischen konnte sie nicht mehr unterscheiden, ob es sich um Angst und Nervosität oder um bloßen Hunger handelte. Der Fahrkartenkontrolleur unterbrach ihre Gedanken und siedendheiß fiel ihr ein, dass ihr eindeutig die Zeit gefehlt hatte, ein Ticket zu besorgen. Ebenso wie dem Vampir.

Der regelte das Problem auf seine Weise. Mit sehr viel Geld und entschuldigenden Worten. Vielleicht sollte sie versuchen, die Aufmerksamkeit des Mannes auf sich zu ziehen und ihm klar zu machen, dass die Gesellschaft ihres Begleiters absolut nicht erwünscht war. Aber was wäre das Ergebnis? Der Vampir würde kaum zögern, sich einer weiteren Lästigkeit zu entledigen. Genauso wie er es mit den Polizisten getan hatte. Warum sollte sie noch einen weiteren unnötigen Tod wollen, nur damit man ihr half? Zwar hatte Linett keine Ahnung, wer oder wie ihr Begleiter überhaupt war, doch darin waren sicher alle Killer gleich. Sie töteten ohne Unterschied, erst recht, wenn ihnen jemand in die Quere kam. Würden sie Rücksicht nehmen, wären sie nicht lange in diesem Job. Das alles ließ das Jobangebot nur noch absurder erscheinen. Warum sollte ein Mensch (oder ein Vampir) wie Jason Harris jemanden wie sie als Assistentin haben wollen, obwohl der Auftrag eigentlich lautete, sie zu töten? Das ergab keinen Sinn. Frauen wie sie gab es genügend. Darunter würde sicherlich eine zu finden sein, die ebenso zänkisch wie sie war und für diese Arbeit genauso gut geeignet. Vermutlich war diese nicht anders, als wäre man die Assistentin des Geschäftsführers eines Autohauses. Die Strukturen und Hierarchien waren einander ähnlich, aber ein solcher Job war eine Erfahrung, auf die sie gut und gerne verzichten konnte. Mal abgesehen davon, dass sie noch immer nicht glaubte, dass es sich nicht um eine Falle handelte. Der Zwischenfall mit den anderen Gestalten war sicherlich nur ein Trick, um ihr Vertrauen zu gewinnen. Linett wurde urplötzlich schlecht. Warum hatte sie nicht abgedrückt, als sie die Gelegenheit dazu hatte? Ein Kribbeln bildete sich hinter ihrer Stirn, wie immer, wenn sie in Panik geriet, und hartnäckig drängte sich der Inhalt ihres Magens nach oben. Mit einem Satz sprang sie auf und flüchtete aus dem Abteil, hektisch die nächste Toilette suchend. Und sie dankte all ihren Schutzengeln, dass sie diese ohne langwieriges Suchen fand. Eilig warf sie die Tür hinter sich zu. Die Aufregung der letzten Tage forderte ihren Tribut, denn ihr Körper warf alles von sich, was er nicht gebrauchen konnte oder wollte. Zitternd ließ sie sich nach einigen Minuten des Würgens gegen die Stahlschüssel sinken und drückte mit bebenden Fingern die Spülung. Das Toilettenbecken schmiegte sich kühl an ihren Arm. Nicht unbedingt der sauberste Ort, doch es war ihr gleich. Noch immer war ihr schlecht, trotzdem knurrte im gleichen Atemzug ihr Magen. Ihr war kalt und selbst der Tod wäre ihr im Augenblick willkommen. Erst jetzt bemerkte sie, dass die Toilettentür hinter ihr zugekracht, jedoch mittlerweile wieder aufgegangen war. Als sie hinaus auf den Gang blickte, erhaschte sie einen Blick auf ein Paar schwarz glänzender Männerschuhe, die, wie sich beim Schweifen ihres Blickes herausstellte, dem Vampir gehörten. Dieser betrachtete sie sinnierend, während er entspannt am Türrahmen lehnte. Mussten ihre Nerven gerade in seiner Gegenwart aufgeben? Er war der Letzte, der sie als Nervenbündel sehen sollte. Hastig versuchte sie sich auf die Knie zu ziehen und war dem Vampir nicht völlig undankbar, als er ihren Arm griff und sie vorsichtig, aber kräftig nach oben zog. Kaum wieder auf einer normalen Höhe angelangt, richtete sich ihr Blick stur auf die Knöpfe seines Hemdes. Alles in ihr sträubte sich gegen diese Nähe. Sie machte Linett bewusst, wie schwer es werden würde, wieder ein ruhiges Leben zu führen. Sofern es jemals dazu kam.

Unkontrolliert bebte sie mit jeder Faser ihres Körpers und machte einem Blatt Espenlaub im Wind alle Ehre. Aber ihr Magen schien sich beruhigt zu haben. Der Drang, sich erneut vor der Toilettenschüssel zu verneigen, war nur noch gering.

Nur langsam gehorchten ihre Beine wieder ihren Befehlen, und so folgte sie schleichend dem Zug ihres Begleiters. Dieser hatte einen Arm um ihre Taille gelegt, damit sie nicht einfach umfiel, und führte sie zurück in ihr Abteil. Widerstandslos ließ sie sich auf ihren Platz sinken und schaffte es gerade noch, verständnislos dreinzublicken, als der Vampir ihr befahl, sich nicht von der Stelle zu rühren. Was dachte er, wo sie im Moment noch hinkonnte? In den wenigen Minuten, die er fort war, verschwendete die Dunkelhaarige keinen Gedanken ans Weglaufen. Sie konzentrierte sich allein darauf, wieder Herr über ihre Glieder zu werden und sich eine bequeme Sitzposition zu suchen. Linett war so in ihr Vorhaben vertieft, dass sie erschreckt zusammenzuckte, als der Vampir ihr ein eingewickeltes Brötchen in den Schoß warf und ihr zudem eine Flasche Wasser reichte. Auf der Folie des Brötchens klebte das bunte Logo des Bordservices, das die besondere Frische der Ware betonte.

Wortlos nahm er neben ihr Platz. Sie verzichtete darauf, die Frage zu stellen, ob er ihr Gift in das Wasser oder ins Essen gemischt hatte, denn fast wünschte sie sich, es wäre so. An Gift zu sterben war sicherlich nicht das Schlechteste, doch sah die Wasserflasche ungeöffnet und das Brötchen unberührt aus. Letzteres war nicht mehr knusprig, sondern lasch. Der Käse hatte bereits harte Ecken, doch es reichte völlig aus, um ihren Magen wieder an Nahrung zu gewöhnen. Da er nicht dagegen protestierte, schien das auch zu klappen. Er ärgerte sie zwar noch eine halbe Stunde lang mit latenter Übelkeit, doch ging auch diese vorüber. Weder sie noch der Blutsauger neben ihr sprachen während der restlichen Fahrt ein Wort. Natürlich fragte sich Linett, warum der Vampir nicht den ersten Halt des Zuges nutzte, um sie nach draußen zu komplimentieren. Allerdings hielt sich ihr Drang nach einem Gespräch so sehr in Grenzen, dass sie auf Nachfragen verzichtete. Es war ihr egal, wohin er mit ihr fuhr. Hin und wieder wagte sie einen Blick zu ihm. Er hatte die Augen geschlossen und die Beine entspannt ausgestreckt. Doch wann immer sie sich rührte, öffnete er die Augen, um zu ihr zu sehen. Ein deutliches Zeichen dafür, dass sie besser keinen Unsinn anstellte.

Kapitel 6

Ein zweifelhaftes Shopping-Erlebnis

Mit Bedacht wählte Jeremy den ersten Halt nach der italienischen Grenze, um mit Linett auszusteigen. Soweit er wusste, sprach sie kein Italienisch. Zwar hoffte er, schnellstens mit dem Mädchen nach Paris zurückkehren zu können, jedoch fuhr nach Angabe des Beamten am Schalter, der fließend italienisch, doch absolut kein Französisch sprach, der nächste Zug erst am nächsten Morgen. Somit kam Jeremys zweite Hoffnung ins Spiel. Sollte es Linett wider Erwarten gelingen, ihn ein weiteres Mal aufs Kreuz zu legen, würde es für sie empfindlich schwerer werden, Hilfe bei anderen zu finden.

Jeremy entging nicht ihr sehnsüchtiger Blick, als der Beamte die nun heute noch möglichen Ziele aufzählte. Sie würden sie in die Schweiz führen, zum Beispiel. Weg von dem Grauen der französischen Hauptstadt, hin zu grünen Almen, freundlichen Menschen und mild-nussigem Käse.

Gleichzeitig erhielten sie noch den gut gemeinten Hinweis, dass am heutigen Abend ein großes Familienfest stattfand. Zu diesem waren viele nahe und entfernte Verwandte und Freunde angereist, sodass die Pensionen und sonstigen Unterkünfte längst überfüllt waren.

Schweigend trottete Linett hinter ihm durch das kleine Dorf. Kleine Häuser schmiegten sich aneinander und bildeten enge Gassen. Manche Fassade leuchtete in strahlenden Farben, doch die meisten wirkten alt, verblasst und ein wenig schäbig. Doch gerade diese Schäbigkeit strahlte warme

Gemütlichkeit aus. Sofern man gerade Urlaub machte und nicht unbedingt ein Mädchen hinter sich her schleifte, das sich zwar ungewöhnlich brav verhielt, aber mit Sicherheit den nächsten Fluchtversuch plante.

Die einzige Übernachtungsmöglichkeit, die ihnen blieb, war eine winzige Pension mit insgesamt zwei Zimmern, deren Inhaberin eine ältere Italienerin mit verstaubten Ansichten war. Da eines der Zimmer belegt war, blieb für die beiden lediglich ein einziges, das sie sich teilen müssten.

»Ein Zimmer vermiete ich nur an Ehepaare oder Geschwister. Schande kommt mir nicht ins Haus«, erklärte das kleine, rigorose Persönchen mit den dunklen, drahtigen Haaren, die sie hochgesteckt hatte, in holprigem Französisch.

Misstrauisch beäugte die Italienerin den hochgewachsenen Mann sowie dessen Begleiterin. Ein kurioses Paar. Sie völlig verstaubt und müde und er im Maßanzug und recht entspannt.

»Ich bin ihr Bruder«, log Jeremy, ohne mit der Wimper zu zucken.

Mit einem Ruck hob Linett den Kopf und starrte ihn verblüfft an. Sie hatte damit gerechnet, dass er versuchen würde, der Italienerin einzureden, sie wären verheiratet (und hätten gerade einen ordentlichen Ehekrach), dass sie verlobt waren und seit Jahren einander versprochen, oder dass absolut keine Chance zur Schande bestand, weil sie sowieso nicht auf Männer abfuhr … aber ihr Bruder? Ablehnend musterte sie ihn.

»Halbbruder! Ich weigere mich, näher als zur Hälfte mit dir verwandt zu sein«, echauffierte sich Linett.

Ihre italienische Gastgeberin sah zwar verwirrt drein, aber ihr schien dieser Familiengrad auszureichen. Oder es war ihr egal. Denn allein die Abneigung, die Linett unverhohlen zeigte, reichte, um sicherzustellen, dass in diesem Raum absolut nichts Unkeusches geschehen würde! Nur über ihre Leiche! Nichts, was Jeremy im Übrigen nicht einrichten könnte.

Linett besetzte als erstes die Dusche, und als sie ins Zimmer zurückkehrte, fand sie es leer vor. Da sie nicht davon ausging, dass sich der Vampir unter dem Bett versteckte, gab es nicht viele Möglichkeiten. Leise öffnete sie die Tür und lauschte. Sie vernahm sowohl die Stimme ihrer Gastgeberin als auch die des Vampirs. Sie unterhielten sich in flüssigem Italienisch. Ihre eigenen Kenntnisse dieser Sprache tendierten gegen Null. Unglücklich wandte sie sich ihren Sachen zu, die sie nun wieder anzog. Sie waren verschwitzt und staubig. Daran änderte auch eine Dusche nichts. Vielleicht konnte sie sie heute Abend auswaschen und dann über Nacht trocknen lassen. Doch im Moment musste sie mit diesem üblen Zustand leben.

Leise, um den Vampir nicht auf den Plan zu rufen, trat sie an das Fenster, das auf den Hof gerichtet war. Seufzend lehnte sie die Stirn gegen die kühle Glasscheibe.

Noch vor einem Monat war ihr Leben in Ordnung gewesen. Sie hatte ihre kleine Wohnung geliebt. Ihr Schlafzimmer war nicht viel größer gewesen als dieser Raum hier, aber es hatte gereicht. Sie hatte ihren Traum vom Singen und von der Band verfolgen können. Tony hatte für sie die Drogeneskapaden ›übernommen‹. Damit sie sich ganz auf das Singen konzentrieren konnte, wie er immer scherzhaft gesagt hatte, wenn sie sich zu sehr um seine Sucht sorgte. Was hatte er nur getan, um so brutal sterben zu müssen?

Erinnerungen schoben sich vor ihr inneres Auge. Sie sah

noch genau die vielen Schalen und Gemüsereste vor sich liegen. Sie spürte die Schwere des Messers in ihrer Hand und den genervten Gedanken, dass sie nachher wieder die Küche putzen musste. Sie hatte nicht putzen müssen, aber sie hätte lieber hundert Villen geputzt, als an diesem Abend ihren besten Freund zu verlieren.

Zitternd sank sie in sich zusammen. Ihr Ellenbogen schlug an das Fensterbrett. Ein kurzer, scharfer Schmerz, der sie aus ihrem Denken riss. Bevor Linett so recht wusste, was sie tat, raffte sie sich auf und stolperte aus dem Raum. Sie brauchte Ablenkung. Und sei es durch einen Vampir!

Sie fand die beiden Sprechenden in der Küche vor. Der Vampir schien sich gerade über einige Worte der Italienerin zu amüsieren. Ein wenig dicklich und mit gutmütigem Gesichtsausdruck erinnerte sie Linett ein wenig an ihre Großmutter, nur dass ihre Haare nicht lockig und grau waren.

Der Vampir wirkte entspannt. Lächelnd sah er nun wesentlich weniger gefährlich aus. Die beständige Mordlust war aus seinem Blick gewichen, und er wirkte nur noch halb so mürrisch. Wieder einmal wurde Linett bewusst, wie sehr man sich am bloßen Anblick einer Person täuschen konnte. Wäre sie ihm so wie heute begegnet, hätte sie ihn gemocht. Sein Lächeln war ehrlich oder zumindest überzeugend ehrlich. Und irgendwie auch ansteckend, auch wenn er seine spitzen Eckzähne dabei gekonnt verbarg.

Die alte Italienerin schnatterte nun ambitioniert auf Linett ein. Doch die verstand kein Wort, und so wanderte ihr Blick fragend zu dem Vampir.

»Du sollst etwas essen. Und dann sollen wir in die hiesige Boutique gehen und dir ein Kleid kaufen. Wir sind zu dem Fest heute Abend eingeladen«, übersetzte dieser nun frei die

Worte ihrer Gastgeberin. Pikiert starrte sie ihn an. Zum Glück hatte ihr die Italienerin gerade den Rücken zugewandt, um ihr einen Teller mit einer ordentlichen Portion Pasta zu füllen, sodass ihr Linetts entsetzter Gesichtsausdruck entging.

Sie sollte mit dem Mann, der mehrfach versucht hatte, sie zu töten, und von dem sie sicher wusste, dass er es noch immer vorhatte, auf ein Fest gehen? Mit Leuten, von denen sie nicht einen Einzigen kannte?

»Es wäre unhöflich abzulehnen«, setzte der Vampir hinzu, der scheinbar ihre Gedanken lesen konnte oder zumindest ahnte, was in ihr vorging.

»Es ist unhöflich, jemanden zu töten«, erwiderte Linett schnippisch.

Kritisch runzelte er die Stirn. »Das Leben ist nun einmal hart, gewöhne dich daran.«

Es war unfassbar, dass sie nun tatsächlich mit dem Vampir in einem Bekleidungsladen für Damen stand. Sie hatte kaum aufgehört, lustlos in ihrer Pasta zu stochern, da forderte er sie nachdrücklich auf, mit ihm zu kommen.

Ihr Widerstand, in den Laden zu gehen, war fast so groß, als hätte er von ihr verlangt, ihr eigenes Grab auszuheben. Erst als er ihr androhte, sie an den Haaren hineinzuschleifen, wenn sie sich weiterhin so anstellte, hatte sie nachgegeben. Sie traute ihm unbesehen eine solche Gemeinheit zu.

Nun lehnte er entspannt an einer Säule, die Arme vor der Brust verschränkt und dolmetschte für sie. Linett hatte sowieso immer ihre Schwierigkeiten, wenn es um neue Klamotten ging, vor allem um Kleider, aber mit einem bedrohlichen Vampir im Nacken (auch wenn er im Moment eher friedlich wirkte), wurde die Sache noch dreimal komplizierter. Dass sie gerne schwarz trug, schien hier niemanden zu interessieren. Oder der Vampir machte sich einen Jux daraus, ständig das Falsche zu übersetzen. Bei dem Anblick eines orangefarbenen Zeltes (anders konnte man es nicht beschreiben), bestickt mit abgrundtiefhässlicher Spitze, fiel ihr beinahe die Kinnlade aus dem Gesicht, und die anderen Kleider waren nur bedingt besser. Dieser Laden war eindeutig nicht für ihre Alterskategorie gedacht.

»Ist das wirklich nötig?«, murrte sie.

»Ja«, erwiderte der Vampir unerbittlich.

»Ist das eine neue Foltermethode? Weil Gliedmaßen mit einer Zange zu entfernen inzwischen ein alter, unkreativer Hut ist?«

Fassungslos betrachtete sie einen fliederfarbenen Fetzen, der mit pinken Pailletten besetzt war und fast dafür sorgte, dass die wenige Pasta aus ihrem Magen wieder hinaus wollte.

Moment! Grinste dieser Kerl etwa?

»Interessante Theorie, aber nein, ist es nicht.«

»Willst du dir nicht einen neuen Anzug suchen? Nebenan ist ein Herrenausstatter«, schlug sie unschuldig vor.

»Damit du dich dann durch den Hintereingang verdrückst? Außerdem gibt es an meinem Anzug nichts auszusetzen.«

Betont prüfend ließ Linett ihren Blick über seine Gestalt schweifen. Ja, verdammt, da gab es wirklich nichts auszusetzen. Also nicht, wenn man sich scheute, einfach zu lügen.

»Seit dem Kauf musst du zugenommen haben, das Hemd spannt am Bauch«, wies sie ihn mit einem zuckersüßen Lächeln hin und verschwand unter seinem giftigen Blick wieder in der Umkleidekabine.

Linett musste sich durch weitere sechs Anproben quälen, bis sie endlich ein akzeptables Kleid trug. Obwohl, was hieß hier akzeptabel? Es war ein Goldstück! Himmlisch – der Stoff war von dunkelrotem Ton, mit breiten Trägern, die im Nacken zusammengebunden wurden, und einem knielangen Rock, der ab der Taille locker schwingend nach unten fiel. Es konnte durchaus sein, dass ihre Begeisterung in ihrem Gesicht zu lesen war, denn endlich rührte sich der Vampir, als würde es nach Aufbruch riechen. Aber dann fiel Linetts Blick auf das Preisschild, und ihr wurde schwummrig. Für ein so kleines Dorf hatte dieser Laden horrende Preise. Sie besaß nicht einmal annähernd so viel Geld. Weder im Moment in bar, noch auf ihrem Konto.

»Ich kann mir das nicht leisten«, wandte sie sich enttäuscht an den Vampir, doch der zuckte nur mit den Schultern.

»Dann zieh es wieder aus.«

Weitaus weniger glücklich tappte Linett zurück in die Umkleidekabine, um schließlich wieder in ihre alten Klamotten zu steigen. Ihr war nicht bewusst, dass der Vampir das Kleid inzwischen bezahlt hatte, und sie sah dementsprechend irritiert drein, als er ihr eine Tüte in die Hand drückte, aus der ihr der bekannte rote Stoff entgegenblitzte.

»Nimm es so hin«, empfahl er ihr und öffnete die Tür, um sie hinauszulassen.

Im Gegensatz zu ihr hatte es der Vampir in der Vorbereitung auf das Fest ziemlich einfach. Er behielt seinen Anzug an und bürstete diesen lediglich ein wenig ab. Der Effekt war, dass er aussah wie gerade frisch angezogen. Da Vampire nicht schwitzten und auch sonst auf gewisse Körperfunktionen verzichten ›mussten‹, roch der Anzug auch nicht wie mehrere Tage getragen oder war starr vor Dreck. Linett hingegen hatte sehr viel mehr zu tun. Von ihrer Gastgeberin lieh sie sich eine Haarbürste und einen Föhn. Da sie es nicht gewagt hatte, ihren Zwangsbegleiter darum zu bitten, in einem Unterwäschegeschäft vorbeizusehen, und auch keine Lust darauf hatte, dass er a) sie dahin begleitete (Es war wohl nicht davon auszugehen, dass er sie aus Rücksicht auf ihre Privatsphäre jemals aus den Augen lassen würde.) und b) wusste, was sie unter dem weinroten Kleid trug, wusch sie nun ihre Unterwäsche in dem kleinen Waschbecken mit reichlich Seife aus. Dass sie ihn bereits völlig nackt gesehen hatte, war natürlich absolut kein Argument, um die falsche Scham abzulegen. Mit dem Föhn trocknete sie also nicht nur ihre Haare, sondern auch die besagten Kleidungsstücke sowie den Rest ihrer Kleidung, den sie ebenso gewaschen hatte. Da sie den Vampir unten bei der älteren Dame wähnte, preschte sie mit wehenden Haaren und lediglich mit trockenem Slip und BH bekleidet aus dem Badezimmer, um sich dem roten Kleid zuzuwenden. Hätte sie nicht alarmiert rechtzeitig gebremst, wäre sie wieder einmal an der breiten Brust des Vampirs gelandet. Erschrocken über sein unerwartetes Auftauchen starrte sie ihn mit großen, dunklen Augen an, bis ihr schließlich bewusst wurde, dass sie halbnackt war. Und als wäre das nicht bereits peinlich genug, trug sie nicht gerade ihre beste Unterwäsche. Der Slip war einmal weiß gewesen, genauso wie der BH früher einmal in bunten Farben geleuchtet hatte. Nach vielen Wäschen war der Slip inzwischen angegraut und der BH glich nicht mehr einer Sommerwiese, sondern einem verwelkten Blumenkasten. Heiß schoss ihr das Blut in die Wangen, und sie schnappte hektisch nach dem roten Kleid, um es sich überzuwerfen und so den Blicken des Vampirs zu entkommen.

Prompt verhedderte sie sich in den zusammengebundenen Trägern.

»Verdammter Mist!«

Leider fluchte sie diese Worte nicht nur in Gedanken, sondern sprach sie laut aus. Sehr laut. Im Dunkeln des Kleides hörte sie das belustigte Gelächter des Vampirs und sah ihn, nachdem sie sich endlich in das Kleid gewunden hatte, und zwar so wie es sich gehörte, mit einem breiten Grinsen im Türrahmen zum Badezimmer stehen.

»Du bist lustig«, stellte er fest.

Linett schnappte nach Luft. War sie ein Kaninchen? Putzig und süß? Zudem noch lustig? War das der Grund, warum sie immer noch lebte? Weil es ihn amüsierte, mit ihr zu spielen? Sein Grinsen machte sie krank, aber immerhin ließ es unter ihrem Blick langsam, aber sicher nach.

»Was machst du hier?«, fragte sie empört. Schließlich war er ohne Anmeldung hier hereingeplatzt!

»Mich fragen, was man geschlagene anderthalb Stunden lang in einem Badezimmer tun könnte«, erwiderte der Vampir und gab sich keinerlei Mühe zu verbergen, dass er sich noch immer königlich über den gebotenen Anblick amüsierte. Konnten Vampire Bauchweh vom Lachen bekommen? Statt dieser Frage stellte sie ihm lieber eine andere.

»Hattest du Sorge, ich wäre geflohen?«, erkundigte sie sich spitz und ließ damit das vergnügte Lächeln aus seinem Gesicht schwinden. Der Hauch der Belustigung wandelte sich nun in unübersehbare Skepsis.

»Soweit ich mich erinnere, sollte es keinen Grund zur Flucht mehr geben«, erwiderte er gedehnt und mit einem hörbaren Fragezeichen am Ende seines Satzes. Linett hätte sich am liebsten selbst eine Ohrfeige verpasst. Natürlich. Sie hatte sein Angebot, gutgläubig und verzweifelt wie sie war, angenommen und sollte sich damit nun in Sicherheit wähnen. Ergo gab es keinen Grund zum Flüchten. Zumindest nicht vor ihm.

»Stimmt. Man gewöhnt sich schwer daran, plötzlich nicht mehr um sein Leben fürchten zu müssen«, versuchte sie, sich zu rechtfertigen und ihn in seinem Misstrauen zu besänftigen. Sie entging einer weiteren Diskussion, indem sie in das Badezimmer zurückkehrte und sich die Haare noch einmal bürstete. Noch immer kannte sie den Namen ihres Begleiters nicht. Ein Fakt, der ihr gerade wieder einfiel. Jedoch schien es nicht in seinem Interesse zu sein, sich vorzustellen, und so hakte Linett auch nicht nach, als sie schließlich voll bekleidet die Treppe hinunterging. Sie traf zuerst auf die ältere Italienerin, die anerkennend durch die Zähne pfiff, und dem Vampir, der ihr folgte, ihren Ellenbogen in die Rippen stieß. Ein Schwall (für sie) völlig unverständlicher Worte folgte von der alten Dame, und fragend blickte Linett zu dem Vampir.

»Was hat sie gesagt?«

»Dass ich mich um deine Jungfräulichkeit sorgen soll«, gab dieser trocken zurück und perplex starrte Linett ihn an.

»Sie meint wohl damit, dass eine attraktive, junge Frau wie du heute Abend sehr viele Verehrer haben wird«, setzte er schließlich noch erklärend hinzu.

Aha. Na ja, solange niemand auf ihre durchgelaufenen Ballerinas achtete, war alles gut. Und vielleicht fand sie einen gut aussehenden, liebevollen, italienischen Mafioso, der sie aus den Fängen des Vampirs rettete, um sie dann auf Händen in sein Heim zu entführen. Ähm, nun ja, träumen durfte man ja noch.

Kapitel 7

Italiener wissen zu feiern

Jeremy war nicht sonderlich überrascht, als sie sich in einem luxuriösen Anwesen wiederfanden. Das Haus erhob sich strahlendweiß über drei Etagen. Das Dach war recht flach und mit schwarzen Dachziegeln versehen. Die Eingangshalle wurde von hohen Säulen gestützt, und beinahe vor jedem Fenster waren Balkone, die ebenfalls mit Säulen abgetrennt und zugleich mit kunstvollen, schmiedeeisernen Geländern verziert waren. Der Garten war weitläufig und aufs Penibelste gepflegt. Auf dem gestutzten Rasen standen Bänke und Tische. Irgendwo spielte eine Band, und es waren sicherlich um die zweihundert Menschen beziehungsweise Vampire (es würde Jeremy wundern, wenn er der einzige seiner Art hier war) anwesend. Fröhliche Musik schallte über das Geschehen. Kurzum, es handelte sich um ein typisch italienisches Familienfest, und Linett hätte nicht völlig unrecht, wenn sie wirklich auf einen italienischen Mafioso hoffte. Ein Bauer konnte sich nicht ein solches Anwesen leisten. Auch kein Geschäftsmann, der nur legalen Geschäften nachging. Es würde ihn wundern, wenn der Gastgeber nicht ein halbwegs talentierter Pate war. Diese Überlegungen waren auch der Grund, warum er die Einladung überhaupt angenommen hatte. Geschäfte wuchsen nicht auf Bäumen, und Jason sah es gern, wenn seine Leute Kontakte knüpften. Auch wenn es nicht sofort zu einem Deal kam, so kannte man sich, und das allein war Gold wert. Im Moment gab es jedoch noch keinen Grund zur Eile. Ihre Vermieterin stellte sie geduldig Dutzenden von Neffen, Nichten, Tanten, Onkeln, Brüdern und Schwestern vor, dass sich der Vampir unmöglich alle Namen merken konnte und es gar nicht erst versuchte. Niemand davon war für ihn von Interesse. Bei Linett sah die Sache anders aus, denn wie von der mütterlichen Vermieterin prophezeit, war die junge Frau schon bald von einer Horde interessierter junger Männer umgeben. Die Sprachprobleme waren für diese kein Hindernis. Man verständigte sich mit Händen, Füßen und Blicken. Was trotzdem auf Dauer recht anstrengend wurde. So war es kein Wunder, dass ihr die Freude anzusehen war, als sich ein Jungspund einstellte, der sie beinahe akzentfrei in ihrer Muttersprache vollzutexten begann. Nun nicht mehr völlig allein, nutzte Jeremy die Gelegenheit, Linett aus den Augen zu lassen und sich über das Alkoholangebot zu informieren.

Bedauerlicherweise war nirgends Scotch aufzutreiben. Nun, im Zweifel konnte er auch mit Wein leben. Und Linett sicherlich auch. Mit zwei Gläsern kehrte er zu Linett zurück, die völlig entrückt den jungen Italiener mit den Französischkenntnissen anhimmelte, und drückte ihr eines davon in die Hand. Die anderen Konkurrenten hatte die halbe Portion mit Leichtigkeit abgeschlagen, und so schien er lediglich in dem Vampir einen Mitbewerber zu wittern.

»Ich sollte mich vielleicht erst einmal verabschieden. Dein Freund sieht es sicherlich nicht gern, wenn du ihn zu lange ignorierst«, setzte dieser nun geschickt den Verhörbohrer an, auf den Linett prompt hereinfiel oder hereinfallen wollte.

»Oh, keine Sorge, das ist nur mein Bruder«, klärte sie den Jungen eilig und völlig überzeugend auf. Jeremy schnaubte amüsiert. Übersetzt hieß das: ›Der Kerl ist uninteressant, du aber nicht.‹ So schnell war man(n) die Aufmerksamkeit einer Frau los. Wollte man sie töten, fesselte sie einen nackt ans Bett. Kaum sah man davon ab, war man abgeschrieben.

Das Lächeln des jungen Italieners, der sich als Davide vorstellte, hatte tatsächlich etwas für sich. Es war offen und
freundlich. Als könnte die ganze Welt versinken, er würde
sich nur auf sie konzentrieren. Nach den Tagen der Flucht,
der Angst und der Nähe von Männern, die alle nur im Sinn
hatten, sie zu töten, war Davide eine angenehme Abwechslung. Da stempelte sie den Vampir auch liebend gern als ihren Bruder ab, der sich danach prompt wieder von ihnen
entfernte. Dass sie sich einander überhaupt nicht ähnlich
sahen, schien niemanden zu interessieren. Ihre Worte und
das Fortgehen des Vampirs waren der Startschuss für Davide, sich noch ein wenig mehr ins Zeug zu legen. Er säus-
elte die kitschigsten, aber auch schönsten Worte, die ihr
Herz unweigerlich höher schlagen ließen, auch wenn ihr nur
zu gut bewusst war, dass Davide maßlos übertrieb und vermutlich nur auf ein kurzes, aber intensives Abenteuer
hoffte. Seine kräftige, muskulöse Statur lud zum Anlehnen
ein, und trotzdem hatte er etwas Verwegenes an sich. Zu
ihrer Überraschung war ihr wachsamer Begleiter weder zu
sehen, als Davide sie zum Tanzen führte, noch als sie sich
mit ihm über das Buffet hermachte. Hatte er keine Angst,
sie könnte sich davonschleichen? Ein wenig später fand sie
sich im Arm von Davide auf einer steinernen Bank in einem
kleinen Pavillon wieder. Die Musik und das Stimmengewirr
drangen nur gedämpft zu ihnen vor, und mit geschlossenen
Augen genoss Linett die Umarmung ihres Begleiters.

»Wann müsst ihr weiter?«, fragte Davide leise an ihrem
Ohr.

»Morgen«, seufzte Linett bedauernd, »Ich würde lieber
gern noch hier bleiben, aber ich bezweifle, dass sich mein

Bruder nach meinen Wünschen richtet. Ich habe ihn sehr verärgert.«

Noch einmal seufzte sie dramatisch. Sie hasste Frauen, die Männern etwas vorspielten, aber hatte sie eine Wahl?

»Wie kann eine so schöne Frau einen Mann verärgern?«, wollte Davide wie erhofft wissen.

»Ach, mein Bruder hat mich wieder zurückgeholt. Obwohl ich schon lange volljährig bin, kann man sagen, dass ich von zu Hause weggelaufen bin. Da unsere Familie nun einmal in höheren Kreisen verkehrt und sie sich an dieser Position festhalten, als würde noch das tiefe Mittelalter herrschen, sind auch heute arrangierte Ehen nicht unüblich. Und ich soll nun irgendeinen Schnösel einer befreundeten Familie heiraten. Er ist arrogant, dumm und nervtötend. Und er sieht aus wie eine hässliche Kröte«, schimpfte Linett in aller Dramatik und Trauer, die sie aufbringen konnte.

Sicher, es war an den Haaren herbeigezogen, aber die Grundaussage war nicht völlig falsch. Der Vampir zwang sie ja, mit ihm zu kommen. Nur lagen die Gründe darin sicherlich nicht in einer geplanten Ehe begraben. Linett bezweifelte, dass er sich überhaupt für irgendwelche Liebesangelegenheiten, egal, ob arrangiert oder nicht, interessierte.

Was nach einem völlig verqueren Märchen klang, stieß bei Davide auf offene Ohren.

»Du meinst deine nicht ganz legale Familie«, hakte dieser nun mit wissendem Blick nach, und Linett nickte traurig. Scheinbar lag sie mit ihrer Vermutung nicht völlig daneben. Damals wie heute waren Ehen ein geschätztes Mittel, um Beziehungen und Freundschaften zu stärken und Fehden auszuschließen. Und es war ja wohl klar, was die Mafia unter ›Familien‹ verstanden. Nicht unbedingt nur die leibliche Verwandtschaft.

Linetts Zögern fasste Davide als ›Ja‹ auf, und er legte beschützend die Arme ein wenig enger um sie. »Vielleicht überlegen sie es sich noch einmal.«

Doch Linett schüttelte nur den Kopf. Sie glaubte nicht, dass sich der Vampir auch nur irgendetwas überlegen würde. Für ihn war sie doch nur eine Eintagsfliege. Hartnäckig, nervtötend, aber nichtsdestotrotz unterlegen. Sie wusste nicht, wie alt der Vampir war. Wer bereits einige Generationen erlebt hatte, der scherte sich nicht um den Überlebenswillen einer einzelnen Zwanzigjährigen.

»Lauf doch erneut weg. Das hat meine Schwester auch getan. Sie sollte zwar niemanden heiraten, aber sie durfte niemals einen Freund haben. Zumindest durfte sie ihn nicht mehr treffen, wenn Papa davon erfuhr«, schlug Davide vor und beugte sich ein wenig zu ihr, damit er sie ansehen konnte. »Ich werde dir helfen.«

Damit hatte Davide natürlich Linetts volle Aufmerksamkeit.

»Wo wohnt ihr diese Nacht?«, befragte er sie eindringlich, und sorgsam beschrieb sie ihm das Haus und den Weg dorthin.

»Ich warte gegen zwei Uhr früh dort auf dich. Es muss dir nur gelingen, dich davonzuschleichen. Dann nehme ich dich mit zu meiner Familie nach Rom. Rom ist eine große Stadt. Niemand wird dich dort finden«, versprach ihr Davide vollkommen von sich überzeugt und küsste sie auf die Stirn. Unweigerlich schmiegte sie sich ein wenig näher an ihn. Was so ein wenig Hoffnung anzurichten wusste.

Ahnungslos über den Plan, den die beiden jungen Menschen gerade ausheckten, streunte Jeremy über das Gelände und ließ sich immer wieder in Gespräche verwickeln. Dass sie brauchbar war, hatte Linett bereits jetzt bewiesen. Unwissend hatte sie sich den Sohn ihres Gastgebers geangelt.

Dieser stellte sich, wie erwartet, als einer der Großen in der italienischen Mafia heraus. Sein Ruf war gut und für hiesige Begriffe der Branche durchaus ehrenhaft. Er hielt sich an Geschäfte, haute niemanden unnötig übers Ohr und schien große Pläne zu haben. Seine größte Einnahmequelle erstreckte sich auf den Handel mit Drogen. Nicht unbedingt Jasons Geschäftsgebiet, aber vielleicht wollte der Vampir ja irgendwann sein Portfolio erweitern.

Lorenzo Sivori führte sein Unternehmen mit harter Hand, duldete keinen Unfug und foppte mit Genugtuung den Staat und die Polizei immer wieder aufs Neue. Wann immer ihm jemand zu nahe kam, gelang es ihm doch in letzter Sekunde, seinen Hals aus der Schlinge zu ziehen. Seine Zentrale lag eigentlich in Rom, jedoch hatte er sich an diesem Wochenende auf seinen Landsitz zurückgezogen, um mit Freunden, Verwandten und Geschäftspartnern seinen 65. Geburtstag zu feiern.

Bisher hatte sein Boss mit diesem Mann nicht sonderlich viel zu tun gehabt. Man kannte und respektierte einander.

Mit ihm persönlich zu sprechen, gelang Jeremy am heutigen Abend nicht, und so machte er sich auf die Suche nach der verschollenen Linett, die im besten Falle noch unberührt von Davides gierigen Fingern war. Es würde ihn aber auch nicht wundern, wenn sie die Gelegenheit genutzt hatte, um sich abzusetzen.

Wider Erwarten fand er sie jedoch in einem Pavillon auf einer Bank liegend vor. Und schlafend. Das allein war bereits interessant, ihre Reaktionen waren es noch viel mehr. Als er ihren Arm berührte, um sie zu wecken, erwachte Linett mit einem Ruck, der sie fast von der Bank katapultierte. Ihre erste Amtshandlung bestand darin, schlecht zielend und mehr mit geschlossenen Augen die Faust vorschießen zu lassen. Wäre Jeremy nicht rechtzeitig ausgewichen, hätte sie ihm die Nase zertrümmert. Mühsam blinzelnd richtete sie sich auf, und ihr Blick legte sich misstrauisch auf ihn.

»Ich möchte nicht wissen, was du tust, wenn du schlafwandelst«, stellte er fest. »Wo ist Davide?«

Es wunderte ihn, dass der kleine Kerl eine schlafende Schönheit einfach im Stich ließ und nicht die Gelegenheit nutzte, ein wenig mehr als Küsse zu erhalten.

»Sein Vater hat ihn rufen lassen«, gähnte ihm Linett die Antwort ins Gesicht. Sehr charmant. »Wann fährt morgen der Zug?«

»Wir kommen morgen zuerst hierher. Wenn wir fertig sind, fährt der Zug los«, erklärte Jeremy ihr.

Das war der Vorteil, wenn in einer solchen Kleinstadt ein Mafioso Hof hielt. Die Uhren richteten sich nach dem, der hier etwas zu sagen hatte.

Die Turmuhr schlug bereits Mitternacht, als die beiden in die Pension zurückkehrten.

Auch wenn es sicherlich nicht bequem war, so folgte Linett dem Beispiel des Vampirs. Sie entledigte sich nur ihrer Schuhe und legte sich angezogen zwischen die Laken. Dass er offensichtlich ebenso in dem Bett schlafen wollte, war ihr zwar ein wenig unangenehm, aber es kam ihr im Grunde nur entgegen.

Der Vampir verschwand vorher noch einmal im Badezimmer.

Linett wusste zwar nicht, was er dort trieb (pinkeln und größere Geschäfte erledigen sicherlich nicht), aber sie nutzte

die günstige Gelegenheit, sich das quadratische, kleine Deckchen, das auf der Fensterbank unter dem Blumentopf lag, zu holen. Damit der Vampir nicht dessen Fehlen bemerkte, zog sie die Vorhänge zu. Schnell sammelte sie auch noch die restlichen benötigten Gegenstände ein und legte sich damit wieder ins Bett. Krampfhaft versuchte sie, ihr Herz zu einer normalen Frequenz zu überreden. Mit seinem überdurchschnittlich ausgeprägten Gehör war es jedem Vampir möglich, die Herztöne eines Menschen zu belauschen. Erst recht, wenn er neben ihm lag. Hektisches Herzklopfen würde ihn misstrauisch werden lassen.

Zwar könnte sie nun laute Musik andrehen, damit diese ihren Herzschlag übertönte, aber wie sollte der Vampir so zum Einschlafen kommen? Vermutlich würde er sie am Ende doch umbringen, nur damit endlich Ruhe herrschte.

Schwer gelang es ihr, sich zu entspannen, aber sie meinte, eine normale Frequenz erreicht zu haben, als er sich schließlich neben sie legte. Den Rücken ihm zugewandt lag sie auf der Seite und sah in die Dunkelheit. Aufmerksam lauschte sie seinen Atemzügen. Es war ihr Glück, dass der Vampir, wie so viele, diese Angewohnheit nicht eingestellt hatte. Zwar war die Sauerstoffaufnahme nicht mehr wichtig und überlebensnotwendig für sie, aber das Atmen war ein natürlicher Reflex, den die meisten trotz ihres (Un)Todes beibehielten. Damit lebte es sich auch wesentlich unauffälliger zwischen den atmenden Menschen.

Seine Atemzüge wurden nun langsam ruhiger, tiefer und regelmäßig. Noch einige Minuten lang lauschte sie diesen, bis sie sicher war, dass er eingeschlafen war. Vorsichtig drehte sie sich auf die andere Seite, als würde sie es im Schlaf tun.

Langsam gewöhnten sich ihre Augen an die Dunkelheit

und vermochten es, diese zu durchdringen. Sie sah die Konturen seines Gesichtes und seiner restlichen Gestalt. Er lag auf dem Rücken, die Hände über dem Bauch gefaltet. Noch ein Sarg und er würde das Klischee der Vampire mit Leichtigkeit erfüllen können. Vorsichtig und immer auf eine Veränderung seiner Atemzüge achtend, zog Linett leise ihre letzte verbliebene Kanüle mit Eisenkraut hervor, um diese aufzuschrauben und die farblose Flüssigkeit auf das Tuch zu kippen. Unweigerlich begann ihr Herz schneller zu schlagen, doch blieb der Vampir glücklicherweise davon unberührt. Er schlief weiter. Auch wenn sie ihm das Eisenkraut nicht direkt in die Venen verabreichen konnte, so hatte sie sich sagen lassen, dass die betäubende Wirkung, ähnlich wie bei Chloroform, auch über das Einatmen einsetzen konnte. Er würde mit wesentlich weniger Nachwirkungen zu kämpfen haben, aber es würde ausreichen, um ihn lange genug schlafen zu lassen, damit sie sich davonstehlen konnte und einen kleinen Vorsprung erreichte. Mit zitternden Fingern und bangem Herzen gab sie sich einen innerlichen Ruck und legte das Tuch vorsichtig auf seinen Mund und auf seine Nase. Das leichte Einatmen würde sicherlich Benommenheit hervorrufen. Ob ihn das aufweckte? Fast wagte sie nicht zu hoffen, dass er weiterschlafen könnte, doch er tat es. Sie wartete eine Minute, er erwachte nicht, aber er bekam natürlich immer noch genügend Sauerstoff, sodass die Betäubung nicht ausreichte. Nun wesentlich mutiger legte sie ihre Hand auf das Tuch und drückte es ihm nachdrücklich ins Gesicht.

Keine Sekunde später schrie Linett entsetzt auf. Der Arm des Vampirs legte sich so grob um sie, dass sie glaubte, er würde ihr die Rippen brechen. Das Tuch rutschte von seinem Gesicht auf ihre Schulter und dann auf die Matratze, als er sich mit ihr auf die Seite legte. Mit brutalem Griff umschloss er ihre beiden Handgelenke und drückte sie vor ihrer Brust zusammen. Alles Strampeln und Zappeln nützte nichts. Im Gegenteil. Um es zu unterbinden, schob er sein Bein über die ihren und sorgte so dafür, dass sie sich absolut nicht mehr rühren konnte. Sein Gewicht lastete drückend auf ihr, und selbst das Atmen fiel schwer, geschweige denn, auch nur einen Finger zu rühren. Mit seinem stoppeligen Kinn schob er die Haare an Linetts Hals beiseite, was in jedem anderen Fall sicher ein wohliges Kitzeln verursacht hätte, im Moment jedoch helle Panik hervorrief.

»Das hättest du besser bleiben lassen«, knurrte der Vampir an ihrem Ohr und mit einem Ruck bohrten sich seine Zähne in ihren Hals.

Ein Wimmern entfuhr ihr, während sie völlig vergaß, sich zur Wehr zu setzen, selbst wenn es vergebens wäre. Mit Entsetzen stellte sie fest, dass ihr Körper die Zusammenarbeit verweigerte. Der kurze, scharfe Schmerz wich einem dumpfen Druck, und ein lustvoller Schauer durchfuhr sie. Moment mal, was?! Selbst in ihrer Angst wurde ihr dieser paradoxe Gedanke noch bewusst. Die wenigen Momente, die sie noch zu leben hatte, bevor ihr Herz an dem Blutverlust versagen würde, dehnten sich in die Ewigkeit. Es war nicht so, als würde ihr Leben vor ihrem geistigen Auge vorbeiziehen. Stattdessen begann ihr Rücken unter dem Gewicht des Vampirs, der rücksichtslos statt der Matratze sie als Liegestatt auserkoren hatte, zu schmerzen, ebenso wie ihre Handgelenke. Und zugleich wunderte sie sich immer noch über diesen kurzen Moment der erotischen Erregung. Ein leichtes begieriges Ziehen zwischen ihren Schenkeln. Verspürte das jeder, bevor der Tod eintrat? Und warum kam dieser nicht?

In einem Anflug von Überlebenswillen versuchte sie, ihm ihren Hals zu entziehen, erreichte jedoch nur, dass der Schmerz stechender wurde. Warum starb sie nicht?

Linett spürte zwar eine langsam eintretende Schwäche, die ihre Glieder zusätzlich lähmte, doch bevor Schwindel oder gar Bewusstlosigkeit einsetzten, ließ der Vampir von ihr ab. Er ließ von ihr ab?

Fassungslos rasten ihre Gedanken im Kreis. Einerseits machte sich unendliche Erleichterung in ihr breit, andererseits hatte sie noch immer Angst. Sie wusste, dass ein Vampirbiss nicht zwangsläufig den Tod bedeuten musste. Ältere Vampire waren in der Lage, ihren Durst zu kontrollieren und den Biss enden zu lassen, bevor der Gebissene am Blutverlust starb. Auch wurde dann nicht jeder überlebende Gebissene zwangsläufig selbst zum Vampir. Beschloss der beißende Vampir, den anderen wandeln zu wollen, injizierte sich automatisch ein Gift über die Zähne des Blutsaugers in die Adern seines ›Opfers‹. Hatte er das getan?

Aber wenn sie den Erzählungen glauben sollte, dann müsste sie bereits jetzt unerträgliche Schmerzen haben, als hätte ein Skorpion sie gestochen. Während sie geschockt und verwirrt darüber nachdachte, spürte sie plötzlich kühles Metall um ihr Handgelenk, das sich an der brennenden Haut rieb. Die kleine Phiole polterte mit einem leisen ›klonk‹ auf den Boden, und sie hörte das Klicken der zweiten Schelle, konnte jedoch nicht zuordnen, woran diese festgemacht wurde.

Wortlos drehte sich der Vampir von ihr weg. Als sie den Mut fand, ein wenig an ihrer gefesselten Hand zu ziehen, spürte sie nur zu deutlich den Widerstand. Trocken schluckte sie und fand zwei Minuten später weiteren Mut. Ihre Hand tastete die kurze Kette entlang, und scharf sog sie die Luft in ihre Lungen, als ihre Finger auf kühle, behaarte und eindeutig ›menschliche‹ Haut trafen. Verdammt, er trug das Gegenstück! Auf ihre Berührung reagierte er nicht im Mindesten, auch wenn Linett annahm, dass er noch wach war.

Warum tat er das? Sie war den Ärger gewiss nicht wert. Warum machte er sich die Mühe, sie zu belügen, mit ihr ein Kleid zu kaufen und sie nach Paris zurückbringen zu wollen? Seine Rache für ihre demütigenden Aktionen würde sicherlich grausam werden. War das der Grund? Wollte er Zeit haben, sich mit ihr zu beschäftigen? Oder durften sich andere mit ihr beschäftigen? Erst jetzt wurde ihr bewusst, dass ihre Hand noch immer auf dem Arm des Mannes ruhte, der ihr eine solche Angst einjagte. Das alles war nicht gerade dazu geschaffen, ihr eine ruhige Nacht zu bescheren. Ihre Gedanken kreisten um Horrorvisionen, in welchen der Vampir die grausame Hauptrolle einnahm. Beängstigende Fantasien, die sich in ihren Träumen fortsetzten und ihr einen Schlaf brachten, auf den sie auch gut und gerne hätte verzichten können. Immer wieder wachte sie auf, weil sie hektisch an ihrem gefesselten Arm zog und dann bemerkte, dass er nur eine geringe Bewegungsfreiheit besaß. Irgendwann landete sie auch, mit der Nase in sein Hemd geschmiegt, in der Armbeuge ihres Bettgefährten.

Am nächsten Morgen erwachte sie mit dem Gefühl, als wäre sie unter die Räder eines Gurkenlasters gekommen. Erschöpft drückte sie das Gesicht in ihr Kissen und blieb einige Minuten lang so liegen, bevor sie schließlich einen Blick wagte. Die Vorhänge waren einen Spalt weit aufgezogen und das Bett bis auf sie selbst leer. Ihr Blick wanderte zu ihrem Handgelenk. Offenbar hatte der Vampir sie beide von dieser Fessel befreit und war bereits in den Tag gestartet. In Ermangelung einer Zeitanzeige vermutete Linett, dass sie gegen fünf Uhr morgens in einen länger andauernden Dämmerschlaf verfallen war. Hatte nur nichts gebracht, wie sie spätestens beim Blick in den Badezimmerspiegel feststellte. Leichte Schatten lagen unter ihren Augen, sie wirkte insgesamt, als gehörte sie mit einem Erkältungstee ins Bett, und ihr unmotiviert schlurfender Gang ließ die Dielen noch schlimmer knarzen, als es sonst der Fall war. Vielleicht sollte sie den Vampir bitten, eine Pause einlegen zu dürfen. Oder dass er sie gleich tötete. Es war ihr egal, wofür er sich entschied. Hauptsache, das Elend hatte endlich ein Ende.

Kapitel 8

Goldstücke und Goldzähne

Es war sicherlich ein wenig unfair, dass Jeremy frisch wie der junge Morgen wirkte, während Linett aussah, als hätte sie vier Nächte lang mit ordentlich Alkohol durchgefeiert. Zwar konnte er nicht behaupten, putzmunter zu sein, da die letzten drei Nächte alles andere als entspannt gewesen waren, doch lief er keine Gefahr, noch auf der Treppe einzunicken, während er sie hinabstieg. So wie Linett, die mit ihren wenigen Habseligkeiten bepackt die Stufen hinabstolperte.

Vielleicht würde die Müdigkeit die junge Frau von dummen Aktionen abhalten. Es wäre ihnen beiden zu wünschen. Bevor Jeremy ihr tatsächlich noch eine gehörige Tracht Prügel verabreichen musste, damit sie endlich den Gedanken begrub, ihn betäuben und ans Bett ketten zu wollen. Nichts gegen Fesselspiele, aber er schätzte es nicht, wenn diese ohne sein Einverständnis (oder besser: ohne sein Vergnügen) vonstattengingen.

Linett wich beharrlich seinem strengen Blick aus und versuchte, die blauen Flecken an ihren Handgelenken, die sie eindeutig ihm zu verdanken hatte, unter dem Ärmel ihres Shirts zu verbergen. Unter dem Shirt trug sie das Kleid. Insgesamt gab sie ein erbärmliches Bild ab, das die mütterliche Fürsorge ihrer Gastgeberin weckte. Diese nötigte Linett ein Frühstück auf, beklagte ihren mangelnden Appetit und traktierte Jeremy mit missbilligenden Blicken, die dieser geflissentlich ignorierte. Als die kleine Italienerin auch noch die Spuren des ›Kampfes‹ zwischen ihm und Linett entdeckte, wehte ihm eine Flut überaus kreativer

Beschimpfungen um die Ohren, die er ebenso ignorierte, bis es ihm zu bunt wurde. Auf sein ›komm‹ sprang Linett ungewöhnlich gehorsam auf, und zu Fuß machten sie sich auf den Weg zum Anwesen des gestrigen Abends.

Dort angelangt wurden sie bereits von einem ungeduldig von einem Bein aufs andere tretenden Davide empfangen. Dessen dunkle Augen ruhten für einen Moment fragend auf Linett, die nur unglücklich mit den Schultern zuckte. Beschützend legte sich Davides Arm um die schmale Gestalt der Französin, um dann den Vampir mit einem bösartigen Blick zu bedenken. Was denn? Verhinderte er etwa das romantische Stelldichein, weil er sich nicht hatte betäuben lassen? Oder hatten die beiden wie Romeo und Julia vor ihm fliehen wollen?

»Für Romantik ist später noch Zeit«, teilte er den beiden gelassen mit. »Musst du nicht in die Schule?«, lautete seine folgende süffisante Frage an Davide, der nicht den Anschein machte, Linett auch nur einen Millimeter von der Seite weichen zu wollen.

»Nein, ich studiere!«, entgegnete dieser nun, und der Vampir verdrehte die Augen.

»Dann geh die Radieschen gießen oder was auch immer.« Die Diskussion wäre wohl noch so richtig in Fahrt gekommen, hätte nicht eine unbekannte Frau begonnen, beharrlich nach Davide zu rufen. Dessen Blick glitt noch einmal kurz und entschuldigend zu der schweigsamen Linett, um dann noch einmal bitterböse auf Jeremy zu treffen, bevor sich der Knirps schließlich abwandte. Unbeirrt von der jungen Biestigkeit packte der Vampir Linett am Arm und zog sie mit sich.

»Au!«, jammerte diese kläglich, und Jeremy erinnerte sich

an die blauen Abdrücke an ihren Handgelenken. Sofort lockerte er seinen Griff. Für ihren Fluchtversuch in der letzten Nacht hatte er sie bereits büßen lassen. Es brauchte nicht sonderlich viel Einfühlungsvermögen, um sich vorzustellen, wie viel Angst sie empfunden haben musste, als sich seine Zähne in ihren Hals bohrten. Es gab keinen Grund, sie weiterhin grob zu behandeln, auch wenn sie es einem wahrlich nicht leicht machte.

»Dann komm«, forderte er sie trotzdem unnachgiebig auf und schritt zielgerichtet durch die mit Marmor gefliese Eingangshalle, um auf die Veranda zu gelangen. An beinahe jeder freien Fläche hingen sauber geputzte Spiegel mit goldenen Rahmen. Auch wenn es keinen Bediensteten gab, der sich um sie kümmerte, so hörte Jeremy doch genau, wo sich sein Gastgeber aufhielt und ihn erwartete. Lorenzo Sivori war am Eingang zu besagter Veranda zu sehen, wie er sich gerade eine Zigarre anzündete. Abrupt blieb das Mädchen stehen. Beinahe wäre Jeremy ohne Linett weitergegangen, doch registrierte er die fehlende Bewegung im Augenwinkel und wandte sich fragend zu ihr um. Sie wirkte wie ein Kaninchen im schaurigsten Gewitter.

»Was ist?«, fragte der Vampir sichtlich irritiert über diesen Stimmungswechsel und zog so den panischen Blick Linetts auf sich.

»Das war also der Plan«, stellte sie tonlos fest, als wäre ihr eine schreckliche Erkenntnis gekommen. Jeremy hatte dafür nicht mehr als ein Stirnrunzeln übrig.

»Der Plan?«

Kaum trat er einen Schritt auf sie zu, wich sie hektisch vor ihm zurück. Himmel noch eins, konnte sie keine zwei Minuten ohne irgendwelche Sperenzchen auskommen? Bemüht beherrscht fuhr er sich durch die Haare und zog leicht daran. ›Geduld‹, mahnte er sich selbst. Sie war verschreckt, völlig müde und überfordert und vermutlich zu allem Überfluss auch noch gehörig traumatisiert. Es brachte nichts, Linett mit einem ungeduldigen Tobsuchtsanfall einzuschüchtern. Am Ende würde er Jason eine völlig unbrauchbare, junge Assistentin bringen, die erst einmal eine jahrelange Therapie benötigte, um überhaupt wieder arbeitsfähig zu sein.

»Welcher Plan?«, fragte er noch einmal. Sachlich und ruhig, wie er hoffte.

»Du bringst mich hierher, damit er mich erschießen kann. So wie er auf Tony geschossen hat! Ist doch beschwerlich, wenn es Zeugen gibt. Und das mit dem Job war eine Lüge. Ich wusste es!«, zischte ihm die kleine Furie entgegen und reckte kämpferisch das Kinn. Dieser Anblick war zu süß, um sauer zu werden. Auch wenn ihre Worte nicht selbsterklärend waren.

»Wer ist er und wer ist Tony?«, fragte er nun das Naheliegende.

»Er ist Lorenzo Sivori. Und Tony war mein Freund!«

Moment, sie hatte einen Freund?

»Ich dachte, du hättest keinen Freund …« Weiter kam er nicht.

»Mein toter Freund!«

Sicher, Jeremy gab gerne zu, dass er gerade nicht die hellsten Fragen stellte und auch nicht schnell genug schlussfolgerte, aber das war noch lange kein Grund, ihn anzuschreien!

»Nimm es mir nicht übel. Aber ich habe keine Ahnung, was der eine mit dem anderen zu tun hat«, stellte er mühsam beherrscht fest, bevor ihm doch eine Erleuchtung kam. »Er hat ihn erschießen lassen und Jason beauftragt, dich zu beseitigen?«

»Stell dich nicht so dumm!«, bekam er undankbar zur Antwort.

»Stell dich nicht so an!«, blaffte Jeremy zurück. Langsam, aber sicher begann sein Geduldsfaden zu reißen. »Also, erklär mir den Zusammenhang und zwar ohne, dass man es noch in Paris hört!«

Linett ballte die schmalen Hände zu Fäusten. Eine Geste, die in Jeremy leichte Skepsis hervorrief. Sie würde doch nicht? Aber nein. Sie verzichtete auf die dumme Idee, einen Boxkampf mit einem Vampir zu beginnen und besaß endlich die Güte, mehr als Vorwürfe von sich zu geben.

»Tony war mein Freund. Wir haben zusammengewohnt. Er hat für Lorenzo gearbeitet. Eines Abends wurde er in unserer Wohnung erschossen. Ich war dabei, zwar in der Küche, aber ich habe alles gehört. Und auf meiner Flucht aus der Wohnung habe ich einen der Männer sehen können, die ihn erschossen haben. Bei der Polizei stellte sich heraus, dass man sie kennt und sie langjährige Mitarbeiter von Lorenzo Sivori sind. Gegen Sivori wurde Anklage wegen Auftragsmordes erhoben. Gegen den einen Mann, den ich erkennen konnte, wegen Mordes. Aber man konnte sie nicht festnehmen, weil man nicht weiß, wo Lorenzo und seine Leute sich aufhalten«, sprach sie nun tonlos, während ihr Blick beharrlich an den sauberen Bodenfliesen klebte. Nachdenklich rieb sich Jeremy über sein Kinn. Das erklärte doch einiges. Die Panik Linetts ergab nun endlich einen Sinn. Bei der Polizei hatte man sie sicherlich über Lorenzos Treiben und seine Familie aufgeklärt. Und ihr ein Bild von ihm gezeigt. Wie sonst hätte sie ihn erkennen können? Wenn Lorenzo im Gegenzug Linett erkannte, würde das ein amüsantes Aufeinandertreffen werden.

»Wieso weißt du das eigentlich nicht?«, fragte Linett nun schnippischer, als es seiner Meinung nach nötig war.

»Schätzchen, ich bekomme und erledige meine Aufträge, und damit ist gut. Ich stelle keine Fragen. Und persönliche Leidensgeschichten sind mir völlig egal«, lautete sein dafür umso patzigerer Kommentar.

»Oh, ich verstehe! Einfach jemanden zu töten, weil man es gesagt bekommt, ist ja auch wesentlich einfacher, als selbst das Gehirn einzuschalten und manches zu hinterfragen!«, pflaumte Linett unbeirrt zurück, und er knirschte mit den Zähnen. Eine lausige Angewohnheit.

»Vielleicht hast du inzwischen mal festgestellt, dass du noch nicht tot bist.«

Also er selbst hielt das für ein recht gutes Argument, jedoch schien das auf Linett nicht zuzutreffen.

»Na, super. Zwei Tage Galgenfrist, darauf hätte ich locker verzichten können! Ich wäre lieber sofort tot gewesen, als mit dir auch nur eine Minute zu viel verbringen zu müssen!«

Jeremy warf einen Blick zu der Terrasse. Zwar zeigten sich Lorenzo und seine Männer dort unbeeindruckt und als hätten sie die beiden Besucher noch nicht einmal bemerkt, aber Jeremy würde es höchst bedenklich finden, wenn sie das Gekeife nicht hörten. Ihre Stimmen klangen hell durch die hohe, gefliese Eingangshalle und waren sicherlich auch in mehreren Kilometern Entfernung noch zu hören. Mit wachsender Verärgerung packte er Linett am Arm. Die Diskussion hielt doch keiner aus! Sie würde schon merken, dass ihr niemand etwas zuleide tat. Prompt kassierte er eine klatschende Ohrfeige.

»Verdammt noch mal. Nach dir sollte eine Krankheit benannt werden!«, fluchte der Vampir, während sich seine

Iris scharlachrot verfärbte. Deutlicher konnte seine Verärgerung nicht sichtbar werden. Und was machte Linett? Diese versuchte, noch einmal auszuholen. Und keuchte auf, als er die kurze Distanz überbrückte und ihr Kinn nach oben drückte.

»Jetzt entspann dich mal!«, befahl er ihr (und sich).

»Entspannen?«, lachte sie höhnisch auf, während sie sein Handgelenk umklammerte. »Ich bin ungefähr so entspannt wie ein Kondom der Größe XS, wenn du versuchst, es über deinen Schwanz zu ziehen!«

Obwohl Jeremy es nicht wollte, zuckten seine Mundwinkel und seine Augenbrauen ein Stück nach oben. Ein Hauch Belustigung zeigte sich auf seinen Zügen, und er brauchte nicht einmal in einen der zahlreichen Spiegel hier zu sehen, um zu bemerken, dass die rote Farbe seiner Pupillen verblassen musste, um dem gewohnten Graublau Platz zu machen. Es war immer praktisch, einem Mann Komplimente (und seien sie noch so versteckt) über seine Ausstattung zu machen. Sachte lockerte er seinen Griff.

»Dann sieh dich als Kondom der Größe L. Unter Harris' Schutz, und vor allem unter meinem, kannst du dich zwar nicht völlig locker flockig gehen lassen, musst aber nicht zum Zerreißen gespannt sein«, gab er nun zurück. »Und jetzt komm.«

Noch während er sich zum Gehen wandte, sah er, wie das undankbare Biest die Augen verdrehte.

»Wäre ich Größe L, könnte ich mich entspannt zusammenfalten.«

»Das habe ich gehört«, offenbarte der Vampir mit einem missbilligenden Blick, doch Linett verdrehte erneut die Augen.

Widerstrebend folgte sie ihm auf dem Fuße. Ein Blick in einen der unzähligen, protzigen Spiegel verriet ihr, dass sie noch blasser geworden war, bevor sie schließlich in einer Mischung aus Abscheu und verhaltener Angst die Augen auf Lorenzo richtete.

Der Kerl war klein, fett und trug sein Haar ölig glänzend zurückgegelt. Ob es ihm Spaß machte, das Klischee des schmierigen Mafioso zu erfüllen? Oder dachte der wirklich, er sähe auch nur ansatzweise anziehend aus? Sein joviales und triumphierendes Grinsen sprach dafür, dass er bereits wusste, wer da in sein Haus gestolpert war. Sollte Lorenzo kein Bild oder keine Beschreibung von ihr kennen, so hatte er spätestens eben hören können, wer sie war, als sie es Jeremy ins Gesicht geschrien hatte. Es brauchte keinen Hellseher, um zu erahnen, wie die Sache seiner Meinung nach weitergehen sollte.

»Ah, das langersehnte Goldstück«, begrüßte er sie mit einem gekünstelt freundlichen Lächeln, das seine schneeweißen Zähne entblößte. Unecht. Sie runzelte die Stirn und schwieg. Dass sie einen Schritt zurückgemacht hatte, wurde ihr erst bewusst, als sie an die Brust des Vampirs stieß. Nein, sie glaubte ihm kein Wort. Selbst wenn der Vampir wirklich nichts von all dem gewusst hatte (was sie ihm nicht im Geringsten glaubte), warum bestand er darauf, sie trotzdem auf dem Silbertablett zu präsentieren? Es war doch logisch, was Lorenzo als Nächstes machen würde?! Zielen und Abdrücken! Aber was sollte sie tun? Schreien? Weglaufen? Sie hätte schneller eine Kugel im Rücken, als sie auch nur einen Mucks von sich geben könnte.

»Wie schön, dass ich es selbst erledigen darf«, ergriff Lorenzo nun erneut das Wort, nachdem er eine Weile darauf gewartet hatte, ob ihm Linett eine Antwort gab. Sein

Grinsen wurde breiter, und er streckte die rechte Hand aus, in die einer seiner Handlanger einen altmodischen Revolver legte. Ja, der Kerl benutzte tatsächlich einen Revolver. War das nicht ein modischer Fauxpas in seinen Kreisen? Benutzte man so was in gehobenen Kreisen überhaupt noch?

»Es wird nicht wehtun. Zumindest nicht, wenn du mir eine Frage beantworten kannst«, versprach er Linett, die sich versteifte, als der Vampir einen Arm um sie legte. Als ob sie jetzt noch in der Lage wäre wegzulaufen!

»Das ist ein Missverständnis. Ich habe sie keineswegs mitgebracht, damit Sie sie erschießen, sondern weil sie Jason Harris' neue Assistentin ist und ein paar wichtige Leute kennenlernen soll.«

Erstarrt lauschte sie den Worten des Vampirs und konnte zusehen, wie sich in Lorenzos Miene Überraschung und ja, auch Fassungslosigkeit, spiegelten.

»Er wird es nicht mögen, wenn Sie sie töten. Und Ihr Cousin kann Ihnen ja ausführlich berichten, was Harris mit Leuten veranstaltet, die nicht in seinem Sinne handeln. Ach nein, kann er nicht, er ist ja tot«, fügte der Vampir noch hinten an.

Unweigerlich drückte sich Linett ein wenig näher an den Mann in ihrem Rücken. Ihre panische Angst wich seltsamer Beruhigung. Die Berührung des Vampirs strahlte in diesem Moment eine Sicherheit aus, die sie nur selten erlebt hatte. Lorenzo legte keineswegs die Waffe aus der Hand, auch wenn er wohl viel zu überfahren war, um überhaupt zu bemerken, dass er sie noch hielt. Abwechselnd schweifte sein Blick zwischen Linett, die ängstlich und auch mürrisch dreinsah, und dem Vampir hin und her, und er sah dabei aus, als erwarte er, dass jemand ›April, April‹ rief.

»Seit wann?«, fragte er nun.

»Seit Kurzem. Und Sie brauchen sich keine Sorgen um gewisse Gerüchte zu machen. Keine Aussage. Kein Ärger«, versuchte der Vampir nun, Lorenzo zu beruhigen. Doch dessen Züge zeigten keineswegs besänftigte Freude, sondern latenten Verdruss.

»Sagen Sie Jason Harris …«, dabei spuckte er abwertend auf den Boden. »… dass ich ihn beauftragt habe, sie zu töten, und nicht, sie einzustellen. Ich verlange nicht nur mein Geld zurück, sondern auch eine Entschädigung! Und natürlich will ich wissen, wo meine Tochter ist!«

Eine Entschädigung? Weil sie nicht tot war? Der Kerl lief doch nicht mehr ganz rund! Hatte sie bisher eher ruhig das Geschehen verfolgt, froh darum, dass der Vampir sie scheinbar doch nicht belogen hatte, machte sich nun blinde Wut in ihr breit. Dieser Kerl hatte Tony getötet! Der Junge war erst achtzehn Jahre alt gewesen und hatte nicht die geringste Chance besessen, sich zur Wehr zu setzen. Und jetzt verlangte dieser blasierte Scheißkerl eine verdammte Entschädigung?! Und was sollte Linett bitte schön über seine Tochter wissen? Sie kannte die ja noch nicht einmal!

Linett konnte im Nachhinein nicht mehr sagen, was sie sich dabei gedacht hatte. Vermutlich nicht viel. Sie hatte das Gefühl, neben sich zu stehen und alles aus sicherer Distanz zu betrachten. Einer von Lorenzos Wachmännern hatte sich mit der Waffe in der Hand neben ihnen postiert, hielt sie jedoch so lasch in der Hand, als nähme er an, keiner von ihnen würde eine Gefahr darstellen.

›Tja, falsch gedacht, Idiot‹ Der Vampir hatte sie inzwischen losgelassen und redete nun beruhigend auf den verärgerten Italiener ein. Im nächsten Moment riss sie Lorenzos Bodyguard die Waffe aus der Hand. Dafür, dass sie sonst sehr schlecht schoss und noch schlechter traf, legte sie jetzt eine bemerkenswerte Treffsicherheit an den Tag. Der Knall ließ ihre Ohren klingeln und summen, aber Linett brauchte nichts zu hören. Es reichte, was sie sah.

Bittere Galle stieg in ihr auf und am liebsten hätte Linett sich übergeben. Sie hatte noch nie Blut sehen können, doch jetzt konnte sie den Blick nicht davon abwenden. Sie sah, wie das Blut aus Lorenzos Oberschenkel lief. Wie ein widerlicher Käfer, den es zu zertreten galt, lag er auf dem Rücken, die Hände in Richtung der Wunde ausgestreckt. Sie sah, wie der Italiener seinen Mund öffnete, um ein gepeinigtes Stöhnen hören zu lassen, und sie dabei entsetzt und wütend anstarrte. Vielleicht rechnete er mit einer weiteren Kugel. Vielleicht rechnete er mit der Kugel, die seinem verbrecherischen Leben ein Ende bereiten würde. Außer ihnen schien der Rest der Welt wie eingefroren. Seine Männer, ebenso wie der Vampir, waren völlig überrascht und wie erstarrt.

»Monsieur Harris wird das Geld behalten, nicht einen müden Cent an Entschädigung zahlen und keine weiteren Geschäfte mit Ihnen machen«, blaffte sie, über sich und ihre Courage überrascht und noch immer nicht Herr ihrer selbst. »Und Ihre Tochter interessiert mich einen Dreck!«

»Erschießt die beiden«, kreischte Lorenzo in einer unerträglich hohen Tonlage, und wäre der Vampir nicht gewesen, wäre sie nun tatsächlich tot. Noch vor den anderen erwachte er aus seiner Starre und griff sie um die Taille. Von jetzt auf gleich verlor sie den Boden unter den Füßen. Krampfhaft klammerte sie sich an seinen Hals. Die Eingangshalle, der Garten, die Straßen, alles rauschte an ihr vorbei, als wäre sie in einem Freiluftzug unterwegs. Der Wind zerrte an ihren Haaren. Sie spürte den Körper des Vampirs, der sie fest an sich presste, und die Muskeln, die unter der Bewegung arbeiteten. Und den Schwindel, der sie erfasste, als die rasante Fahrt urplötzlich ein Ende nahm.

Wie betrunken taumelte sie aus dem Arm des Blutsaugers. Ihre Beine gaben nach, und sie fiel in das weiche Gras. Erst jetzt stellte sie fest, dass er auf einer Wiese gehalten hatte. Eine Wiese, die sich unaufhörlich drehte.

Ihre Hände gruben sich in das Gras, als könnte ihr der Boden Halt geben, und krampfhaft versuchte sie, sich auf ein Gänseblümchen zu konzentrieren. Wenn sie die Lider schloss, begann ihr Magen zu rebellieren. Also zwang sie sich, die Augen offen zu halten, bis das Drehen langsam nachließ. Ein Seufzen entfuhr ihr, als die Welt nun in einem erträglicheren Maß rotierte und nur noch hin und her schwang. Andächtig versuchte sie sich nun in der Fokussierung des Vampirs. Dieser stand breitbeinig vor ihr, die Arme vor der Brust verschränkt und musterte sie mit einem undefinierbaren Gesichtsausdruck. Bisher waren seine Emotionen immer gut von seinem Gesicht abzulesen gewesen. Entweder war er sauer, misstrauisch, belustigt oder angefressen. Doch jetzt konnte sie es nicht im Geringsten deuten. Einerseits verunsichert, andererseits alles andere als reuevoll starrte sie zurück. Sie bereute nichts! Hätte sie es gekonnt, hätte sie den Kerl getötet!

»Wir waren nicht einmal zehn Minuten dort drin, und du hast deinem neuen Boss bereits einen verdammt großen Feind geschaffen«, stellte der Vampir überraschend sachlich fest.

Keine Wut, kein rotes Glühen in den Augen und keine mit einem bösen Lächeln gezeigten Eckzähne?

»Ich wollte nur verhindern, dass er von dem Kerl wegen mir in Regress genommen wird«, erklärte Linett störrisch. Das war eine eiskalte Lüge. Es war ihr völlig egal, welche Folgen das Ganze für Harris hatte oder haben könnte.

»Jason wollte mit ihm Geschäfte machen. Millionenschwere Geschäfte«, erwiderte der Vampir.

»Wenn er eine brave Tippse will, muss er sich jemand anderen suchen. Nach zehn Minuten gefeuert zu werden, ist für mich nicht unbedingt ungewöhnlich«, blaffte Linett.

Hier hing zwar sehr viel mehr daran, als lediglich eine schlechte Beurteilung, aber der Vampir verzichtete darauf, ihr genau das klarzumachen.

»Eine mögliche Kündigung ist dein kleinstes Problem«, war sein einziger Kommentar dazu, und Linett schnaubte.

»Dann haben wir ja alle keine Probleme«, erwiderte sie patzig. Harris brauchte sich wegen dem Geld keine Gedanken zu machen und Linett nicht wegen einer Kündigung. Und was mit Lorenzos Kindern war, konnte ihnen sowieso egal sein.

Zu ihrer Überraschung ging der Vampir nicht darauf ein. Er schüttelte den Kopf. »Was mich mehr interessiert, ist die Geschichte mit Lorenzos Tochter.«

»Ich habe keine Ahnung. Ich wüsste nicht, dass ich seine Tochter kenne.«

Der Vampir gab ein tiefes Seufzen von sich.

»Gehen wir lieber zu Jason, bevor er die Geschichte von anderen hört.« Mit diesen Worten löste sich der Vampir aus seiner Starre und reichte ihr die Hand. Zögerlich legte sie die ihre in seine und ließ sich auf die Beine ziehen. Plötzlich stehend ergriff sie erneut ein Schwindel. Haltsuchend lehnte sie sich an ihn und schloss für einen Moment die Augen. Und bemerkte zugleich die angenehme Wärme, die er ausstrahlte. Müsste er nicht eigentlich eiskalt sein? Sein Herz schlug doch nicht mehr! Oder? Wieder einmal, ohne recht zu wissen, was sie tat, legte sie ihre Hand auf die Brust des Mannes und spürte, ob sich da etwas tat. Nichts. Kein

Pochen, kein Beben. Nichts, was auf einen Herzschlag hinwies. Nur das gleichmäßige Heben und Senken seines Brustkorbes in den gewohnten Atemzügen. Rasch zog sie ihre Hand zurück, als sie den Blick des Vampirs bemerkte, der sie überrascht und fragend musterte. Und verfluchte die Hitze, die in ihre Wangen schoss. Ohne Herzschlag konnte er bestimmt nicht mehr rot werden.

»Komm«, forderte er sie leise auf und umfasste ihre Hand. Eine Berührung, die einen kleinen Schauer durch ihr Innerstes schickte. Ein warmes, wohliges Gefühl, das ihr Zuversicht verlieh und ihrem Herzen noch einen anderen Grund für das heftige Pochen gab. Zum ersten Mal fasste sie etwas Vertrauen zu ihm. Seine hohe Gestalt mit den breiten Schultern, die eine immense Kraft beherbergten, erschien ihr plötzlich eher beschützend denn bedrohlich. War sie schon so weit, dass sie sich an den vermeintlichen Schutz eines Mörders klammerte? Nachdenklich legte sich ihr Blick auf ihre Hand, die in der von dem Vampir völlig verschwand. Erst als sie nach zwei Minuten an dem Bahnhofsgebäude ankamen, kehrten ihre Gedanken in die Gegenwart zurück. Blieb nur zu hoffen, dass sie unbehelligt den Zug nutzen durften. Linett legte keinen Wert darauf, die Strecke bis Paris mittels Vampir-Express zurücklegen zu müssen, und auch der Vampir wirkte nicht, als wäre es sein Wunsch, hunderte Kilometer zu laufen.

Der Zugschaffner erklärte Jeremy und Linett mithilfe einiger unfreundlich aussehender Schergen Lorenzos, dass sie gefälligst andere Wege aus der Stadt zu wählen hatten. Sofern sie in der nächsten Stunde überhaupt noch dazu in der Lage wären. Lorenzos Zorn hatte sich schnell herumgesprochen. Jeremy hatte keine Lust, sich diskutierend oder auf sonstige Weise durchzusetzen, denn Lorenzos Leute schienen aus allen Löchern zu kriechen. Denen am Bahnhof entkamen sie knapp. Erneut erlebte Linett die vampirische Achterbahn, mit der sie Jeremy aus der kleinen Stadt und aus dem Zugriffsbereich dieser Kerle brachte.

»Das geht jetzt aber nicht bis Paris so?«, fragte sie überaus kläglich und umarmte vorsichtshalber einen jungen Baum, der unter ihrem Gewicht bereits verdächtig nachgab. Der Vampir betrachtete den Anblick mit schief gelegtem Kopf.

»Nein. Erstens kotzt du dann wirklich. Zweitens ist mir das zu anstrengend. Wir laufen bis zum nächsten Kaff mit einem Ortsschild, dann soll uns Jason einen Wagen schicken«, beruhigte er Linett, die einen besorgniserregenden Gesichtsfarbton aufwies. Sie war leichenblass um die Nase. Man sollte meinen, dass er sich inzwischen daran gewöhnt hatte, schließlich wies sie diesen Gesichtsausdruck des Öfteren auf, aber jetzt schien sie wirklich an ihrer Grenze zu sein.

»Ist es schlimm, wenn der Schwindel nicht nachlässt?«, stöhnte ihn Linett fragend an.

»Bestimmt nicht. Eigentlich reagieren die meisten nur auf das erste Mal so extrem. Vielleicht solltest du dem Drängen deines Magens einfach nachgeben«, schlug er nun pragmatisch vor. Ihrer entgeisterten Mimik nach zu urteilen, schien ihr der Gedanke nicht zu gefallen. Wo lag das Problem? Sie übergab sich schließlich nicht das erste Mal in seiner Gegenwart. Zu ihrem Glück fasste er solche Entgleisungen auch nicht als Wertung an seiner Person auf, also konnte sie sich getrost gehen lassen.

»Nein!«, erwiderte der kleine Sturbock und bekam prompt einen Schluckauf. Stöhnend lehnte sie die Stirn an den dünnen Baumstamm. Jeremys Mundwinkel zuckten belustigt. Wenn sich herausstellte, dass sie als Assistentin unbrauchbar war, dann gab sie sicherlich einen amüsanten Hofnarren ab. Und eine nette Bekanntschaft in seinem Bett.

»Erschieß mich«, bat sie ihn nun, »Der Tod ist besser als die letzten drei Tage.«

»Vergiss es. Dann hätte ich mich umsonst mit dir herumgeschlagen. Bringe ich dich als Leiche oder gar nicht zurück, streicht mir Jason das Honorar. Und der wird dich nur zwei Minuten lang erleben müssen, um sich mit Leichtigkeit zu einer großzügigen Schmerzensgeldzulage überreden zu lassen«, sprach der Vampir, während er verärgert die Stirn runzelte. »Du kannst den Mund übrigens wieder zumachen. Frauen mit hängenden Kinnladen sind nicht sonderlich attraktiv.«

»Hättest du die ersten beide Male nicht versagt, würde es überhaupt keinen Grund für Schmerzensgeld geben. Sieh es ein, du bist einfach zu schlecht für den Job«, warf ihm Linett derartig biestig entgegen, dass es nun an ihm war, verdutzt zu sein. Dafür, dass sie sich gegen den Job zu sträuben schien, verteidigte sie bereits vehement Jasons finanzielle Interessen.

»Und das dritte Mal hast du auch versagt«, setzte sie nun mit einem triumphierenden Blick hinzu.

»Beim dritten Mal wollte ich dich nicht töten!«, knurrte Jeremy, doch weit gefehlt, wenn er annahm, dass sie nun den Mund halten würde.

»Das entschuldigt nicht die ersten zwei Mal!«

Das Mädchen war lebensmüde!

»Ich habe es mir anders überlegt, ich verzichte auf das Geld.« Mit einem langen Schritt überbrückte er die kurze Distanz zwischen ihnen und hob Linett kurzerhand hoch.

»Hey!«, protestierte die und versuchte beharrlich, sich frei

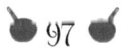

zu strampeln.

»Um mich zu erschießen, musst du deine Waffe benutzen. Die P I S T O L E«, buchstabierte ihm das vorlaute Weibsbild auch noch.

»Hexen werden ertränkt«, wusste er unheilvoll zu verkünden. Wenn er richtiglag, gab es hier in der Nähe einen See, und in dessen Richtung marschierte er nun. Um nach fünf Minuten Geschrei und Gekeife seitens Linett seine Vermutung bestätigt zu bekommen. Eingebettet zwischen Wiesen und Bäumen glitzerte ein kleiner See in der Sonne. Das Wasser war kristallblau. Sicher ein Geheimtipp. Mit seiner zappelnden und fluchenden Last erklomm er einen Vorsprung, der über den See hinausragte, und ließ Linett einfach fallen. Einen spitzen Aufschrei später war ein Platschen zu vernehmen, und ja, er musste es gestehen, es war überaus befriedigend. Allerdings wich das triumphierende Grinsen nach und nach einem sorgenvollen Ausdruck. Linett tauchte nicht wie erwartet prustend und Verwünschungen hustend wieder an der Wasseroberfläche auf. Er hatte doch keine Nichtschwimmerin ins Wasser geworfen?

Jeremys Blick suchte sorgsam das Wasser ab, doch er konnte nichts erkennen.

»Mist, verfluchter!«, wetterte er lauthals und streifte sich hastig die Schuhe sowie sein Jackett ab, um anschließend einen Sprung in das Wasser zu wagen. Für seine doch eher geringe Größe wies der See eine beachtliche Tiefe auf und suchend tauchte Jeremy an der Stelle ab, an der Linett ins Wasser gefallen war. Er tauchte bis zum Grund, doch fand er keine Linett. Weder tot, noch bewusstlos, noch lebend. Innerlich fluchend schwamm er zurück an die Oberfläche, um sich zu orientieren. Da! War da nicht roter Stoff aufgeblitzt? Oder bildete er sich das nur ein? Zielgerichtet suchte er an dieser Stelle erneut das Wasser und den Grund ab und blieb so erfolglos wie bisher. Mit jeder Minute wurde sein Herz schwerer und bedrückter, bis er schließlich die Suche einstellte und zurück ans Ufer schwamm. Das war der beschissenste Tag in seiner Karriere. Zielobjekt verloren, weil ertränkt. Jeremy suchte auf dem Vorsprung nach seinen Schuhen und seinem Sakko, doch sie waren verschwunden! Ein Knacken von kleinen Ästen ließ Jeremy herumfahren, und prompt traf ihn sein eigener Schuh an der Stirn.

»Du Miststück!«, knurrte er zornentbrannt.

»Du Bastard!«, keifte die nasse, aber lebende Linett zurück und warf den zweiten Schuh nach ihm. Diesem wich er flink aus, und mit einem Gesichtsausdruck, der gelinde gesagt, als mörderisch zu bezeichnen war, stapfte er auf das verfluchte Frauenzimmer zu. Der war sein Auftreten nicht geheuer, und so ergriff sie, samt seinem Sakko, die Flucht. Nur, dass man als Mensch vor einem Vampir nicht erfolgreich flüchten konnte. Wenige Sekunden später stoppte er ihren Lauf, indem er vor ihr auftauchte. Seine Hand fuhr in ihre nassen Haare, und er bog unsanft ihren Kopf zurück, sodass sie gezwungen war, ihn anzusehen. Ihr Herz schlug hektisch. So laut, dass ihr Puls in seinen Ohren sogar das penetrante Zwitschern der Vögel übertönte.

»Du heimtückisches, nervtötendes, bösartiges Weibsstück«, knurrte er leise.

»Du inkompetenter …«

Was auch immer sie sagen wollte, sie kam nicht mehr dazu. Nachdrücklich legten sich seine Lippen auf die ihren und eroberten sie in einem harten, besitzergreifenden Kuss.

»Bist du jetzt endlich still?«, fragte er, als er sich einige Augenblicke später von ihr löste. Die Antwort war ein Paar weit aufgerissener Augen, in denen deutliche Verblüffung zu lesen war.

»Freut mich«, stellte er nicht ohne Genugtuung fest. »Und kommst du jetzt brav mit?«, fragte er weiter und rechnete nicht mit Widerworten. Leider hatte er da die Rechnung ohne Linett gemacht.

»Nein!«, erklärte diese trotzig. »Ich arbeite nicht für jemanden, der mit diesem Mistkerl Geschäfte macht!«

»Du hast keine Wahl, und im Übrigen steht auch nicht zur Debatte, dass ich dich hier zurücklasse. Die einzige Frage, die offen ist, ist die, in welchem Zustand du in Paris und bei Jason ankommst!«

»Oh, sind wir wieder am Anfang? Mein Leben zu bedrohen ist ja eine völlig neue Strategie!«

Ein rachelüsternes Lächeln legte sich auf seine Lippen. »Dich zu töten wäre harmlos …«

Mit diesen Worten packte er Linett an der Taille, damit sie sich prompt über seiner Schulter wiederfand. Mochte sie schimpfen und zappeln, dieses Weibsbild hatte eine Lektion verdient. Die bequeme Fahrt nach Paris hatte sie sich verspielt. Wenn Jeremy sie nicht mehr töten durfte, ohne ein Monatsgehalt und Jasons Unmut zu riskieren, so gab es doch genügend andere Mittel und Wege. Und sei es, dass sie doch keine Fahrt in einem bequemen Auto genießen durfte, sondern die Strecke auf seiner Schulter und in dem rasanten Tempo, das ein sprintender Vampir aufbringen konnte, zurücklegte. Und dieses Mal gab es keinen einzigen Stopp bis Paris. Der Vampir scherte sich nicht einmal um Unauffälligkeit. Zwar verlegte er sich auf verlassene Seitenstraßen und Feldwege, doch stoppte er seinen rasanten Lauf erst Stunden später vor Jasons Büro. Dort hielt sich der Vampir nicht lange mit Anklopfen auf, sondern betrat gleich die hellen Räume.

Kapitel 9

Jobgespräch à la Mafia

»Schwanger, krank oder kaputt?«, lauteten die Antwortmöglichkeiten, die ihnen Jason vorgab, damit sie ihm den Zustand von Linett erläutern konnten. Kaum hatte Jeremy sie auf die eigenen Beine entlassen, hatten diese unter ihr nachgegeben, sodass sie prompt den Boden des Büros aus der Nähe betrachten durfte. Inzwischen war sie nicht nur blass, sondern grün um die Nase. Sie zitterte am gesamten Körper, und es hätte Jeremy nicht gewundert, wenn sie dankbar Jasons Parkettboden geküsst hätte. Die vierte Person in diesem Raum, eine Blondine in den Vierzigern, eilte auf das junge Mädchen zu, um sich besorgt über sie zu beugen.

»Was hast du nur mit ihr gemacht?«, richtete sich ihre Frage vorwurfsvoll an Jeremy.

»Sie verträgt keine Schnellzüge, Helen.«

Wie aufs Stichwort schlug Linett die Hand vor den Mund. Helen zögerte nicht, Linett am Arm nach oben zu ziehen und in das Badezimmer zu bugsieren. Den würgen den Geräuschen nach zu urteilen, die durch die zugefallene Tür klangen, gerade noch rechtzeitig.

»Ihr ist nur übel, weil ich sie getragen habe«, wandte Jeremy sich nun an seinen Chef, der noch immer recht vergnügt in seinem Drehstuhl lümmelte und ihn amüsiert musterte.

»So wie du riechst, verwundert mich das nicht. Habt ihr euch bekifft und euch dann für Fische gehalten?«, wollte Harris wissen, während er sich nun absolut keine Mühe mehr gab, das breite Grinsen zu unterbinden.

»Sie brauchte eine Abkühlung«, versuchte sich Jeremy zu erklären, was Harris' Grinsen nur noch breiter werden ließ.

»Und du auch?«

Hatte er erwähnt, dass Jason Harris als Arbeitgeber ein absoluter Star war? Er förderte seine Mitarbeiter an jeder verfügbaren Stelle, zahlte überdurchschnittlich gut, bot flexible Arbeitszeiten und Aufträge, gegen die selbst die von James Bond langweilig waren, und er war sich nicht zu schade, bei privaten Problemen nachzuhelfen, wenn es ihm richtig erschien. Jedoch oder vielleicht gerade deswegen besaß er eindeutig keinen Sinn dafür, wenn sein Gegenüber nicht alles erzählen wollte. Oder er hatte ihn durchaus, es war ihm jedoch schlichtweg egal. Erst jetzt fiel Jeremy auf, dass er in klammen Socken hier stand. Seine Schuhe lagen noch immer am See. Sein Sakko lag neben Linetts Handtasche, die den Sturz in den See mitgemacht hatte, auf dem Boden, ebenso feucht. Die fehlenden Schuhe waren eine Tatsache, die auch Jason nicht entging.

»Die Kleine hat dich fertiggemacht«, stellte Harris nun gutmütig fest und erhob sich von seinem Platz.

»Ich wünsche dir schon mal viel Spaß mit ihr.«

Während Jeremy noch vor sich hin knurrte, füllte Jason drei Gläser mit gutem, sehr altem Scotch auf und reichte dem mürrischen Vampir eines davon.

»Was ist mit Lorenzo?«, hörte Linett den unbekannten Mann ihren Begleiter fragen.

Oh oh. Alarmiert zog sie den Kopf ein und begegnete dem fragenden Blick der Blondine, die als ›Helen‹ betitelt worden war.

»Geht's wieder?«, wollte diese nun von ihr wissen, und Linett nickte tapfer. Ihr Herz hämmerte hart gegen das

Innere ihrer Brust. Der Kloß in ihrem Hals drohte ihr die Luft abzuschnüren, so nervös war sie. Sie hatte nur kurz einen Blick auf Jason Harris werfen können, bevor sie sich seinen Boden näher angesehen hatte. Ob sich seine gute Laune halten würde, wenn er das mit Lorenzo erfuhr?

Leise folgte sie Helen zurück zu den beiden Männern, um sich wie diese auf den Stühlen rund um den runden Beratungstisch aus dunklem Holz niederzulassen.

»Könnte sein, dass er aus verschiedensten Gründen angepisst ist«, erwiderte Jeremy mit einem vielsagenden Blick zu Linett. Unweigerlich lenkte er auch die Aufmerksamkeit von Jason Harris auf Linett.

Das war er also. Der Typ, der Geld dafür kassierte, damit er sie umbrachte. Er war zwar ein Kopf größer als Linett, aber da sie selbst gerade mal 1,65 m war, war das auch keine Kunst. Seine dunkelblonden Haare fielen ihm vorwitzig in die Stirn und betonten zwei funkelnde, grüne Augen, die sie nun in einer Mischung aus Belustigung und Interesse musterten. Seine Lippen waren zu einem leichten Schmunzeln verzogen. Überhaupt drückte seine Haltung heitere Gelassenheit aus. Und er war der Typ, der sie nun als persönliches Schoßhündchen, pardon, Assistentin, behalten wollte. Unweigerlich wurde Linett erneut schlecht.

»Hier, das hilft«, sprach Jason sie nun an und reichte ihr ein Glas mit einer bernsteinfarbenen Flüssigkeit. Kurz roch sie daran, und das scharfe Aroma ließ ihre Nase kitzeln. Whiskey? Egal, was es war, allein der Geruch sorgte dafür, dass ihr erneut übel wurde. Helen nahm ihr das Glas aus den klammen Fingern und stellte es auf den Tisch, um ihr kurzerhand eine Tasse lauwarmen Tees, den sie aus einer Thermoskanne gegossen hatte, in die Hand zu drücken. Okay, sehr viel besser roch der Tee auch nicht. Kurz entschlossen beugte sich Linett nach vorn und krallte sich das Glas Alkohol, um es kurzerhand in den Tee zu kippen. Leicht abwesend hob sie den Blick, und sofort kehrte ihr Geist in die Gegenwart zurück. Linett sah in drei Gesichter, die jeweils eine völlig andere Emotion widerspiegelten. ›Ihr‹ Blutsauger schaute ehrlich entsetzt. Helen sah aus, als wäre sie es, der schlecht war, und Jason? Der grinste so breit, dass es ansteckend war, und ohne es zu wollen, erschien auch auf Linetts Lippen ein flüchtiges Lächeln.

»Also, Jeremy. Warum ist Lorenzo angepisst?«, wandte sich Harris nun Linetts persönlichem Albtraum und ›Stalker‹ zu. Linett verschluckte sich an ihrem gepanschten Tee. Jeremy? Ernsthaft? Jeremy? Jeremy klang so süß. Und unschuldig. Aber doch nicht wie der Name eines Killervampirs, der ständig genervt aussah, so wie jetzt.

»Könnte an der Kugel in seinem Oberschenkel liegen, die ihm Linett freundlicherweise dort hineingejagt hat«, löste dieser nun das Rätsel um Lorenzos Verstimmung, und Jasons irritierter Blick wanderte zu Linett, die diesem beharrlich auswich, indem sie ihren Tee überaus fasziniert musterte. Jedoch bewies Jason eine ungewöhnliche Ausdauer in fragenden Blicken und starrte sie einige Minuten lang einfach nur an. Mist, er schlug sogar Linetts Trotz damit.

»Eigentlich hatte ich weiter oben treffen wollen«, gab Linett zu Protokoll. Okay, das war keine eigentliche Erklärung.

»Seinen Bauch?«, mischte sich Helen ratlos ein.

»Nein! Weiter unten.« Damit deutete sie auf eine Stelle ihres Körpers, die man auch als Schoß bezeichnete. »Leider treffe ich nicht einmal ein Rathaus, wenn es zwei Meter vor mir steht. Aber er hätte es verdient gehabt.«

»Dafür, dass Lorenzo nicht über die Ausmaße eines Rathauses, einer Kirche oder eines anderen hohen Gebäudes verfügt, und du trotzdem seinen Oberschenkel getroffen hast, können deine Schießkünste so schlecht nicht sein«, spottete Jason.

Versuchte Jason Harris gerade ernsthaft, sie zu trösten? Linett sah ihn sichtlich entgeistert an. Sie verprellte ihm einen potenziellen und sicher gut betuchten Geschäftspartner, sie ließ sich nicht umbringen, sie zeigte keinerlei Reue, und Harris, der auch nur ein blutrünstiger Vampir wie Jeremy war, hatte nichts Besseres zu tun, als ihr wegen ihrer miserablen Schießkünste gut zuzureden?

»Sind Sie nicht sauer?«, fragte Linett zugleich zaghaft wie auch misstrauisch.

Jason verschränkte die Arme vor der Brust und schien nicht gewillt zu sein, sich wie ein Racheengel auf sie stürzen zu wollen. »Warum sollte ich? Lorenzo ist der mit der Kugel im Oberschenkel, nicht ich.«

Linett zeigte einen fast sehnsüchtigen Blick. Schließlich war dieser Mann hier dafür verantwortlich, dass sie drei Tage lang von einem Vampir verfolgt und bedroht worden war. Und sich mehrfach übergeben hatte. Okay, daran war eigentlich Jeremy schuld, aber indirekt war es auch die Schuld von Jason Harris.

»Das könnte man ändern«, schlug sie hoffnungsvoll vor.

»Wenn du deines Lebens müde bist, kann ich dich auch ohne diese Aufforderung töten«, gab ihr neuer Boss nun einen Gegenvorschlag zum Besten und klang dabei so freundlich, als würde er ihr anbieten, ihr einen Strauß Blumen zu schenken. Linett verzog abschätzig das Gesicht. »Nein, danke, es ist auf Dauer müßig, von schmollenden Vampiren verfolgt zu werden, nur weil sie nichts als leere

105

Versprechungen zu bieten haben«, erklärte sie nun todernst und vernahm ein Kichern an ihrer Seite.

Helen versuchte erfolglos, ihr Grinsen hinter ihrer Kaffeetasse zu verbergen. Harris zu provozieren würde wohl eine Herausforderung werden, denn dieser blickte keineswegs beleidigt drein, sondern schien sich ebenso königlich wie Helen über sie zu amüsieren.

»Warum wollen Sie unbedingt, dass ich für Sie arbeite?«, stellte Linett nun die Frage, die sie bereits des Öfteren gestellt hatte. Manchmal an sich gerichtet, manchmal an ihren vampirischen Verfolger.

»Hat dir das nicht bereits Jeremy erklärt?«, fragte Harris nun mit einem Blick zu dem ungewöhnlich schweigsamen Vampir.

»Könnte sein, dass er es versäumt hat. Wenn man etwas mit einer gusseisernen Pfanne abbekommt, kann man schon mal was vergessen«, erklärte Linett mit zuckersüßer Stimme. Okay, die Nummer mit der Pfanne war noch vor dem Jobangebot gekommen, aber das wussten schließlich hoffentlich weder Helen noch Jason. Auch wenn sie gerade kleinlich wurde, so tat es doch verdammt gut, Jeremy lautstark mit den Zähnen knirschen zu hören, während Helen hemmungslos lachte, und das Grinsen seines Chefs den Eintausend-Watt-Bereich erreichte. Schön, dass die beiden wenigstens ihren Spaß hatten.

»Für diesen Job braucht es gewisse Fähigkeiten und Charaktereigenschaften. Selbstbewusstsein, Mut, die Fähigkeit, sich durchzusetzen und zuletzt eine überdurchschnittlich ausgeprägte Wehrhaftigkeit sind nur einige davon. Außerdem wirst du dich sicher blendend mit Helen verstehen. Insgesamt war Jeremys Beschreibung von dir so, dass ich einiges darauf verwetten würde, dass du hervorragend zu uns passt. Es ist schwer zu beschreiben, es ist einfach so«, zuckte ihr neuer Boss nun mit den Schultern, und Linetts Blick wanderte verstohlen zu dem Mann, der neben ihm saß. Zu Jeremy, der sie betont ignorierte. Sie konnte sich selbst denken, dass er sie größtenteils mit negativen Adjektiven belegt hatte.

»Und wie viel Gehalt bekomme ich?«, bohrte Linett nun nach, und Jason nannte eine Summe, bei der sie beinahe ihre Tasse fallen ließ.

»Urlaub?«, setzte sie das Kreuzverhör fort, als sie wieder einigermaßen Luft bekam.

»Fünfundzwanzig Tage«

Skeptisch zog Linett die Stirn kraus. »Mehr nicht?«

Jasons Lächeln wurde freundlicher.

»Liebes, ich kann dir den Rest deines Lebens Urlaub geben, aber dieser Urlaub wird dir in der kalten Erde nur eingeschränkt gefallen.«

Zu schade, es hätte ja klappen könnten. Leise seufzte sie.

»Na gut«, gab sie genervt nach. »Aber dafür bringen Sie Lorenzo um.«

Beinahe hätte sie Jason so weit gehabt. Dieser setzte tatsächlich dazu an zu nicken und fiel damit fast auf den alten Psychologietrick herein (die erste Forderung ablehnen, die zweite, wesentlich kleinere Forderung genehmigen).

»Warum sollte ich?«, wollte Harris nun wissen. Ruckartig setzte sich Linett gerade hin und sah Harris in die Augen.

»Weil er Tony getötet hat. Er hat es verdient!«

»Wer ist Tony?«, fragten Helen und Jason im Chor, und Linett verdrehte zornig die Augen.

»Lasst mich raten. Solange Sie dafür bezahlt werden, verzichten Sie darauf, Ihr Gehirn zu benutzen und spielen für jeden Deppen den Killer?« Na toll. Und für eine solche

Intelligenzbestie sollte sie die Tippse spielen. Lieber schoss sie sich selbst ins Knie, so schlecht zielte sie ja angeblich nicht.

»Das trifft es nur teilweise«, mischte sich Helen mit sanfter Stimme ein. »Zu viele Fragen zu stellen ist nie gesund. Außerdem ist es nun einmal Teil unseres Geschäfts. Wenn du die Möglichkeit hättest, Jason auf Lorenzo anzusetzen, würdest du es tun?«

Nachdenklich biss sich Linett auf die Unterlippe. Würde sie es tun? Keine Frage! Sie würde dem Vampir mit bunten Pompons den Cheerleader machen!

»Vermutlich schon. Aber…«, hob sie an, doch Helen unterbrach sie rigoros.

»Nichts aber. Damit bist du nicht besser als jeder andere von unseren Auftraggebern. Jeder verfolgt seine eigenen Interessen, egal, über wessen Leiche. Die Gründe unterscheiden sich, aber das Ergebnis ist stets das gleiche. Jemand stirbt.«

Erneut biss sich Linett auf die Lippe. Wollte sie besser sein? Irgendwie nicht, und damit bestätigte sich wohl die Annahme von Harris. Sie passte hundertprozentig in diese Ansammlung von Verrückten.

»Also töten Sie ihn?«, fragte sie noch einmal hoffnungsvoll, doch Jason schüttelte lediglich den Kopf.

»Nein!«

»Auch nicht, wenn ich so lange ohne Gehalt arbeite, bis ich theoretisch die Kohle zusammen hätte, um Sie zu bezahlen?«

Linett legte sämtliche Hoffnungen in ihre Stimme und vor allem in ihren Blick, der locker das Gemäuer der Pariser Oper zum Schmelzen bringen könnte. Helen verfolgte die Veränderung Linetts zum flehenden Bambi amüsiert, Jason sichtlich fasziniert und Jeremy sah aus, als hätte ihn der Schlag getroffen.

»Nein, auch dann nicht«, gab Jason standhaft zurück.

»Aber er wird uns Ärger machen. Er denkt, ich wüsste, wo seine Tochter ist«, versuchte es Linett nun mit einer anderen Strategie.

»Der regt sich wieder ab. Bis es so weit ist, solltest du trotzdem vorsichtig sein.«

Brachte diesen Mann nichts aus der Ruhe? Lorenzo könnte vermutlich mit gezogener Waffe hier hereinmarschieren, und Harris würde es vermutlich nicht einmal kommentieren!

»Weißt du, wo seine Tochter ist?«, unterbrach Harris ihre Gedanken.

Linett schüttelte den Kopf. »Ich kenne sie nicht einmal«, erwiderte sie leise.

»Bist du dir sicher?«

Nachdenklich legte sie ihre Stirn in Falten. Sie kannte zwar einige Menschen, aber niemanden, den sie automatisch mit Lorenzo in Verbindung bringen würde. Eigentlich noch nicht mal jemanden mit italienischer Abstammung.

»Weißt du etwas davon?«, mischte sich nun Jeremy mit einem fragenden Blick zu Jason ein.

Doch der zuckte nur die Schultern. »Als er den Auftrag gegeben hat, hat er nicht erwähnt, dass wir aus ihr vorher noch eine Information schütteln sollen. Auch nicht, dass seine Tochter verschwunden ist. Und bisher hat er auch nichts in der Richtung verlauten lassen. Allerdings kam der Auftrag von einem seiner Mitarbeiter. Vielleicht hat der etwas versemmelt.«

Jetzt sagt bloß, dass auch die Mafia Probleme mit unfähigen Mitarbeitern hatte? Zweifelnd huschte ihr Blick zwischen den beiden Männern hin und her. Einerseits hatte sie nichts dagegen, nicht weiter über Lorenzos Tochter nachdenken zu müssen. Andererseits fand sie es seltsam, dass nicht einmal Jason neugierig war. Ging er davon aus, dass sich Lorenzo melden würde, wenn es ihm so wichtig war?

»Was ist mit der Aussage?«, lenkte sie das Gespräch auf ein anderes Thema.

»Darum kümmere ich mich«, gab Harris unbeeindruckt zurück.

»Der Staatsanwalt und die Polizei könnten sich doch um Lorenzo kümmern«, erklärte Linett schüchtern und mit einem verschmitzten Lächeln. Jeremy verdrehte deutlich sichtbar die Augen, worauf ihm Linett einen giftigen Blick schenkte.

»Wenn du ihn unbedingt loswerden willst, wirst du ihn schon selbst erschießen müssen. Meinetwegen leihe ich dir auch die Kaution, damit wir dich aus dem Knast auslösen können«, lautete Jasons großzügiges Angebot. Nun ja, das war besser als nichts, aber nicht das, was sie sich erhofft hatte.

»Ich kann niemanden erschießen«, erwiderte Linett bedauernd und drehte klirrend die Tasse auf dem Unterteller im Kreis. »Ich bin zu nett.«

Jeremy reagierte darauf mit einem so heftigen Schnauben, dass sie den Luftzug an ihrem Arm spürte, doch ignorierte sie ihn unbeirrt.

»Das ist dein Problem«, beschied Jason sie, woraufhin Linett doch einige Mühen mit ihrer Selbstbeherrschung hatte, um nicht kurzerhand einen Schmollmund zu ziehen. Irgendwann würde sie Harris so weit haben, dass er entweder sie oder Lorenzo erschoss. Natürlich hoffte sie, dass seine Wahl auf Lorenzo fiel. Ungeduldig wippte sie auf ihrem Stuhl mit den Beinen. Ihre Kleidung war klamm, ihr war kalt, sie hatte Hunger, von dem Alkohol drehte sich langsam ihre Welt, und sie musste dringend mal auf Toilette, bekam langsam Kopfschmerzen und hatte zudem kein Dach über dem Kopf. Merkwürdigerweise war ihr trotzdem nicht nach Weinen zumute. Eher nach einer Umarmung. In starken Armen zu liegen und die Welt für einen Moment zu vergessen. Vielleicht in denen von Jeremy. Das wäre toll. Leider müsste sie ihn dazu sicher Knebeln und Betäuben, damit Jeremy dies zuließ.

»Linett!«, riss sie Jason nun aus ihren Gedanken, und verdutzt richtete sich ihr eben noch verträumter Blick auf diesen.

»Was?«, fragte sie verständnislos über die Unterbrechung ihrer Gedanken.

»Ich glaube, Linett braucht ein wenig Urlaub«, stellte Helen lächelnd fest, und Jeremy schnaubte verächtlich.

»Frag mich mal einer!«, nörgelte er unbeirrt.

»Diesen Wunsch kann ich dir leider nicht erfüllen«, erklärte Jason lächelnd. »Lorenzo ist mitunter etwas nachtragend, und auch wenn er weiß, dass sie bei uns angestellt ist, ist es mir lieber, wenn du ein Auge auf sie hast.«

Kapitel 10

Von Menschen und Heiligen

Sowohl Linetts Widerspruch als auch der von Jeremy trafen auf taube Ohren. Harris war der Meinung, dass die beiden wunderbar miteinander auskommen würden. Gut, er sagte es nicht, aber Jeremy kannte seinen Chef und Freund gut genug, um zu wissen, dass er niemals zwei Personen zusammensteckte, die sich auf den Tod nicht ausstehen konnten. Dass Jeremy Urlaub von der kleinen Nervensäge benötigte, schien Jason nicht im Geringsten zu interessieren und wurde daher großzügig ignoriert. Jeremy konnte nur hoffen, dass Jason diese Sauerei zu entschädigen wusste. Und zwar mit einem ordentlichen Plus auf Jeremys Konto. Mit einer Laune, die man im besten Falle noch als unterirdisch bezeichnen konnte, trat Jeremy in Linetts Gesellschaft auf die Straße. Dass seine Kleidung noch immer klamm und daher unbequem war, ließ nicht gerade die Sonne in sein Gemüt scheinen.

»Wem gehört das Haus, in dem ich dich das erste Mal angetroffen habe?«, erkundigte sich Jeremy missmutig bei seiner Begleitung.

»Der Polizei«, lautete Linetts Antwort.

Völlig überraschend war das nicht. Zeugen wurden nur zu gerne in Häusern versteckt, die der Polizei gehörten und die auf völlig irrelevante Namen registriert waren.

»Gehen wir erst zu mir, und dann holen wir deine Sachen«, beschloss Jeremy, und welch Wunder, Linett nickte nur, anstatt Widerworte zu geben. Der Anblick der beiden, ohne Schuhe und sichtlich zerknittert, stellte die sonst großzügige Toleranz der Pariser doch auf eine harte Probe. Fiel man in Paris normalerweise nicht einmal auf, wenn man mit offener Hose herumlief, so waren sie sich jetzt einiger Blicke gewiss.

Glücklicherweise lag Jeremys Wohnung nicht weit von Jasons Büro entfernt, sodass sie lediglich fünf Minuten bis zu dieser benötigten. Im Treppenhaus herrschte eine beruhigende Dunkelheit, und wie immer fiel ihm der Geruch des alten Holzes der Treppenstufen auf. Er mochte diesen Geruch.

Auf nackten Sohlen tappte ihm Linett bis in den zweiten Stock hinterher und betrat schließlich in seinem Windschatten die Wohnung. Der kurze Flur endete nach wenigen Schritten im Wohnzimmer. Zugegeben, von der Einrichtung des Wohnzimmers war nicht viel zu sehen, denn es herrschte ungeordnetes Chaos.

Zwar lagen und standen keine Essensreste herum (und Blutbeutel benutzte Jeremy nicht), doch war jeder Zentimeter von Büchern, Zeitschriften, Gläsern sowie leeren oder halbvollen Gin- und Whiskeyflaschen belegt. Hin und wieder hatte sich auch eine Wodkaflasche hinzugesellt. Kurzum, diese Wohnung gehörte eindeutig einer alkoholabhängigen Leseratte, die nicht fähig war, benutzte Hemden entweder in den Wäschekorb zu werfen oder zurück in den Schrank zu hängen. Der Wohnzimmerboden war sein Wäschekorb.

»Sind deine Sachen noch nass?«, wandte sich Jeremy an Linett und schlug den Weg ins Schlafzimmer ein. Hier herrschte nur bedingt mehr Ordnung, aber immerhin musste man sich hier nicht durchgraben, um an einen Schrank zu gelangen.

»Ja. Hast du einen Föhn?«, rief Linett aus dem Wohnzimmer. Sie war dort zurückgeblieben und sah sich verloren nach einer Sitzmöglichkeit um, die nicht belegt war. Es fehlte lediglich noch eine Horde verlotterter Katzen, und das Klischee eines verrückten Messies wäre erfüllt. Aber vielleicht lagen die auch frisch verstorben unter einem Stapel Zeitungen.

»Nein«, erklang Jeremys Stimme aus dem Schlafzimmer.

Noch immer konnte sie nicht recht glauben, dass er ausgerechnet Jeremy hieß. Jeremy war die weltlichere Form des biblischen Namens Jeremias. ›Von Gott erhöht‹ – irgendwie passte es nicht. Oder passte es gerade? Schließlich war Jeremy ein Vampir, und Vampire standen logischerweise in der Nahrungskette über dem Menschen. Ergo konnte man schon sagen, er wäre von Gott erhöht worden. Doch zurück zum wirklich Wichtigen.

Ihr war kalt, und sie konnte wohl nicht darauf hoffen, dass Jeremy damit einverstanden war, sich kurzzeitig in den Frondienst als Heizung zu begeben. Also musste sie sich etwas anderes einfallen lassen. Ihr Blick fiel auf eines seiner Hemden, das über der Sofalehne hing. Sie schnappte es sich und zog es sich über, nachdem sie aus ihrem Shirt geschlüpft war und die Träger des Kleides nach unten gestrichen hatte. Der Geruch des Vampirs, der dem Kleidungsstück anhaftete, stieg ihr in die Nase, und für einen Augenblick schloss sie die Augen. Sie würde sich gern damit unter eine Bettdecke schmiegen. Allein das würde ausreichen, um sich für einen winzigen Moment lang sicher und beschützt zu fühlen. Doch das könnte ein wenig seltsam aussehen.

Also verzichtete sie darauf und schloss die Knöpfe des Hemdes. Es war ihr um einige Nummern zu weit, reichte ihr dafür aber bis über die Oberschenkel. Also nahm sich

Linett noch einen von Jeremys Gürteln, den sie an einer der herumliegenden Hosen fand, um diesen um ihre Taille zu schließen. Naja, zumindest versuchte sie es. Selbst im kleinsten Loch saß der Gürtel viel zu locker, sodass sie ihn kurzerhand auf ihre Hüfte schob. Besser als nichts. Und für Paris kein ungewöhnliches Kleid. Die Pariser liebten ungewöhnliche Modeschöpfungen, und diese hier war wahrlich eine. Aber sie konnte nun aus dem feuchten Kleid schlüpfen und trug zugleich ein trockenes Kleidungsstück am Leibe, das die pikantesten Stellen verdeckte. Sie nannte es eigenwillig. Jeremy nannte es gedanklich ›süß‹, als er aus dem Schlafzimmer trat, ebenfalls in trockenen Sachen. Sogar Schuhe trug er wieder. Doch fasste Linett seinen Blick eher kritisch auf.

»Ich bügle es dir dann«, erklärte sie genervt.

»Ich besitze weder ein Bügeleisen, noch eine Pfanne«, erwiderte Jeremy und schien sich gedanklich zu diesen vorausschauend verweigerten Investitionen zu gratulieren. Das grenzte die Auswahl an Waffen in diesem Haushalt doch beträchtlich ein.

»Überrascht mich nicht. Einen Staubsauger hältst du sicher für einen Minielefanten, der aufs Katzenklo geht.«

»Willst du auf dem Balkon schlafen?«, fragte Jeremy sie gefährlich ruhig, während sich seine Stirn in ärgerliche Falten legte. Das wäre sicherlich ein guter Zeitpunkt, den Mund zu halten, doch dachte Linett nicht daran.

»Der Balkon führt vom Wohnzimmer zu deinem Schlafzimmer, ich glaube nicht, dass du dir dieses Klopfkonzert antun möchtest«, gab sie frech zurück.

»Ich habe nicht gesagt, dass ich dich nicht entsprechend zusammengeschnürt auf den Balkon stelle.«

Pfff, als ob der Kerl dazu in der Lage wäre

»Dann beschwere ich mich bei deinem Chef«, ließ Linett unbeirrt verlauten.

»Dein Boss hat auch gesagt, dass ich alles tun soll, um dich zu beschützen. Und genau das wäre nötig, um dich vor mir zu schützen«, knurrte Jeremy in einem bedrohlichen Bariton, der mit dem leicht rötlichen Schimmer in seinen Augen eine beunruhigende Mischung bildete.

Vielleicht hätte sie Jason darum bitten sollen, bei Helen bleiben zu dürfen. Natürlich könnte sie auch den Mund halten, leider kam ihr diese Option nicht in den Sinn. Trotzig verschränkte sie die Arme vor der Brust. Ja, sie war zwanzig Jahre alt, aber sie konnte bocken wie ein junges Lamm. Inmitten des Chaos war sie eine Festung der unerschütterlichen Unverschämtheiten.

»Hättest du deine Aggressionen an Lorenzo ausgelassen, anstatt ihm bis zum Anschlag in den Hintern zu kriechen, wären wir jetzt sehr viel entspannter«, schleuderte sie ihm entgegen, und im gleichen Moment geschah etwas Seltsames. Es schien, als würden die Welt und die Zeit stillstehen. Sie sah Jeremys Kragen sprichwörtlich platzen, bevor der Vampir auch nur einen Ton von sich gegeben hatte. Das allerdings änderte sich verdammt schnell. Aus der Kehle des Vampirs drang ein Knurren, das allein schon ausgereicht hätte, um Linett zu Tode zu erschrecken, bevor Jeremy zu einer donnernden Schimpftirade ansetzte, die sicher in Grönland noch zu hören war.

»Was hast du für ein Problem mit diesem Kerl? Ja, sicher, er hat deinen Freund getötet oder töten lassen, aber bist du in deiner engstirnigen Sichtweise schon einmal darauf gekommen, dass dein Tony nicht völlig unschuldig an seinem Schicksal war? Lorenzo gehört nicht zu den Männern, die unschuldige Menschen über den Haufen schießen, nur weil er ihre Nase unsympathisch findet. Dein Tony hatte gewaltig etwas versaut. Find dich damit ab!«

Wäre Linett nicht die Lautstärke von Diskotheken und Konzerten gewohnt, wäre sie jetzt sicherlich taub, doch war es nicht die Lautstärke des Gebrülls, die ihr die Tränen in die Augen steigen ließ, sondern der Inhalt dieser Tirade oder vielmehr, was diese auslöste. Erinnerungen, die sie bisher hatte gut verdrängen können, stiegen vor ihrem inneren Auge auf. Es war hart, solche Worte zu hören. Und noch härter war es, wenn man sich selbst eine Teilschuld an der ganzen Misere zuwies.

Tony war ihr bester Freund gewesen und mehr ihr Bruder als alles andere. Er, der jüngere Bruder, und sie, die ältere Schwester, die es nicht vermocht hatte, ihn aus dem Sumpf von Drogen und Kriminalität zu holen. Stattdessen hatte sie zusehen müssen, wie er sich immer mehr in zwielichtige Probleme verstrickte, um sich seine Drogen leisten zu können, bis er, wie Jeremy es ausdrückte, es so richtig versaut hatte.

Sie würde niemals das Knirschen und Knacken der aufspringenden Tür vergessen. Oder das Krachen, mit dem die Tür gegen die Wand geflogen war. Und sie würde auch niemals Tonys angsterfüllten Ruf ›Verschwinde, Linett‹ vergessen und erst recht nicht die Schüsse. Und Tonys Schreie.

All das drängte sich nun mit einer Wucht nach oben, als würden sich die Erinnerungen für die bisher erzwungene Nichtbeachtung rächen wollen. Unwillkürlich begann Linett unkontrolliert zu zittern, und ihr Blinzeln kam nicht mehr gegen die Tränen an, die ihr langsam über die Wangen rollten.

Hastig wandte sie sich um. Sie stürzte durch das Wohnzimmer, in den Flur und schließlich durch die Wohnungstür. Ohne innezuhalten lief sie die Treppen hinab bis auf die Straße und folgte schließlich tränenblind dem ersten Instinkt, sich nach links zu wenden.

Immer wieder stieß sie mit Passanten zusammen, doch sie kümmerte sich nicht darum. Die Hand auf den Mund gepresst, um das Schluchzen zu ersticken, lief sie mit gesenktem Kopf weiter und landete schließlich in einem kleinen Park. Erst hier wurden ihre Schritte langsamer. Kinder spielten kreischend auf der Wiese Fangen und wurden immer wieder von ihren Müttern gerufen, wenn sie zu nah an das Ufer des Teiches kamen. Dort stand auch eine alte Weide, mit langen Ästen, die ein schützendes Dach bildeten. Vorsichtig bahnte sie sich einen Weg durch das Geäst und erreichte den Stamm. Noch immer zitternd ließ sie sich auf den Boden sinken und vergrub das Gesicht in den Händen. Ihre Schultern zuckten heftig, und ihre Atmung schien kaum mit dem Sauerstoffbedarf mithalten zu können. Was ihr nach einer halben Stunde einen gewaltigen Schluckauf einbrachte. Umso heftiger flossen die Tränen. Wegen ihrem toten Tony, diesem ungehobelten Vampir und diesem beschissenen Schluckauf. Unaufhaltsam liefen ihr die Tränen über die Wangen, die Finger und tropften schließlich auf ihre angewinkelten Beine.

Es dauerte lange, bis sie sich wieder so weit beruhigte, dass sie wieder atmen konnte. Zwar hielt sie immer mal inne, doch drängte sich beharrlich Tonys Bild vor ihr inneres Auge, wann immer sie eine Pause einlegte, und sorgte damit für einen weiteren Tränenstrom. Doch diese ›Anfälle‹ wurden kürzer. Erschöpft legte sie sich auf den kühlen Boden. Wegen der hier herrschenden Dunkelheit wuchsen nur vereinzelte Grashalme, doch verbreiteten sowohl die Erde als auch die Weide einen angenehmen Duft. Ein beruhigendes Aroma des Friedens. Tief holte sie Luft und schloss die Augen. Noch immer stahlen sich vereinzelte Tränen aus ihren Augenwinkeln, doch war sie von einem Weinkrampf mittlerweile weit entfernt. Bleierne Müdigkeit machte sich in ihr breit und legte sich wohltuend über ihre Gedanken. Nur kurz schreckte sie auf, als sie jemand hochhob, zappelte anstandsweise ein wenig und befand die breite Männerbrust, an der sie sich wiederfand, als bequem genug, um erneut in den Schlaf zu fallen.

Als sie die Augen wieder aufschlug, fand sie sich in einem schönen Bett wieder. Die Decke war kuschelig, die Matratze bequem, und es roch nach Jeremy. Wohlig räkelte sich Linett und nahm das Kissen, auf dem ihr Kopf bisher geruht hatte, in einen regelrechten Würgegriff. Die Beine anziehend ringelte sie sich embryogleich um das Polster und drückte ihre Nase hinein. Tief atmete sie ein … und riss prompt wieder die Augen auf, als sie die Stimme des Vampirs unerwartet nah in ihrem Rücken vernahm.

»Hast du Hunger?«, fragte der nun, und Linett spürte, wie er sich bewegte. Sie wippte ein wenig auf der Matratze, als er sich auf die andere Seite drehte.

»Nein«, erwiderte sie mit hörbarer Bockigkeit in der Stimme. Ihr Magen knurrte ihr das Gegenteil zu. Doch sie wollte sich nicht umdrehen und Jeremy ansehen. Sein Kissen war so viel sympathischer, freundlicher, und es hielt die Klappe.

»Ich kann verstehen, dass du sauer bist.«

Linett antwortete ihm nicht. War sie sauer? Im Moment fühlte sie sich leer und unwirklich, aber nicht zornig. Sekunden verstrichen, in denen sie zu keiner Antwort fand und auch keine geben wollte. Vielleicht ging Jeremy weg, wenn sie ihn beharrlich ignorierte.

Doch sie hatte die Rechnung ohne Jeremy gemacht, denn dieser legte seinen Arm um ihre Taille und drehte sie zu sich herum.

»Was?«, maulte sie ungnädig.

»Hast du eine Depression oder deine Tage?«, fragte der ungehobelte Kerl. Zum Dank begann Linett damit, ihm das Kissen um die Ohren zu schlagen. Mehrfach und mit wachsender Begeisterung. Der Vampir ließ es sich gefallen, und vor allem ließ er sie hin und wieder einen Volltreffer landen, den er mit einem Murren quittierte. Erst als ihr die Arme schwer wurden, hielt sie inne.

»Geht es dir besser?« Er traute dem Frieden scheinbar nicht, auch wenn Linett das Kissen wieder mit beiden Armen an ihre Brust drückte und ihr Kinn darauf abstützte.

»Ja«, erwiderte sie leise. »Warum tust du das?«

Jeremy lehnte sich gegen das Kopfteil des Bettes, und ein Lächeln huschte über seine Lippen.

»Besser, ich provoziere dich, wenn du nur ein Kissen in der Hand hältst, als wenn du dann eine Pfanne griffbereit hast.«

»Was hast du gemeint, als du sagtest, Tony hätte was verbockt?« Forschend legte sich Linetts Blick auf ihn.

»Ich habe es so gemeint, wie ich es gesagt habe«, erwiderte Jeremy unwillig.

Es war verständlich, dass man Tote auf eine Art Podest hob. Sie waren tot und konnten sich nicht mehr wehren. Das Gehirn pflegte stets die negativen Erinnerungen in den Hintergrund zu drängen, sodass man die Fehler der Verstorbenen kurzerhand vergaß. Im Grunde eine sehr nette

Einrichtung. Aber sehr lästig, wenn jemand dabei war, den Bezug zur Realität zu verlieren.

»Lorenzo erschießt niemanden, nur weil ihm langweilig ist. Das ist nicht seine Art. Ich nehme an, es hat etwas mit seiner Tochter zu tun. Die wahrscheinlichste Möglichkeit ist, dass er mit ihr geschlafen hat. Aber dann wäre sie nicht spurlos verschwunden. Vielleicht hat er sie entführt, um von Lorenzo Geld abzupressen«, erläuterte der Vampir nun mit einem Zucken der Schultern seine Gedanken.

Mit einem Ruck setzte sich Linett kerzengerade auf. Herrje, das Funkeln in ihren Augen kannte er bereits.

»Nein«, rief sie laut aus. »So etwas würde er nie tun!«

»Irgendetwas muss er getan haben, sonst wäre er nicht tot«, erwiderte Jeremy mitleidslos. »Was hat er für Lorenzo gemacht?«

Sein Blick ruhte auf Linett, das nun nervös auf ihrer Unterlippe kaute.

»Er war Drogenkurier. Er hat das Zeug aus den Lagern auf die verschiedenen Dealer verteilt«, antwortete sie leise und wich seinem Blick aus, indem sie auf die Kissen starrte.

»War er selbst abhängig?«

Ein Zittern ging durch Linett, und erneut lösten sich Tränen aus ihren Augenwinkeln.

»Dein Freund war ein Drogendealer und selbst abhängig. Das heißt, er verdient nicht viel, brauchte aber wiederum viel Geld, um seine eigenen Drogen zu finanzieren. Normalerweise würde ich vermuten, dass er einfach was von dem Zeug, das er verteilen sollte, geklaut hat, aber das ergibt mit der Tochter keinen Sinn. Vom Drogendealer zum Erpresser und Entführer ist es kein weiter Weg.«

»Nein!«, rief Linett erneut laut. Ihr tränenverschleierter Blick richtete sich wütend auf ihn.

»Dein Tony war kein Heiliger. Kapier das endlich. Und bleib gefälligst hier!«

Noch während sie versuchte aufzuspringen, packte er sie bereits am Arm und zog sie wieder zurück. Und das Weib versuchte doch tatsächlich, wieder einmal auszuholen! Sein Blick wurde dunkler, als er ihre Hand einfing.

»Lass mich los!«

Himmel, man könnte meinen, er würde versuchen, sie zu vergewaltigen. Mit einer für so eine zierliche Person erstaunlichen Kraft sträubte sie sich gegen seinen Griff, während die Tränen dick wie Erbsen über ihre Wangen kullerten. Ihre Beschimpfungen zu wiederholen würde den Rahmen und die Altersfreigabe eines jeden Buches und Filmes sprengen. Jeremy lernte jedenfalls ein paar neue Begriffe, die ihm bis dato in diesem Zusammenhang völlig unbekannt waren. Und er musste feststellen, dass diese Furie eine beängstigende Ausdauer besaß, wenn es darum ging, um sich zu schlagen. Erst als er sich auf sie legte, hörte sie endlich auf. Auch als er nun ihre Arme losließ, bedeckte sie mit den Händen ihr Gesicht. Ihre Schultern zuckten ununterbrochen, und das Schluchzen wandelte sich bereits in krampfhaftes Luftschnappen. Jeremy strich ihr ein paar Haarsträhnen aus der Stirn.

»Ich will nicht mehr«, hörte er sie leise weinen, als er sich von ihr herunter wälzte und sie an seine Brust zog.

»Tony war ein Mensch wie jeder andere. Und einer, der teuer für seine Fehler bezahlen musste. Aber ich glaube nicht, dass er jemand war, der wollen würde, dass du aufgibst«, sprach er leise auf sie ein. Fest legten sich seine Arme um die zuckende Gestalt. Geduldig streichelte er ihr unaufhörlich den Rücken. Hätte ihm jemand prophezeit, dass ein Karrieresprung sich so darstellen würde, dass er vom

Auftragsmörder zum persönlichen Psychologen ernannt wurde, hätte er diesen Propheten die Gedärme beim lebendigen Leibe herausgerissen. Interessanterweise störte ihn seine neue Rolle weniger, als sie es eigentlich sollte. Hatte er sonst für das Leid anderer nur Spott, Verachtung und im besten Falle Gleichgültigkeit übrig, so lag es ihm nun am Herzen, Linett aus ihrer Tränenflut zu holen. Also hielt Jeremy Linett so lange, bis das Weinen leiser und unsteter wurde und schließlich sogar ganz erstarb.

Kapitel 11

Wer ist hier der Freund und Helfer?

»Wir holen deine Sachen. Wasch dir das Gesicht«, sprach Jeremy und löste sich von Linett. Sein Ton war streng, ebenso wie sein Blick. Es brachte nichts, wenn sich Linett nun dem Selbstmitleid ergab. Entweder sie beging Selbstmord, um sich aus ihrem Elend zu befreien, oder sie lernte, mit ihrem Leben umzugehen. Andere Möglichkeiten gab es nicht. Und die Nummer mit dem Selbstmord fiel schon mal aus. Jeremy würde einen Teufel tun und ihr noch die Wanne volllaufen lassen, damit sie sich darin ertränken konnte.

Mit vor der Brust verschränkten Armen wartete er vor dem Bett stehend, dass Linett die Güte besaß, sich aus seinem Selbstmitleid zu lösen. Er musste eine Weile warten. Aber schließlich erhob sie sich doch. Den Blick gesenkt, schlich sie an ihm vorbei. Auch als sie sich auf den Weg zum Wagen machten, blieb sie schweigsam und starrte lediglich auf den Fußweg.

»Du fährst«, erklärte er ihr und warf ihr die Wagenschlüssel zu, um selbst die Tür zum Beifahrersitz zu öffnen. Innerlich seufzte er. Wenn sie ihn nicht gerade in den Wahnsinn trieb, konnte sie sanft wie ein Lamm sein. Zu schade, dass besagtes Lamm die Angewohnheit hatte, bei jeder sich bietenden Gelegenheit mit frechen Worten und anderen Dingen um sich zu werfen.

Linett riss die Fahrertür auf, und Jeremy wartete bereits auf das ›klonk‹, das unweigerlich folgen musste, wenn Metall auf Beton schlug, doch es blieb aus. Linett stoppte rechtzeitig in der Bewegung und setzte sich hinter das Lenkrad.

Jeremy schnaubte amüsiert. Ihre Nasenspitze ragte gerade so über das Lenkrad. Angeschnallt wartete Jeremy geduldig, bis Linett sämtliche Einstellungen vorgenommen hatte, die ihr dabei helfen konnten, nicht alles über den Haufen zu fahren, nur weil sie zum Beispiel die kleinen Kinder übersah, die auf der Straße spielten. Oder die Katze. Oder die Mülltonnen. Und die anderen Autos sowie die Ampeln, Fahrräder und so weiter.

»Wir hätten schon längst da sein können«, maulte der Vampir der Form halber ein wenig später gespielt ungnädig. Linett ließ prompt den Motor aufheulen und legte mit einem Knirschen den Rückwärtsgang ein. Jeremy verzog das Gesicht. Was hatte er getan?

Doch, und ja, es war überraschend, Linett legte einen recht geordneten Fahrstil an den Tag. Die Mülltonnen blieben stehen, Katzen, Kinder und sonstige Passanten unversehrt. Ohne erschreckende Manöver und Beinahe-Unfälle hielten sie eine halbe Stunde später vor dem Haus, in dem Jeremy Linett zum ersten Mal angetroffen hatte.

»Du kannst die Augen wieder aufmachen. Wir sind da, du feiger Hase«, erklang schließlich Linetts Stimme von der Seite. Widerwillig öffnete Jeremy die Augen, die er zwischendurch geschlossen hatte.

»Ich habe geschlafen«, brummte der Vampir beiläufig und ließ den Blick über die Umgebung streifen. Bei Tageslicht sah das Haus noch schäbiger aus als bei Nacht. Und jetzt sah er auch die Kamera, die an der Eingangstür angebracht war. Nicht weiter überraschend, aber es erinnerte ihn daran, dass er sich schleunigst darum kümmern musste, dass die Aufnahmen von jener Nacht vernichtet würden. Er mochte es nicht, wenn es Videobeweise seiner Überfälle gab.

Während Linett den Schlüssel in das Schloss der Eingangstür steckte und ihn umdrehte, verbot sich Jeremy, darüber nachzudenken, wo sie diesen bisher aufbewahrt hatte. Sie hatte keine Handtasche bei sich und lediglich ein zerknittertes Hemd an. Wo bitte hatte sie also den Schlüssel bisher versteckt gehabt?

Linett stellte die Alarmanlage aus und verschwand schließlich in dem kleinen Wohnzimmer, um keine Minute später wieder vor ihm zu stehen. In den Händen hielt sie lediglich einen handhohen Plastikbeutel und eine noch winzigere Blechdose. Sie waren ernsthaft den weiten Weg gefahren, damit Linett praktisch nichts aus dem Haus holte?

»Ist das alles?«, vergewisserte er sich lieber noch einmal.

»Meine Wohnung ist zwei Tage, bevor ich herkam, ausgebrannt. Das ist alles, was ich retten konnte«, erklärte sie traurig mit einem Zucken der Schultern und raschelte mit dem Plastikbeutel. »Und hier ist lediglich ein Shirt und eine Hose zum Wechseln drin. Die habe ich mir danach geholt«, fügte sie noch hinzu. Nachdenklich betrachtete Jeremy die betrübte Linett. Kein Wunder, dass sie nicht mehr wollte. Wie konnte man nur so wenig besitzen?

Das Geräusch knirschender Reifen ließ Linett zur Tür blicken. Scheinbar parkte gerade ein Wagen auf der Straße. Ihr Blick huschte unsicher zu Jeremy. Lorenzo und seine Gang? Hatten sie hier auf sie gewartet? Ängstlich begann ihr Herz zu rasen, und sie war nicht wenig versucht, einfach durch den Hintereingang zu flüchten. Doch würde Jeremy kaum so ruhig bleiben, wenn es Grund zur Beunruhigung gäbe, oder? Sollte sie sich besser gleich hinter Jeremy verstecken?

In der Not vergaß man auch, dass man eigentlich auf den Mistkerl sauer sein wollte, solange er einen beschützen konnte. Jeremys Stimmungswechsel verursachten ihr Kopfschmerzen. Es hatte sich so angenehm angefühlt, in seinen Armen zu liegen. So warm, beschützt, ein Gefühl der Sicherheit, als könnte ihr niemand etwas tun. Und sobald sie aufgehört hatte zu weinen, war er der unsensible, unfreundliche Idiot gewesen, der ihr befohlen hatte, sich gefälligst das verheulte Gesicht zu waschen. Weil er sich vermutlich schämte, mit einer Frau auf die Straße zu gehen, deren Augen schlimmer geschwollen waren als die eines Boxers.

Angespannt wartete sie darauf, dass sich die Eingangstür öffnete, und rückte immer wieder ein Stück näher an den Vampir heran. Da sie nicht hinter ihnen abgeschlossen hatte, brauchte der Ankömmling lediglich den Knauf zu drehen, um sich Zutritt zu verschaffen.

Und endlich atmete sie erleichtert aus. Es war nicht Lorenzo. Und auch keiner von seinen Männern.

»Hi, Luc«, begrüßte sie den Polizisten erfreut und drehte sich zu Jeremy um. »Jeremy, das ist Luc«, klärte sie den Vampir auf und wandte sich schließlich erneut dem Neuankömmling zu. »Luc, das ist Jeremy.«

Sie mochte den hochgewachsenen, muskulösen Polizeibeamten mit seinen breiten Schultern, den irgendwie immer ein wenig lang scheinenden dunkelblonden Haaren, die gerne wild von seinem Haupt abstanden, als hätte er sie sich erst kürzlich gerauft, und dem freundlichen Lächeln. Er war es, der damals ihre Aussage aufgenommen und ihr gut zugeredet hatte, als sie vor Angst weder ein noch aus wusste. Es gab nur wenige nette Kerle wie ihn. Auch wenn er doch überdeutlich klar machte, wer hier seiner Meinung nach die größere Knarre besaß. Nämlich er - an seinem Gürtel. Luc trug zivile Kleidung, hatte aber seine Hände in die Hüften geschoben, um deutlich und unübersehbar seine Dienstwaffe zu präsentierten. Und seine Dienstmarke, um Restzweifel auszuschließen.

»Hi, Lini«, sprach der Polizist und erwiderte ihr Lächeln nur kurz. Da sie mit dem Rücken zu Jeremy stand, bemerkte sie nicht, dass Jeremy für einen Moment sämtliche Gesichtszüge entgleisten, und er sich nur knapp zurückhalten konnte, seinen Senf dazuzugeben. (Lini? Ernsthaft?! Dem Weib konnte man vielleicht den Kosenamen Xena verpassen, aber doch nicht Lini!)

»Wo warst du? Wir haben uns Sorgen um dich gemacht, als du plötzlich verschwunden bist. Obwohl du sagtest, dass der Kerl, der sich gewaltsam Zugang zu diesem Haus verschafft hatte, abgehauen wäre«, sprudelte es ohne Punkt und Komma aus dem Polizisten heraus. Sein Blick schweifte immer wieder misstrauisch zu Jeremy, der sich ungewöhnlich schweigsam zeigte und sich aus dem Gespräch heraushielt.

»Wenn ich es mir recht überlege, sah der aus wie der hier«, fügte Luc noch hinzu und legte die Stirn in grüblerische Falten, um Jeremy genauer zu mustern. Nur mit Mühe konnte Linett unterdrücken, dass sie aufgeregt die Augen aufriss. Luc durfte nicht erfahren, dass Jeremy der ›Einbrecher‹ gewesen war!

So groß die Versuchung auch war, Jeremy zu verpetzen. Würde sie Luc die Wahrheit sagen, wäre die Reaktion des Polizisten klar. Er würde versuchen, Jeremy festzunehmen. Und der würde ihn innerhalb weniger Sekunden austrinken.

»Ich hatte Ärger«, versuchte sie so ruhig und sachlich wie möglich zu erklären. Sie sah keinen Sinn daran, Luc diesen Teil der Wahrheit vorzuenthalten. Nervös wippte sie auf ihren Zehenspitzen auf und ab. Unruhig wanderte ihr Blick zu Jeremy, der jedoch nichts weiter tat, als Luc zu mustern.

»Warum bist du nicht zu mir gekommen?«, hakte Luc sofort nach, doch Linett zuckte sachte mit den Schultern.

»Ich bezweifle, dass du mir hättest helfen können. Es ist auch egal. Das Problem ist gelöst, und Jeremy hat mir dabei geholfen.«

Innerlich betete sie, dass sich Lucs Misstrauen mit diesen Worten legen würde. Sie brauchte keine Szene, weil Luc sich als der bessere Beschützer fühlte. Oder er einfach nur die richtigen Schlüsse zog.

»Und woher kennst du Jeremy?«, fragte Luc nun in einem lauernden Tonfall. Die Frage kam für sie so unerwartet, dass Linett nicht schnell genug denken konnte, um sich ein glaubwürdiges Szenario auszudenken! Sie konnte Luc kaum in seiner Ahnung bestätigen und ihm dann erklären, dass Jeremy oder vielmehr sein Boss entschieden hatte, sie wie ein putziges, kleines Kaninchen doch nicht zum Weihnachtsbraten zu degradieren, sondern sie zu behalten. Schweigend blickte sie Luc einfach nur an, während sich die Rädchen in ihrem Kopf rasend schnell drehten, um eine Antwort zu liefern. Aber zugleich fand sie keine. Als hätte sie ein Prüfungsblackout.

»Eine zufällige Begegnung«, sprang ausgerechnet Jeremy in einem herablassenden Tonfall ein, der deutlich machte, für wie wenig sinnvoll er dieses Gespräch erachtete. Der Polizist konnte ihm im Moment nicht nachweisen, dass er der Eindringling gewesen war, und Linett hoffte, dass Jeremy und Jason die Mittel besaßen, um das Videomaterial von der Kamera da draußen verschwinden zu lassen. Wen wunderte es, dass Luc von diesen Worten nicht beruhigt war?

»Wenn du nicht hierbleiben willst, kommst du mit zu mir«, schlug Luc nun unnachgiebig vor. Linett vernahm das leise, verächtliche Schnauben von Jeremy in ihrem Rücken.

»Sie arbeitet jetzt für Jason Harris. Der kann besser auf jemanden achtgeben, als es ein Streifenpolizist jemals könnte«, ließ Jeremy unbeirrt die Bombe platzen. Wie zu erwarten war, entgleisten Luc sämtliche Gesichtszüge. Völlige Fassungslosigkeit wandelte sich zu mühsam unterdrückter Wut.

»Als was?«, herrschte er den Vampir an.

»Als persönliche Assistentin.«

Linett könnte schwören, dass Jeremy bei dieser Eröffnung ein verdammt großes Maß an Befriedigung empfand. Warum konnte er nicht einfach die Klappe halten?

»Ist dieser Unsinn wahr?«, wandte sich Luc nun an Linett. Luc starrte sie so hoffnungsvoll an, dass ihr Herz sich schmerzlich zusammenzog. Nein, sie konnte ihm nicht bestätigen, dass es nur ein beschissener Scherz war. Sie wünschte, es wäre einer. Wirklich. Unsicher blickte sie Luc an, nickte jedoch entschlossen. Hektisch fuhr sich Luc mit beiden Händen durch die Haare und zog mit festem Griff an diesen, um schließlich einmal, zweimal ruhig einzuatmen. Doch die Hoffnung, dass er es akzeptieren konnte, erfüllte sich für Linett nicht.

»Bist du völlig des Wahnsinns?«, brüllte der wutentbrannt, und Linett trat einen Schritt zurück, um nicht bei seiner wilden Gestik eine verpasst zu bekommen.

»Wir reißen uns den Hintern auf, um dich zu beschützen! Und du willst jetzt ernsthaft sagen, du arbeitest für Jason Harris? Den Jason Harris? Ist dir überhaupt klar, womit dieser Kerl sein Geld verdient?«

Linett hätte klar sein müssen, dass er versuchen würde, ihr diesen ›Unsinn‹ auszureden. Aber müsste ihm nicht auch klar sein, dass Jeremy sie keinesfalls mit ihm gehen lassen würde?

»Betrieb von hochwertigen Hotels mit Tagungsräumen, Sicherheitstechnik und Personenschutz. Besonders Letzteres kommt jetzt Linett zugute«, erklärte Jeremy völlig ungerührt. Entsetzt und zugleich irritiert verfolgte Linett den Schlagabtausch der beiden Männer. Ihr war klar, dass Jeremy kaum Luc recht geben würde, aber das klang so, als wären solche Vorwürfe nichts Neues. Wenn die Polizei so viel über Jason wusste, warum versuchten sie dann nicht, ihm eine Falle zu stellen? Es war zwar unsinnig, einen Vampir in den Knast schicken zu wollen, aber bei der Polizei wusste doch sicher niemand über Harris' Geheimnis Bescheid? Oder etwa doch?

»Hotels, um Mafiasitzungen abzuhalten, Sicherheitstechnik und Personenschutz, um sich einen legalen Anschein zu verleihen«, blaffte Luc schnippisch zurück.

»Infame Behauptungen ohne jegliche Grundlage. Monsieur Harris wird nicht sonderlich amüsiert darüber sein, zu hören, dass Beamte eines Staates, bei dem sich Schuld auf Beweise stützen muss, derartige Lügen über ihn verbreiten«, erklärte Jeremy eiskalt. Der Polizist knirschte hörbar mit den Zähnen. Oder war es Jeremy?

»Das wirst du nicht tun!«, wandte sich Luc nun an Linett, die unbewusst immer mehr in Jeremys Richtung zurückgewichen war.

»Er ist kein schlechter Mensch«, gab sie leise zurück. Genau genommen war Harris ein dubioser Vampir, aber als Mensch war er sicherlich super gewesen. Zumindest redete sie sich das ein, um die dreiste Lüge zu rechtfertigen.

»Es besteht die Möglichkeit, dich in Schutzhaft zu nehmen.«

Jetzt hoben sich Linetts Augenbrauen doch wieder

deutlich entsetzt. Luc wollte sie festnehmen? Warum? Gerade sie? Sie hatte in der Geschichte noch am wenigsten verbrochen! Es war schon deprimierend gewesen, in diesem Haus festsitzen zu müssen. Immer in der verfluchten Angst, man könnte nicht lebend wieder zurückkommen, wenn man es einmal verließ. Sie hatte sich hier doch sicher gefühlt, und die wenigen Ausflüge zu irgendwelchen Auftritten, die sie wahrnehmen musste, weil sie das Strafgeld nicht aufbringen konnte, waren der Horror gewesen. Und jetzt wollte sie bestimmt nicht in irgendeiner Zelle hocken, nur weil sie nach einem rettenden Strohhalm gegriffen hatte. Oder eher: den man ihr nachdrücklich, gepaart mit einer hübschen Drohung, in die Hand gedrückt hatte!

»Linett ist ein freier Mensch mit uneingeschränktem Willen und Verstand. Ein solches Handeln entbehrt jeder Grundlage«, warf der Vampir inzwischen sichtlich angefressen ein und trat bedrohlich einen Schritt auf Luc zu. Noch immer stand Linett zwischen ihnen, doch sie machte sich keine Hoffnung. Jeremy hätte sie schnell beiseitegeschoben, wenn Luc auch nur einen falschen Muckser machte oder gar auf seine blödsinnige Idee beharrte.

»Luc, bitte, ich weiß, was ich tue«, versicherte sie dem knurrigen Beamten flehentlich.

»Komm nur nicht auf die Idee, deine Aussage zurückzuziehen!«, fauchte dieser.

Scharf sog Linett die Luft ein, jedoch nicht aufgrund von Lucs Drohung, sondern weil sie deutlich die Finger von Jeremy an ihrer Wirbelsäule spürte, die sanft und beruhigend über ihren Rücken strichen. Ihr Herz schien einen schmerzhaften Sprung hinzulegen, so heftig pochte es plötzlich gegen ihre Brust. Und zugleich überkam sie die Sehnsucht, sich erneut in die Arme dieses Vampirs zu schmiegen. Das war doch völlig verrückt, oder?

»Wird sie nicht. Sie steht weiterhin für alle Gespräche und Aussagen bereit«, sprach Jeremy für sie. Hätte Linett noch vor zwei Sekunden darauf gewettet, dass die beiden Streithähne innerhalb der nächsten fünf Minuten aufeinander losgehen würden, klang Jeremy jetzt versöhnlich und nahm Luc damit sämtliche Luft aus den Segeln. Dass dieser immer noch nicht begeistert wirkte, war nicht zu übersehen, aber Linett grübelte vielmehr darüber nach, dass sie aussagen sollte. Hatte man ihr Jason und Jeremy nicht auf den Hals geschickt, um genau das zu verhindern? Oder sollte sie jetzt nur noch die Hälfte aussagen? Oder was Falsches? Linett war nicht sonderlich wohl bei der Sache, und so reagierte sie ein wenig verspätet, als Luc sich urplötzlich auf der Ferse umdrehte und mit den Worten ›Ruf mich an, wenn du etwas brauchst und bring mir morgen den Schlüssel zum Haus vorbei.‹ aus dem Haus stampfte.

»Warte, du kannst ihn gleich mitnehmen«, rief sie ihm hinterher und meinte damit den Schlüssel. Doch Luc reagierte nicht. Verdrießlich stapfte er zu seinem Wagen, stieg ein und legte einen gepflegten Kavaliersstart hin.

Dass sich der halbstarke Bulle abwimmeln ließ, war dessen Glück, sonst wäre Jeremy tatsächlich noch dazu übergegangen, ihn dezent zu beseitigen. Der Kerl konnte zwar nichts beweisen, schien aber einiges zu wissen. Oder vielmehr an gewisse (wahre) Gerüchte zu glauben. Vermutlich überprüfte er als Erstes die Videobänder, die den ›Einbruch‹ zeigten. Bringen würde es ihm jedoch absolut nichts. Wenn der Kerl versuchte, Ärger zu machen, wäre dieser schneller von der Bildfläche verschwunden, als er ›Aber‹ stottern konnte. Sein Blick wanderte zu Linett, die noch immer verwirrt schien und erfolglos dem Polizisten hinterherrief, er könne seinen verfluchten Schlüssel jetzt mitnehmen. Jeremy war klar, was der damit bezweckte. Damit musste Linett ihn noch einmal aufsuchen, und eine Unterredung würde ganz gewiss im Büro des Polizisten stattfinden und zwar ohne Jeremys Anwesenheit. Doch zurück zu einem ganz anderen Thema.

»Lini?«, ließ Jeremy ungläubig hören, und sein Blick ruhte fragend auf Lini, die im gleichen Atemzug eine sehr viel relevantere Frage stellte - die nach ihrer Aussage.

»Soll ich nun tatsächlich noch aussagen?«

Mit weit aufgerissenen Augen sah sie zu ihm hinauf.

»Nein, aber das werden wir ihm nicht auf die Nase binden. Jason regelt das auf seine Art und auf höheren Ebenen«, beruhigte sie Jeremy. »Bestechung, Bedrohung, Erpressung sind meistens gute Argumente. Aber jetzt ernsthaft! Lini?«

»Lini, Lin, Net, Netti. Es gibt vielen Möglichkeiten, einen unmöglichen Namen angenehmer zu gestalten«, gab Linett zu. Eilig huschte sie in die Küche des Hauses und hockte sich vor einen der Küchenschränke.

»Linett ist doch ein schöner Name«, gab Jeremy unbeirrt zurück, und sein Blick lag ohne den leisesten Spott auf Linett, die nun ihre, scheinbar heiß geliebte, Pfanne aus dem Schrank holte. Böse Erinnerungen kamen in Jeremy auf. Für einen Moment war er versucht, vorsichtshalber zurückzuweichen, schalt sich einen Moment später einen Feigling. Es sollte doch hoffentlich keinen Grund geben, ihn damit außer Gefecht setzen zu wollen. Trotzdem konnte er gewisse Zweifel nicht unterdrücken, als sich Linett die potenzielle Waffe unter den Arm klemmte.

»Das sagst du nur, weil du Angst vor mir und der Pfanne

hast«, stichelte Linett mit einem verschmitzten Funkeln in den Augen zurück, das jedoch schnell wieder erstarb. Sie war hübsch, wenn sie lächelte, und es war bedauerlich, dass dieser Funke wieder schwand. Und ihre folgenden Worte ließen darauf schließen, warum dieser kurze Moment der Heiterkeit so schnell in sich zusammen fiel.

»Ihr werdet ihm doch nichts tun?«, fragte sie unsicher nach, und Jeremy musste kein Hellseher sein, um zu wissen, wen sie damit meinte. Ihre Besorgnis drehte sich eindeutig um diesen verfluchten Polizisten und dessen leibliches und seelisches Wohl.

»Was liegt dir an ihm?«, fragte Jeremy. Den Nachsatz, der die Methoden betraf, mit denen man jemanden aus dem ›Rennen‹ werfen konnte, hätte er besser für sich behalten sollen. Dabei hatte er noch nicht einmal die Möglichkeit ›schrecklicher Unfall‹ erwähnt.

»Er macht nur seinen Job. Und dazu noch sehr viel besser und sensibler als manch andere, die lediglich Dienst nach Vorschrift absolvieren«, erklärte sich Linett. Bittend richteten sich ihre Augen auf Jeremy. Ihrem Blick nach zu urteilen, schien sie Angst davor zu haben, Luc könnte ein unangenehmes Leid widerfahren. Nette Idee, zumindest flüsterte ihm das seine Eifersucht ein, die unweigerlich aufkeimte und stärker wurde, je flehender Linetts Blick wurde. Himmel, sie hatte sich doch nicht etwa in diesen Halbstarken verliebt?! Das Verlangen, mit den Zähnen zu knirschen und diesem Luc den letzten Lebensfunken aus dem Leib zu schütteln, wurde beinahe übermächtig, während ihn zugleich dieser Bambiblick in die Knie zwang. Jeremy würde ihr alles versprechen, wenn nur dieser gehetzte, ängstliche Ausdruck aus ihren Augen wich. Nachdenklich und unentschlossen fixierte sich sein Blick auf Linetts Pfanne. Lieber damit täglich eins übergebraten bekommen, als mit dem Gedanken leben zu müssen, dass dieser Mistkerl mit seinem halbseidenen Gelaber über Schutzhaft etc. seine Finger an Linett legte!

»Mach dir keine Sorgen. Dein Luc ist ein zu kleines Licht, um irgendetwas verhindern oder beschleunigen zu können. Wir wenden uns grundsätzlich an die, die etwas zu sagen haben«, knurrte Jeremy brüsk, bevor er sich zur Ordnung rufen konnte oder auch nur selbst ohrfeigen. Doch die Wut über die offensichtliche Zuneigung Linetts zu diesem Knirps, der diese sicherlich erwiderte (sonst wäre er ein noch größerer Depp als Jeremy sowieso schon meinte), war stärker als die Vernunft. Der Entschluss, den er für sich gefasst hatte, als er sie völlig fertig, schlafend und verweint unter der Weide eingesammelt hatte, kam damit ins Wanken. Er wollte ihr endlich die Ruhe gönnen, die sie brauchte, um die traumatischen Erlebnisse verarbeiten zu können. Und ihr nicht noch das Leben schwer zu machen, indem sie jede Minute des Tages einen missmutigen, störrischen Vampir an der Seite hatte, dessen emotionale Sensibilität so gut wie nicht vorhanden war. Das hieß auch, sie freundlicher zu *behandeln und mehr Geduld gegenüber ihren Launen zu zeigen. Blöd nur, wenn die Eifersucht die Führung übernahm (Warum sollte er sich Mühe mit ihr geben wollen, wenn nicht aus Sympathie zu ihr?) und ihm eine grottenschlechte Laune bescherte. Die Hände in die Hosentaschen vergraben, versank Jeremy in dem Gedanken, sich selbst eine reinzuhauen, anstatt sich auf sein verwirrtes Gegenüber zu konzentrieren. Es konnte ihm herzlich egal sein, wen Linett mochte oder nicht. Seine Sympathie für Linett bestand lediglich darin, dass es ihn reizen würde, mit ihr das Bett zu teilen. Ja, verflucht, wie sehr ihn die zarte Gestalt dieser unnachgiebigen Rachegöttin reizte. Ihr ein lustvolles Stöhnen zu entlocken, würde ein Vergnügen der besonderen Art werden. Der Widerspenstigen Zähmung. Jeremy würde nur zu gerne herausfinden, welche Stellen er bei ihr berühren musste, um sie in seinen Händen schmelzen zu lassen. Allerdings musste er bei Linett eher davon ausgehen, dass sie im Bett zu weinen begann; oder ihm seine edelsten Teile abbiss. Nicht sonderlich luststeigernd – auf beiden Seiten. Also kein Sex, dafür noch mehr Therapiesitzungen. Jasons Schmerzensgeldzahlung sollte verdammt hoch ausfallen, wenn er sich die Freundschaft Jeremys erhalten wollte.

»Fahren wir weiter«, seufzte Jeremy schließlich, ohne sich genauer über das Ziel auszulassen, nahm er Linett den Wagenschlüssel aus der Hand und wartete dann, dass sie ihm folgte und das Haus abschloss. Nun war er es, der sich hinter dem Lenkrad niederließ, während sich Linett mit ihrer wenigen Habe auf den Beifahrersitz bequemte. Ohne ein weiteres Wort startete Jeremy den Wagen und folgte zielstrebig den Straßen von Paris, um schließlich vor einem Bekleidungsgeschäft, das eindeutig der gehobeneren Klasse zuzuschreiben war, zu halten.

»Die Vermutung, dass du neue Sachen brauchst, liegt nahe«, erklärte sich Jeremy auf ihren fragenden Blick hin.

»Jason ist recht großzügig, was seine Spesenbereitstellung betrifft. Wenn er dran denkt, zieht er es dir vom ersten Gehalt ab, wenn nicht, dann freu dich. Sieh es als Darlehen mit der Option auf niemalige Rückzahlung«, fügte er schließlich noch hinzu, um ihr die Sorge um das Bezahlen zu nehmen. Jeremy zog sein Portemonnaie hervor und reichte Linett einige Scheine. Nur zögerlich nahm diese das Geld entgegen. »Wenn dir die Sache mit dem Darlehen nicht gefällt, dann nimm es eben als Vorschuss auf dein erstes Gehalt.«

Eine Erklärung, die Linett die Skepsis zu nehmen schien, doch schien ihr seine Wahl des Ladengeschäfts nicht zuzusagen.

»Okay, aber nicht hier«, bat sie ihn und nannte ihm schließlich eine andere Adresse, die nur weitere fünf Minuten entfernt war.

Kaum hatten sie den Laden betreten, schlug dem Vampir ein unnachahmliches Aroma entgegen. Schwer, regelrecht erstickend und an den Geruch von Erde angelehnt? Ohne sich um Jeremy zu kümmern, steuerte Linett zielsicher einige Stangen mit unzähligen Shirts und Hosen an. Jeremy kam sich in seinem Maßanzug recht fehl am Platze vor, jedoch schien das weder den Ladenbesitzer noch die anderen Kunden zu kümmern.

»Kaffee?«, fragte der mit unzähligen Piercings und Tätowierungen gespickte Verkäufer hinter der Theke, den sein Namensschild als ›Paul‹ auswies. Ein seltsamer Name für einen durchlöcherten Menschen, dessen Haare eindeutig gefärbt waren. Schwarz natürlich. Überhaupt war diese Farbe vorherrschend, höchstens von Grau unterbrochen und doch, hin und wieder war ein etwas bunterer Flecken dabei. Rot oder Lila.

»Nein, danke« lehnte Jeremy das Angebot des Kaffees höflich ab und gesellte sich zu Linett, die sich bereits zwei Hosen sowie einen Rock über den Arm gelegt hatte und nun ein fliederfarbenes Shirt hochhielt, um es prüfend zu mustern.

»Rhinozerosse sind verkannte Einhörner?«, las Jeremy

skeptisch die Schrift darauf vor, darunter war das Bild eines weinenden Nashorns zu erkennen. Musste man den Sinn verstehen? Oder die Pointe?

»Ich finde es süß«, lautete Linetts Antwort darauf, und sie legte sich das Shirt zu den anderen Kleidungsstücken über den Arm. Jeremy besah sich die anderen Shirts und deren Sprüche. Es wurde so ziemlich alles durch den Kakao gezogen. Frauen, Männer, Morgenmuffel, die Kirche. Ein Katholik verirrte sich besser nicht hierher. Inzwischen wuchs der Stapel über Linetts Arm, bis Jeremy ihr diesen schließlich abnahm und sie sich wesentlich effektiver durch den restlichen Laden wühlen konnte. Jede verdammte Ecke wurde von Linett gründlichst durchsucht. Auch die Kleider. Diese waren teilweise so winzig, dass man(n) sich fragen musste, was davon überhaupt verdeckt wurde. Andererseits gab es durchaus interessante Exemplare. Das musste selbst Jeremy feststellen. Er stand vor einem, das (natürlich) schwarz war, mit samtener Bedruckung (sollten wohl irgendwelche Ranken darstellen). Oben bestand es aus einer Korsage, bevor es fließend in den weich fallenden Rock überging, der vorne kürzer und hinten länger war. Unweigerlich ging sein Blick zu Linett, die gerade einen Gürtel (pardon, Rock) hochhielt und kritisch beäugte, und zurück zu dem Kleid. Kurz schätzte er ihre Größe und hängte sich das Kleid in Größe S über den Arm.

Linett wunderte sich erst in der Umkleidekabine, in der sie kaum Platz hatte, da an jedem verfügbaren Haken unzählige Kleiderbügel mit Klamotten hingen, über den ungeplanten Zuwachs. Sie hatte kein Kleid mitnehmen wollen. Vor allem kein Kleid, das so edel war. Sicher, es war schick, aber eindeutig keine Grundausstattung. Vielleicht hatte sie es in geistiger Umnachtung gefangen an Jeremy weitergegeben, denn es war kaum davon auszugehen, dass sich der Vampir an ihrer Bekleidungsauswahl beteiligt hatte. Nach und nach probierte sie die Exemplare in kompletten Outfits durch, trat aus der Kabine und betrachtete sich im Spiegel.

Jeremy hatte seinen zwar nicht massigen, aber prächtigen Körper in einen der schmalen Sessel gezwängt und sah regelrecht gelangweilt aus. Er hatte das Kinn auf die Hand gestützt und würde er nicht die Augen offen halten, könnte man annehmen, er wäre eingeschlafen. Eine Meinung schien er nie zu haben. Erst als sich Linett in das ›unbekannte‹ Kleid gezwängt hatte und sich damit vor dem Spiegel drehte, kam Leben in den armen Blutsauger. Plötzlich musterte er sie interessierter, intensiver, und Linett spürte, wie ein warmer Schauer über ihren Rücken lief. Das Kleid wäre also keine Grundausstattung, sondern ein Vampir-Beruhigungsmittel, wann immer Jeremy seine grantigen fünf Minuten hatte.

Kapitel 12

Von Süchtigen und Befriedigten

Es war bereits Abend, und die Läden begannen zu schließen, als sie Jeremys Wohnung erreichten. Ihr Magen knurrte vernehmlich und teilweise so laut, dass ihr Jeremy bereits irritierte Blicke zu warf.

Im Wohnzimmer angekommen, legte Linett eine Hand auf ihren Bauch, in der Hoffnung, die Geräusche ein wenig dämpfen zu können.

»Wir gehen essen«, beschloss der Vampir, als ein besonders nachdrückliches Gegurgel aus ihrem Bauch erklang, und ein freudiges Lächeln stahl sich auf ihre Lippen. Der Gedanke an ein Steak ließ ihr das Wasser im Mund zusammenlauten. Innerhalb von zehn Minuten hatte sie sich im Badezimmer in das Kleid gezwängt, das sie letzten Endes doch gekauft hatte. Der längste Zipfel des Rocks bildete eine kleine Schleppe, die beim Gehen neckisch wippte. Mit halbhohen Stiefeletten, die sie ebenfalls in dem Laden erstanden hatte, sowie dem dunkelroten Lippenstift kreierte sie ein Outfit, mit dem sie sogar selbst zufrieden war. Die dunklen Haare bürstete sie sorgfältig durch, bis sie wie eine Fahne hinter ihr her wehten, und mit einem Lächeln, das durchaus als selbstzufrieden einzustufen war, trat sie schließlich wieder in das Wohnzimmer, und selbst Jeremy, der auf seinem Handy herumgedrückt hatte, hielt für einen Moment inne, um sie entrückt anzusehen. Oder entgeistert? War sie für das Restaurant zu schick angezogen? Gefiel ihm das Kleid doch nicht? Plötzlich war sie sich nicht mehr sicher, ob Jeremy Gefallen an ihr fand. Und noch mehr verunsicherte sie die Tatsache, dass sie wollte, dass es ihm gefiel. Sie hatte ihn doch nicht umsonst als ungehobelten Klotz bezeichnet! Es konnte ihr gleich sein, was er dachte. Dafür machte es sie umso verrückter, dass sie seinen Gesichtsausdruck nicht zu deuten wusste.

»Gefällt es dir?«, fragte sie schnippischer als beabsichtigt und stellte fest, dass ihr Tonfall eher so klang, als wäre seine Meinung sowieso irrelevant.

»Gut zu wissen, dass hinter deinem heruntergekommenen Äußerem doch noch ein hübsches Mädchen steckt«, erklärte dieser nun patzig.

»Oh, Verzeihung! Ich bin sicher, Marilyn Monroe wäre stets perfekt geschminkt, gestylt und gekleidet gewesen, während ein blutdürstiger Killervampir sie verfolgt.«

Plötzlich hatte sie keinen Appetit mehr und sah schweigend zu Jeremy, der sich sichtlich verärgert vom Sofa erhob und in den Flur ging, um die Wohnungsschlüssel einzustecken und die Eingangstür zu öffnen. Linett hatte keine andere Wahl als ihm zu folgen. Sie könnte höchstens bockig hier stehen bleiben, aber davon wurde sie nicht satt. Also folgte sie ihm - und schlüpfte unter seinem Arm durch die Tür nach draußen, sodass ein Blinder behaupten könnte, Jeremy hätte ihr die Tür aufgehalten. Wenn er schon nicht von selbst Manieren zeigte.

Auf der Straße angekommen, wandte sich Linett sofort nach links, wurde aber von der Hand des Vampirs aufgehalten, der sie beharrlich und unnachgiebig in die andere Richtung zog.

»Aber der Wagen steht doch dort hinten«, wagte Linett, erbost über die rüde Behandlung, einzuwerfen.

»Das Restaurant ist aber nur eine Straße weiter«, korrigierte Jeremy sie und zog sie einfach mit sich. Abrupt stemmte sich Linett gegen seinen Zug und riss sich los.

»Ich kann auch gehen, ohne gezerrt zu werden!«, fauchte sie den verdutzten Vampir an. Oh, der wollte doch jetzt nicht behaupten, dass er nicht wusste, womit er Linetts Wut geschürt hatte, oder?

Mit hocherhobenem Haupt stolzierte sie an ihm vorbei die Straße entlang. Ja, sie wusste, dass sämtliche Männer, die ihr begegneten, sie mit interessierten Blicken musterten. Und ja, es tat verdammt gut, nicht ständig behandelt zu werden als wäre man die Nervensäge schlechthin und nicht mehr als ein Klotz am Bein!

Ein junger Mann, der besagtes Restaurant ebenfalls anstrebte, hielt ihr bereitwillig die Tür auf und lächelte ihr zu. Ein Lächeln, das sie freudig erwiderte, während sie das Lokal betrat, einen knurrigen Jeremy auf den Fersen. Dieser ließ sich sichtlich schlecht gelaunt an einem der Tische nieder, während der freundliche junge Mann den Tisch neben ihnen reserviert hatte. Schweigsam fiel ihr Blick für einen Moment auf Jeremy und wandte sich schließlich entschlossen dem offensichtlich Versetzten zu.

»Sagen Sie, ist an Ihrem Tisch noch Platz?«, erkundigte sie sich mit einem verschmitzten Augenaufschlag und einem bezaubernden Lächeln. »Mir steht der Sinn nach einer Tischgesellschaft, die nicht gleich vor Wut in die Tischplatte beißt«, fügte sie noch erklärend hinzu, und der junge Mann warf einen verdutzten Blick auf Jeremy, dessen Gesichtsausdruck allein ein überzeugendes Argument dafür war, dass sie die Wahrheit sprach.

»Setz dich«, knurrte Jeremy sie an. Im gleichen Atemzug, wie auch Jacq (wie er sich später vorstellte) sie bat, sich zu setzen. Es brauchte keine lange Überlegung, an wessen Tisch sie sich niederließ. Während Jeremy von Minute zu Minute biestiger wurde, entspann sich zwischen ihr und

Jacq ein angeregtes Gespräch. Noch während sie bei der Vorspeise waren, trank Jeremy seinen Scotch aus, bezahlte und verließ das Lokal. Für einen Moment folgte ihm ihr Blick traurig. Einerseits fühlte sie sich erleichtert, dass sie niemand mehr mit angefressener Nichtachtung strafte und sie stattdessen Jacq vor sich hatte. Aber andererseits machte es sie traurig, solche Kämpfe mit Jeremy auszufechten. Jacq war höflich, witzig und einfach nur freundlich zu ihr. Doch wünschte sie sich eher Jeremy an seine Stelle (natürlich mit annehmbarer Laune). Bestimmt konnte er, wenn er nicht gerade von ihr genervt war, ebenfalls aufmerksam, geduldig und beschützend sein. Gerade das, was sie im Moment brauchte. Jemand, der ihr Halt und Schutz bot und bei dem sie sich sicher fühlen konnte. Leider war es noch wahrscheinlicher, dass sie sich in der Gesellschaft des ewig grinsenden Jasons eher erholen würde als in der nervenaufreibenden Gegenwart von Jeremy. Dieser Mann war eindeutig keine Widerworte gewohnt. Sie wusste, dass sie ihn mit ihrer aufmüpfigen Art in den Wahnsinn trieb. Allerdings fragte sich Linett auch, ob Jeremy überhaupt jemals eine Freundin gehabt hatte. Sie konnte verstehen, wenn sich eine in ihn verliebte. Er konnte ein starker, aufmerksamer Beschützer sein und war zudem noch attraktiv. Aber im nächsten Atemzug war er dafür umso diktatorischer. Das ließ sich doch keine Frau auf Dauer gefallen, oder? Mit einem leisen Knurren spießte sie vehement eine störrische Kartoffel auf. Linetts unterdrückte Aggression und ihre Schweigsamkeit fiel auch Jacq auf.

»War das dein Freund?«, fragte dieser nun, um sich das merkwürdige Verhalten der beiden erklären zu können.

»Nein«, murrte sie, bevor sie sich zwang, ihre Laune sanfter werden zu lassen. Dennoch hatte sie es plötzlich eilig und legte eine unterdrückte Ungeduld an den Tag. Glücklicherweise beendete auch Jacq bald seine Mahlzeit. Und dieser hätte sogar für sie bezahlt. Denn Linett fiel siedendheiß ein, dass sie keinerlei Geld bei sich hatte. Das Geld von Jeremy hatte sie in dessen Wohnung vergessen! Ihre Verwirrung wuchs, als der Kellner darauf beharrte, ihre Rechnung wäre bereits von dem Herrn am Nebentisch beglichen worden, der vor ihr gegangen war. Jeremy hatte bezahlt? Warum? Diese Spesen hätte er sich nun wahrlich sparen können, und doch hatte er ihr damit einen doppelten Gefallen getan. Mit einem entschuldigenden Lächeln wich Linett Jacqs Frage nach ihrer Telefonnummer aus. Sie küsste ihn flüchtig auf die Wange, eilte aus dem Restaurant und sog die Luft in ihre Lunge. Ihr Kopf schwirrte. Wohin nun? Zurück zu Jeremys Wohnung? Sie hatte eigentlich nur wenig Lust, sich dessen schlechter Laune zu stellen, aber was war die Alternative? Helen anrufen und diese um Hilfe bitten? Nein, das war keine gute Idee. Da stellte sie sich lieber dem Streit mit Jeremy und hielt ihm dezent ihre Pfanne unter die Nase. Vor dieser schien er wenigstens Respekt zu haben. Während ihr Blick nachdenklich über die Passanten schweifte, entdeckte sie auf der gegenüberliegenden Straßenseite Jeremy. Er saß auf der Steinbegrenzung einer Wiese und rauchte, den Kopf auf die Hand gestützt. Urplötzlich machte ihr Herz einen gewagten Sprung, und eilig lief sie zur Fahrbahn, bevor sie innehielt.

Ihre Euphorie wich einer unangenehmen Nervosität. Jeremy würde sich kaum über ihr Auftauchen freuen. Und er würde auch nicht verstehen, warum sie sich freute, ihn zu sehen. Schließlich hatte sie ihn im Restaurant bloßgestellt und versetzt. Zögerlich überquerte sie die Straße und näherte sich dem Vampir, der einen erneuten Zug von seinem

Joint nahm und ihr mit einem grimmigen Blick entgegensah.

»Tust du das öfters?«, fragte sie und erstickte damit die Wut des Vampirs im Keim, indem sie Verwunderung in ihm schürte.

»Was?«, lautete seine verständnislose Gegenfrage.

»Joints rauchen? Trinken? Drogen nehmen?«

Von einem Moment auf den anderen war es für sie verdammt wichtig, genau das zu wissen. Ihr waren die unzähligen Flaschen in seinem Wohnzimmer nicht entgangen, allerdings hatte er auch nie den Eindruck gemacht, unter Alkoholentzug zu stehen, wenn er nicht rechtzeitig das nächste Glas Scotch bekam. Aber nun hielt er auch noch einen Joint zwischen den Fingern. War Jeremy also genauso drogensüchtig wie Tony? Ihr war nicht bewusst, dass der Ausdruck blanker Sorge und Verzweiflung in ihren Augen zu lesen war, und ihr war auch nicht bewusst, dass sie den Vampir damit in tiefe Verwirrung stürzte, aber sie brauchte unbedingt eine Antwort auf diese quälende Frage. Am liebsten hätte sie ihn am Kragen gepackt und die Antwort aus ihm herausgeschüttelt.

»Ja, seit mehreren Jahrzehnten«, erwiderte Jeremy.

So sehr sie sich selbst dafür hasste, aber sie konnte einfach nicht verhindern, dass wieder einmal Tränen in ihren Augen zu brennen begannen. Nicht, weil Tony tot war. Nicht, weil sie seit Wochen von einer mordlüsternen Mafia verfolgt wurde. Nicht, weil ihr Beschützer ein Arschloch war. Nein, sie weinte, weil dieses Arschloch ebenso drogenabhängig war wie Tony!

»Entweder du streitest mit mir oder du weinst.« Mit diesen Worten erhob sich Jeremy von seinem Sitzplatz und trat auf sie zu. Beharrlich versuchte sie, sich die Tränen von der Wange zu wischen. Vergeblich, denn diese wollten nicht ohne Weiteres versiegen.

»Weil du ein unhöflicher, bärbeißiger Idiot bist«, schniefte sie und wich seinem Blick aus, um eingehend das Straßenpflastermuster zu ihren Füßen zu betrachten. Sanft umschlossen seine Finger ihr Kinn und drückten es nach oben, damit sie ihn ansah.

»Dann sollte es dich nicht zu Tränen rühren können, dass ich Drogen nehme.« Mit dem Daumen wischte er ihr eine besonders dicke Träne von der Wange.

»Das Zeug bedeutet früher oder später den Tod.«

Leise schnaubte er. »Das müsste dir doch sehr entgegenkommen.«

Prompt kassierte er für diese Worte einen Schlag mit der geballten Faust gegen die Brust. Verärgert und trotzig musterte sie ihn. Auf Jeremys Lippen erschien ein winziges Lächeln, während Linetts Mundwinkel von einem missmutigen Zug umspielt wurden.

»Die meisten Drogen haben auf Vampire kaum eine Wirkung. Man entspannt sich vielleicht ein wenig, aber man ist weit von einem Rausch entfernt. Wir können auch nicht an den Folgen einer Drogensucht sterben. Wir regenerieren uns so rasch, dass auch die schnellste Leberzirrhose keine Chance hat. Es gibt natürlich auch Drogen, die so versetzt sind, dass sie auch auf Vampire berauschend wirken, aber die nehme ich nicht. Ich rauche das menschliche Zeug, es entspannt mich, aber es schadet mir nicht. Und Scotch, Wodka und andere starke Sachen hemmen unseren Blutdurst und sind für uns wie Wasser oder Cola für euch. Lediglich Absinth kann uns ausknocken«, erklärte er ihr nun.

Nachdenklich folgte Linett seinen Worten.

»Okay«, erwiderte sie leise, unschlüssig darüber, was sie sonst sagen sollte. Hielt er sie jetzt für albern? Schließlich konnte man durchaus behaupten, dass sie völlig überreagiert hatte. Sinnierend blickte sie auf seine Brust, in der Hoffnung, dass er sich nun von ihr löste und sie einfach nur nach Hause gehen konnten. Doch Jeremy rührte sich keinen Millimeter. Noch immer lag seine Hand an ihrer Wange und strahlte dort eine angenehme Wärme aus. Ihre Augen brannten von den Tränen, und sie spürte, dass sie Kopfschmerzen bekam. Am liebsten hätte sie sich an ihn geschmiegt und ein wenig Halt in seinen Armen gespürt. Und als hätte Jeremy ihre Gedanken gelesen, glitt dessen Hand von ihrem Gesicht hinab zu ihrem Arm und zog sie an seine Brust. Überrascht versteifte sie sich, entspannte sich jedoch einen Moment später wieder. Unsicher, aber auch wohlig, schmiegte sie sich an ihn und lehnte ihre Stirn gegen seinen Hals. Mit geschlossenen Augen genoss sie das Gefühl seiner Arme, die er fest um sie gelegt hatte. Ohne dass sie es verhindern könnte, stahlen sich weitere Tränen aus ihren Augenwinkeln. Ihr Herz schlug schneller, als sich Jeremy nach einer Weile rührte und seine Hand erneut über ihre Wange strich. Sachte lehnte sie sich ein Stück zurück und hob den Kopf, um ihn anzusehen. Was sie sah, ließ ihr den Atem stocken. Ausführlich konnte sie die silbrig-blaue Mischung seiner Augenfarbe betrachten, doch fesselte sie weniger die Farbe als der Ausdruck in diesen. Aufmerksam und auch nachdenklich lag sein Blick auf ihr, als wäre er sich über etwas in seinen Gedanken nicht einig. Zudem bildete sie sich ein, darin Zuneigung lesen zu können. Keine Spur von Wut, Spott oder Genervtheit. Wortlos erwiderte sie seinen Blick, während ihr Puls sekündlich aufgeregter und schneller wurde.

Mochte einer diese Frau verstehen. Erst schien sie ihn zu

hassen, dann weinte sie, weil sie ihn für drogenabhängig hielt. Und nun schmiegte sie sich in seine Arme, als wäre sie niemals woanders gewesen. Sicher, Drogen waren eine Verführung, aber es gab noch eine ganz andere. Eine, die jeden verfluchten Joint altbacken und ungenießbar aussehen ließ, und das war Linett selbst. Ihre leicht geöffneten, roten Lippen weckten in ihm den Drang, diese zu küssen, zu liebkosen oder einfach nur mit den Fingern zu berühren. War es allerdings klug, die offenkundige psychische Labilität Linetts auszunutzen? Sicherlich nicht. Auch wenn ihr hektischer Herzschlag das Blut rasend schnell durch ihre Adern pumpte und so einen intensiven Duft verströmte, der den Vampir völlig in seinen Bann schlug. Das Bedürfnis, Linett zu lieben, wurde übermächtig, aber er konnte unmöglich das Risiko eingehen, dass dieser Augenblick nicht mehr als das Produkt übermäßiger Emotionen war, die sich einfach in die falschen Bahnen lenkten. Es fiel ihm schwer, sich ein Stück von ihr zu entfernen, und ein leises Seufzen schlüpfte über seine Lippen.

»Lass uns nach Hause gehen«, schlug er vor und ertrug kaum den enttäuschten Ausdruck in ihren Augen. Sanft nahm er ihre Hand in die seine und wagte einen Blick darauf. Sie war so klein und zierlich, dass sie in seiner ›Pranke‹ vollständig verschwand. Jeremy hörte trotz des Straßenlärms ihren Puls ansteigen und sah fragend auf. Gerade rechtzeitig. Er spürte, wie sich Linetts freie Hand federleicht an seinen Hals legte. Doch viel prickelnder und intensiver war das Gefühl ihrer Lippen auf den seinen. Überrascht über diesen plötzlichen Überfall ließ er es geschehen. Und was sollte er sagen? Es fühlte sich wahnsinnig gut an. Bevor sie wie ein Kaninchen, erschrocken über den eigenen Mut, vor ihm davonspringen konnte, erwiderte Jeremy den Kuss gefühlvoll und verschaffte sich ein wenig Nachdruck, indem er seine Arme um ihre Taille legte und sie so näher zu sich zog. Dieser Kuss hier war so viel anders als der im Wald. Der hatte nur dazu gedient, Linett zu überfahren und zum Schweigen zu bringen. Doch dieser hier war so viel mehr. Er drückte etwas aus: Die Sympathie, die sie füreinander empfanden und vielleicht auch ein wenig mehr als Zuneigung. Doch darüber machte sich gerade keiner der beiden Gedanken. Ebenso wenig wie jemand von ihnen bemerkte, dass Jacq inzwischen ebenfalls aus dem Restaurant getreten war und sich mit einem lächelnden Kopfschütteln seinen Teil zu dem Pärchen dachte, das erst stritt und sich dann umso verzweifelter in den Armen lag. Nein, für die beiden zählte allein das Spiel ihrer Lippen. Die Zeit schien stillzustehen, um diesem Moment zu huldigen. Den Arm um seinen Nacken gelegt, suchte Linett immer größere Nähe zu ihm. Sie drängte sich gegen seine Brust und selbst ihr Becken schmiegte sich ihm entgegen. Was so unschuldig und gefühlvoll begann, machte sich selbstständig und bekam nun eine leidenschaftlichere Note. Leicht öffnete sie die Lippen, um seiner Zunge Einlass zu gewähren und ihn in ein Spiel zu verwickeln, das ihn mal eben vergessen ließ, wo oben, unten, rechts und links war. Das war auch völlig egal, solange dieser Kuss nicht endete. Begierig strichen seine Hände über den Stoff ihrer Korsage und störten sich an den starken Streben sowie dem dicken Stoff, die zwar ihre Kurven verführerisch zu betonen wussten, sich aber auch hartnäckig zwischen ihn und ihre nackte Haut stellten. Im Augenblick dürstete es ihn wie nichts anderes danach, diese zu berühren, zu streicheln, zu liebkosen und ihren weichen Konturen zu folgen.

»Ich hätte einen Vorschlag für den Rest des Abends«,

meinte Jeremy, der inzwischen alle moralischen Bedenken mit Beton beschwert über Bord geworfen hatte und sich nun für einen winzigen Moment lang von ihr löste, um dann sofort erneut ihre süßen Lippen zu erobern. Atemlos löste sich Linett einen Augenblick später, um zu nicken. Ihre Hände verschlangen sich ineinander, und schweigend legten sie die wenigen Meter zu seiner Wohnung zurück. Selbst über den Lärm der Passanten, der hupenden Autos und quietschenden Fahrräder hinweg, vernahm Jeremy ihren klopfenden Herzschlag. Leicht drückte er ihre Finger und ließ sie erst wieder los, als sie seine Wohnung erreicht hatten und die Tür hinter ihnen zugefallen war. Unsicher verharrte Linett im Chaos seines Wohnzimmers, während Jeremy die Wohnungstür abschloss. Zugegeben, die Unordnung war nicht dazu geeignet, eine Frau zu verführen, so musste Jeremy das mit seinen Künsten wohl wieder wettmachen.

Ohne ein Wort, dafür mit einem intensiven Blick, der dafür sorgte, dass sich bei Linett sämtliche Härchen interessiert aufstellten, führte Jeremy sie in sein Schlafzimmer. Der einzige Ort in dieser Wohnung, der einigermaßen von dem Chaos freigehalten war. Kein schlampiges Durcheinander versperrte ihnen den direkten Weg zum Bett. Ohne zu zögern folgte sie dem Zug seiner Hände bis zu der Liegestatt und sah ihn mit schief gelegtem Kopf an. Einige Wimpernschläge lang tat der Vampir nichts anderes, als sie anzusehen. Unweigerlich mischten sich die Vorfreude und die Nervosität, die sie empfand, mit Beunruhigung. Der Kerl heckte doch schon wieder etwas aus! Eine Überlegung, die sich als völlig unnötig herausstellte, denn im nächsten Augenblick spürte sie bereits erneut seine Lippen, und innig erwiderte sie seinen Kuss. Seine Hände legten sich erst auf ihre Taille, um sich dann in eindeutiger Absicht daran zu machen, die Knoten in ihrem Rücken zu lösen. Sanft zog sie ihn am Nacken tiefer zu sich herab und verlieh ihrem Lippenbekenntnis eine feurige Note. Ungeniert scheute sie sich nicht, seinen Mund regelrecht auszuplündern. Mit festem Griff zog sie an seinem Hemd, sodass die Knöpfe aus den Löchern sprangen und sie unbeschränkten Zugriff auf seine nackte Haut bekam. Sanft tasteten ihre Finger über die gestählten Bauchmuskeln, glitten an seinen Seiten entlang und fanden schon bald seinen Gürtel. Wieder und wieder trafen ihre Münder begierig aufeinander, während sich Jeremy mit den Knoten abmühte und Linett mit Leichtigkeit seinen Gürtel und seinen Hosenknopf öffnete. Je länger sich Jeremy erfolglos an den Schnüren versuchte, umso mehr spürte Linett, wie seine Küsse abwesender wurden, und sie konnte sich ein Kichern nicht verkneifen. Frech schlüpfte ihre Hand in seinen Slip und der Vampir löste sich von ihr, um einen frustrierten Fluch vom Stapel zu lassen. Ein Fluchen, das einem entrückten Stöhnen wich, als Linett mit festem Griff seine Pracht umschloss. Zu allen Abenteuern bereit schmiegte sich diese willig in ihre Handfläche.

»Na, bekommst du das Kleid nicht auf?«, erkundigte sich Linett mit einem unschuldigen Augenaufschlag, denn immerhin war sie für die Knoten verantwortlich. Da hatte sich nichts zu lösen!

»Wie Madame, so der Hofstaat. Dazu gemacht, mich in den Wahnsinn zu treiben«, stellte der Vampir unzufrieden fest. Entschlossen entzog er sich und sein empfindlichstes Körperteil ihrem Zugriff und drehte sie herum. Sanft schob er die langen schwarzen Haare beiseite, um sich die Bescherung näher zu betrachten.

»Wie haben die das früher gemacht?«, fragte Jeremy mehr

sich selbst als den Inhalt des Kleides.

»Da gab es Zofen, die die Madame für die Männer aus den Kleidern gepellt haben. Die Männer früher waren in dieser Hinsicht ebenso untalentiert wie heute«, gab Linett frech zurück und warf ihm über die bleiche Schulter einen verschmitzten Blick zu.

»Ach ja? Sprich ruhig weiter«, entgegnete Jeremy und legte von hinten einen Arm um ihre Taille. Spielerisch glitten seine Lippen über die weiche Haut an ihrem Hals bis zu ihrer Schulter hinab, um dort einen neckischen Biss zu platzieren. Mit der anderen Hand wanderte er unter das Röckchen des Kleides, und seine Finger legten sich über den Stoff, der ihre empfindsame Mitte bedeckte. Ein Keuchen war von Linett zu hören, als er mit kreisenden Bewegungen begann, sie zu massieren.

»Gut, du bist nicht in allen Disziplinen unbegabt«, bekannte Linett hörbar entzückt und drängte sich ihm mit einem Seufzen entgegen, als seine Finger unziemlich unter den Stoff schlüpften.

»Hättest du jetzt auch gern eine Zofe, die dir aus dem Kleid hilft?«, fragte Jeremy amüsiert.

»Ich bin sicher, wir könnten dir ein entsprechendes Kostüm besorgen.«

Leise hörte sie sein Lachen hinter sich, und wieder schob dieser verfluchte Mistkerl neckisch seine Finger in sie hinein. Fluchend drückte Linett den Rücken durch, und sie spürte, wie sie sich begierig um seine Finger zusammenzog. Er schürte auf die Art alles, aber ganz gewiss nicht das Begehren, sich weiterhin mit ihm über Kleider und Zofen auszutauschen.

»Hol die Schere, verdammt!«, stöhnte Linett wohlig auf und ging beinahe in die Knie, als er seine Finger in ihr

bewegte. »Und ich weiß, dass du grinst!«

Beharrlich versuchte sie, sich aus seinem Griff zu winden, doch sie erreichte damit nur, dass er sie hochhob und sie gemeinsam auf die Matratze sanken. Natürlich nahm er seine Finger nicht dort weg, wo sie (zumindest nach Meinung eines braven Mädchens) nicht hingehörten. Doch glücklicherweise war Linett kein braves Mädchen, und so war sie keineswegs bestrebt, die Sittenpolizei zu rufen, sondern versuchte selbst, Hand an den Vampir zu legen. Doch der entzog sich immer wieder geschickt ihrem Zugriffsbereich.

»Wenn ich keinen uneingeschränkten Zugriff habe, bekommst du auch keinen«, neckte er sie und erstickte jeglichen Protest im Keim, indem er sie zu leidenschaftlichen Küssen herausforderte. Dass er sie währenddessen sowohl von außen als auch von innen stimulierte, ließ sie beinahe den Verstand verlieren. Feurige Gier nach mehr ließ ihre Küsse hektischer werden. Das hielt doch niemand aus! Ohne sich von seinen Lippen zu lösen, griff sie nach hinten und zog einige Male an dem Knoten, der dort die Schnüre zusammenhielt. Kaum hatte sie diesen gelöst, drückte sie sich mit aller Kraft gegen den Vampir und warf ihn auf den Rücken.

»Dass ich mir immer selbst helfen muss«, nörgelte Linett lächelnd und schwang sich auf ihn. Doch Jeremy kümmerte sich nicht um ihre Beschwerden, sondern erfreute sich daran, dass er die Schnüre immer weiter lockern konnte, bis es ihm schließlich gelang, ihr das Kleid über den Kopf zu ziehen. Prüfend zog sie ihre Fingernägel über seinen Bauch und entlockte ihm ein Stöhnen. Neckisch drückte sie den Rücken durch, um die Pracht ihrer Kurven in Szene zu setzen, und beobachtete fasziniert, wie sich die Farbe seiner hellen Augen ins Rötliche wandelte.

»Du hast doch keinen Hunger?«, fragte sie besorgt. Angst hatte sie zwar keine, trotzdem wollte sie lieber sichergehen, dass die Röte seiner Augen aus Lust resultierte und nicht aus Zorn oder Blutdurst. Sie sah das Lächeln auf seinen Lippen, als er den Kopf schüttelte und sich aufsetzte. Zart küssten sich seine Lippen ihren Hals hinab, und seine Hände umfassten ihre Brüste, streichelten ihren Bauch, ihren Rücken, reizten ihre Mitte, ihre Brustwarzen, und überhaupt schien der Mann ein Dutzend Hände zu besitzen! Genüsslich legte sie den Kopf in den Nacken und hob das Becken, um sich mit einem Ruck mit ihm zu vereinigen. Ein Keuchen war von Jeremy zu vernehmen. Oh ja, das hatte sie gewollt. Wie zum Beweis zogen sich ihre Muskeln heiß pulsierend um ihn zusammen, und ein begehrliches Knurren seinerseits war der Lohn dafür. Ihre Hände vergruben sich in seinen Haaren und drückten seinen Kopf nach hinten. Mit Genuss küsste sie ihn, als wäre die Besinnungslosigkeit das erklärte Ziel. Zuerst vorsichtig, dann immer ungestümer bewegte sie sich auf ihm. Seine Hände gaben ihr den nötigen Halt, und gemeinsam fanden sie zu einem Rhythmus, der sie beide geradewegs in die höchste Ekstase trieb. Sein Knurren vibrierte tief in ihrem Inneren, sorgte dafür, dass sich die Hitze in ihr ballte. Eine Anspannung, köstlich, schön und quälend zugleich. Immer selbstvergessener bewegten sie sich ineinander verschlungen. Nur für einen Moment empfand sie Angst, als sich Jeremys Zähne in ihren Hals bohrten. Doch der süße Schmerz vermischte sich mit ihrer Lust in einen atemberaubenden Wirbel der Empfindungen, die schließlich in einem lustvollen Höhepunkt enden sollten. Haltsuchend krallten sich ihre Finger in seine Schultern, und noch einmal zogen sich ihre Muskeln wie ein Eisenring um ihn zusammen. Sie spürte, wie auch Jeremy an den Rand der sinnbildlichen Klippe irrte. Bereits ein paar wilde Stöße später stöhnte sie mit Jeremy gemeinsam entzückt auf. Ihr Herz schlug wie verrückt in ihrer Brust. Und hektisch senkten sich ihre Brustkörbe unter ihren Atemzügen.

»Ist es immer so?«, fragte Linett nach einer Weile. Noch immer saß sie auf Jeremy, der die Arme um sie gelegt hatte.

»Der Sex mit mir ist immer so, ja«, bestätigte dieser mit einem Zucken der Mundwinkel, und Linett sah ihn amüsiert an.

»Was, keine Steigerungsmöglichkeit?«, neckte sie ihn frech, bevor sie jedoch den eigentlichen Grund ihrer Frage nach schob. »Ich meine, dass ein Biss immer lustvoll ist.«

Nachdenklich zog Jeremy die Stirn kraus.

»Das kann ich dir nicht sagen. Der Biss eines Vampirs kann durchaus luststeigernd sein, wenn dieser genau zu diesem Zweck erfolgt. Ich weiß nicht, wie es ist, wenn der Biss am Ende tödlich ist oder eine Wandlung verursacht.«

Gedankenversunken schwieg Linett einige Momente lang.

»Erzähl mir etwas über Helen und Jason«, bat sie ihn nun.

»Viel zu erzählen gibt es nicht. Jason ist geborener Brite und etwa einhundertzwanzig Jahre alt. Er wurde mit Mitte zwanzig zu einem Vampir gewandelt. Soweit ich weiß, hatte seine Familie einen Autounfall. Alle trugen leichte Verletzungen davon, nur er nicht. Seine Verletzungen waren zu schwer, um sie zu überleben. Er lag für einige Tage im Koma und wurde schließlich von einem Arzt gewandelt. Irgendwann kam er nach Paris und hat angefangen, sich im Bereich der Mafia zu etablieren und sich dieses Unternehmen aufgebaut. Um sein Alter und sein Wesen vor

Unwissenden zu verbergen, täuscht er regelmäßig seinen Tod vor, um dann eine Generation später als ein Erbe und Nachfahre seiner selbst wieder aufzutauchen. Helen hat er vor etwa zwanzig Jahren bei einem Auftrag in London aufgelesen. Sie hatte zugesehen, wie er sich von einem Mann nährte. Die meisten Vampire halten nichts von Zeugen, aber Jason ließ sie laufen, weil er die Erfahrung gemacht hatte, dass man eine solche Story sowieso niemandem glaubte. Sie begann über Vampire zu recherchieren, fand viel heraus und stellte ihn schließlich zur Rede. Und Jason nahm sie mit nach Paris.«

Kapitel 13

Unerwartete Konkurrenz

Die Nacht verbrachte Linett eng in Jeremys Arme gekuschelt. Es fühlte sich himmlisch an. Zum ersten Mal blieb sie von Albträumen verschont und konnte die Erholung eines tiefen Schlafes genießen. Der Vampir war es auch, der sie am nächsten Morgen weckte. Murrend versuchte sie ihre Nase in seiner Armbeuge zu vergraben.

»Du willst doch nicht am ersten Tag bei Jason zu spät kommen, oder?«, versuchte Jeremy, sie zu motivieren und zog ihr vehement seinen Arm weg.

»Er soll zur Hölle fahren«, lautete Linetts vernichtendes Urteil über die Meinung ihres Chefs.

»Wer vögeln kann, kann auch arbeiten!«, versuchte sich Jeremy nun in Strenge und rollte sich aus dem Bett. Sein erster Weg führte natürlich unter die Dusche. Erfrischt und munter kehrte er in das Schlafzimmer zurück und sah Linett noch immer im Bett liegen. Unter der Decke lugten lediglich die Spitzen ihrer langen schwarzen Haare hervor.

Jeremy ging den Weg des geringsten Widerstandes: Mit einem Ruck entriss er ihr die Bettdecke und warf den zuvor geholten, eiskalten und nassen Lappen nach ihr. Ein Aufkreischen später erfüllte eine wüste Litanei an Flüchen, Beschimpfungen und Drohungen sein geschundenes Ohr. Insbesondere seine Beziehungen zu Ziegen und was sie ihm mit ihrer Pfanne anzutun gedachte, wurde thematisiert.

Da konnte auch schon mal ein großer, starker und böser Blutsauger Angst bekommen, aber nein, er blieb tapfer und vor allem unnachgiebig. Die Arme vor der Brust verschränkt, sah er streng auf sie hinab.

»Wenn du weniger reden würdest, wärst du schon längst mit Duschen fertig«, beschied er ihr und drehte sich auf der Ferse um.

Im Büro lächelte ihnen bereits Helen freundlich entgegen, und kaum war Jeremy dabei, die Tür zu schließen, fand sich auch der Chef der Runde ein. Jason. Wie immer mit einer unausstehlich guten Laune. Sein Grinsen gehörte eindeutig verboten. Linett blinzelte ihn irritiert an und gähnte.

»An der Motivation müssen wir noch arbeiten«, gab Harris mit einem noch breiteren Lächeln bekannt und erntete einen verdrossenen Blick.

»Wer zwingt hier wen zur Zusammenarbeit?«, knurrte es ihm aus Linetts Richtung entgegen.

»Ich sehe, du bist ein Sonnenschein, wie er im Buche steht.«

Jason ließ sich von Linetts schlechter Laune nicht im Mindesten beeindrucken und wandte sich Jeremy zu. Dieser sah wesentlich ausgeruhter als Linett drein und vor allem wesentlich entspannter, als er es am Vortag gewesen war.

»Wir haben heute viel zu erledigen. Ich hoffe, du überlebst es, dass Fabienne uns dabei helfen muss.«

Nach Linetts Meinung sah Jeremy keineswegs so aus, als würde er es überleben wollen. Leise zog sie sich einen Stuhl heran und platzierte sich neben Helen an ihrem Schreibtisch. Von hier aus hatten die beiden Damen einen hervorragenden Blick auf das Geschehen.

»Wer ist Fabienne?«, erkundigte sich Linett flüsternd bei Helen.

»Das wirst du gleich sehen.«

Demonstrativ sah Helen auf ihre silberne Armbanduhr und begann zu zählen.

»Drei, zwei, eins!«

Wie auf's Stichwort flog die Tür auf. Wer einmal schlecht dramatisierte Filme gesehen hatte, fühlte sich unweigerlich in einen solchen zurückversetzt. Linett zuckte erschrocken über den lauten Knall zusammen und rechnete insgeheim mit einer Meute säbelrasselnder Hunnen. Doch das Einzige, was sie erblickte, war eine französische Schönheit. Ihre Haut war ebenmäßig und ohne Makel. Die zarte Bräune passte hervorragend zu den dunkelbraunen Haaren und den schokoladenfarbenen Augen. Sie besaß eine Ausstrahlung, als hielte sie sich für Liza Minelli. Linett würde einiges darauf verwetten, dass dieses Weib eine Vampirin war. Aufmerksam musterte Fabienne jeden Einzelnen in diesem Raum aufs Genaueste, und auch Helen und Linett wurden ausführlich durchleuchtet. Auch wenn Fabiennes Aufmerksamkeit doch eher den anwesenden Männern zu gelten schien.

»Das ist Fabienne«, bestätigte Helen Linetts Vermutung, was die Identität der Unbekannten anging. Jasons Grinsen war während des Auftritts keinen Millimeter verrutscht, und er begrüßte Fabienne nun mit einem angedeuteten Handkuss. Von Jeremy war lediglich ein geknurrtes ›Hi‹ zu hören und das auch in einem Tonfall, als würde er der Französin die Pest an den Hals wünschen. Plötzlich fand Linett diesen Hang zur Unhöflichkeit an Jeremy ungemein attraktiv. Nur Liza, Entschuldigung, Fabienne schien sich an dem Unmut Jeremys nicht zu stören. Linett konnte das aufdringliche Parfum selbst von ihrem Platz aus noch riechen, als Fabienne ihre Arme um Jeremys Hals schlang und ihn mit Küsschen links und Küsschen rechts begrüßte.

»Jeremy, nun schau nicht so. Dass ich dich verlassen habe, ist kein Grund grantig zu sein. Du weißt, du hast mich für alle Welt verdorben, aber auch verdorbene Bienen fliegen gern von Blüte zu Blüte«, gurrte Fabienne. Linett konnte sie bereits jetzt schon nicht leiden. Verwirrt schweifte ihr Blick zwischen den beiden hin und her. Ja, wie? Fabienne war mit Jeremy zusammen gewesen und hatte ihn verlassen?

»Das beweist wieder mal, dass die Bienen mit den höchsten Absätzen zugleich auch die dümmsten sind«, sagte Linett zu Helen. Laut genug, dass es für die Vampire zu vernehmen war. Leider konnte Linett nicht Jeremys Gesichtsausdruck sehen, denn er wandte ihr den Rücken zu, aber Fabiennes Aufmerksamkeit hatte sie sich mit dieser Bemerkung gesichert. Diese stöckelte nun auf ihren hohen Schuhen näher.

»Und wer bist du, kleines Mädchen?«, flötete sie aufdringlich freundlich.

»Das kleine Mädchen, das dir deine Absätze ansägt, wenn du deine Stimmhöhe nicht auf ein erträgliches Maß herunterschraubst. Piepsende Pussys haben es hier schwer.«

Eine zarte Röte stieg in Fabiennes Wangen und Augen. Ja, sie war eindeutig ein Vampir. Sie verzog die für Linetts Geschmack viel zu grell geschminkten Lippen zu einem Lächeln, das ihre spitzen Eckzähne entblößte, doch bevor sie auch nur ein Wort sagen konnte, sprach Linett bereits weiter.

»Die Beißerchen müssten auch mal wieder zur Zahnreinigung.«

Bevor sie noch weitere Unverschämtheiten hinterherschieben konnte oder Fabienne ihre Finger um Linetts Hals legte, mischte sich Jason ein.

»Fabienne, das ist meine neue Assistentin Linett.«

»Deine Assistentin? Sie sollte erst einmal Manieren

lernen!«, verkündete Fabienne aufgebracht.

»Die hat sie«, mischte sich Jeremy knurrend ein. Linett konnte nicht anders. Sie musste Jeremy einfach einen dankbaren und ja, auch liebevollen Blick zu werfen. Nur, um diesem Weib zu zeigen, wer hier wem gehörte. Fabiennes sicher uralte Botox-Stirn legte sich in kritische Falten.

»Nun, ich bin sicher, Helen schafft das schon. Lasst uns gehen. Wir haben heute noch einiges zu erledigen und können nicht den ganzen Tag im Büro herumsitzen.«

Mit diesen Worten hakte sich Fabienne bei Jason unter und schließlich auch bei einem sichtlich mürrischen Jeremy. Kurz darauf verschwand das seltsame Trio aus dem Büro, und Linett wandte sich an Helen.

»Was hat sie, was andere nicht haben?«

»Sie kann jeden Tresor knacken.« Helen zuckte die schmalen Schultern. »Und auch jeden Mann. So fast jeden jedenfalls. An Jeremy beißt sie sich die Zähne aus, seitdem sie ihn mit Jason betrogen hatte.«

Verdutzt wanderten Linetts Augenbrauen nach oben. »Sie hat ihn mit Jason betrogen?«

Und da kamen die beiden Männer noch so gut miteinander aus? Und Jason hatte diese Frau tatsächlich noch angestellt? Dieser Harris hatte wirklich einen seltsamen Sinn für Humor.

»Jason nimmt jede Frau mit, die nicht bei drei auf dem Baum ist, und wenn doch, dann ist es erst recht eine Herausforderung für ihn. Er wusste nicht, dass Jeremy und Fabienne zu diesem Zeitpunkt bereits zwei Monate lang das Bett miteinander teilten. Jeremy hatte ihm nichts davon erzählt, ganz einfach, weil Jason ihn wohl für verrückt erklärt hätte, hätte Jeremy zugegeben, dass er sich wirklich in Fabienne verliebt hatte. Was Fabiennes Dämlichkeit betrifft, so ist diese tatsächlich vorhanden. Sie ließ sich mit Jason von Jeremy erwischen und griff nicht einmal ein, als Jeremy dazu überging, Jason windelweich zu prügeln. So zumindest ist die Legende.«

Jetzt wunderte sich Linett nicht mehr über die offenkundige Abneigung Jeremys gegen Fabienne.

Dafür wunderte sie sich umso mehr, als Jeremy nach einigen Stunden mit Fabienne ins Büro zurückkehrte und von seiner Missgunst absolut nichts mehr zu bemerken war. Im Gegenteil. Jeremy flirtete sichtlich entspannt mit der Französin um die Wette. Diese drückte ihm zum Abschied ein Küsschen auf den rechten Mundwinkel.

Mit den Zähnen knirschend brach Linett das Festklemmteil von ihrem Kugelschreiber ab und bewarf damit versehentlich Helen. Die schüttelte sich das Kunststoffteilchen schließlich aus den blonden Haaren und zog es vor, sich in der Küche in Sicherheit zu bringen, bevor Linett nicht nur mit Kulis, sondern mit Bomben warf.

»War's schön?«, erkundigte sich Linett spitz und ließ sich von Jeremys Irritation nicht beeindrucken.

»Der Auftrag hätte nicht besser laufen können.«

Das erklärte nicht im Mindesten, warum Jeremy den Eindruck machte, als hätte er sich geradewegs erneut in Fabienne verliebt. Die männermordende Fabienne. Linett wollte lieber nicht darüber nachdenken, was diese veranstaltete, wenn sie sich in den Kopf setzte, das verlassene Blümchen doch noch mal bestäuben zu wollen. Allein bei dem Gedanken bekam sie mehr Hass, als sie für Lorenzo jemals aufbringen könnte. In gedankliche Hasstiraden versunken, reagierte sie erst verspätet auf Jeremys Frage.

»Wollen wir den Schlüssel abgeben?«, fragte der nämlich

und folgte ihr schweigend, als sie mit hörbar knirschenden Zähnen ihre Handtasche packte und nach draußen stolzierte. Und darüber völlig vergaß, Helen Tschüss zu sagen.

Auf halbem Weg zwischen dem Büro und seinem Wagen blieb sie mitten auf dem Gehsteig stehen und wandte sich zu Jeremy um.

»Hast du mit ihr geschlafen?«, fragte sie nun gerade heraus und fühlte den Hauch der Genugtuung, als Jeremy unter ihrem zornigen Blick zusammenzuckte. Allerdings fachte das ihre Wut nur weiter an, denn wer nichts zu verbergen hatte, brauchte sicherlich kein schlechtes Gewissen haben!

»Bist du eifersüchtig?«, erkundigte sich Jeremy skeptisch, anstatt eine Antwort auf ihre Frage zu liefern.

»Hast. Du. Mit. Ihr. Geschlafen?«, buchstabierte sie ihm nun so laut, dass die vorbeieilenden Passanten bereits irritierte Blicke auf sie warfen.

»Wie kommst du darauf?«, fragte der Vampir hörbar entnervt.

»Warum ist es so schwer, darauf zu antworten?«, herrschte ihn Linett an. War es etwa völlig absurd, dass sie es überhaupt nicht lustig fand, wenn Jeremy erst mit ihr schlief, um dann am nächsten Tag die Aufführung ›Frischverliebt mit Fabienne‹ zu geben? Keiner normalen Frau konnte man glaubhaft machen, sie würde in einer solchen Situation überreagieren. Ihn jetzt und hier mit einer Kanne Weihwasser zu überschütten, weil er nicht den Mund aufbekam, das wäre übertrieben. Aber im Übrigen immer noch gerechtfertigt.

Jeremy seufzte und fuhr sich durch die Haare. »Ist es nicht. Nein, ich habe heute nicht mit ihr geschlafen. Auch wenn ich mich frage, was dich das überhaupt angeht. Es wäre mir neu, dass wir ein Paar sind.«

Kapitel 14

Käfige sind selten golden

Eine Viertelstunde später parkten sie vor dem Revier, in dem Luc seinen Schreibtisch hatte. Linett sprang, ohne auf Jeremy zu achten, aus dem Wagen und fragte sich mit erschreckender Selbstsicherheit bis zu Lucs Büro durch. Sie ignorierte Jeremy selbst dann noch, als sich dieser neben ihr auf der Holzbank vor Lucs Büro niederließ. Nach seiner patzigen Antwort auf die Frage, ob er mit Fabienne geschlafen hatte, hatte Linett nur schwer der Versuchung widerstanden, den nächsten Zaunpfahl aus einem Garten zu reißen und diesem Mistkerl in die Brust zu rammen. Es ging sie nichts an? Ja, genau, sie war ja auch nur das dumme Weib, das den blöden Fehler gemacht hatte, zu glauben, er würde sie doch mögen und nicht nur als Störenfried ansehen. Und das ihm für eine Nacht eine nette Abwechslung beschert hatte. Linett wusste nicht, auf wen sie mehr Hass hegte. Fabienne, Jeremy oder Lorenzo. Interessanterweise lag Lorenzo mittlerweile in diesem Ranking weit zurück. Und ihn müsste sie doch am meisten hassen! Aber nein, da kam dieser blöde Vampir mit seiner beschissenen Selbstherrlichkeit und sorgte dafür, dass sie vergaß, dass sie eigentlich zu trauern hatte. Stattdessen dachte sie sich blutige Szenarien aus, in denen Fabienne nicht überlebte und Jeremy winselnd darum bettelte, ihn doch wieder in ihre Gunst zu lassen. Dass dieser Tagtraum damit endete, dass sie es vor seinen Augen mit Jason trieb, bewies eindeutig, dass ihre Nerven völlig überreizt waren. Unruhig klimperte Linett mit den Hausschlüsseln und wippte mit den Füßen bis ihr Jeremy die Hand auf das Knie legte.

»Ganz ruhig«, meinte der Vampir, ihre Nervosität beruhigen zu müssen. Doch Linett wippte unbeirrt weiter.

»Herrgott!«

Zu schade, dass er nicht ausführlicher in seinen Flüchen werden konnte. Nicht nur, dass ihn ihre Aufregungen und das Gezappel zu Tode nervten, das Letzte, was er noch brauchte, war ein Weibsbild, das ihm nach nur einer Nacht voller Leidenschaft eine Szene machte, wenn er eine andere Frau nur ansah. Danke, darauf konnte er verzichten. Es kam nicht oft vor, dass er es für einen Fehler hielt, mit einer Frau zu schlafen, aber heute würde er diesen Gedanken wohl akzeptieren müssen. Man(n) schlafe eben nie mit einer Frau, wenn man nicht sichergehen konnte, dass diese die Adresse seiner Wohnung nicht kannte und auch keine Telefonnummer. Und vor allem schlafe man(n) nicht mit einer Frau, die erzwungenermaßen auch noch bei einem wohnte! Aber schön, selbst alte Vampire konnten noch etwas dazulernen.

»Kommst du bitte noch in mein Büro?«, wandte sich Luc freundlich an Linett, und wie erwartet schloss er Jeremy bewusst von dieser Einladung aus. Schweigend ließ der Vampir die beiden ziehen und erhob sich von seinem Platz, kaum, dass die Tür hinter Linett und Luc zugefallen war. Entspannt lehnte sich Jeremy an die Wand neben der Bürotür und verfolgte so ungeniert das Geschehen. Ein überdurchschnittliches Gehör zu besitzen, war eindeutig ein Vorteil an dem verfluchten Dasein eines Vampirs.

»Linett. Ich möchte dir eine Frage stellen, und ich möchte, dass du sie mir ehrlich beantwortest«, hörte Jeremy den Polizisten drinnen sprechen. »Wirst du gezwungen, für Harris zu arbeiten?«

Leise schnaubte Jeremy. Dieser Kerl war dermaßen

vorhersehbar.

»Mein Traumjob ist es gewiss nicht. Aber es löst viele Probleme. Jason war zwar ziemlich hartnäckig in seiner Überzeugungsarbeit, aber er hat wie jeder andere Arbeitgeber auch die Konditionen mit mir ausgehandelt. Er zahlt gut. Er garantiert für meine Sicherheit, und wie Jeremy bereits sagte, ändert das nichts an meiner Aussage oder an meiner Bereitschaft zu dieser«, vernahm Jeremy nun Linetts leise Stimme. Braves Mädchen. Doch den Polizisten schien es nur aufzubringen.

»Das wundert mich nicht«, gab der zurück und Jeremy konnte ihn hastig auf und ab laufen hören. »Die Gerichtsverhandlung wurde bis auf Weiteres vertagt. Angeblich, weil noch Beweise nachgeholt werden müssen. Ich kenne solche Sachen. Die Verhandlungen werden mit fadenscheinigen Begründungen vertagt, bis der Fall vollends aus dem Gedächtnis verschwunden ist und im Archiv landet. Und die Kameraaufnahmen, die den Einbruch in ›deinem‹ Haus vor wenigen Tagen zeigen, sind verschwunden. Einfach so. Als hätten sie niemals existiert!«

Jeremy konnte nicht verhindern, dass sich ein breites Lächeln auf seine Lippen schlich. Jason hatte hier hervorragende Arbeit geleistet. Die Anklage gegen Lorenzo war also vorerst ausgesetzt, und Jeremy brauchte sich keine Sorgen darum zu machen, dass man ihn als Einbrecher identifizieren könnte. Offiziell wurde noch ermittelt, inoffiziell war der Fall längst zu den Akten gelegt. Sicher nichts, was Tonys Andenken ehrte, aber besser für alle Beteiligten.

»Willst du den Mörder von Tony nicht hinter Gittern sehen?«, versuchte es der verfluchte Polizist nun auf die Gewissensschiene. Die Versuchung, die Unterhaltung zu unterbrechen, war groß, und nur mit Mühe konnte sich Jeremy zurückhalten. Dieses Gespräch mit dem Tod des Beamten zu beenden, war nicht der klügste Weg.

»Doch«, hörte er Linett bedrückt antworten. Ein perfektes Fressen für den jungen Polizisten.

»Dieser Jason Harris ist keinen Deut besser als Lorenzo Sivori. Er begeht bereits seit vielen Jahren grausame Verbrechen. Mord, Erpressung, Glücksspiel, Geldwäsche, Wirtschaftsspionage, Diebstahl, Kunstfälschung, such dir was aus. Aber niemand kann ihm etwas nachweisen. Entweder gibt es keine Beweise oder sie verschwinden. Genauso wie Zeugen. Oder involvierte Beamte verlieren urplötzlich das Interesse!«

Was glaubte der Kerl eigentlich? Dass Linett nun zu Jason marschierte und ihm klarmachte: ›Sorry, mir wurden gerade die Augen geöffnet. Du bist ein Monster. Für dich arbeite ich nicht? ‹ Hielt er Linett für so dumm? War ja nicht vorhersehbar, dass Jason ebenso wie jeder andere in der Mafia ordentlich mitmischte. Angestrengt lauschte Jeremy weiter.

»Warum sagst du mir das alles?«, fragte Linett bedrückt. Sie fühlte sich mehr und mehr in die Ecke gedrängt. Und sie wusste nicht, warum. Sie glaubte ja, dass es Luc schwerfiel, ihre Wahl zu akzeptieren, aber war diese denn so unverständlich? Hielt er sie für verrückt? Oder war er nur enttäuscht, dass wieder einmal das Böse in dieser Welt siegte? Sie würde Lorenzo lieber tot als hinter Gittern sehen, ja, sie gab es gerne zu. Und nein, sie würde niemals aufhören, Jason um diesen Gefallen zu bitten. Oder Jeremy. Sofern der sich von der blöden Fabienne lösen konnte.

»Verstehst du denn nicht?«, rief Luc aus, und noch immer verwirrt betrachtete Linett ihn. Unter seinen Augen hatten sich Schatten eingegraben, als hätte er lange nicht gut geschlafen. Sein Hemd war zerknittert und seine Hände aufgerissen, als wäre er über einen Stacheldrahtzaun geklettert. Es schien nicht seine beste Woche zu sein.

»Die Zeitungen sind voll mit irgendwelchen Schreckensmeldungen. Neunzig Prozent davon haben deine Freunde Jason Harris, Jeremy Jansen und der Rest dieser Bande zu verantworten!«, sprach der Polizist mühsam beherrscht und warf ihr eine Tageszeitung in den Schoß. Wie immer in diesem sensationslüsternen Gewerbe hatte man das grässlichste, scheußlichste und blutrünstigste Bild auf die Titelseite gedruckt, gepaart mit einer reißerischen Überschrift. Ein reicher Unternehmer, dessen Namen Linett nicht das Geringste sagte, war in einem Puff erschossen worden, während er dort gerade mit zwei Professionellen zugange gewesen war. Keine Informationen, die dazu gemacht war, in Linett Mitleid zu erwecken. Nun ja, jedenfalls bis sie den Artikel genauer las. Sie kannte genügend Mafia-Filme, um sich unweigerlich an einen solchen erinnert zu fühlen. Dieser Mann war nicht mit einem einzigen Schuss hingerichtet worden, offenbar hatten zwei Männer mit Maschinenpistolen das Zimmer gestürmt und nicht nur den Mann, sondern auch seine zwei Gespielinnen hoffnungslos durchsiebt. Schockiert schlug Linett die Hand vor den Mund und starrte auf das Bild, das die abgedeckten Leichen vor einer blutbesprengten Wand zeigte.

»Das war nicht Jeremy«, erklärte Linett schließlich mit zitternder Stimme und legte die Zeitung zurück auf Lucs Schreibtisch. »Das war vor zwei Tagen. Vor zwei Tagen war er die ganze Zeit bei mir.«

»Zur Hölle. Dann war er es eben nicht persönlich! Oder Harris! Dann war es eben einer seiner Leute. Oder ein anderer aus seinem Geschäft. Ist mir scheißegal! Diese Kerle zetteln in Paris einen Krieg an. Als hätten wir nicht genug Probleme. Der IS erschießt Journalisten, mitten in Paris. Sie töten Monate später über hundert Menschen, mitten in Paris. Das Letzte, was wir brauchen, ist eine Mafia, die dabei auch noch tatkräftig mithilft«, brüllte Luc. »Willst du immer noch für diesen Kerl arbeiten?«

Unsicher betrachtete sie den aufgebrachten Luc. Seine Haltung ähnelte einem Panther auf dem Sprung, und der Ausdruck seiner Augen war lauernd. Immer wieder marschierte er aufs Neue vor ihr auf und ab.

»Was bleibt mir denn anderes übrig?«, antwortete Linett mit einer leisen Gegenfrage. Glaubte er, sie hätte die Wahl? Jeremy stand vor der Tür. Sie konnte ihm kaum die Kündigung für Jason mitgeben. Und dann auch noch davon ausgehen, dass sie eine solche Handlung unbehelligt überleben würde.

»Linett, es tut mir leid, aber du lässt mir keine andere Wahl. Du bist eindeutig nicht Herr deiner Sinne«, sprach Luc und hielt vor ihrem Stuhl in seiner Wanderung inne. Sein Blick legte sich betrübt auf sie. Unweigerlich begann ihr Herz schneller zu schlagen. Er würde doch jetzt nicht auf die Schutzhaft bestehen?

»Wir werden dir einen Psychologen holen, und der soll entscheiden, ob wir dich in eine Einrichtung bringen, die deinem überdrehten Geist wieder ein wenig auf die Sprünge hilft«, fügte Luc hinzu.

»Du willst mich in eine psychiatrische Einrichtung bringen?«, rief Linett entsetzt. So schnell war sie noch nie von ihrem Sitz aufgesprungen. Sie könnte in zwei Sekunden bei der Tür sein. Und dort wäre Jeremy. Lucs Blick wurde freundlicher, und ein kleines, beruhigendes Lächeln huschte über seine Lippen.

»Es ist nur zu deinem Besten«, sprach Luc sanft, doch Linett schüttelte den Kopf.

»Nein, ist es nicht. Und denkst du, dass Jeremy ohne mich geht?«

»Er wird nicht ohne dich gehen müssen«, sprach Luc und verwirrte Linett damit nur noch mehr. »Er wird hierbleiben. Und uns für eine Vernehmung zur Verfügung stehen. Wir haben das Recht, ihn achtundvierzig Stunden hierzubehalten. Und in diesen achtundvierzig Stunden werde ich etwas gegen ihn finden.«

Entsetzt beobachtete Linett, wie Luc um seinen Schreibtisch herumging und den Hörer des Telefons abnahm. Er wies einige seiner Leute an, Jeremy in einen der Verhörräume zu bringen. Wild entschlossen machte sie einen Satz zu Lucs Bürotür. Sie würde Jeremy schnappen, und dann würden sie verschwinden. Sollten die doch zusehen, wie sie sie fanden! Es war ein Wunder, dass sie nicht die Türklinke herausriss, so heftig öffnete sie die Tür. Und gewahrte Jeremy, der gerade von drei Beamten umringt wurde.

»Beruhige dich«, bat Luc sie. Warm umfasste er ihre zitternden Finger. »Es ist nur zu deinem Besten. Bitte glaub mir. Wenn das hier alles erst vorbei ist, wirst du einsehen, dass dieser Kerl da draußen nicht die beste Wahl für dich war.«

Bebend rang Linett nach Luft, und ihre Finger krampften sich um seine Hände. Warum konnten sie nicht alle einfach in Ruhe lassen? Sie wollte nicht hier sein. Sie wusste nicht, wo sie sein wollte. Aber bestimmt nicht hier. Auch wenn sich Luc, der sie an sich drückte, doch tröstend und angenehm anfühlte.

»Die Atombombe war zu unhandlich für meine Handtasche«, erklärte Jeremy dem Beamten, der ihn erst auf Waffen untersuchte und dann schließlich in einen der Verhörräume geleitete. Jeremy wusste schon, warum er diese Verhörräume nicht mochte. Sie waren fensterlos und absolut unkreativ eingerichtet. Das einzige Highlight war die verglaste Front, durch die man zwar von außen in den Raum hineinsehen konnte, aber nicht hinaus. Seufzend lehnte er sich an eine der Wände. Ihm hätte klar sein müssen, dass dieser kleine Polizist es auf die Tour versuchte. Seine Gesprächsführung war geradewegs auf diesen Punkt zugesteuert. Für einen Moment war Jeremy versucht gewesen, die Tür aufzureißen, sich Linett zu holen und zu verschwinden, bevor dieser Bursche auch nur blinzeln konnte. Allerdings hätte Jeremy ihn genauso gut persönlich über die Existenz von Vampiren aufklären können. Niemand sah zu, wie ein Mann die Tür praktisch aus den Angeln riss und mit einer Frau auf dem Arm (welche schließlich über ein gewisses Gewicht verfügte) mit unmenschlicher Geschwindigkeit verschwand, ohne unangenehme Fragen zu stellen. Und ja, Jeremy hatte auch gehofft, der Wicht würde darauf verzichten, Linett das Leben noch schwerer zu machen, indem er ihren Beschützer festnahm. Es war kein Geheimnis, dass man der Polizei das letzte Kissen unter dem Hintern wegklagen konnte, wenn man zu Unrecht und praktisch aus Langeweile achtundvierzig Stunden lang festgehalten wurde. Willkür wurde nicht gern gesehen, und es gab nichts, was sie ihm nachweisen konnten. Nicht, wenn die Bänder von dem Überfall auf Linetts Unterkunft vor einigen Tagen wirklich vernichtet waren. Jason brauchte dazu nur einen Anruf zu tätigen, und das Thema war erledigt. Dafür bekam dann jemand ein paar Hundert Euro aufs Konto überwiesen. In unauffälligen Raten natürlich.

»Setzen Sie sich«, sprach dieser Jungspund von Polizist, als er den Raum betrat. Lucs Hemd zierten ein paar feuchte Flecken. Entweder hatte er sich bekleckert oder jemand hatte an seiner Brust geheult.

»Verschwinden Sie«, erwiderte Jeremy. »Da ich nicht davon ausgehe, dass Sie mich auch nur eine Minute vor den achtundvierzig Stunden gehen lassen, will ich die Zeit wenigstens ohne Störungen verbringen.«

»Sie halten sich wohl für sehr lustig. Entweder Sie setzen sich oder Sie dürfen vor dem Tisch knien, mit beiden Händen an das Tischbein gefesselt.«

Was für ein Spielverderber. Aber bevor er tatsächlich noch einen Anwalt beauftragen musste, um den Wicht aus dem Dienst zu klagen, nahm Jeremy das kleinere zeitliche Übel in Kauf und setzte sich eben.

»Was werfen Sie mir vor?«, fragte er gelangweilt.

»Entführung, Freiheitsberaubung, Nötigung und vielleicht noch Misshandlung und Vergewaltigung. Ich bin schon gespannt, was der Arzt zu Letzterem sagt«, sprach Luc, der ihm gegenüber Platz genommen hatte. Ob diesem Kerl bewusst war, dass er Mord, Totschlag, Einbruch, Erregung öffentlichen Ärgernisses, Diebstahl, Erpressung, Steuerhinterziehung, Unterschlagung, Bestechung, Wirtschaftsspionage, Entweihung von Staatseigentum, Blasphemie und Sachbeschädigung vergessen hatte? Damit hätten sie das Strafgesetzbuch fast durch. Mit Ehebruch konnte Jeremy aufgrund der fehlenden Ehe nicht dienen. Und an Kindern würde er sich im Leben nicht vergreifen, weswegen Kindesmissbrauch eine der wenigen Straftaten war, die er noch nicht begangen hatte.

»Bilden Sie sich nichts ein. Sie sind nicht so hübsch, dass

ich gleich über Sie herfalle«, kommentierte Jeremy gelassen und bemerkte nicht ohne Befriedigung, wie Lucs entspannte Fassade für einen Moment verrutschte.

»Ich spreche von Linett.«

»Die wird auch nicht über Sie herfallen«, erwiderte der Vampir jovial.

»Verdammte Hölle«, schnaubte Luc und schlug mit der Faust auf dem Tisch. »Arbeiten Sie für Jason Harris?«

»Ja«, antwortete Jeremy teilnahmslos.

»Und als was?«

»Im Bereich Personenschutz und Sicherheitstechnik.«

»Nennen Sie mir eine Person, die Sie geschützt haben, die nicht aus der Mafia-Szene kommt.«

»Linett Roux.«

Erneut schlug der Polizist mit der Faust auf den Tisch. Nur mit Mühe konnte Jeremy das Zucken seiner Mundwinkel unterdrücken. Okay, bleiben wir bei der Wahrheit. Jeremy gab sich nicht die geringste Mühe, seine Belustigung auch nur ansatzweise zu verbergen.

»Sie wissen, dass ich auf Sie schießen kann, wenn es in Notwehr ist? Wer will mir das Gegenteil beweisen?«, sprach Luc aufgebracht.

»Tun Sie, was Sie nicht lassen können. Aber ich bin nicht verpflichtet, Ihnen irgendwelche Namen zu nennen und selbst wenn es der Papst wäre. Vor allem nicht, wenn es der Papst ist! Denn das geht Sie nicht das Geringste an, und der Ruf von Harris' Firma wäre schnell dahin, wenn wir jedem dahergelaufenen Polizisten die Namen unserer Klienten verraten!«, erklärte Jeremy gefühlskalt. Was glaubte der Zwerg, wer er eigentlich war?

Luc verschränkte die Finger ineinander, bis seine Knöchel weiß wurden. »Dieser dahergelaufene Polizist wird Sie die nächsten zwei Tage in den Knast schicken, wenn Sie ihm nicht sagen, was er wissen will. Und wenn alles so läuft, wie er sich das vorstellt, wird Ihr Arsch dort noch viel länger versauern!«

Nachdenklich starrte Linett auf die Tür. Sie war allein in Lucs Büro. Was sollte sie tun? Abhauen? Man würde sie kaum lassen. Machte das überhaupt Sinn? Konnte sie ohne Jeremy gehen? Was machten sie jetzt mit ihm? Ließ er sich wirklich einsperren? Oder veranstaltete er gerade ein Massaker? Nein, dann würde sie sicherlich den Tumult hören. Nervös kaute sie auf ihren Fingernägeln herum, während ihre diese und noch viele weitere Fragen durch den Kopf schossen. Wie kamen sie aus dieser Nummer wieder heraus? Würde man Jeremy tatsächlich wieder gehen lassen, wenn die zwei Tage um waren? Und sie? Sie konnten sie doch kaum zwei Tage hierbehalten? Wo sollte sie schlafen? In Lucs Spind? Okay, wenn sie sich noch um ihre Schlafgelegenheiten Sorgen machte, konnte die Situation kaum wirklich beschissen sein. Schön wäre es …

Das Eintreten eines Mannes ließ ihr Gedankenkarussell für den Moment stoppen, den sie brauchte, um ihn näher zu betrachten. Die hagere Gestalt gehörte zu einem älteren Herrn mit grauen, raspelkurzen Haaren, der sich übertrieben aufrecht hielt. Falten umrahmten seine Mundwinkel und seine Augen. Allerdings waren diese so tief, dass sie ihm einen grimmigen Eindruck statt einer freundlichen, sympathischen Wirkung verliehen. So stellte sich Linett einen abgebrühten Militärarzt vor, der ohne Betäubung und ohne mit der Wimper zu zucken Amputationen durchführte.

»Haben Sie keine Angst. Ich möchte Ihnen versichern, dass ich Ihnen kein Leid zufügen möchte«, sprach der

Psychologe sie an, und Linett zuckte erschrocken zurück. Hatte sie ihn wirklich so verängstigt angesehen?

»Gut zu wissen«, murmelte sie leise und wich seinem Blick aus, um den Rest von ihm zu begutachten. Der Anzug war grau wie seine Haare. Das Hemd bis zum Anschlag gestärkt, sodass es sicher von allein stehen konnte, wenn er es auszog. Es knisterte sogar, als er sich ihr gegenüber setzte und seine Aktentasche neben seinen Stuhl stellte.

»Mein Name ist Michel Lassard. Ich bin Psychologe. Ihr Freund Luc hat mich gebeten, mich mit Ihnen zu unterhalten, weil er der Meinung ist, dass es Ihnen guttun würde, über das zu sprechen, was geschehen ist«, erklärte ihr Lassard. Seine Stimme war zwar beruhigend und sanft, allerdings schwang eine Eiseskälte mit, die Linett als nicht sonderlich angenehm empfand. So wie er sie musterte, schien sein Urteil schon festzustehen: Völlig verrückt und bereit für die Zwangseinweisung. Schweigend sah sie ihn an und verweigerte eine Antwort.

»Wie fühlen Sie sich?«, fragte Lassard nach einem Moment des Schweigens und als deutlich wurde, dass Linett keineswegs gewillt war, zuerst den Mund aufzumachen.

»Als wären Liebeskummer und der Verlust eines geliebten Menschen zusammen auf einen Tag mit einem Terroranschlag gefallen«, erwiderte Linett mit einem Zucken der Schultern.

»Möchten Sie mir von Tony erzählen? Waren Sie ein Paar?«, fragte Lassard nach. Seiner Mimik konnte Linett nicht entnehmen, was er über ihre Worte dachte. Er nahm sie zur Kenntnis, aber ob er etwas damit anfangen konnte?

»Nein, wir waren kein Paar. Tony war nicht mein leiblicher Bruder, aber wir kannten uns schon sehr lange. Ich war zwei Jahre älter. Wir haben zusammen gespielt, sind in die gleiche Schule gegangen. Später sind wir dann zusammengezogen. Tony hätte nie die Miete für eine eigene Wohnung aufbringen können. Nach dem Tod meiner Eltern ist er bei mir eingezogen. Das war vor drei Jahren«, erzählte Linett, ohne recht zu wissen, warum eigentlich. Ja, es tat gut, jemandem von Tony zu erzählen. Aber es fühlte sich an, als würde sie mit einem Eisblock sprechen.

»Sehr tragisch«, kommentierte Lassard und klang nicht im Mindesten, als würde es ihm wirklich leidtun. »Wie kommen Sie dann ausgerechnet auf Liebeskummer? Es scheint mir auf Tony nicht recht zuzutreffen.«

»Es ist nicht wirklich wie Liebeskummer«, versuchte sie, deutlich zu machen (wahrscheinlich erfolglos), und erneut zuckte sie unwissend die Schultern. Sie wusste selbst nicht, wie sie auf diesen Vergleich gekommen war. Sie war schlecht im Vergleichen.

»Könnte es etwas mit dem Mann zu tun haben, der Sie hierher begleitet hat?«, fragte Lassard, und zum ersten Mal zeigte sich ein feines Lächeln auf seinen Lippen. Ein Lächeln, das den distanzierten Ausdruck in seinen Augen ein wenig abmilderte und es schaffte, Linett ein widerwilliges ›Vielleicht‹ abzuringen.

»Behandelt er Sie gut?«, fragte Lassard weiter.

»Ich wäre wohl kaum mehr am Leben, würde er das nicht tun«, erwiderte Linett entgeistert, und erneut lächelte Lassards.

»Ich meinte eigentlich, dass er Sie nicht nur am Leben lässt, sondern Sie auch noch freundlich behandelt«, stellte der Psychologe seine Frage richtig.

»Ja, er ist gut zu mir. So gut, wie man es von einem Mistkerl wie ihm verlangen kann«, erwiderte Linett in einem Anflug von Trotz. Sie wusste selbst nicht, warum sie ausgerechnet das sagen musste. Das war nicht unbedingt dazu gemacht, ein gutes Bild von Jeremy herzustellen. Oder von sich.

»Nennen Sie mir fünf schlechte Eigenschaften von ihm«, bat er sie. Ernsthaft? Hatte er nicht andere Themenfelder zu beackern? Ihre Trauer über Tony zum Beispiel?

»Sollten wir nicht lieber über den Verlust des Menschen sprechen, der mir viel bedeutet hat?«, hinterfragte sie misstrauisch.

»Dazu kommen wir noch. Im Moment scheint mir der Teil mit dem Liebeskummer bei Ihnen vorrangig zu sein. Trauer kann man nicht von heute auf morgen beseitigen oder wegschieben. Es braucht Zeit. Aber wenn ich unsere begrenzte Zeit nutzen kann, Ihnen das Leben ein wenig leichter zu machen, indem ich Ihnen über den Teil mit dem Liebeskummer hinweghelfe, dann werde ich das tun«, erläuterte er ihr in einem Tonfall, als würde er darüber nachdenken, ob es Sinn machte, ihr den Arm zu amputieren, wenn sie sich doch gerade eine Blutvergiftung durch eine Wunde im rechten Oberschenkel zuzog. Es war überflüssig zu erwähnen, dass Linett am liebsten alles getan hätte, aber bestimmt nicht mit diesem Mann über ihre Probleme mit Jeremy zu sprechen. Wo waren die Folterknechte, wenn man sie mal brauchte?

»Sie wollen mich also nicht in eine Klinik stecken?«, fragte sie kritisch.

»Dazu kommen wir ebenfalls später«, hüllte sich Lassard in Geheimnistuerei. Na toll!

»Gut, fünf schlechte Eigenschaften: Er hat schlechte Manieren, ist schlampig, jähzornig, ohne jegliches Rückgrat, verlogen, aggressiv, eigensinnig, besserwisserisch, arrogant, unverbesserlich und ein Alkoholiker«, spulte Linett ohne

Punkt und Komma herunter. Lassard zeigte sich völlig unbeeindruckt von der Tatsache, dass sie seine Vorgabe mit Leichtigkeit um einhundert Prozent überboten hatte.

»Und jetzt fünf positive«, verlangte er von ihr und brachte Linett damit in sichtliche Bedrängnis. Ihr Blick glitt sehnsüchtig zur Tür. Vielleicht tauchte Luc dort gleich auf und holte sie aus diesem Schlamassel? Wie sollte sie fünf positive Eigenschaften zu einem Mann finden, dem sie am liebsten links und rechts jeweils fünf runterhauen würde?

»Er ist ein guter Beschützer«, sprach sie nach einigen Minuten des Überlegens zögerlich. »Und wenn er will, kann er auch aufmerksam und lieb sein«, fügte sie noch hinzu, bevor sie Lassard unsicher musterte.

»Und trotz des offensichtlichen Überhangs an negativen Eigenschaften lieben Sie ihn?«

Verdutzt schnappte Linett nach Luft. Wo war noch mal Lorenzo, wenn man ihn brauchte? Dieses Verhör war beinahe noch schlimmer, als wenn er mit einer Knarre auf ihre Stirn zielen würde. Dann bräuchte sie wenigstens keine Antwort auf diese vermaledeite Frage zu finden! Sie sollte Jeremy lieben? Niemals! Nicht, wenn er mit Fabienne schlief! Linett befand die Platte von Lucs Schreibtisch als ausreichend interessant, um diese intensiv zu mustern. Leider war Lassard diesmal nicht geneigt, ihr helfen zu wollen, indem er eine andere Frage oder These in den Raum stellte, sondern betrachtete sie, auf eine Antwort wartend, ruhig.

»Vielleicht«, erwiderte Linett alles andere als entschieden, als das Ticken der Wanduhr unangenehm laut in ihren Ohren zu schallen begann.

»Denken Sie, dass er Ihre Gefühle erwidert?«

Dieser Psychologe war die Pest. Ehrlich. Könnte er sie nicht einfach weiter zu Tony befragen? Bei ihm konnte sie wenigstens mit Antworten aufwarten, von denen sie wusste, dass sie richtig waren!

»Ich denke nicht«, erwiderte Linett eigensinnig.

Entspannt lehnte sich Jeremy zurück. »Sie sind wirklich hartnäckig. Aber es wird Ihnen nichts einbringen. Wenn ich meine Rechte richtig in Erinnerung habe, steht mir ein Anruf zu. Und den werde ich nutzen, um jemanden anzurufen, der mehr zu sagen hat als ein Verkehrspolizist.«

»Commissaire de Police«, knurrte Luc dazwischen, jedoch fuhr Jeremy ungerührt fort:

»Wenn der Anrufempfänger mit Ihnen fertig ist, dürfen Sie am Arc de Triomphe den Verkehr regeln. Sie werden sich zwar wünschen, dass Sie jemand über den Haufen fährt, aber ich werde darauf achten, dass es niemand tut.«

Die Kiefer des Polizisten verspannten sich. Er hatte die Augenbrauen zusammengezogen, und auch wenn er den Anschein zu wahren versuchte, als würde er Jeremys Worte für lächerlich halten, sah der Vampir doch, wie es hinter der gefurchten Stirn arbeitete. Es wäre dreist, solche Dinge zu erzählen, wenn nichts davon wahr wäre. Aber Luc wollte es nicht glauben.

»Und wen wollen Sie anrufen?«, fragte Luc knapp nach.

Jeremy hob die Schultern. »Unseren geliebten Präsidenten?«

Für einen Moment schien der Polizist verblüfft, doch dann lehnte er sich auf dem Stuhl zurück, legte den Kopf in den Nacken und lachte. »Sie glauben nicht, wie oft ich das schon gehört habe.«

»Holen Sie mir die Zeitung von vor sechs Tagen. Ich bin sicher, hier liegt noch eine herum«, forderte ihn Jeremy auf. Verärgert stand der junge Polizist auf und klopfte an die

Tür. Wer auch immer die Tür öffnete, er bekam die Anweisung, besagte Zeitung zu holen. Die wenigen Minuten Wartezeit überbrückten die beiden Männer damit, sich gegenseitig in die Versenkung zu starren.

Das Öffnen der Tür und das Rascheln der Zeitung riss sie aus ihrer Starre. Luc warf mit Schwung das Papier auf den Tisch.

»Wollen Sie noch eine Schere? Um die Buchstaben auszuschneiden?«

Jeremy überhörte den Kommentar großzügig und blätterte auf die zweite Seite, die den Hauptartikel enthielt.

»Chefredakteur der Cancard de Paris erschießt Mitglied der Parti socialiste«

»Wie Sie sicherlich wissen, war unser geschätzter Generalsekretär des Élysée-Palastes Pierre Gustin mit seinem Freund, einem eher unwichtigen Abgeordneten Namens Jacq Poissonnier, zum Essen verabredet. Gustin hat immer Männer bei sich, die ihm Leib und Leben schützen sollen. Gustin vertraute aber nicht auf die Männer, die ihm sein Sicherheitschef stellte. Er geht gern auf Nummer sicher. Wie an vielen Abenden nahm er auch an diesem die Dienste eines gewissen Jason Harris in Anspruch. Okay, nicht dessen persönliche Dienste, aber die eines seiner Mitarbeiter. Nun raten Sie, wer das gewesen sein könnte. Er hat auch eine Aussage gemacht. Das Betrauen wirklich kompetenter Männer zu seinem Schutz machte sich an diesem Abend bezahlt. Denn gegen Viertel nach Neun betrat der Chefredakteur des Cancard de Paris den Speiseraum. Mit einer Waffe in der Hand. Die Kugel für den Minister habe ich kassiert. Nur ein absolut minimaler Streifschuss an der

Hüfte, der schon längst wieder verheilt ist, aber ja, es tat weh. Und mein bester Anzug wurde ruiniert. Leider konnte niemand verhindern, dass Thompsen nicht doch Poissonnier erschoss. Es hätte wohl noch mehr Tote gegeben, wäre Thompsen nicht vorher an der Kugel gestorben, die ihm ein anderer Sicherheitsbeamter verpasste«, erklärte der Vampir dem jungen Beamten in einer Seelenruhe, als ob er ihm die Geografie des alten Ägyptens zu Zeiten Ramses des Großen und seiner Königin Nefertari erläutern würde. Die Anspannung war zunehmend aus dem Gesicht des Beamten gewichen, um einer nur schwer zu verbergenden Fassungslosigkeit Platz zu machen. Dass Jeremy sich an diesem Abend der sofortigen Befragung entzogen hatte, um den erneuten Versuch zu starten, Linett zu töten, musste er dem jungen Kerl wahrlich nicht auf die Nase binden. Ebenso wenig, dass er am nächsten Tag für die Aussage einen anderen an seiner Stelle geschickt hatte. Er hasste es, wenn es Personenbeschreibungen von ihm gab. Pierre Gustin war sowieso viel zu sehr mit sich beschäftigt, um auch nur ansatzweise zwei Männer von ähnlicher Statur und Haarfarbe auseinanderhalten zu können.

»Gut, gehen Sie anrufen«, beschloss Luc schließlich resigniert. »Dann werden wir ja sehen, ob der Präsident Ihnen persönlich die Zellentür öffnet.«

»Kann ich mal auf die Toilette?«, fragte Linett leise. »Mir platzt gleich die Blase.«

»Natürlich.«

Mit diesem Wort erhob sich der Psychologe von seinem Platz und öffnete die Tür, vor der nun ein Beamter seinen Hintern geparkt hatte.

»Die junge Dame muss mal zur Toilette«, sprach er zu

Nick. Nick war ebenfalls ein Polizist. Und einer derjenigen, die Linett schon von ihren letzten Besuchen hier kannte. Es war ein älterer Mann mit schütterem Haar, Bierbauchansatz und einer Unmenge Lachfalten über dem ungepflegten Dreitagebart.

»Du hast nicht zufällig was zu Rauchen für mich?«, fragte sie ihn leise, und Nick grinste verschmitzt. Von ihren Besuchen hier wusste Linett, dass sie nicht die Einzige war, die heimlich auf der Toilette rauchte. Die Kabinen stanken nicht umsonst immer wie ein kalter Aschenbecher. Nick steckte ihr ein kleines Päckchen Zigaretten mitsamt dem Feuerzeug zu, und Linett verschwand auf der Damentoilette. Wie in ihren Erinnerungen zierten keine Gitterstäbe die Fenster (war eben nur eine Toilette für Polizisten), und die Verriegelung so geschaffen, dass die Fenster weder von innen noch von außen zu öffnen waren. Leider hatte die hiesige Polizei kein Geld und erst recht nicht für Sanierungen. Dementsprechend labil war der Zustand der Verriegelung. Linett war allein hier, und sinnierend stand sie vor dem Fenster. Hinter dem Haus waren zwei Hinterhöfe. Einer war der, wo die Fahrzeuge anhielten, wenn sie Verdächtige, Festgenommene oder eben Linett hierher kutschierten, und der andere führte erstens zu dem Trakt mit den Büroräumen und zweitens in eine schmale Seitenstraße, die eigentlich eine Sackgasse bildete. Sofern man zu fett zum Klettern war. Lorenzos Männer würden sie doch kaum hier erwarten, oder? Die würden den anderen Hinterausgang bewachen und den vorn. Leicht legte Linett ihre Finger um den Rahmen der Fensterflügel und öffnete gleichzeitig mit der anderen Hand die Verriegelung. Ein wenig Kraftaufwand und das Fenster war offen. Ideal für die Heimlich-Raucher. Prüfend sah sie noch einmal zurück zur Tür. Es war verrückt.

Aber was lief in ihrem Leben auch gerade nicht verrückt?

Kurz entschlossen schwang sich Linett auf das Fensterbrett und landete schließlich im Hinterhof.

Dass hier hinten Kameras waren, störte sie nicht. Es war schon erschreckend, wie gut sie hier die Gegebenheiten kannte. Wer zum Beispiel auf die Kameras achtgab, die den Hinterhof überwachten. Niemand, um genau zu sein. Es saß zwar durchaus jemand vor dem Bildschirm, aber da hätte man auch einen Schimpansen davorsetzen können. Nun stand sie also auf dem Hinterhof. Toll, und weiter? So unberührt wie möglich schritt sie über den Hof, als würde sie hierher gehören und zündete sich währenddessen eine Zigarette an. Sie rauchte nicht wirklich. Jedenfalls recht selten. Auch jetzt rauchte sie nicht über die Lunge, sondern inhalierte lediglich kurz den Rauch in die Mundhöhle, um ihn gleich wieder auszustoßen. Die Gasse war schmal, und dort war auch die kleine Mauer. Wie gut, dass sie früher mehr Sport getrieben hatte. Sogenannten Straßensport. Ein Stück Laufen, Kniebeuge, die Gegebenheiten des Parcours nutzen. Zum Beispiel auch, sich eine Mauer hochzuarbeiten. Das tat sie und wagte einen Blick darüber. Und ließ sich gleich wieder fallen. Der Mann, der dort auf der anderen Seite der Mauer, am Ende der Gasse stand, die wieder auf die Hauptstraße führte, gefiel ihr gar nicht. Er rauchte ebenfalls und sah nicht aus wie ein normaler Passant. Was sollte sie tun? Wieder zurückgehen? Nein, das konnte sie nicht. Man würde meinen, sie hätte versucht zu fliehen (damit würden sie noch nicht einmal falschliegen) und sie erst recht in eine Klinik einweisen. Noch einmal wagte sie einen Blick über die Mauer und konnte ihr Glück kaum fassen. Er war weg!

Mutig wagte sie den Sprung hinüber. Umso vorsichtiger

tastete sie sich jedoch den Rest der Gasse entlang. Auf der Hauptstraße hielt sie Ausschau nach weiteren Leuten von Lorenzo. Niemand war zu sehen. So schnell sie konnte, spurtete sie die Straße entlang. Sie musste zu Jason. Sie musste ihm erzählen, was geschehen war. Und hoffen, dass er Jeremy aus dem Knast bekam. Die konnten den Vampir doch kaum ewig dort festhalten, oder?

Aber sie wollte nicht auf direktem Weg dorthin. Also schlug sie sich in eine weitere Nebenstraße. Und kehrte prompt wieder um.

Mist, Mist, Mist. Ihr kamen zwei Polizisten entgegengelaufen. Das Funkgerät hielten sie am Ohr. Hektisch suchte sie nach einer weiteren Schneise. Schlitternd landete sie schließlich auf einer offenen und vielbefahrenen Straße. Ohne sich auch nur an eine einzige Verkehrsregel zu halten oder zu würdigen, dass die Sonne gerade interessierte Schattenspiele auf den herrlichen, historischen Altbauten der Stadt projizierte, stürzte sich Linett zwischen die hupenden Autos. Mit hämmernden Herzen warf sie sich in die nächste Seitenstraße, betend, dass sie von hier den Weg zu Jasons Büro fand.

»Weißt du, am liebsten würde ich diesen verfluchten Harris anrufen und ihm sagen, dass er sich mit dir herumschlagen soll. Du bist das verrückteste Weibsstück, das mir je untergekommen ist! Du bist eine Verschwendung unserer Steuergelder«, donnerte es hinter Linett. Sie stolperte und taumelte gegen eine der Mülltonnen, als ihr Blick auf Luc fiel. Verfluchte Hölle, wo kam der denn plötzlich her? War der etwa auch ein Vampir und hatte es ihr nicht gesagt? Seine Körperhaltung drückte stark gezügelten Zorn aus. Schnell versuchte sie, sich aufzurappeln und wurde von Luc am Arm gepackt. Der Polizist drückte sie gegen die Mauer.

Linett schnappte nach Luft.

»Luc, bitte, lass mich los«, flehte Linett, in der bei dieser Position schlechte Erinnerungen aufstiegen. Es fehlte nur noch, dass jemand die Hand um ihren Hals legte und zudrückte. Sie hatte eigentlich keine Angst vor Luc. Aber wann waren Ängste schon mal real? Sie keuchte auf, als sie einen Schatten hinter Luc wahrnahm. Der Polizist wurde von ihr weggerissen und gegen die gegenüberliegende Mauer geschleudert. Stöhnend rutschte er auf den Boden. Seine Dienstwaffe lag nur ein Stück neben ihm. Mit einem Hechtsprung versuchte er sich auf diese zu werfen, doch ein weiterer Schatten schleuderte ihn erneut zur Seite.

»Ihr seid schlimmer als ein Sack voll Flöhe«, ertönte Jasons sanfte Stimme. Starr vor Schreck sah ihn Linett einfach nur an.

»Du kannst den Mund wieder zumachen. Ich dachte mir schon, dass dein Freund hier Ärger machen wird«, erläuterte Jason gelassen und trat auf den Polizisten zu.

»Wie?«, stammelte der, noch immer über das plötzliche Auftauchen der zwei Männer irritiert.

»Schon mal was von Vampiren gehört, mein Guter?«, fragte Jeremy den Beamten. Mit einem erfreuten Lächeln auf den Lippen, als würde er einen Freund begrüßen, zog Jason den jungen Polizisten am Kragen nach oben. Nun ja, als würde er einen etwas nervigen Freund begrüßen … Lucs Beine zappelten hilflos in der Luft. Fest hatte er Jasons Faust gepackt und versuchte, seine Finger aufzubiegen, während er nach Luft schnappte.

»Wir sind stärker als ihr Menschen. Wir sind auch schneller als jeder TGV. Und wir haben interessante Eckzähne, siehst du?«

In jeder anderen Situation hätte Linett behauptet, Jason

sähe eher aus, als hätte er Zahnschmerzen statt wirklich bedrohlich zu wirken, aber leider war diese Szene dazu gemacht, ihr noch mehr Sorge und Angst einzujagen. Jeremy behielt wachsam die Umgebung im Auge, und mit Entsetzen musste Linett zusehen, wie Jason Luc im wahrsten Sinne des Wortes beschnupperte.

»Eine wahrlich seltene Blutgruppe«, stellte Jason gerade fest, »die übrigens mit eine der Wohlschmeckendsten ist.«

»Nein!«, rief Linett aus und warf sich mit aller Kraft gegen Jason. Den interessierte das ungefähr so, als würde ein Lüftchen versuchen, gegen einen massiven Steinbrocken anzukommen, aber immerhin hatte sie seine Aufmerksamkeit.

»Du gehst mir langsam auf die Nerven«, beschied Jason ihr.

Ach ja? Er sah aus, als würde er gerade ein Bananeneis essen wollen!

»Bitte nicht«, bat sie ihn flehentlich, »Ich tu alles für dich, aber bitte töte ihn nicht.«

Und jetzt sah Linett das erste Mal einen genervten Blick von Jason. Diesen warf Jason nämlich Jeremy zu, der aber nur die Schultern zuckte.

»Wie bist du überhaupt rausgekommen?«, fragte Jason, unbeeindruckt davon, dass Luc in seinem Griff erbärmlich röchelte.

»Dein bester Kunde, der Generalsekretär, hat unseren Freund hier angerufen. Sie mussten mich gehen lassen«, erklärte Jeremy.

»Interessant, dass der sich überhaupt an dich erinnerte«, kommentierte Jason, doch Jeremy hatte dafür nur ein grimmiges Lächeln übrig.

»Ich glaube, Gustin befürchtet, ich könnte sonst vergessen, dass niemand wissen darf, dass er den Mord an seinem Freund beauftragt hat.«

Im Gleichtakt schnappten Linett und Luc nach Luft.

»Nicht euer Ernst?«, brach es heftig aus ihr heraus. Wie konnte man den Tod eines Freundes beauftragen? Warum? Kein Wunder, dass immer mehr Menschen an Depressionen litten. Diese Welt war einfach nur zum Kotzen!

»Wobei mir einfällt, wie bist du eigentlich rausgekommen?«, unterbrach Jeremy ihre finsteren Gedanken mit einer Frage.

»Ich bin über das Fenster der Damentoilette abgehauen«, erwiderte sie.

Dass Jason über diese Neuigkeit herzhaft lachen würde, war vorhersehbar gewesen. Sein Grinsen war breit genug, um seine spitzen Zähne zu offenbaren, doch gepaart mit dem tiefen, heiteren Lachen besaß er die Bedrohlichkeit eines vergnügten alten Großvaters. Nur eben ohne die grauen Haare und die tiefen Falten. Und wenn man es genau nahm, zerstörte die Tatsache, dass Luc in seinem Griff langsam sein Leben auszuhauchen schien, diesen harmlosen Eindruck auf den zweiten Blick ausgiebig. Was sie jedoch mehr überraschte, war, dass sich auch auf Jeremys Zügen ein fröhliches Grinsen ausbreitete.

»Braves Mädchen«, sprach er, und irrte sie sich oder klang er tatsächlich stolz?

»Könntet ihr mich bitte entweder töten oder loslassen? Ich krieg keine Luft mehr«, meldete sich Luc heiser zu Wort.

»Jason, bitte«, sprach Linett leise.

Ihr Chef seufzte und ließ Luc einfach fallen. Hustend krümmte sich dieser auf dem Boden und klang, als würde er sich gleich übergeben müssen. Unter Jeremys missbilligenden Blicken hockte sich Linett neben den jungen Polizisten und strich ihm über den Rücken, bis die verkrampften Laute endlich nachließen.

»Schön. Aber dass mir das nicht zur Gewohnheit wird. Wir sind nicht die Wohlfahrt. Dein Glück, dass ihm sowieso niemand glaubt, wenn er von Vampiren faselt. Und jetzt kommt. Ich hab eine neue Lieferung feinsten Scotch bekommen. Die ziehen wir uns jetzt rein«, verkündete Jason, als sich Luc endlich aufrappelte. »Sie sind natürlich nicht eingeladen«, schob Jason keine Sekunde später hinterher, um Luc deutlich zu machen, dass er gefälligst verschwinden sollte.

Kapitel 15

Noch ein Psychologe

Leise zu weinen klappte nur halbwegs, denn nur schwer konnte Linett ihr Weinen kontrollieren. Aber was rausmusste, musste raus, sonst würde sie platzen. So gab sie eben im Glauben, dass sie leise genug wäre, dem Drang nach und ließ es fließen. Unweigerlich zuckte sie zusammen, als jemand leise ihren Namen nannte und dabei hörbar nahe bei ihr stand. Herrgott, sie hatte Jeremy nicht hereinkommen hören. Prompt hielt sie die Luft an. Vielleicht ging er ja wieder weg, wenn sie sich nicht rührte. Doch sie merkte nur, wie er sich neben sie setzte und sie ein wenig gegen ihn sank. Schon bald schob er die schützende Decke beiseite, und still ließ sie sich von ihm in die Arme ziehen. Ihr Herz pochte nun erneut schneller und hektischer, und auch ihr Atem ging passend eilig. Steif wie ein Brett lehnte sie an ihm und erst nach einer Weile gelang es ihr, sich zu entspannen. Und wie immer, wenn der Schreck nachließ, kullerten erst einmal ein paar Tränchen, auch wenn sie in seiner Gegenwart eindeutig zu gehemmt war, um sich dem Druckabbau zu widmen. Sie wusste eindeutig noch immer nicht, ob sie sich in seiner Nähe gehen lassen konnte oder ob nicht doch ein dummer Spruch des Weges kam, der sie in einem solchen Zustand tiefer als normal treffen würde. Zittrig atmete sie tief durch und schmiegte sich testweise ein wenig näher an Jeremy. Der prompt die Umarmung verstärkte und ihr sanft über die feuchte Wange strich. Hektisch erhöhte sich ihr Herzschlag noch ein wenig, sodass sie knapp an einem Herzinfarkt vorbeischrammte. Dennoch fühlte es sich angenehm an, und so seufzte sie leise und schlang die Arme um den Vampir. Ein leichtes Kribbeln stellte sich ein, als er nun begann, ihren Rücken zu streicheln, und schließlich versiegten auch die letzten Tränen. Sie war eindeutig zu abgelenkt zum Weinen. Noch immer stumm genoss sie einfach nur die unverhoffte Nähe zu ihm. Geduldig hielt Jeremy still, und als er damit begann, von ihrem Rücken zu ihren Haaren zu wechseln und sachte durch diese strich, war es um Linett geschehen. Genussvoll schloss sie die Augen und gab sich dem Gefühl der Geborgenheit hin, wobei sie prompt wieder einschlief.

Am nächsten Morgen wusste sie nicht mehr, ob sie diese Episode geträumt hatte oder ob sie wirklich so stattgefunden hatte. Dafür wusste sie etwas anderes: Der nächste Morgen war die Hölle. Linett konnte nur hoffen, dass sie nicht versehentlich etwas zu Jeremy gesagt hatte, was den Mistkerl nicht das Geringste anging. In Jeremys Wohnung hatte Jason Linett genötigt, mehr Scotch zu trinken als sie eigentlich wollte (als Therapie, ja, ja, er hatte sie doch nur mit Alkohol vergiften wollen), und Jason war schließlich gemeinsam mit Jeremy auf Absinth umgestiegen. Konnten Vampire Scotch trinken bis zum Abwinken, bekamen die zwei nach der ersten Flasche Absinth deutliche Schlagseite. Man sah selten, dass zwei Auftragskiller verblüffende Ähnlichkeit mit der Titanic nach dem Zusammenprall mit dem Eisberg entwickelten. Wann immer sie damit rechnete, dass einer endlich vom Stuhl kippen würde, sortierte er seine Knochen in die entgegengesetzte Richtung und krallte sich am nächsten greifbaren Möbelstück fest.

Jasons Angebot, er könnte ihr gern ein wenig Ablenkung bescheren, wenn sie nicht so verschnupfte Einstellungen wie ›Never fuck the company‹ hätte, wies Linett charmant mit einem ›Wage es und ich hack dir die Finger ab‹ zurück. Zum Glück hatte es Jason nicht darauf ankommen lassen, ob sie es wirklich wagen würde, ihm etwas abzuhacken, sondern war irgendwann blau wie ein Karpfen zu Silvester auf Jeremys Sofa eingeschlafen.

Linett war die Einzige, die es ins Bett geschafft hatte. Wie sie beim Hinauswanken nun feststellte, hatte Jeremy wohl auch versucht, diesen Weg anzustreben, war aber anscheinend unterwegs einfach umgefallen und eingeschlafen. Es wunderte sie, dass keiner von beiden Angst gehabt hatte, Luc könnte ihnen die Rache doch noch auf den Hals schicken. Für Linett hatte sich die Therapie als völliger Schuss vor den Bug entpuppt. Aufgepusht vom Alkohol und zugleich entsetzlich müde, war sie in einen erst tiefen und dann immer unruhigeren Schlaf gefallen. Da waren ihre Eltern, Jeremy, die amerikanische Flagge, Waffen, eine Spezialeinheit der französischen Polizei mit einer Panzerfaust, Jason (der mit Helen schlief - hatte sie keine anderen Sorgen?), Luc und natürlich auch Tony und Lorenzo. Kurzum, so ziemlich jeder tauchte in ihrem Traum auf, allerdings nicht, um mit ihr eine Party zu feiern. Auch wenn sie sich später nicht mehr an die genauen Abläufe oder Situationen erinnern konnte, so war doch das Gefühl umso deutlicher. Sie fühlte sich verängstigt, hilflos und grausam überfordert.

Vehement schüttelte Linett den verkaterten Kopf. Nein, nicht wieder daran denken. Sie versuchte, dem tanzenden Boden ins Badezimmer zu folgen, und hoffte, dass sie Jeremy nicht trat, als sie über ihn drüberstieg. Na ja, der Wille war da gewesen. Mit einem Krachen stolperte sie über ihn (was dem Vampir keinerlei Reaktion abnötigte) und landete auf dem Hosenboden. Ob sie hier warten sollte, bis der Kater nachließ? Aber sie hatte Durst, Hunger und musste mal dringend Pipi. Mist. Mist. Keuchend rappelte sich Linett wieder auf und wankte in das Badezimmer. Sie vergaß sogar, hinter sich abzuschließen. Zwar warf sie die Tür zu, doch diese drückte sich nur kurz ins Schloss, um dann wieder einen Spalt aufzuspringen. Mit einem Seufzen der Erleichterung ließ sich Linett auf die Toilette sinken und sprang gleich wieder auf. Hui kalt! Sie hatte vergessen, den Deckel hochzuklappen. Gott sei Dank hatte sie noch nichts laufen lassen. Das tat sie erst lautstark, als sie den Deckel hochgehoben hatte. Himmel ja, tat das gut. Sie musste ungefähr eine Tonne Flüssigkeit zu sich genommen haben, anders konnte sie nicht erklären, warum da so viel raus kam.

»So erleichternd möchte ich auch mal wieder aufs Klo gehen«, hörte sie Jason von draußen nuscheln und wäre beinahe von der Toilette gefallen. Sie traf ihren Boss schließlich in der Küche an und: man! Warum konnte sie sich nicht einfach in seine Arme schmiegen? Blinzelnd registrierte sie, dass sie gerade Jason in ihren Gedanken durch Jeremy ersetzt hatte.

»Willst du Tee?«, fragte ihr verkaterter Chef, der kaum die Augen offen halten konnte und erfolglos nach dem Wasserkocher suchte, der im Übrigen genau vor ihm stand! Ein wenig zielsicherer füllte sie Wasser in diesen und stellte ihn an.

»Oh, danke, hab ich gar nicht gesehen«, brummte Jason. Rüde rieb er sich über das Gesicht und schien seine Lebensgeister damit ein wenig zu wecken.

»Habe ich gestern etwas zu dir gesagt, an das ich mich nicht mehr erinnern kann, aber sollte?«, fragte Jason und schwang seinen Hintern auf einen der Küchenstühle.

»Du wolltest Jeremy auf einen Spaziergang schicken, um mit mir zu schlafen«, setzte ihn Linett fast schon gelangweilt ins Bild. Jason blinzelte für einen Moment verwirrt, bevor sich sein Blick mit dem bekannten, amüsierten Funkeln auf sie legte.

»Hast du ›ja‹ gesagt?«

Für einen Moment war Linett versucht, Jason sofort klarzumachen, dass sie a) nicht miteinander geschlafen hatten und b) es auch niemals tun würden. Aber etwas hielt sie zurück.

Stattdessen betrachtete sie Jason kritisch. »Natürlich, aber ich hatte mir mehr versprochen. Du solltest dir den Tick mit deinen Fingern abgewöhnen. Ein paar Minuten lang ist das ja anregend, aber irgendwann denkt man, du würdest in deiner Nase bohren.«

Jasons Mimik war für sie völlig unergründlich. Einerseits schien er amüsiert zu sein, andererseits auch beleidigt. Genauso gut könnte es aber auch sein, dass er nur gerade ausgiebig darüber nachdachte, was er denn mit seinen Fingern gestern überhaupt bei ihr gemacht hatte. Oder er hatte gerade einen Schlaganfall und war ins Wachkoma gefallen.

»Wir können nicht miteinander geschlafen haben. Wäre es so, hätte Jeremy mir gestern Abend jeden Knochen im Leibe gebrochen, anstatt brav spazieren zu gehen.«

»Warum sollte er das tun? Kann ihm doch egal sein, mit wem ich schlafe. Wir sind kein Paar!«, empörte sich Linett.

Jasons Blick wurde mitleidiger und auch ein wenig beleidigend. Er sah sie an, als wäre sie die Einzige, die eine Sache nicht verstehen würde, die doch kinderleicht und vor allem glasklar war. Bevor sie Jason allerdings die Antwort aus der Nase ziehen konnte, stellte sich ein ebenso verkaterter Jeremy zu ihnen.

»Warum hast du diese Nacht wieder geweint?«, lautete dessen erste Frage an sie. Unweigerlich schoss ihr die Röte in die Wangen. Es war doch nicht nur ein Traum gewesen? Und warum musste er das unbedingt vor Jason ausbreiten?

»Weinst du öfter in letzter Zeit?«, fragte der nun nach.

»Hättest du deinen liebsten Freund verloren, würdest du auch heulen. Oder nein, du würdest dich sinnlos betrinken und alles vögeln, was nicht bei drei auf dem Baum ist. Das ist doch eure Art der Trauerbewältigung«, erklärte Linett trotzig.

»Kein Grund, unhöflich zu werden«, knurrte Jeremy entnervt hinter ihr. Ihr entgeisterter Blick legte sich auf den Vampir.

»Du solltest auch mal zu einem Psychologen. Nachts bist du der liebste Mann, den man sich vorstellen kann, und tagsüber bist du das größte Arschloch aller Zeiten«, schimpfte Linett unbeirrt. Wütend packte sie den Wasserkocher und ließ das inzwischen heiße Wasser in die bereitstehenden Tassen laufen. Und schüttete es sich prompt über die Hand. Fluchend knallte sie den Wasserkocher zurück auf seinen Untersetzer.

»Vielleicht brauchst du wirklich eine Therapie, wie Luc behauptet hat«, sprach Jeremy hinter ihr. Mit einem Ruck fuhr sie herum, und ihre Augen verengten sich misstrauisch.

»Wollt ihr mich etwa auch in eine Klinik stecken?«, fragte sie fahrig und entriss Jason ihre Hand, die er gerade unter kühlendes Wasser gehalten hatte.

»Keiner von uns wäre lebensmüde genug«, steuerte Jeremy völlig überflüssig bei, und auch Jason schüttelte den Kopf.

»Meint ihr, ich brauche eine?«, fragte Linett betrübt.

»Glaubst du denn, dass du eine Therapie benötigst?«, fragte Jason ungewöhnlich sanft. Das übliche Grinsen ließ er für den Moment stecken und zeigte damit deutlich, wie ernst ihm diese Frage war. Ein wenig unentschlossen zuckte Linett die Schultern. Ihr Blick glitt unsicher zu Jeremy, der sie ebenso fragend ansah wie ihr Boss.

»Ich weiß nicht«, erwiderte sie ehrlich. »Es könnte vielleicht nicht schaden. Aber andererseits reicht es vielleicht schon, wenn ich einfach nur jemanden zum Reden habe. Keinen Therapeuten. Jemanden wie Helen.« Sinnierend kratzte sich Jason das Kinn.

»Probieren wir einfach beides aus. Helen wird dir mit Vergnügen ihr Ohr leihen. Aber eine Probesitzung kann sicherlich auch nicht schaden«, schlug Jason nun vor.

»Kennst du einen Therapeuten?«, fragte Linett. Sie ahnte, dass Jasons unbekümmertes Grinsen nicht viel Gutes verhieß.

»Nein, aber das kann man ja ändern.«

Mit diesen Worten hatte der Vampir bereits sein Handy gezückt. Zwei Minuten später ließ er ein erkennendes ›Ah‹ vernehmen. Mit plötzlich aufkommender Eile scheuchte er sie aus der Küche, in ihre Klamotten und schließlich aus der Tür hinaus. Den Blick immer auf sein Display gerichtet, lief er los. Dafür, dass man Vampiren immer nachsagte, sie wären furchtbar altmodisch, war Jason verdächtig smartphonesüchtig. Wenn das ansteckend war, würde kein Mensch mehr durch einen Vampirbiss zugrunde gehen. Die Blutsauger würden, mit eckigen Augen auf den Bildschirm ihres Tablets, Smartphones, Laptops starrend, einfach so verhungern.

Die Praxis, die sie nun betraten, war ein wenig heruntergekommen. Und leer. Die ältere Dame am Empfang musterte sie so desinteressiert, als wäre es normal, wenn zwei hochgeschossene (verkaterte) Männer mit einer verschüchterten (und ebenso verkaterten) jungen Frau im

Schlepptau hier auftauchten. War es vielleicht auch.

»Hat Docteur Merand jetzt einen Moment Zeit für uns?«, fragte Jason freundlich. Im Zeitlupentempo wanderte der Blick der Empfangsdame über seine schief sitzende Krawatte zu seinem Kinn und schließlich zu seinen Augen.

»Der Docteur hat den ganzen Tag Zeit, wenn Sie das wünschen. Und auch den Rest der Woche«, erwiderte sie. So wie sie das Wort Docteur aussprach, rechnete Linett bereits mit dem Schlimmsten. Das war doch nur ein Quacksalber, oder?

Der Docteur stellte sich als junger Mensch heraus, der Jeremys Meinung nach gerade frisch von der Universität gefallen war. Seine Freundlichkeit und die Tatsache, dass sie sofort eine Probesitzung bekamen, deuteten darauf hin, dass der Junge noch nicht viel Zulauf hatte. Und die Tatsache, dass das attraktive Äußere dieses Mannes Linett ein langgezogenes ›Uuuuh‹ entlockte, war nicht gerade dazu gemacht, ihn zu mögen. Das Gespräch wiederzugeben, das Jason und Jeremy unbeirrt aus dem Wartezimmer belauschten (Privatsphäre war für die meisten Vampire nun einmal ein Fremdwort), wäre ebenso zeitraubend wie nutzlos. So wie die ganze Sitzung im Allgemeinen.

»Völlige Zeitverschwendung«, brummte Jeremy völlig genervt. Wenn man es genau nahm, war Linett diejenige, die nun den Psychologen zu therapieren begann. Dieser musste den Schock über Linetts Erlebnisse erst einmal selbst verdauen. Er verfiel abwechselnd in ungläubiges Gefasel, verlor sich in ›Aahs‹ und ›Oohs‹ erwähnte des Öfteren, dass das doch nicht wahr sein könne und erbat sich schließlich zehn Minuten Denkpause.

»Womöglich hast du recht. Wir hätten ihn vorher

einweihen und dann Linett zu ihm gehen lassen müssen«, erwiderte Jason mit einem Zucken der Schultern.

»Wenn jemand erfährt, dass du deiner Assistentin, die eigentlich schon längst tot sein sollte, eine Therapie spendierst, ist dein Ruf in der Branche dahin«, prophezeite Jeremy düster.

»Wenn jemand erfährt, dass du von ihr mit einer Pfanne verprügelt wurdest, kannst du mir gleich in den Ruhestand folgen.«

»Wir werden den Kerl töten müssen.«

»Sieht wohl so aus«, stimmte ihm Jason zu, während er sich von der Wand abstieß, an der er lehnte. Mit Interesse begann er die Empfangsdame zu umrunden.

»Aber dann brauchen wir einen Neuen, wenn sich herausstellt, dass Linett mehr als nur eine Probesitzung will«, wandte Jeremy ein, der das Spiel durchaus interessiert verfolgte. Der Vorzimmerdrachen verlor spätestens dann die verächtliche Herablassung, als sich Jasons Hand auf ihren Mund legte.

»Vielleicht hilft ja diese eine Stunde schon«, hoffte Jason, als er die Leiche in der Besenkammer verstaut hatte.

Jasons Optimismus in allen Ehren, Jeremy hielt es immer noch für völlige Zeitverschwendung. Und es war die Frage, wer fertiger aussah, als der Psychologe aus seinem Behandlungszimmer wankte.

»Nun, was hat sie?«, fragte Jeremy spöttisch.

»Das darf ich Ihnen nicht sagen. Das fällt unter die Schweigepflicht.« Merands empörte Worte wurden leiser, als Jeremy ihn am Kragen packte. »Um es kurzzufassen: Eine ausgeprägte posttraumatische Belastungsstörung, die mittlerweile in Realitätsverlust und Halluzinationen übergeht. Sie sollte schnellstens eine Klinik aufsuchen und sich in stationäre Behandlung begeben.«

»Wie kommen Sie auf Halluzinationen?«, fragte Jason interessiert.

»Mon dieu! Sie spricht von Vampiren!«

»Das ist keine Halluzination. Das ist die Wahrheit«, schnurrte Jeremy deutlich amüsiert und bleckte die spitzen Zähne. Der panische Schrei des Psychologen ließ seine Ohren klingeln, und Jeremy verzog genervt das Gesicht. Sein Griff um die Kehle des Mannes wurde fester, sodass der Schrei in einem keuchenden Gurgeln endete.

»Viel besser«, meinte Jason erleichtert.

»Was ist los?«, mischte sich Linett leise ein. Diese war inzwischen aus dem Behandlungszimmer getreten und musterte die Gruppe irritiert.

»Er bekommt gerade eine zartfühlende Aufklärung in Sachen Vampire«, stellte Jason vergnügt fest. »Also hören Sie zu. Vampire existieren tatsächlich. Sie ernähren sich von Blut, töten Menschen und nebenbei, Sie riechen wirklich köstlich. Aber darum soll es jetzt nicht gehen. In Anbetracht der Tatsache, dass Linett doch nicht halluziniert, sind Sie immer noch der Meinung, sie sollte in stationäre Behandlung?«

Linett erblasste bei dem Teil mit der stationären Behandlung, und ihr Blick richtete sich flehend auf Jason.

»Ich will nicht in eine Klinik!«

»Mach dir keine Sorgen. Niemand wird dich in eine schicken«, mischte sich Jeremy beruhigend ein.

»Dann würde ich ein leichtes Beruhigungsmittel verschreiben, damit sie nachts ungestört schlafen kann. Und empfehlen, dass sie sich wieder als Sängerin versucht. Singen ist ihr Hobby und ihre Leidenschaft. Es wird ihr guttun und ihr helfen zu verarbeiten. Des Weiteren wäre vielleicht ein Selbstverteidigungskurs nicht schlecht. Es wird ihr Selbstbewusstsein wieder aufbauen. Zudem sollte sie zwei Mal die Woche herkommen«, quasselte der Psychologe trotz seiner unbequemen Lage ohne Punkt und Komma. Jeremy stellte ihn wieder auf die Füße und verpasste ihm einen Stoß, damit er zum Schreibtisch stolperte.

»Dann verschreiben Sie mal das Beruhigungsmittel«, forderte er ihn ungerührt von dem Gejammer auf, das der Therapeut von sich gab, als er sich abzufangen suchte und prompt gegen das Holz knallte. Selbst schuld, wenn der nicht laufen konnte.

»Und Sie sind sich sicher, dass Sie freiwillig bei denen sind?«, hörte Jeremy den Kerl leise Linett zuraunen, die ihm beim Aufstehen half.

»Ihr Charme ist gewöhnungsbedürftig, aber ja, bin ich«, erwiderte sie ebenso leise. Auch wenn bei ihr davon auszugehen sein sollte, dass sie um das scharfe Gehör der Vampire wusste.

Kapitel 16

Welche Seite würdest du wählen?

Unschlüssig blickte Linett auf die schmale weiße Packung mit dem orangefarbenen Logo. Das sollte die Lösung ihrer nächtlichen Probleme sein? Einfach eine Pille einwerfen und gut? Wer würde sie davon abhalten, mehr Tabletten zu schlucken als sie vertrug? Deswegen hatte sie sich bisher vor Tabletten gescheut. Die Aussicht, einfach nichts mehr zu spüren, keine Sorgen zu haben und ins friedvolle Nichts zu entschlafen, war viel zu verführerisch für jemanden, der sein anstrengendes Leben gerade nicht mochte.

»Was will Jason eigentlich noch mit Merand besprechen?«, erkundigte sich Linett auf der Suche nach Ablenkung bei Jeremy. Jason hatte Linett und Jeremy mit der Anweisung aus der Tür geschoben, die Tabletten zu holen und dann hinter ihnen abgeschlossen. Im Gegensatz zu Jeremy hörte sie auf der Straße nicht mehr den gedämpften Entsetzensschrei des Psychologen.

»Ihm klarmachen, dass er nichts von dem, was er von dir gehört hat, weitererzählen darf«, erwiderte Jeremy gelassen.

»Na klar, überlebt der bestimmt auch.«

Finster erwiderte Linett Jeremys verdutzten Blick. Hielt er sie wirklich für so dumm? Jason würde doch niemanden lebend herumlaufen lassen, der solche Storys erzählen konnte. Die Polizei würde ihn bis zum Prozess und seiner Aussage in der tiefsten Erde vergraben, damit ihn auch niemand in die Finger bekam.

»Was denn? Überrascht, dass ich logisch denken kann?«,

herrschte Linett Jeremy an.

»Nein, ich bin überrascht, dass du endlich mal einen realistischen Blick auf diese Welt entwickelst. Scheint der Psychologe doch keine völlige Zeitverschwendung zu sein.«

»Du bist ein Mistkerl!« Das Wort › Mistkerl‹ sprach sie im Übrigen nicht aus. Sie nutzte andere, kreativere und schlimmere Schimpfwörter, um Jeremys Charakter zu beschreiben. Und ›Mistkerl‹ erschien ihr hierfür eindeutig zu harmlos.

Jeremy schnaubte. »Dafür werde ich bezahlt.«

»Wirst du auch dafür bezahlt, mit Frauen zu schlafen? Lass mich los!«

Mit aller Kraft sträubte sie sich gegen den Druck Jeremys, der ihre Handgelenke packte und aussah, als würde er ihr am liebsten eine Ohrfeige geben. Ihre Bemühungen waren völlig erfolglos. Sie führten nur dazu, dass Jeremy stärker zupackte und Gefahr lief, ihr die Handgelenke zu brechen.

»Worauf willst du hinaus?«, knurrte der Vampir. Seine Augen schimmerten dunkelrot. Unter seinem brutalen Griff ging Linett langsam, aber sicher in die Knie. Ein schmerzvolles Stöhnen entrang sich ihrer Kehle.

»Gehört es zu deinem Job, mit Jasons Assistentinnen zu schlafen? Als Sextherapie? Damit die sich mal wieder entspannen?«, fragte Linett seinen Gürtel. Taumelnd versuchte sie, sich daran festzuhalten, als Jeremy sie plötzlich losließ. Doch die Schwerkraft war schneller. Mit einem Plumpser landete sie auf dem Hosenboden.

»Ach so«, meinte Jeremy, und fragend sah sie nach oben. Hatte er jetzt ernsthaft einen anderen Zusammenhang erwartet?

»Nein, mir war danach, mit dir zu schlafen. Jasons Therapie für dich ist eher, dass du jetzt pünktlich zu der

Bandprobe kommst, die ihr vor Wochen vereinbart habt und die du vergessen hast abzusagen.«

»Na toll. War auch mein Lebensziel. Dein dummes Betthäschen für eine Nacht zu sein«, murrte Linett von ihrem kalten Sitz auf den Gehwegplatten aus und rieb sich die Handgelenke. Jeremy reichte ihr die Hand, um ihr aufzuhelfen. Eine Hilfe, die sie standhaft ignorierte, ebenso wie die Tatsache, dass sie seiner Meinung nach aufstehen sollte. Holte sie sich eben eine Blasenentzündung. Das Leben konnte kaum noch schlimmer werden. Von Lorenzo auf der Toilette erschossen zu werden, weil sie von der überhaupt nicht mehr runterkam, wäre nur noch der unvermeidliche Gipfel der Katastrophe, die sich ihr Leben nannte.

Jeremy packte sie am Gürtel ihrer Hose und zog sie nach oben. Schwer wie ein Sack Zement prallte sie gegen ihn. Und stellte fest, dass es eine blöde Idee gewesen war, sich schwer zu machen. Jeremy legte seine Hände sanft um ihr Gesicht. Zögerlich hob sie ihren Blick. Doch anstatt Spott, Verachtung oder gar Mitleid in seinen Augen zu lesen, sah sie etwas völlig anders. Etwas, das sie nicht zuordnen konnte, und von dem sie sich nicht sicher war, ob sie es sich nicht nur einbildete. Was war das? Zärtlichkeit? Bei jedem anderen Mann hätte sie gesagt: Ja, das war Zärtlichkeit. Bei Jeremy war alles irgendwie ein wenig anders.

»Was küsst du mich auch«, sprach der Vampir und stürzte sie damit vollends in die Verwirrung.

Und was stellte sie auch sein Leben auf den Kopf? Vor einigen Tagen war noch Jeremy ein zufriedenes, rücksichtsloses Arschloch gewesen, mit dem Hang, seine Jagden genüsslich auszudehnen. Heute diskutierte dasselbe Arschloch mit der Zimtzicke vom Dienst darüber, dass sie nicht sein

Betthäschen für eine Nacht hatte sein wollen. Nette Erkenntnis. Nur ein wenig spät.

Fabienne zu erklären, dass er sie nicht mehr treffen wollte, weil er sich zufällig in das unhöfliche Wesen verliebt hatte, das nun zusammen mit Helen in Jasons Vorzimmer hockte, würde nicht nur auf die Vampirin unglaubwürdig wirken. Völlig zu Recht, denn das war absurd. Jeremys Traumfrau war eindeutig anders gebaut (sie hatte größere Hupen) und völlig anders gestrickt. Mit einem Schuhtick könnte er ja noch leben. Aber welcher vernünftige Mensch bewaffnete sich schon mit Küchenartikeln? Oder spielte diese grässliche Musik? Und komponierte sie auch noch? Ernsthaft? Wie damals im Club, zuckte Jeremy zurück, als Linett eine Stunde später nach der Begrüßung ihrer Bandmitglieder zum Mikrofon griff. Ohne Vorwarnung gab sie Töne von sich, die man dieser Frau nicht im Mindesten zutrauen wollte. Würde Jeremy sie nicht vor sich sehen – er wüsste nicht, ob da ein Mann oder eine Frau sang. In einer so tiefen Tonlage und mit einem Feuer, dass selbst einem erfahrenen Vampir die Kinnlade aus dem Gesicht klappte. Es grenzte an ein Wunder, dass die Holztische nicht zu Bruch gingen. War das Musik? Oder wärmte sie nur ihre Stimmbänder auf? Hier würde ihr doch nichts passieren, oder? Jeremy würde das Gebäude von außen bewachen. Ja, das klang gut. Dort konnte er ohne den Verlust wichtiger Nervenzellen sein Handy zücken und bei einer bekannten Suchmaschine nachfragen, was Linetts Band a) für eine Musikrichtung spielte und b) ob die alle da so schräg drauf waren. Die Antwort auf a) war Melodic Death Metal, die Antwort auf b) ja, waren sie. Und zwar durch die Bank weg. Als ein Song von ›Arch Enemy‹ aus seinem Handy erklang, ließ er es beinahe fallen. Wer eine solche Musikrichtung einschlug, der konnte doch selbst nicht mehr normal sein, oder? Den Link zu dem Video schickte er Jason. Passte irgendwie zu dem Vampir.

Selten hatte sich Linett so lebendig gefühlt. Ihre Stimme bebte, als sie nach einigen Songs eine Pause einlegten. Ihre Stimmbänder würden sich bedanken, aber es war ihr völlig egal. Zwar wären die täglichen Übungen sicher eine bombensichere Strategie, wenn sie Jeremy in den Selbstmord oder in den Mord ihrer Person treiben wollte, aber etwas in ihr rebellierte gegen diese Idee. Ja, diese Therapie war nach ihrem Geschmack. Ihr Blick schweifte durch den Raum, auf der Suche nach Jeremy. Hatte er sie wirklich allein gelassen?

»Linett!«

Prompt drehte sie sich bei der Nennung ihres Namens herum. Und stieß mit der Nase beinahe an die Brust eines Mannes. Erschrocken sprang sie ein Stück zurück und stöhnte auf, als sie am Arm gepackt wurde.

»Lass mich los!«, fauchte sie so leise wie möglich, um nicht unnötige Aufmerksamkeit auf sich zu ziehen, während sie selbst in eine dunkle Ecke gedrängt wurde.

»Entschuldige, aber ich muss unbedingt mit dir reden.«

Hatte Luc bereits gestern müde und verhärmt ausgesehen, so verstärkten die blau und violett schimmernden Schatten unter seinen Augen und der stoppelige, ungepflegte Bart diesen Effekt noch um ein Vielfaches.

»Willst du uns schon wieder festnehmen?«, fragte Linett alarmiert. Und wandte immer wieder den Kopf.

Einerseits hatte sie Angst vor der Reaktion Jeremys, wenn dieser Luc erwischte, andererseits beunruhigte sie Lucs Auftritt.

Bitter lachte der Polizist auf. »Ich hätte sowieso keine

205

Berechtigung mehr dazu. Dein sauberer Chef hat gestern Abend noch dafür gesorgt, dass ich vom Dienst suspendiert werde, und so wie es aussieht, wird das Disziplinarverfahren lediglich eine Farce mit dem sicheren Ergebnis, dass ich entlassen werde.«

»Luc, das tut mir leid«, hauchte Linett leise. Ihre Hand strich in einer tröstenden Geste über seinen Arm, doch Luc schüttelte sie gedankenverloren ab.

»Eine Chance hab ich noch«, sprach dieser nun, und sein Blick legte sich forschend auf Linett. »Wenn ich Harris' Geschäfte in Paris auffliegen lasse, ist er gezwungen, sich zurückzuziehen. Ich habe es recherchiert, Linett. Klar, es ist sinnlos, einen Vampir in den Knast stecken zu wollen. Entweder man tötet ihn, und glaube mir, das würde ich zu gerne tun, oder man sorgt dafür, dass die Luft hier so dünn für ihn und seine Mitarbeiter wird, dass er sich zurückziehen muss. Vor dreißig Jahren ist das schon mal gelungen. Man war kurz davor, die Hälfte seiner Mitarbeiter in Frankreich zu verhaften. Letztendlich ist das nicht geglückt, aber zehn Jahre lang tauchte er nie wieder in irgendwelchen Zeitungsberichten auf, und ich habe mit alten Kollegen gesprochen, die damals im Dienst waren. Aus Sorge, ihm könnte alles um die Ohren fliegen, hat er alles über Jahre ruhen lassen!«

»Und dann?«, fragte Linett leise. »Was denkst du, wird dann geschehen? Er wird sich kaum verziehen und einfach so akzeptieren, dass du ihm sein Geschäft über Jahre vermasselt hast.«

»Sicher nicht. Deswegen muss ich es richtig machen. Ich muss seinen Laden auffliegen lassen, dass wir alle seine Mitarbeiter haben, zumindest die menschlichen. Und am besten ist es, wenn er versehentlich bei der Festnahme getötet wird, aber das ist eher optional. Ich bin mir sicher, dass er bei mir vorbeischauen wird, wenn sein Schiff im Begriff ist zu sinken, und dann bin ich vorbereitet.«

Entsetzt gewahrte Linett das finster entschlossene Lächeln, das Lucs Züge umspielte. »Und warum sagst du mir das alles?«

»Versteh doch, Linett, du bist der Schlüssel zu allem. Du bist seine Assistentin. Du musst nicht viel machen. Gib mir eine Liste seiner Mitarbeiter, wenn du eine findest. Gib mir alles zu irgendwelchen Aufträgen, was vielleicht an Dokumenten existiert. Ich bezweifle, dass er dermaßen viele Leute und Aufträge haben kann, ohne irgendetwas aufzuschreiben. Du brauchst mir nur alles zuzuspielen, was von Interesse sein könnte. Um den Rest kümmere ich mich.«

»Bist du irre? Ich bin doch nicht lebensmüde!«, schüttelte Linett unnachgiebig den Kopf.

»Glaubst du, er wird dich ewig als Assistentin behalten? Sobald dieser Jeremy keinen Bock mehr hat, dich anzugaffen als wärst du eine Nutte in einem Schaufenster, und dich vielleicht noch durch sein Bett gezogen hat, verliert der das Interesse und irgendwann dieser Harris genauso. Keine Ahnung, was sie von dir wollen, vielleicht etwas von Lorenzo im Austausch für dich erpressen, aber ich bezweifle, dass sie dich ewig schützen werden.«

»Nein«, schüttelte Linett immer noch den Kopf. »Das macht keinen Sinn. Warum sollten sie sich den Stress antun?«

Wenn sie sie aus Gründen am Leben ließen, die nichts mit diesem Job zu tun haben, dann könnten sie sie auch einfach in einen Keller sperren. Stattdessen stellte Jason einen seiner Leute zur Seite, der in der Zeit, in der er sich mit ihr herumärgerte, hunderte Aufträge abarbeiten könnte. Und als wäre das alles nicht genug, machte sich Jason die Mühe, ihr Therapien und Lösungsansätze für ihre Trauma-bewältigung aufzuschwatzen.

»Du könntest endlich wieder ein normales Leben führen, wenn dieser Kerl nicht mehr wäre«, raunte Luc. Das war ein Argument, das saß. Linett sehnte sich nach nichts mehr als einem normalen Leben. Gerade heute wurde es ihr wieder bewusst. Sie wollte nicht für jemanden die Tippse spielen. Sie wollte singen, Alben aufnehmen, auf Tournee gehen. Wie sollte das gehen, wenn sie eigentlich in einem Büro zu sitzen hatte?

»Ich hab hier ein wenig Ausstattung für dich«, sprach Luc, der in ihren Augen erkannte, dass er einen Treffer ge-landet hatte. Fassungslos musterte Linett das Kleinzeug, das ihr Luc in die Hand drückte. Es war nicht viel, aber es war sicherlich ausreichend, um bei richtigem und wohl überleg-tem Einsatz Dinge aufzuzeichnen, die Jason eindeutig seine Verbrechen anhängen konnten. Wenigstens ein paar von denen, die er begang. Dieser Mann hatte sicherlich eine Liste, gegen die Herr der Ringe wie eine Kurzgeschichte wirkte.

Kapitel 17

Die Waffen einer Frau

Entgegen der Annahme von Linett und Luc war Jeremy der kurze Besuch des Polizisten bei der Bandprobe nicht entgangen. Jedoch hatte er darauf verzichtet, Linett dazu zu befragen. Wie wahrscheinlich war es, dass sich Linett von ihrem Polizistenfreund zu irgendwelchen Dummheiten überreden lassen würde? Über diese Frage hatte Jeremy noch am Abend des gleichen Tages in der Gesellschaft Fabiennes gegrübelt. In der konnte man sowieso nur an etwas anderes denken, um Fabienne nicht einfach zu erwürgen. Die Versnobtheit der Vampirin suchte wirklich ihresgleichen. Er hatte einmal eine Nonne vor dem Ertrinken gerettet. Reichte das nicht aus, um ihn vor zwei keifenden Weibern in seinem Leben zu bewahren? Fabienne hatte über seine Auswahl des Restaurants gespottet (okay, es war wirklich nicht das Tollste gewesen). Und Linett? Diese hatte über die Neuigkeit, dass er mit Fabienne ausgehen würde und sie den Abend gefälligst in seiner Wohnung bleiben sollte, einen Blick aufgesetzt, als würde sie ihn pürieren wollen. War es wirklich so schlimm gewesen, dass er besagte Nonne dann zum Bruch ihres Zölibats verführt hatte? War das jetzt die Strafe dafür? Was Linett betraf, so war Jeremy zu dem logischen Schluss gekommen, dass es schlichtweg verrückt wäre, wenn Linett sich auf irgendwelche Vorschläge von Luc einlassen würde.

Allerdings begann sein logisch begründetes Vertrauen in Linett sehr zu wanken, als er am nächsten Morgen einen Blick in ihre offenstehende Tasche warf. Obenauf fand er ein unauffälliges Diktiergerät, das nicht nur in Filmen gern genutzt wurde, um Gespräche aufzuzeichnen. Während er Linett im Bad duschen hörte, stöberte er tiefer. Ja, er wusste, dass es ein Sakrileg war, die Handtasche einer Frau zu durchwühlen, aber er musste es genau wissen.

Jeremy fand Peilsender, Funkwanzen und eine kleine Kamera, die man im Jackenknopf tragen konnte. Irritiert blickte er auf diese Sonderausstattung. Die Polizei stattet ernsthaft eine Zivilistin mit solchen Dingen aus? Deren Verzweiflung musste enorm sein. Aber warum, zur Hölle, trug Linett das alles in ihrer Handtasche mit sich herum? Das ganze Zeug reichte zwar nicht aus, um einen Mafiafilm mit Jason in der Hauptrolle zu drehen, aber mit wichtigen Mitschnitten konnte man gewisse Verdachtsmomente untermauern. Und das war noch nicht einmal das Schlimmste.

Jasons unternehmerischer Erfolg lag nicht nur in dessen Cleverness begründet, sondern auch darin, dass alles elektronisch abgelegt wurde. Es gab also kein Papier, das man beschlagnahmen oder stehlen konnte. Und bisher war das System unhackbar gewesen. Bisher hatte aber auch niemand damit gerechnet, dass Jason die Zugangsdaten einer jungen Frau in die Hand drückte, die dumm genug war, mit der Polizei zusammenzuarbeiten.

»Was wollte Luc gestern von dir?«, wandte sich Jeremy direkt an Linett, als diese mit finsterem Blick aus dem Bad geschlichen kam.

»Warum bist du überhaupt schon zu Hause? Hat dich Fabienne nicht in die Bewusstlosigkeit gevögelt?«

»Meinst du, sie steigt darauf ein?«

Es war eine interessante Frage, die ihm Jason stellte. Jeremy hatte die bockige und unkooperative Linett im Büro abgesetzt. Auf keine seiner Fragen hatte sie eine informative

Antwort geliefert. Seine einzige Möglichkeit wäre gewesen, sie zu verprügeln. Und das sollte Jason bitte selbst tun. Diesen hatte sich Jeremy nun gekrallt und mit wenig Worten über das Equipment in Linetts Tasche in Kenntnis gesetzt. Und nun sah sich Jeremy mit einer Frage konfrontiert, die er nicht eindeutig beantworten konnte.

»Ich weiß es nicht«, gestand Jeremy. »Normalerweise würde ich sagen: Nein, keinesfalls. Aber Linett ist nicht normal. Und könntest du für eine Minute mal aufhören zu grinsen? Mir juckt bereits die Faust.«

Eine sinnlose Aufforderung. Jeremy sollte es besser wissen. Wie tausend andere reihte er sich nun in die Menge derer ein, die Jason erfolgreich mit seinem sorgenlosen Lächeln in den Wahnsinn trieben. Und die mit ihrem Kommentar lediglich dafür sorgten, dass er noch breiter lächelte.

»Im Übrigen war ich sehr amüsiert über deinen neuen Musikgeschmack. Ich hatte das Video beim Autofahren geöffnet und wäre fast in die Leitplanke gefahren, als die Frau anfing zu singen. Aber als Weckerton ist dieses Gejaule unschlagbar. Man hat keinerlei Gelegenheit zu überlegen, ob man nicht doch liegenbleiben will, man fällt zwangsläufig aus den Federn.«

»Jason!«

Nur mit verflucht viel Selbstbeherrschung konnte sich Jeremy daran hindern, Jason nicht am Kragen zu packen und ihn durchzuschütteln, wie es sich für einen Vampir mit diesem völlig verkifften Verstand gehörte! Sein Knurren ließ Jason seufzen, und endlich schwand die penetrante Fröhlichkeit von seinen Zügen.

»Okay, zurück zu Linett … So dumm kommt sie mir nicht vor.«

»Deinen Glauben hätte ich gern. Sie hat ein Diktiergerät,

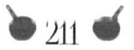 211

Peilsender und elektronische Wanzen. Des Weiteren kennt sie das Passwort zu deinem System. Sie braucht nur zu suchen, zu finden, auszudrucken. Und sie ist verzweifelt.«

Nachdenklich strich sich Jason über das Kinn.

»Lassen wir ihr einfach die Chance, sich im Zweifel für das Richtige zu entscheiden. Ich sorge dafür, dass Linett ein paar Stunden allein im Büro ist. Dann werden wir sehen, ob ihre Sonderausstattung eingebaut ist oder immer noch in ihrer Handtasche liegt. Und ich bin dafür, dass wir uns gleich ausführlich darüber unterhalten, wie wir unseren Lieblingsstaatsanwalt aus dem Weg räumen.«

»Du willst ihn umbringen?«, erkundigte sich Jeremy zweifelnd, denn das erschien ihm doch ein wenig zu übertrieben. Klar, der Kerl, der mit Freude gegen Lorenzo, und wenn es sich ergab, auch gegen Jason ermittelte, war penetrant, aber er wusste nichts, was Jason Probleme bereiten könnte. Also einen Menschen töten, um Linett auf die Probe zu stellen? Das war, als würde man den Mond sprengen, um der Flut ein ›Ätschbätsch‹ zuwerfen zu können. Doch Jason schüttelte nur feixend den Kopf.

»Nein, keine Sorge. Der Mann ist nicht dumm. Es wäre schade um ihn, schließlich könnte er uns noch nützlich sein.«

Ja, und er wäre sicherlich hoch begeistert, wenn er von Jasons Plänen erfuhr. Welcher Staatsanwalt ließ sich gerne erpressen, bedrohen und dazu zwingen, demjenigen gute Dienste zu tun, den er am liebsten für den Rest seines Lebens in den Knast stecken wollte?

»Meinst du wirklich, dass wir das tun sollten?«, seufzte Jeremy.

Diese Frage ließ sich auf vieles beziehen, und es war zugleich der perfekte Einstieg für das folgende kleine

Schauspiel.

»Warum nicht? Wir ersparen uns damit viele Probleme. Der Kerl reagiert nicht auf Bestechung. Familienmitglieder, die wir ihm zerstückelt per Post schicken könnten, hat er keine. Und er ist dermaßen heroisch gestrickt, dass er sich lieber selbst erschießen würde, als sich unseren Wünschen zu unterwerfen«, gab Jason zurück und öffnete die Tür zu seinem Büro.

»Ich könnte ihm ein paar Knochen brechen«, schlug Jeremy vor. Nicht umsonst war das eine beliebte Methode, um Menschen den eigenen Willen aufzuzwingen. Jeder Mensch hatte um die zweihundert Knochen, zwar überlebte er es nur schwerlich, wenn jeder einzelne davon gebrochen wurde, aber die meisten gaben sowieso innerhalb der ersten fünf Brüche auf. Harte Hunde innerhalb der ersten zehn.

In das Gespräch vertieft, betraten die beiden Männer das Büro und waren scheinbar zu versunken, um zu bemerken, dass sie sowohl von Helen als auch von Linett interessiert gemustert wurden.

»Von wem sprecht ihr?«, mischte sich Helen neugierig ein.

»Von Dampierre«

»Der Staatsanwalt Dampierre?«, hakte nun auch Linett irritiert nach. Und ihr Chef nickte mit gewichtiger Miene.

»Damit lösen wir auch das Problem mit deiner Aussage endgültig. Wenn niemand mehr da ist zum Fragen, wird sich niemand um deinen Fall kümmern.«

Das war ein Versprechen, das bei Linett sichtliche Skepsis hervorrief. Kritisch begutachtete Jeremy die Reaktionen des Mädchens. Ihre Augen weiteten sich, und ihr Herz schlug zunehmend schneller.

»Sein Nachfolger wird sich sicherlich um seine Akten

kümmern«, warf sie vorsichtig ein.

»Bei so vielen Akten, wie der Kerl in seinem Büro hat, ist die Wahrscheinlichkeit gering, dass sich sein Nachfolger in den nächsten zehn Jahren ausgerechnet deinen Fall krallt. Sein Nachfolger wird froh sein, wenn er überhaupt seinen Schreibtisch findet.«

Linett schien noch immer nicht überzeugt.

»Aber warum ihn töten? Ich kenne ihn. Er ist aufrichtig und ein guter Kerl.«

»Genau solche aufrichtigen Menschen und guten Kerle machen uns das Geschäft gehörig schwer. Gewöhne dich dran«, behauptete Jason frei von jeglicher Emotionalität. Zum ersten Mal verlor sich die warme Sympathie in seinem Blick und machte einer kühlen Berechnung Platz, wie man sie von einem Mann in seinem Beruf erwartete. Allein auf den eigenen Vorteil bedacht und blind gegenüber dem Leid, das er damit anderen zufügte.

»Du kannst doch nicht jeden beseitigen, nur weil er dir Ärger macht«, stellte Linett entsetzt fest.

»Und was willst du dann tun, um die Aussage zu verweigern?«

»Ich mache sie einfach nicht. Punkt. Aus. Niemand kann mich zwingen. Ich nehme sie zurück. Und es gibt sicher andere Wege, ihn von dir abzubringen. Wie du schon sagst, wird er genügend andere Fälle haben, um die er sich kümmern kann. Und du wirst doch nicht in jeder Akte dort auftauchen!«, beteuerte sie mit trotzig vorgeschobenem Kinn.

»Ich kann nicht jeden verschonen, nur weil du ihn kennst, Linett«, zerstörte Jason kaltherzig ihre Hoffnung. »Dein Luc hat bereits überlebt. Ich denke nicht, dass ich dir noch ein weiteres Leben schuldig bin.«

Hart schluckte Linett und senkte schließlich nach einer

Weile den störrischen Blick. Ihre Hände hatten sich zu Fäusten geballt. Sie sah erst wieder auf, als Helen sanft ihre Hand ergriff.

»Das Leben ist nicht immer fair«, erklärte ihr Helen geduldig. »Jeder versucht, sein Leben und sein Glück so teuer zu verkaufen, wie er kann. Und vielleicht findet sich ja noch eine andere Lösung. Wir werden sehen.«

»Du bist zu ehrlich für den Job hier«, urteilte Jason, was Linett nicht daran hinderte, ihm ihre Meinung weiterhin ungefragt mitzuteilen.

»Du wolltest mich für den Job. Leb mit dem, was du bekommst«, herrschte sie Jason trotzig und bedrückt zugleich an.

»Habe ich schon erwähnt, dass mir dein Temperament gefällt?«, fragte Jason. Hatte er gerade noch verärgert gewirkt, so wich dieser Eindruck so schnell, dass einem schwindlig werden konnte. Sprunghaft wie ein Känguru schaltete der Vampir urplötzlich von ›leg dich nicht mit mir an‹ zu ›du bist putzig, dich behalt ich‹.

»Schaffst du es, den Laden eine Stunde aufrechtzuerhalten?«, hinterfragte Jason nun. Unschlüssig nickte Linett.

»Solange ich niemandem eine Auskunft erteilen muss, die ›wir rufen Sie später zurück‹ übersteigt.«

Erneut zeigte sich auf Jasons Lippen ein Grinsen. »Braves Mädchen. Helen, kommst du?«

Überrascht hob Helen den Kopf und musterte ihren Chef forschend. Aber sie stellte keine überflüssigen Fragen, sondern nahm ihre Tasche und folgte den zwei Vampiren so schnell, wie es in ihren unbequemen Schuhen möglich war.

Eine Stunde später kehrte Jeremy in Helens Begleitung in das Büro zurück. Aufmerksam ließ er seinen Blick schweifen. Es war nicht davon auszugehen, dass Linett eine Kamera direkt auf dem Schreibtisch platzierte. Ob sie überhaupt etwas platziert hatte?

»Könnten wir meinen Wagen holen?«

Mit dieser Bitte lenkte Linett seine grüblerische Aufmerksamkeit wieder auf sich. Und Jeremy fiel (leider) kein Grund ein, warum er ihr das verwehren sollte. Die Fahrt zum Bahnhof verlief schweigend, und ihre verbeulte Karre stand noch immer an Ort und Stelle. Kein Mensch würde das alte Ding klauen wollen.

Mit einem leisen, begeisterten Aufschrei stieg Linett aus einem Wagen und lief auf ihr geliebtes Gefährt zu. Doch bevor sie einsteigen konnte, hielt Jeremy sie mit einem kräftigen Ruck zurück.

»Hey!«, protestierte sie lautstark, doch Jeremy würdigte sie keines Blickes, sondern musterte lediglich interessiert das Innere des Fahrzeuges.

»Geh zurück zu meinem Wagen«, bat Jeremy sie ungewöhnlich sanft. So sanft, dass sie ihm widerspruchslos gehorchte und schließlich aus sicherer Entfernung zusah, wie er den Wagen mit angezogener Handbremse startete und einen Stein auf das Gaspedal legte, sodass der Wagen tuckerte, sich jedoch nicht vom Platz bewegte. Was das Gefährt jedoch an Bewegung vermissen ließ, legte Jeremy umso eiliger an den Tag. Kaum hatte er Linett erreicht, packte er sie an der Taille und riss sie mit sich zu Boden. Ein ohrenbetäubender Knall ließ seine Ohren klingeln. Schallwellen, die sein Gehirn zu sprengen schienen, gepaart mit einer Druckwelle, die selbst Jeremy ein halb ersticktes Keuchen entlockte. Auch Linett schien atemlos, aber vielleicht lag es auch nur daran, weil der Vampir mit seinem gesamten Gewicht auf ihr lag.

»Jeremy«, keuchte sie gequält. Dieser fluchte leise und rollte von ihr herunter. Heftige Schmerzen meldeten sich in seinem Rücken. Als hätte ihm jemand die Haut in großen Fetzen vom Fleisch gerissen.

»Oh Gott, Jeremy«, wimmerte Linett, als sie seinen Rücken gewahrte. Kräftig zog Jeremy an den Überresten seines Shirts.

Unterdrückt stöhnend versuchte er, auf seinem Rücken herumzutasten. Wie Nadeln stach der Schmerz in ihn hinein, und zugleich schien es ihm, als würde ein Feuer auf dem offenen Fleisch wüten.

»Warte!« Zitternd rappelte sich Linett auf die Beine und trat auf ihn zu. Ebenso wie man zusehen konnte, wie ihr geliebter Wagen abbrannte, konnte Jeremy spüren, wie seine Wunden heilten. So beharrlich das Zwicken zu Beginn gewesen war, so beharrlich begann es langsam nachzulassen.

»Es dürfen keine Fasern einwachsen«, riss er Linett aus der faszinierten Betrachtung dieses Schauspiels. Nein, er hatte keine Lust, von Jason oder Helen operiert zu werden, weil die Reste des Shirts für immer wieder auftretende Entzündungen sorgten. Vorsichtig begann Linett damit, die Reste des Stoffes aus den Rändern der Wunde zu zupfen, damit sie nicht einwuchsen. Eines der durch die Detonation herumfliegenden Teile hatte ihn erwischt. Besser, er stellte sich nicht vor, wie Linett ausgesehen hätte, hätte sie den Vampir nicht als Schutzschild gehabt.

»War das deine Bombe?«, platzte sie heraus, als sie, so gut es ging, die Wunde gereinigt hatte. Noch immer spannte die sich frisch bildende Narbe. Himmel, was dachte sie?

»Nein!«, erwiderte Jeremy empört. Eine Empörung, die jedoch schnell wieder schwand. Man brauchte kein Hellseher zu sein, um zu erahnen, welche Gedanken in Linett tobten. Gerade war ihr größtes Problem gewesen, sich selbst zu bemitleiden, weil sie mit einem Chef gesegnet war, der vor keinem Mord zurückschreckte, und mit einem Beschützer, der nicht gerade den Charme eines James Bond an den Tag legte (höchstens was die Arroganz gegenüber Frauen betraf), und nun wurde sie sich bewusst, dass Lorenzo noch immer gewillt war, ihr Leben zu beenden. Oder er war zumindest vor Tagen noch gewillt gewesen und hatte einfach vergessen, die Bombe wieder auszubauen.

»Hey«, sprach Jeremy sie leise an, und leicht legte sich sein Arm um sie.

»Wer war es dann?«, fragte sie und starrte entrückt auf das brennende Wrack, das immer mal wieder ein Knirschen und Knacken von sich gab.

»Wollen dich so viele umbringen?«

»Lorenzo?«, fragte sie zittrig. Der Blick von Jeremy ruhte sanft auf ihr.

»Von ihm waren sicherlich der Brandsatz in deiner alten Wohnung und die zwei Gestalten, die dich damals am Bahnhof töten wollten. Also ja, ich denke, dass die Bombe von ihm ist. Aber man kann nur schwer sagen, ob er diese vor unserem Besuch bei ihm gelegt hat oder danach. Wir wissen nicht, ob er dich immer noch loswerden will.«

Ihre Zähne begannen zu klappern, als würde sie nackt in Alaska im tiefsten Eis stehen. Und plötzlich lachte sie auf. Sie lachte, bis ihr die Tränen über die Wangen liefen und sich das verrückte Kichern in ein Schluchzen wandelte.

»Ich glaube, ich werde verrückt«, schluchzte sie leise und drückte sich in seine Arme. Sachte strich Jeremy ihr über die

Haare.

»Wirst du nicht. Das ist der Schock.«

»Jason sagte doch, ich könnte Lorenzo erschießen, wenn ich wollte?«, wandte sie ihr tränenüberströmtes Gesicht Jeremy zu, dem der entschlossene Zug um ihre Mundwinkel nur wenig gefiel.

»Ja …«, erwiderte er misstrauisch.

»Kannst du mir beibringen, wie man einen Mann erschießt?«

»Warum dieser plötzliche Sinneswandel? Du sagtest doch selbst, dass du nicht in der Lage bist, einen Mann zu erschießen.«

»Er hat Tony getötet und meinen Wagen zerstört. Ich liebte meinen Wagen!« Mit diesen Worten löste sie sich aus seiner Umarmung, wankte ein wenig und sah dann auffordernd Jeremy an.

Der kam mit der Eröffnung, dass ihr der Wagen mehr bedeutete als ihr Freund, immer noch nicht klar. Allerdings würde er einen Teufel tun, ihre offenkundigen Aggressionen (inzwischen wusste er, dass es nie ein gutes Zeichen war, wenn sie die Lippen schürzte und die Augen zusammenkniff) auf sich zu lenken.

»Dann komm«, forderte er sie auf, während er sich ein neues Hemd aus dem Kofferraum überzog.

Jeremys Ziel war ein Schießkeller. Dort angelangt spazierte Linett schnurstracks an die Theke. Erstaunt vernahm Jeremy ihre zielsichere und selbstbewusste Bestellung. Eine Magnum irgendwas. Jeremy gab gerne zu, dass er sich mit Schusswaffen nicht auskannte. Hauptsache, sie waren gut zu halten und tödlich. Wie sie hießen und wie sie im Detail funktionierten, war ihm herzlich egal. Und Entsichern war bei den wenigsten ein Problem.

»Du kennst dich aus, was?«, fragte der bullige Typ hinter der Theke Linett und reichte ihr das Gewünschte. Ausführlich monologisierte er die übliche Belehrung und teilte ihnen schließlich einen Platz zu.

»Ich habe gedacht, du hast keine Ahnung von Waffen«, gab Jeremy zu, und ein feines Lächeln bildete sich auf Linetts Lippen.

»Habe ich auch nicht. Ich kenne nur wenige Waffen und mit der hier bin ich bisher immer am besten klar gekommen.« Das wunderte ihn nicht. Ihre Betäubungswaffe war von der gleichen Machart gewesen. Und er konnte nicht behaupten, dass sie mehrfach an ihm vorbeigeschossen hatte.

»Schießen kann ich, aber nicht treffen«, gab sie zu.

»Mich hast du damals getroffen. Und Lorenzo eigentlich auch«, wandte Jeremy berechtigterweise ein.

»Dich zu treffen, war nicht sonderlich schwer. Du hast keine zwei Meter vor mir gekniet. Außerdem war es irrelevant, wo ich dich treffe, schließlich war es nur zur Betäubung.«

Ein wenig beleidigend war es schon, als derart einfaches Ziel dargestellt zu werden.

»Und Lorenzo war ein Zufallstreffer«, fügte Linett hinzu.

Seufzend ließ Jeremy seine Einwände fallen.

»Gut, dann zeig mal, was du kannst«, forderte er sie auf und setzte sich die Ohrenschützer auf. Diese schützten zwar nur bedingt ein Vampirgehör, aber das lästige Pfeifen wurde dadurch nicht ganz so grell. Und seine Ohren brauchten nach dem heutigen Tage wirklich Schutz. Noch immer dröhnte ihm die Explosion in seinem überempfindlichen Gehör. Der Vorteil: Wer taub war, konnte kaum tauber werden, und so störte es ihn weniger, dass Linett nun einige

Schüsse abgab.

»Interessant. Immer hübsch drum herum geschossen. Wie hast du es geschafft, den Radius zu halten?«, erkundigte sich Jeremy anschließend spöttisch. Linett schenkte ihm einen bitterbösen Blick.

»Dein Finger liegt zu sehr auf dem Abzug. Du darfst dort lediglich dein erstes Fingerglied benutzen. Deine Haltung ist zu instabil«, begann Jeremy damit, Linett zu berichtigen, und zögerte nicht, sie auch entsprechend zurechtzurücken.

»Dein Arm sollte 90 Grad zum Körper haben, du schießt schließlich nur geradeaus!« Jeremy trat hinter Linett und legte seine Hände auf ihre, um ihre Ausrichtung zu korrigieren. »Und jetzt zielst du über Kimme und Korn« sprach er an ihrem Ohr und drückte ihren Finger am Abzug. Tja, der Schuss saß genau in der Mitte. Und wenn er nicht aufpasste, würde sich bald in seiner Mitte etwas regen. Drückte sie eigentlich absichtlich ihren Hintern gegen seinen Schritt?

»Nicht bewegen. Ziel erneut und drück ab«, wies er sie mit rauer Stimme an, während er sich von ihr entfernte. Und tatsächlich traf Linett beinahe zielgenau die Mitte. Sobald sie jedoch absetzte, um zu laden und dann erneut ihr Glück versuchte, traf sie noch nicht einmal annähernd die Scheibe. Okay, vielleicht sollte sie sich doch auf Scheunen beschränken, aber mittlerweile konnte es Linett immerhin auch mit kleinen Scheunen aufnehmen, ohne sämtliche Bäume der Umgebung versehentlich zu erschießen.

»Vielleicht solltest du es einmal mit Messern probieren«, seufzte Jeremy und erntete dafür einen schiefen Blick von Linett.

»Wer nicht schießen kann, hat meistens ein Talent für Messerwürfe«, setzte er erklärend hinzu.

»Kannst du mir nicht einfach beibringen, wie ich ihm eine

Kugel ins Herz jagen kann?«, bettelte Linett mit großen Bambiaugen, die Jeremy dazu nötigten, die Augen großflächig zu verdrehen.

»Wenn er betäubt vor dir liegt, dann räume ich dir eine Chance ein, aber so ist es ein Wunder, dass du überhaupt was von ihm getroffen hast.«

Mit einem erstaunten Gesichtsausdruck ließ Helen den Stift fallen, als sie die beiden wieder in das Büro hereinschneien sah. »Was denn? Keine Lust auf Feierabend?«

»Nein, Lorenzo hat meinen Wagen zerstört.« Ehrliche Empörung war in dem Blick Linetts zu lesen.

Ratlos blickte Helen zu Jeremy, der bedeutungsvoll (oder ebenso ratlos) die Schultern zuckte.

»Und deswegen willst du jetzt Doppelschichten schieben?«, erklang Jasons Stimme, der gerade mit einem eimergroßen Glas Scotch aus der Küche zurückkehrte.

»Nein, ihn erschießen. Aber ich treffe offenbar nicht«, berichtigte Linett.

Irritiert musterte Linett ihren Boss. Sie wurde den Verdacht nicht los, dass dieser nichts anderes außer Scotch zu trinken schien. Ob er ebenso wie Jeremy auch kiffte?

»Sie trifft nicht einmal ansatzweise!«, brummte es in ihrem Rücken. Natürlich musste Jeremy seinen Senf dazugeben. »Dass sie Lorenzo getroffen hatte, lag sicher nur daran, dass er zwei Schritte vor ihr stand!«

Missmutig biss sich Linett auf die Unterlippe.

»Jeremy sagt, dass ich vielleicht Messer werfen könnte«, wandte sich Linett hoffnungsvoll an Jasons Assistentin. Deren Lippen verzogen sich zu einem breiten Grinsen.

Mit einem bedeutungsschwangeren und zugleich verschwörerischen Blick bedeutete sie Linett, sich zu ihr und

 222

ihrer Handtasche zu gesellen und zauberte aus dieser einen mittelgroßen Dolch hervor. Der Griff war fest und entweder vollständig aus Silber oder silbern überzogen. Kleine Rubine zierten den Knauf, der sich in ein großes Oval verdickte, sodass selbst der Knauf an sich bereits einen Abklatsch von einem Schlagring bildete. Diesen Dolch reichte Helen nun mit dem Schaft voran Linett.

»Versuch mal, Jeremy oder Jason zu treffen«, forderte sie Linett munter auf.

Die beiden Männer, die sich gerade hingebungsvoll um ihre randvoll gefüllten Scotchgläser gekümmert hatten, blickten misstrauisch auf.

»Ich soll auf sie werfen?«, fragte Linett unsicher nach, zumal die Blicke der beiden Männer nun eindeutig warnend wurden.

»Du sollst nicht auf sie werfen, du sollst einen von ihnen treffen!«, stellte Helen unmissverständlich klar und rieb sich vergnügt die Hände. Nachdenklich wanderte Linetts Blick über den Dolch und schließlich zu den Vampiren, die sie überaus argwöhnisch begutachteten. Als ob sie einen Vampir treffen würde! Diese konnten viel schneller ausweichen, als es gewöhnliche Menschen vermochten. Mit einem Zucken der Schultern warf sie den Dolch trotzdem.

Kurz wog sie den Gegenstand in ihren Fingern, um das Gewicht abzuschätzen, bevor sie schließlich die Klinge umfasste und diese auf Jeremy schleuderte. Der blickte drein, als könnte er es nicht fassen, und wich im letzten Moment aus.

»Au!«, gab Jeremy empört zu Protokoll und betrachtete seinen Arm beziehungsweise das weiße Hemd, das sich an der angeritzten Stelle bereits rot färbte. Linetts Augen nahmen die Größe von Untertassen an. Sie hatte ihn gestreift

Sie hatte einen verdammten Vampir mit einem Messer gestreift!

»Könntest du bitte aufhören, in die Hände zu klatschen und auf und ab zu hüpfen?«, knurrte Jeremy biestig.

»So schlecht bist du nicht. Außerdem … wie sonst hättest du Jeremy betäuben können, wenn deine Zielfähigkeit derartig schlecht sein soll?«, erklärte Helen, deren Lippen ein spitzbübisches Grinsen umspielte.

Unweigerlich entfleuchte Linett ein leises Kichern. Es war wohl deutlich, worauf Helen anspielte. Sie hatte Jeremy bereits betäubt, indem sie auf ihn schoss. Sie hatte Lorenzo einen Krankenhausbesuch beschert. Indem sie auf ihn schoss.

Also konnte sie doch nicht so mies sein, wie es ihr der inzwischen beleidigte Jeremy weiszumachen suchte. Dieser hielt nun seinerseits das Messer in der Hand, das er aus der Wand hinter sich gezogen hatte. Und schien intensiv darüber nachzudenken, was er damit nun tun sollte.

»Jeremy!«, mahnte Jason mit einem wissenden Grinsen auf den Lippen und entwand seinem Freund den gefährlichen Gegenstand, bevor menschliches Blut floss. »Ein wenig Selbstbewusstsein kann ihr nicht schaden.«

»Hey, ich hab sie schon mich streifen lassen!«

Linett schürzte die Lippen. Jeremy war absichtlich erst im letzten Moment ausgewichen. War ja klar. Als ob sie einen Vampir treffen könnte. Das wäre auch zu schön gewesen, um wahr zu sein.

»Wie sieht es mit deinen Nahkampffähigkeiten aus?«, erkundigte sich Jason nun bei Linett, die daraufhin mit den Schultern zuckte.

»Jeremy?« Jasons Frage wandte sich nun direkt an den Angesprochenen, der daraufhin gequält die Gesichtszüge verzog. Jasons Grinsen wurde breiter, und er winkte Linett mit einer Geste heran.

»Versuch mich anzugreifen«, forderte er die Schwarzhaarige auf, die ihn anblickte, als wäre er der letzte Mann auf dem Mond.

»Ich soll einen Vampir angreifen?«, wiederholte sie sichtlich ungläubig und blickte noch ungläubiger drein, als Jason ermunternd nickte. Linett war nicht gewillt, sich darauf einzulassen.

»Keine Sorge, ich beiße nicht.« Jason unterstrich diese Aussage mit einem solch breiten Grinsen, dass selbst Linett sich ein Lächeln nicht verkneifen konnte. Sie fasste den Dolch, den Jason ihr reichte, ein wenig fester und betrachtete den Vampir sinnierend. Dieser ließ die Musterung gelassen über sich ergehen. Und besaß auch noch die Dreistigkeit, die Hände in die Hosentaschen zu stecken. Man könnte meinen, er warte auf einen Zug. Es erstaunte sie, dass er es überhaupt für nötig gehalten hatte, vorher sein Glas abzustellen. Linett setzte sich in Bewegung. Mit langsamen Schritten umkreiste sie Jason immer wieder aufs Neue. Jeremy lehnte an der Wand, die Arme vor der Brust verschränkt. Helen hingegen hatte sich auf ihrem Schreibtisch niedergelassen und ließ entspannt die Beine baumeln.

Jason machte sich unterdessen nicht einmal die Mühe, ihr stets das Gesicht zugewandt zu halten, sondern hatte offenbar nichts dagegen, dass sie in seinem Rücken stand. Nach der dritten Umrundung sprang sie plötzlich vor, sichtlich darauf aus, ihm das Messer in die Seite zu rammen.

Ein Plan blieb jedoch leider lediglich ein Plan, wenn es in der Umsetzung scheiterte. Und daran scheiterte es grandios.

Jason streckte den Arm nach ihr aus, packte sie am Handgelenk und zog sie nach vorn. Linett stolperte auf Helen zu und kassierte zudem noch einen empfindlichen Schlag von Jason mit der flachen Hand auf ihren Allerwertesten.

»Hey!«, protestierte sie über diese grobe Behandlung wütend. Aus Jeremys Richtung war ein so vergnügtes Lachen zu hören, wie sie es von ihm noch nie vernommen hatte. Zu schade, dass Blicke nicht töten konnten.

»Okay, probier es bei Jeremy«, wies Jason sie an, und der angesprochene Blutsauger löste sich von seiner Position an der Wand, um einige Schritte nach vorn zu gehen und nun ebenfalls frei im Raum zu stehen. Im Gegensatz zu Jason war sein Blick nicht gelassen, sondern wachsam und misstrauisch. Auch ließ er sie nicht aus den Augen, als sie ihn zur Verwirrung ein wenig umrundete.

»Das klappt so nicht«, seufzte Linett frustriert an Jason gewandt. Und landete damit zumindest in Sachen Ablenkung prompt einen Volltreffer. Jeremys Aufmerksamkeit wandte sich einen Augenblick lang seinem Chef zu. Diese Sekunde nutzte Linett, um sich auf ihn zu stürzen. Unkoordiniert schwenkte sie das Messer. Sie wollte ihm nicht wehtun! Auch wenn er es verdient hätte. Hätte sie ernsthaft einen Treffer landen wollen, und hätte sie vor allem gewusst, wo sie hätte hinstechen müssen, wäre ihr vielleicht ein Stich gelungen. So jedoch überkam sie Verunsicherung.

Sekunden des Zögerns, die Jeremy dazu nutzte, um sie zu packen und über sein angezogenes Knie zu legen. Wieder landete ein schmerzhafter Klaps auf ihrem Hintern, und hätte sie sich nicht auf den Boden fallen lassen, um seinem Griff zu entkommen, hätte sie gewiss einen weiteren kassiert.

Inzwischen sichtlich mürrisch und sich ihren Hintern reibend, suchte sie Zuflucht bei Helen.

»Du bist dran«, forderte Jeremy Jason mit einem

selbstzufriedenen Feixen auf. Jason wartete jedoch nicht darauf, bis Linett wieder zum Angriff überging, sondern tat es selbst. Zwar nutzte er keine Vampirgeschwindigkeit, doch langsam war er nicht.

Linett gelang eine Hechtrolle hinter den Schreibtisch, bei der sie sich prompt den Ellenbogen anschlug. Fluchend stolperte sie über den Bürostuhl und schob ihn in Jasons Richtung. Jason wich mit Leichtigkeit aus und erwischte Linett an der Schulter. Fluchend griff Linett nach der Pfanne, die ihr Helen reichte (sie hatte die wenigen Sekunden genutzt, um schnellstens in der Küche zu verschwinden und die einzige zu holen, die sie besaßen). Das Teil war winzig, aber stabil genug, sodass es ein sattes ›klonk‹ ergab, als Linett einen Treffer gegen Jasons Knie landete.

»Das gibt's doch nicht«, stöhnte dieser und ließ tatsächlich los, als Linett auch noch das andere Knie traf.

»Hilfe, Helen«, rief Linett, denn sie traute sich nicht, Jason das Teil auch noch gegen den Kopf zu hauen. Doch Helen hielt sich in haltlosem Gelächter am Türrahmen zur Küche fest.

Das Messer hatte Linett inzwischen längst verloren, stattdessen umklammerte sie den Griff der winzigen Pfanne, als wäre es ihr Lebensretter. Und knallte diese gegen Jeremys Nase, denn der Vampir war plötzlich hinter ihr aufgetaucht. Warum würde sich wohl nie klären.

Allerdings rückte diese Frage in den Hintergrund, als das Blut ungehemmt aus Jeremys Nase schoss und sich der Vampir mit Tränen in den Augen vor Schmerzen krümmte. Die nasalen Flüche verstand Linett nicht in Gänze, aber der Anblick des Blutes reichte aus, um ein schlechtes Gewissen in ihr hervorzurufen.

»Das tut mir leid«, beteuerte sie dem fluchenden Vampir,

mit einem Auge nach Jason spähend. Dieser schien die Misshandlung seines Knies ganz gut überstanden zu haben. Seine Mundwinkel zuckten unkontrolliert, als er Jeremy eine Rolle Küchenpapier reichte.

»Ich glaube, deine beste Waffe sind Küchengegenstände«, stellte ihr Boss höchst erheitert fest und zwinkerte ihr zu. »Ich möchte mich nie mit dir anlegen, wenn du eine Fritteuse in der Hand hältst. Und keine Sorge, er wird es überleben.« Damit meinte Jason wohl den blutenden Vampir, der inzwischen die Hälfte des Küchenpapiers aufgebraucht hatte. Doch die Blutung schien endlich nachzulassen.

»Auch mal eine Art, Blut zu spenden.«

Für diesen Kommentar erntete Jason nicht nur von Jeremy einen tödlichen Blick, sondern auch von Linett. Für den Moment vergaß sie ihre Wut auf Jeremy. Hätte sie gestern noch erwartet, dass der Anblick eines sich vor Schmerzen krümmenden Jeremys Befriedigung in ihr auslösen würde, so wurde sie heute eines Besseren belehrt. Ihre Gesichtszüge waren ein deutliches Abbild der Reue, und fassungslos beobachtete sie Helen und Jason.

»Du solltest Lorenzo wirklich mit einer Pfanne verprügeln«, kicherte Helen noch immer und hielt sich den schmerzenden Bauch.

»Wir könnten dein Training auf Schnellkochtöpfe und Suppenkellen erweitern!«

Mittlerweile mussten sich Jason und Helen gegenseitig stützen, um bei ihrem Gegacker nicht umzufallen. »Nicht auszudenken, was sie mit einem Fleischklopfer anzufangen wüsste« japste Jason, worauf Helen noch enthemmter lachte.

Ein Prusten war von Jeremy zu hören, der sich das

Küchenpapier noch immer gegen die Nase drückte. Seine Schultern zuckten verdächtig, und für einen Moment glaubte Linett, er würde weinen.

Doch schon bald entwickelte sich das erstickte Gurgeln des Vampirs zu einem lautstarken Gelächter. Eines, das ihn regelrecht durchschüttelte. Betreten blickte Linett zwischen den Dreien hin und her, die sich sichtlich weder beruhigen noch einkriegen konnten. Auf dem Boden lagen blutgetränkte Tücher, und die drei lachten derartig schamlos und ansteckend, dass sich auch Linett nicht lange zurückzuhalten vermochte. Bevor sie es verhindern konnte, entrang sich auch ihr ein unterdrücktes Kichern.

Kapitel 18

Linett, eine Verräterin?

Jeremy lieh sich eines der Hemden, die Jason hier aus guten Gründen deponiert hatte. Sein eigenes war wieder einmal völlig ruiniert. Verstohlen musterte Linett seinen nackten Oberkörper, der nach und nach hinter den geschlossenen Knöpfen verschwand.

»Welch Verschwendung, warum versteckst du diesen Prachtkörper hinter so vielen Lagen Textilien?«, flötete Fabienne, die mit wehenden Haaren hereinschneite. Wie immer war sie künstlerisch perfekt geschminkt, und das strahlende Lächeln war ins Gesicht gemeißelt. Ihre Begrüßung brachte sie in einer nervenaufreibend hohen Tonlage vor und zwinkerte Jeremy verführerisch und zugleich verschmitzt zu, um ihm dann ein Küsschen links und Küsschen rechts aufzuhauchen. Als er darauf nur mäßig interessiert reagierte, umfasste sie sein Kinn mit ihren langen, dürren Fingern und presste ihre Lippen auf seine. Fehlte nur noch, dass sie ihm die Zunge in den Hals steckte!

Linett knirschte hörbar mit den Zähnen und hielt ihre Lieblingswaffe schlagbereit in der Hand. Diese schlug mit einem ›klonk‹ gegen das Holz des Schreibtisches, als Helen ebenfalls nach der Pfanne griff und sie ihr abzunehmen suchte.

»Lass ihn das selbst klären«, zischte Helen ihr zu.

Ja, genau, Jeremy sah auch so aus! Zwar hatte der Kerl durchaus den Anstand, unbehaglich dreinzusehen, doch er tat weder das Geringste, um Fabienne von seinen Lippen zu pflücken, noch um dem anhänglichen Weib zu erklären, sie solle sich doch bitte, danke, zum Teufel scheren.

»Ich will sie nur ein wenig verstümmeln. Bitte!«, zischte Linett an Helen gewandt zurück, was natürlich auch Jason nicht entging, dessen Mundwinkel belustigt zuckten. Echt jetzt? Machte der sich keine Sorgen, dass seine neue liebliche Assistentin auf seine beste Safeknackerin losging?

»Fabienne! Was für eine Überraschung. Was willst du hier?«, unterbrach Jason ungeniert die Knutscherei der beiden Vampire mit einer direkten Frage.

»Oh, Jeremy hat mir versprochen, mit mir zu einer Ausstellung zu gehen. Welche im Übrigen in fünf Minuten beginnt«, gab Medusa, Verzeihung, Fabienne mit einem lasziven Lächeln zurück (Würde es auffallen, wenn Linett mal kurz hinter den Schreibtisch kotzte?) und spähte zu den beiden Frauen, die noch immer beide ihre Hände an der Pfanne hatten und immer wieder leicht daran zogen, in der Hoffnung, die andere würde loslassen.

»Wollt ihr kochen?«, fragte sie Linett und Helen.

»Nein, braten. Leider fehlt uns ein Stück fettes Filet«, gab Linett angriffslustig zurück und musterte dabei überaus offensichtlich Fabiennes Hintern. Oh ja, diesen würde sie jetzt zu gern braten! Fabienne wurde aus dieser Andeutung nicht schlau, Jeremy dafür umso mehr.

»Vielleicht kann einer von euch in der Zwischenzeit auf Linett achtgeben«, offenbarte dieser verdammte Mistkerl seine Hoffnung an Helen und Jason gewandt, die prompt nickten.

Linett fühlte sich nicht unwesentlich verarscht. Finster folgte ihr Blick dem Vampirpärchen. Jeremy hatte den Arm um Fabiennes Hüfte gelegt. Dass dieser nur dem Bedürfnis folgte, Fabienne und sich schnellstmöglich nach draußen zu schaffen, ging Linett nicht auf. Beim Anblick dieser vertrauten Geste bohrte sich der Stachel der Eifersucht tief in ihr

Herz. Wie hatte der Psychologe gesagt? Wenn Jeremy nicht selbst erkannte, was er an ihr hatte, dann war es für sie besser, sich anderweitig umzusehen. Nachdenklich legte sich Linetts Blick auf Jason. Hätte sie Jasons betrunkenes Angebot doch nicht ablehnen sollen? Oder war es gerade die richtige Entscheidung gewesen, um nicht an Wert zu verlieren, wie Luc so schön gesagt hatte? Und es war nicht zu übersehen, dass Jeremy sich und Fabienne nicht schnell genug nach draußen schaffen konnte.

Kaum schlug die Tür hinter Jeremy und Fabienne zu, gelang es Linett, Helen die Pfanne zu entwinden. Und verlor sie prompt an Jason.

»Übertreib es nicht«, mahnte dieser sie in seiner unnachahmlich geduldigen Art und drückte ihr einen Schlüssel in die Hand. Fragend sah sie Jason an.

»Der Schlüssel zu Jeremys Wohnung. Ich bezweifle, dass er in einer Stunde wieder da ist.«

Ohne ihren fassungslosen Blick zu beachten, rückte Jason sein Sakko zurecht, zwinkerte ihr noch einmal zu und verließ das Büro.

Linett war verwirrt. Sicher, sie musste ja in Jeremys Wohnung, aber was sollte das? Ließ Jason zu, dass Jeremy seinen Job vernachlässigte, nämlich sie zu beschützen, damit er mit Fabienne rummachen konnte?

»Komm, ich bring dich hin«, bot ihr Helen an, die sich bereits eine leichte Jacke überwarf und ihren PC heruntergefahren hatte.

Schweigend folgte Linett der Blondine.

»Ich will nicht mehr bei ihm wohnen«, gestand sie Helen, als sie auf der Straße standen. Aufmerksam musterte Helen die Passanten auf der Straße und setzte sich schließlich in Bewegung.

»Jeremy und Fabienne sind bei Aufträgen ein verdammt gutes Team. Es war nicht gerade brauchbar, als sie sich derartig zerstritten hatten. Für Jason ist es natürlich ungemein praktisch, wenn die beiden sich wieder annähern«, erläuterte ihr Helen ehrlich und betrachtete sie nachdenklich von der Seite.

»Linett, mach dir keine Sorgen. Ein Mann, der eine Frau liebt, weiß immer, zu wem er gehört, auch wenn er zwischendurch auf Abwege gerät.«

Deprimiert ließ Linett die Schultern hängen.

»Das würde ja voraussetzen, dass er mich liebt«, gab sie pessimistisch zurück.

»Jeremy mag dich, Linett. Das sieht ein Blinder. Du scheinst ihn völlig aus der Bahn zu werfen. Er ist jähzornig, er schläft gerne unverbindlich mit Frauen, aber man braucht nur einmal zu sehen, wie er dich anblickt, wenn du gerade nicht hinsiehst. Eine Frau, dazu noch eine Sterbliche, könnte ihn niemals so aus der Fassung bringen, wenn nicht mehr dahinterstecken würde. Und das kann, meiner Meinung nach, nur Liebe sein.«

»Nachdem er mit mir geschlafen hatte, hat er behauptet, wir wären kein Paar. Und damit meinte er wohl, dass ich auch kein Recht hätte, auf Fabienne eifersüchtig zu sein«, klagte Linett leise ihr Leid.

»Bisher habe ich Jeremy nur einmal schwer verliebt gesehen, und das war ausgerechnet mit Fabienne. Verstehe, wer will, was er an ihr gefunden hat, aber man kann einem Mann ansehen, wen er liebt.«

»Warum küsst er Fabienne, wenn er mich angeblich liebt?«, bohrte Linett wenig überzeugt. Nein, das ergab für sie keinen Sinn. Das hier war doch kein Liebesroman, in dem es ein absolutes Muss war, dass die zwei Liebenden erst noch kurz die Welt retten, eine gescheiterte Ehe überstehen oder zwischendurch mit anderen schlafen mussten, damit es auch schön spannend bis zum Happy End blieb!

»Weil er dumm ist. Nimm Jason als Beispiel. Er ist ähnlich gestrickt wie Jeremy. Frauen gehören ins Bett und sind für ein wenig Spaß gut zu gebrauchen, aber wehe, sollte sich Jason einmal ernsthaft verlieben. Was denkst du, was passieren würde? Dass er es einfach einsieht, sich damit abfindet und akzeptiert, dass sein Leben sich nur noch um eine Frau zu drehen hat, und er nicht mehr der tolle Hengst sein kann, um den sich die Frauen streiten?«

»Sollte das nicht automatisch geschehen?«, fragte Linett irritiert.

»Nicht einmal bei normalen Menschen, die es gewohnt sind, mit vielen Frauen zu schlafen, ist eine Umstellung so einfach. Sie werden durch die Liebe aus ihrer Komfortzone gekickt. Beziehung und Ehe sind für sie eher Hasswörter. Und plötzlich wollen sie genau das? Das ist absurd. Und je älter sie werden, umso dämlicher werden sie auch. Lass Jeremy ein wenig Zeit. Würde er dich wirklich loswerden wollen, hätte er Jason einfach nur darum zu bitten brauchen, jemand anderen an deine Seite zu stellen. Aber das tut er nicht. Weil er dich dann verliert.«

Ungläubig starrte Linett Helen an. Jeremy sollte sie lieben? Warum ausgerechnet sie? Er konnte doch solche Vamps wie Fabienne zuhauf haben. Was würde er da mit einer Halberwachsenen wollen, die weder schießen noch Messer werfen, dafür mit Pfannen um sich hauen konnte? Zudem neigte sie zu anstrengenden Stimmungsschwankungen und Unausstehlichkeit. Das war nicht unbedingt die Beschreibung einer Traumfrau schlechthin.

Jeremy wollte sich gegen drei in der Frühe zu ihr ins Bett gesellen. Diese Unverfrorenheit war noch nicht einmal das Schlimmste, sondern der Geruch, den er verströmte. Der Vampir roch eindeutig nach Fabienne. Man könnte meinen, er hätte sich in dem Parfum dieser Schnepfe gewälzt. Blanke Eifersucht machte sich in Linett breit und auch bittere Enttäuschung.

»Hau ab!«, fauchte sie den Vampir an, ohne sich ihm zuzuwenden, und sah damit auch nicht den verblüfften Gesichtsausdruck, den er an den Tag beziehungsweise an die Nacht legte. Sollte er doch auf der Couch schlafen. Oder auf dem Fußboden. Hatte in der vorletzten Nacht doch auch funktioniert! Missmutig fiel ihr Blick auf die Schlaftabletten auf ihrem Nachtschrank. Ob sie jetzt eine davon nehmen sollte?

»Linett«, sagte er leise. Klang er reuevoll? Verzweifelt? Dieser Tonfall war seltsam, aber Linett war eindeutig nicht gewillt, sich darüber Gedanken zu machen.

»Verschwinde! Selbst schuld, wenn du freiwillig vor dem Morgengrauen ihr Bett verlässt!«

Wütend boxte sie in das Kissen, um es sich bequemer zu machen. Und zuckte heftigst zusammen, als sie Jeremy an ihrem Rücken spürte.

»Linett. Bitte, ich weiß, es ist schwer, aber bitte vertrau mir!«, bat sie Jeremy. Finster wandte sie sich zu ihm um. Nur schemenhaft konnte sie seine Gestalt in der Dunkelheit erkennen. Seine Schultern waren zur Abwechslung nicht unter der mühsam unterdrückten Wut verspannt, sondern er ließ sie kraftlos hängen. Linett setzte sich so ruckartig auf, dass sie beinahe erneut seine Nase brach, als sie mit dem Kopf dagegen stieß.

»Ich hab keinen Nerv, mit dir zu streiten«, fügte Jeremy

hinzu. »Und du sicher auch nicht.«

Wovon träumte der Junge? Dass sie ihn nun in den Arm nahm, nur weil er müde aussah? Hatte sie ihn gezwungen, Fabienne auf eine Ausstellung zu begleiten?

»Hast du mit ihr geschlafen?«, fragte sie das Erste, was ihr in den Sinn kam. Unfassbar, wie oft sie diese Frage bereits in den letzten Tagen gestellt hatte.

»Nein.«

»Hast du sie geküsst?« Das Schweigen, das darauf folgte, war ihr bereits Antwort genug.

»Linett, ich …«

»Jetzt erzähl mir bloß nicht, du knutschst mit ihr, um Jason zufriedenzustellen!«

Selbst im Dunkeln konnte Linett sehen, wie Jeremy die Schultern zuckte.

»Ja und nein.«

Na super, das wurde ja immer bunter.

»Tu mir bitte den Gefallen und schlaf auf der Couch, auf dem Balkon oder meinetwegen im Klo. Aber halte dich fern von mir!«

Mit schnell klopfendem Herzen lauschte sie den Geräuschen, als sich Jeremy vom Bett erhob und schließlich ihrer ›Bitte‹ nachkam. Kaum, dass die Schlafzimmertür hinter ihm zugefallen war, begannen ihre Schultern von unterdrückten Schluchzern zu zucken.

Seufzend zog sich Jeremy ins Wohnzimmer zurück. Er war reif für die Irrenanstalt. Da er nicht völlig verblödet war, konnte er Linetts Zweifel und Probleme ein Stück weit nachvollziehen. Mit ihr zu schlafen war eindeutig ein Fehler gewesen. Nicht nur wegen ihrer Eifersucht. Sondern auch, weil er sich, je länger er mit Fabienne zusammen war, bewusster wurde, dass Linett mehr war als nur dieses dumme Betthäschen. Linett war keine Frau, die sich mit einer einzigen Nacht oder einer losen Beziehung zufriedengab. In Anbetracht der Tatsache, dass sie die meiste Zeit stritten und sich bisher nur wenig geküsst hatten, schienen solche Eifersuchtsszenen jedoch auch absurd. Wer hatte denn gesagt, dass sie eine Beziehung führten?

Ein Gutes hatte das Ganze. Jeremy wusste, dass er ihr nicht egal war. Und dass sie ihn nicht hasste. Andersherum wusste er zu gut, dass er sie ausreichend mochte, um nicht zu wollen, dass sie solche Zweifel wegen ihm hatte, und dabei konnte er noch nicht einmal sicher sein, ob Jeremy überhaupt Linett vertrauen konnte. Seufzend strich sich Jeremy über das Gesicht. Er hätte weniger Absinth trinken sollen. Absinth ließ Vampire nicht nur betrunken werden, es machte auch weinerlich und übersensibel. Aber es hielt ihn nicht davon ab, einen Blick in Linetts Handtasche zu wagen. Für einen Moment überlegte Jeremy. Doch letztendlich nahm er diese und setzte sich damit auf sein Sofa, um sie auszuleeren.

Wie er bereits vermutet hatte, war Linetts Handtasche im Laufe des Tages wesentlich leerer geworden. Kein Peilsender, keine Wanze, absolut nichts war dort mehr zu finden. Und dafür gab es nur zwei Erklärungen.

Entweder sie hatte das Zeug in Jasons Büro verbaut, während sie dort allein gewesen war, oder sie hatte es entsorgt. Jeremy hoffte innigst auf die zweite Möglichkeit, dennoch nagten Zweifel an ihm.

Das kleine Ding landete wieder auf ihrem alten Platz auf der Kommode. Neben der Pfanne. Mit diesem Gegenstand fing alles an. Ob es in dieser Nacht auch enden würde? Fahrig raufte er sich die Haare. Als wäre es Gedankenübertragung, leuchtete sein Handy stumm auf. Eine Nachricht von Jason war eingegangen.

»Lebst du noch?«, fragte der.

»Es grenzt zwar an ein Wunder, aber ja. Das Zeug in Linetts Handtasche ist nicht mehr da«, tippte Jeremy im Schein seines Handydisplays zurück. Unruhig wanderte er im Wohnzimmer auf und ab, während er auf eine Antwort Jasons wartete. Wann immer ein Geräusch aus dem Schlafzimmer erklang, hielt er in seiner Wanderung inne und lauschte. Weinte sie wieder?

»Ich habe alles durchsucht, als sie mit Helen gegangen ist, und nichts gefunden. Dafür campiert eine Sondereinheit vor dem Haus des Staatsanwalts«, las Jeremy nun auf dem Display seines Handys.

Jeremy fluchte leise. Wie groß konnte ein Zufall sein?

»Was jetzt?«

Für ihn war das eine verdammt berechtigte Frage. Harris konnte ganz gewiss keine Assistentin gebrauchen, die seine Pläne, egal, ob wahr oder nicht, direkt weitererzählte, aus welchen Gründen auch immer.

»Reden wir mit ihr. Ich bin gleich da«, lautete Jasons Nachricht.

Erneut begann Jeremy damit, auf und ab zu tigern und erweiterte seinen Parcours auch noch auf die Küche. Natürlich bestand die Chance, dass nicht doch alles ein verdammter Zufall war und Linett mitnichten irgendetwas ausgeplaudert hatte. Doch Jeremy wollte lieber nicht darüber nachdenken, welchen Beschluss Jason fassen würde, sollte es doch so sein.

Wenn es eines gab, mit dem man Jason auf die Palme bringen konnte, dann war es Illoyalität. Es hatte schon ganz andere gegeben, die geglaubt hatten, schlauer als der Vampir zu sein. Jeremys Befürchtungen weiteten sich aus, als Jason schließlich keine zehn Minuten später vor seiner Tür auftauchte, mit einem gefährlich roten Glimmen in den Augen.

»Linett!«

Die Angesprochene schreckte hoch, als Jeremy ins Schlafzimmer polterte und das Licht anmachte. Mit zusammengekniffenen Augen versuchte sie, die Stärke der plötzlichen Helligkeit zu kompensieren, und strich sich hastig die Tränen aus dem verquollenen Gesicht.

»Was?«, fragte sie verwirrt. Hinter Jeremy tauchte Jason auf, der völlig anders als sonst wirkte. Nicht amüsiert, nicht genervt, nicht betrunken. Statt der üblichen Gelassenheit strahlte er unterdrückte Wut aus. Jedenfalls kam es Linett so vor.

Mit großen Augen blickte sie von einem zu anderen und zog sich die Decke bis ans Kinn.

»Was?«, fragte sie noch einmal und klang zu ihrem eigenen Leidwesen verunsichert.

»Wo ist das Zeug aus deiner Handtasche?«, kam Jason ohne Umschweife auf den Punkt und stürzte Linett damit nur in noch größere Verwirrung. Fragend irrte ihr Blick zu Jeremy, in der Hoffnung, er könnte ihr helfen. Doch der stand mit nacktem Oberkörper und nur mit einer Hose bekleidet an der anderen Seite des Bettes.

»Welches Zeug?«, wagte Linett zu fragen. Sie hatte ehrlich keinen Plan, worauf Jason hinauswollte. Warum war er sauer? Weil sie Fabienne angefeindet hatte? Oder hatte ihm Helen gar von dem Gespräch über dumme, verliebte Vampire erzählt? Jedenfalls gab sie mit ihrer Frage offenbar die falsche Antwort, denn der bedrohliche Rotstich in den Augen Jasons intensivierte sich noch ein wenig mehr.

»Verkauf mich nicht für dumm! Ich meine das Elektronikgerümpel, das du von deinem Freund Luc bekommen hast.«

Mit hämmerndem Herzen atmete Linett tief ein und schloss die Augen. Gott, das meinte er. Kurz machte sich Erleichterung in ihr breit. Erleichterung, die ihr half, wieder die Augen zu öffnen und eine Antwort zu geben, die ihm hoffentlich gefiel.

»Ich habe es heute in die Mülltonne im Hof entsorgt. Luc ist während der Bandprobe aufgetaucht. Er hat mir erzählt, dass du seine Entlassung erwirkst. Er sagte, seine einzige Chance, seinen Job zu behalten, wäre, dich auffliegen zu lassen. Sein Plan war, dass ich ihm alles Mögliche zukommen lasse. Listen, Aufträge, Mails und eben auch irgendwelche Aufnahmen. Deswegen das Elektronikgerümpel. Er ließ sich nicht abwimmeln. Erst, als ich ihm versprach, es zu tun, war er bereit, zu verschwinden. Aber ich meine, wie dumm sollte ich sein?«, rasselte Linett ohne Punkt und Komma herunter.

»Warum hast du uns nicht davon erzählt?«, fragte Jason scharf. Hart schluckte sie.

»Ich hatte Angst, ihr würdet ihn dafür töten«, murmelte sie leise. Erneut huschte ihr Blick zu Jeremy, der noch immer angespannt wirkte und dabei die Kiefer fest aufeinanderpresste. Glaubte er ihr nicht?

Jason schien sich mit ihrer Erklärung schwerzutun. Oder hatte er noch ein anderes Problem mit ihr? Noch immer wies er eine beunruhigende Ähnlichkeit mit einem Panther auf dem Sprung auf. Unwillkürlich drückte sie sich an die Wand hinter sich.

»Und du hast ihm auch nichts von unseren Plänen berichtet, die den Staatsanwalt betreffen?«

Linett wich alle Farbe aus dem Gesicht.

»Nein«, gab sie zögernd zur Antwort und zog die Beine schützend an ihren Oberkörper.

»Wie erklärst du dir dann, dass der Kerl heute im Schlaf von einem Dutzend Polizeibeamten bewacht wird?«

Fassungslos fiel ihr die Kinnlade runter. Das war nicht sein Ernst, oder? Wie bescheuert war das denn bitte?

»Ich … ich weiß es nicht.«

Das war nicht mal gelogen, sie wusste es wirklich nicht. Wie dumm, sich so offensichtlich schützen zu lassen. Okay, es konnte auch als Abschreckung dienen, aber ebenso gut konnte man auch eine LED-Wand mit durchlaufendem Schriftzug an die Tür hängen, auf der folgender Text zu sehen war: Linett hat mir den Tipp gegeben. Vielen Dank, Linett Roux, und viel Spaß beim Sterben. Konnte man SMS eigentlich wiederherstellen, nachdem sie gelöscht waren?

»Du willst sicher nicht, dass ich dir alles einzeln aus der Nase ziehe!« Damit trat Jason einen Schritt auf sie zu, und auch Jeremy machte einen Schritt nach vorn. Ob auf sie oder auf Jason zu, konnte sie nicht sagen. Sie wusste nur, dass sie gewaltig in der Klemme steckte!

»Hast du ihn gewarnt?«, fragte Jason noch einmal lauernd, und je näher er ihr kam, desto mehr versuchte Linett, zur Seite zu rücken.

»Ja«, hauchte sie leise und machte einen Satz auf die andere Seite des Bettes. Im gleichen Augenblick stürzte Jason auf sie zu. Mit einem Krachen fiel Linett aus dem Bett und tauchte unter Jeremy durch, der eine seltsame Lethargie an den Tag legte und zudem noch reichlich verwirrt seinem eigenen Chef im Weg stand.

»Lass sie nicht in die Küche, und geh mir aus dem Licht!«, hörte sie Jasons knurrende Stimme hinter sich.

Linett musste nicht in die Küche. Sie raste ins Wohnzimmer, schnappte sich ihre Handtasche und die Pfanne und knallte erst gegen die Wohnungstür, bevor sie diese geöffnet bekam. Sie sprang die gesamten Treppenabsätze nach unten, um Zeit zu sparen, und flitzte schließlich im Nachthemd auf die Straße. Was auch immer Jeremy dort oben veranstaltete, es reichte offenbar aus, um ihr einen kleinen Vorsprung zu verschaffen.

»Jason«, keuchte der Vampir, der prompt mit seinem Chef zu Boden gegangen war, als dieser den Satz übers Bett gewagt hatte und praktisch in ihn hineingerannt war. Fluchend kämpften sich die beiden Männer auf die Füße und hörten das Knallen der Wohnungstür, die gerade zuschlug.

»Was?«, knurrte der Angesprochene.

»Reagierst du nicht ein wenig über?«

Prompt fühlte sich Jeremy selbst am Kragen gepackt. Was im Übrigen nicht besonders angenehm war, da er keinerlei Oberbekleidung trug.

»Wie bitte?« Noch immer glich Jasons Stimme eher einem Knurren als allem anderen, doch störte sich Jeremy nicht daran. Was wollte Jason schon tun? Ihn ausbluten? Jasons Nase wäre eher gebrochen als er bis drei zählen konnte.

»Linett hat ein zu gutes Herz und mag diesen Kerl, warum auch immer. Sie ist nicht so dumm, dich zu verraten. Vermutlich hat sie dabei nicht einmal deinen Namen genannt«, gab Jeremy zu bedenken, bemerkte aber selbst, dass bei Jason gerade jegliche Mühe vergebens war. Sein Freund würde erst einmal dreißig Joints brauchen, um von seinem wutentbrannten Trip wieder herunterzukommen.

»Falls es dir noch nicht aufgefallen ist, in diesem Geschäft kann ich niemanden gebrauchen, der nach Gutdünken gewisse Dinge ausplaudert. Und was denkst du, was sie jetzt tut? Wir gehen sie jetzt suchen, du nach links, ich die Straße nach rechts. Wenn du sie findest, bringst du sie entweder zu mir, dann rede ich vielleicht noch einmal mit ihr, oder du tötest sie selbst, aber komm ja nicht auf die Idee, den romantischen Helden zu spielen!«

Damit lockerte Jason seinen Griff und stieß ihn von sich, sodass Jeremy gegen einen kleinen Schrank taumelte und die Vase dort herunterstieß. Jason rauschte aus der Tür, und Jeremy folgte ihm eilig. Betend, dass Linett den Weg nach links eingeschlagen hatte.

Die Luft brannte in ihren Lungen, und ein beharrliches Stechen fuhr immer wieder in ihre Seite. Als sie sich in einer Gasse gegen die Mauer lehnte, zitterten ihre Beine von der ungewohnten Anstrengung. Sie hatte keine Ahnung, wo sie war, doch als sie mit bebenden Knien einige Straßen weiter taumelte, erkannte sie den Park mit der Weide. Dorthin hatte sie sich weinend aus Jeremys Wohnung geflüchtet. Mist, Jeremy und Jason würden gewiss hier als Erstes nach ihr suchen. Wie konnte sie nur so unfassbar blöd sein? Warum musste sie Luc eine SMS schreiben, in der stand, dass man den Staatsanwalt töten wollte? Sie hatte gehofft, so zwei Fliegen mit einer Klappe zu schlagen. Zu verhindern, dass man Dampierre tatsächlich tötete und dass Luc über diesen Tipp vielleicht doch seinen Job behalten konnte. Es war doch logisch gewesen, dass Jason es herausfinden würde. Warum hatte sie nur geglaubt, es ihm im Zweifel sachlich begründen zu können? Und vor allem, warum hatte sie geglaubt, Jason würde ihr eine solche Chance überhaupt einräumen? Soweit sie die Strukturen gewisser krimineller

Geschäfte kannte, war es noch nicht einmal üblich, überhaupt so lange zu fragen, bis derjenige gestand. Da gab es kein im Zweifel für den Angeklagten.

Immer wieder lauschte Linett hektisch in die Nacht hinein. Sie musste zum Haus des Staatsanwalts. Dort war genügend Polizei, die im Zweifel Luc informieren konnte. Und eine junge Frau, die barfuß und im Nachthemd, eine Handtasche und eine Pfanne an die Brust gedrückt, verängstigt durch die Straßen irrte, erregte ganz gewiss Aufmerksamkeit. Genügend Aufmerksamkeit, die Harris hoffentlich diese Nacht von einem Mord abhielten.

Linetts Herz zersprang beinahe in ihrer Brust. Ihre geschärften Sinne gaukelten ihr immer wieder nahende Schritte vor, bis sie schließlich glaubte, verfolgt zu werden. Trotz der nachlassenden Kraft begann sie wieder zu laufen, bemüht, sich im Dunkeln zu halten, dennoch schienen die Schritte mit ihren bloßen Sohlen lauter zu hallen als jeder verdammte Absatzschuh.

Panisch sah sich Linett um, konnte jedoch niemanden erkennen. Das Nächste, was sie spürte, war eine große Männerhand, die sich auf ihren Mund legte und damit ihren erschreckten Schrei nur noch gedämpft durchließ. Wer auch immer es war, er stand hinter ihr und riss ihr Handtasche und Pfanne aus der Hand, die lautstark zu Boden fielen, um sie danach mit seinem gesamten Gewicht gegen die Mauer zu drücken.

Sie schürfte sich an den Steinen Arme und Beine auf, während sie verzweifelt versuchte, sich aus seinem Griff zu winden. Ein Déjà-vu-Erlebnis. Aber sie ging nicht davon aus, dass es so glimpflich wie die vorangegangenen ausgehen würde.

Kapitel 19

Hexen-Einmaleins

Diese Frau war die Pest. Sie zappelte beständig in seinem Arm, sodass Jeremy ihr lieber sämtliche gefährlichen Gegenstände entwand und versuchte, sie gegen die Mauer zu drücken, damit sie endlich mal stillhielt! Doch sie nutzte jeden verdammten Millimeter Luft, um entweder nach ihm zu treten oder zu stoßen. Und sie biss ihm prompt in die Hand, die noch immer über ihrem Mund lag.

»Linett!«, keuchte er leise. »Halt doch endlich still. Du scheuchst die ganze Nachbarschaft auf und am Ende noch Jason.«

Für einen Moment hielt er sie noch gegen die Wand gepresst, als sie plötzlich ihre hektischen Bewegungen einstellte. »Nicht treten, nicht schlagen, nicht schreien. Versprich es mir!«

Zögerlich nickte sie, so gut sie konnte, und unwillkürlich entließ er die angehaltene Luft aus seinen Lungen, um endlich die Hände von ihr zu nehmen. Nun ja, von ihrem Mund.

Sachte drehte er sie zu sich um und betrachtete sie forschend. »Warum hast du das getan?«

Seufzend ließ sie den Kopf hängen. »Ist doch egal, also kann ich es dir auch sagen. Philip Dampierre ist ein guter Mensch. Ihm und Luc habe ich es zu verdanken, dass ich danach nicht verrückt und/oder tablettenabhängig geworden bin. Es ist immer wieder verführerisch, sich Pillen einzuwerfen, die einen einfach nur schlafen und nichts denken lassen. Philip hat dafür gesorgt, dass man mich gut versteckt, sonst hätte Lorenzo euch gar nicht erst beauftragen müssen, sondern hätte mich mit Leichtigkeit selbst gefunden. Ich war ihm was schuldig, und ich bereue es nicht. Ich habe ihn von Luc warnen lassen, dass man ihm demnächst ans Leder will. Ich habe keinen Namen genannt, aber das war wohl auch überflüssig.«

Leicht zuckte sie die Schultern und betrachtete Jeremy, der sich die Stirn rieb, als hätte er furchtbare Kopfschmerzen.

»Linett, das alles hättest du Jason sagen müssen. Und zwar vorher!«

Erneut stieß sie ein Seufzen aus. »Hab ich doch! Wenn auch nicht mit diesen Worten und … hätte das was geändert? Jason hat doch selbst gesagt, dass er mir nicht jedes Leben schenken kann, das er bedrohen will.«

Jeremy kickte einen Stein die Straße entlang. »Damals ist nicht unbedingt deutlich geworden, dass dir der Kerl so am Herzen liegt. Es hätte durchaus etwas ändern können. Vielleicht hätte Jason sogar dich geschickt, damit du diesem Kerl klarmachst, was für ihn dran hängt. Es wäre nicht das erste Mal. Es gibt einige sture Böcke, die es sich dann anders überlegen, wenn jemand mit ihnen spricht, der sie nicht nur bedroht. Es gibt immer irgendeine Lösung, und Jason ist niemand, der seiner neuen Assistentin Kummer bereitet, indem er den Nächstbesten tötet, dem sie freundschaftlich gesonnen ist. Mal abgesehen davon, dass Jason dem Kerl gar nichts tun wollte. Es war eine Falle, um zu testen, auf wessen Seite du stehst.«

Linett bückte sich, um ihre Handtasche und ihre Lieblingswaffe aufzuheben. »Woher soll ich das wissen? Ich kenne ihn nicht. Hätte ich das gewusst, hätte ich diesen Weg gewählt. Aber das tut wohl jetzt nichts mehr zu Sache, schließlich bin ich ja voll durch den Test geflogen, oder hat er sich inzwischen wieder beruhigt?«

Ihr Herz sank ihr ein wenig in die nicht vorhandene Hose, als Jeremy den Kopf schüttelte.

»So schnell kommt der nicht wieder runter. Ich bin dafür, dass du ihm vorerst aus dem Weg gehst.«

Na toll. Und wie sollte sie das machen?

»Das heißt, er sucht mich nicht?«, hinterfragte sie hoffnungsvoll, erntete von Jeremy jedoch ein Schnauben.

»Im Moment sucht er fluchend den östlichen Teil von Paris ab. Es braucht einiges, um Jason so richtig wütend zu machen. Es braucht aber noch mehr, ihn von seinem Mordtrip wieder herunterzubringen.«

Kurz gesagt, sie war am Arsch. Und Jeremy gleich mit, wenn Jason herausfand, dass er sich hier munter mit ihr unterhielt, anstatt ihr den Tod zu bescheren, der Verrätern vorbehalten war. Da war es bestimmt nicht mit einem einfachen Genickbruch getan.

»Ich bringe dich zu meinen Eltern. Das ist der letzte Ort, an dem er suchen wird.«

Überrascht sah Linett zu ihm auf. »Deine Eltern? Du hast Eltern?«

Erst jetzt fiel ihr auf, dass sie nicht im Geringsten wusste, wie alt er war. Oder wann er gewandelt worden war.

»Natürlich. Jedes Wesen wird geboren. Auch Vampire.« Verwirrt kratzte sie sich am Kopf. »Ich dachte, Vampire werden gewandelt.«

Ein Lächeln zuckte über Jeremys Lippen. »Vampire werden als Menschen geboren und dann gewandelt. Meistens jedenfalls. Es gibt aber auch Fälle, wie bei mir, in denen eine Vampirin von einem Vampir schwanger wird und das Kind ein geborener Vampir ist.«

»Du bist ein geborener Vampir?«, staunte sie ihn an und

runzelte dann die Stirn. »Wie alt bist du?«

»Übermorgen auf den Tag genau werde ich 90.«

»Hilfe, ich habe mit einem Altersheim-Opi geschlafen!«, entfuhr es Linett erschrocken.

»Hey!«, folgte es hörbar echauffiert von Jeremy. »Im Übrigen wäre es gut, wenn der Opi dich nicht mit einem normalen Taxi zu seinen Eltern schaffen müsste.«

Zum Glück war es dunkel, denn Linett wurde unweigerlich blass.

»Muss das sein?«, jammerte sie, ließ sich jedoch widerstandslos auf seine Arme heben. Bei der nächsten Mülltonne stoppte Jeremy für einen kurzen Moment.

»Kennst du alle Nummern, die in deinem Telefon wichtig sind?«, fragte er und griff kurzerhand in ihre Handtasche, um besagtes technisches Gerät herauszuholen.

»Ja, warum?«

Die Antwort folgte auf dem Fuße, denn Jeremy warf ihr Handy einfach in die Tonne und marschierte weiter.

»Warum?«, fragte sie bedrückt erneut.

»Damit dich Jason nicht orten kann.«

Okay, das leuchtete selbst Linett ein.

Zehn Minuten später standen sie in einem Vorgarten, der so gar nicht zu einem Vampirhaushalt passen wollte. Allerdings war sie sehr dankbar für den Kirschbaum, der den Mittelpunkt besagten Vorgartens bildete und einen ausgezeichneten Halt bot, um das Schwindelgefühl zu erdulden.

»Jeremy«, erklang zwischen Linetts Würgelauten eine freundliche Frauenstimme.

»Guten Morgen, Mutter«, gab dieser zurück, und Linett versuchte, in der Dunkelheit mehr als eine Silhouette zu erahnen. Die Außenbeleuchtung ging an, als ein zweiter

Schatten aus dem Haus trat. Wohl Jeremys Vater. Musternd glitt sein Blick über Linett, die sich noch niemals derartig fehl am Platze vorgekommen war.

»Warum umklammert ein Mädchen im Nachthemd mit einer Pfanne in der Hand unseren Kirschbaum?«, erkundigte sich der Vampir bei seinem Sohn.

Der seufzte. »Das ist eine lange Geschichte. Kann sie ein paar Tage bei euch bleiben?«

»Natürlich. Kommt rein«, gab seine Mutter überraschend sanft zurück und öffnete einladend die Hintertür zu ihrem Haus. Kaum ließ der Schwindel nach, löste sich Linett langsam von ihrer Stütze und betrachtete die ältere Frau. Ihr Haar war so dunkelblond wie Jeremys. Nur trug sie es wesentlich ordentlicher, zu einem Knoten zusammengesteckt. Große, grüne Augen starrten Linett neugierig an.

Jeremy umfasste Linett an der Taille und führte sie direkt in die Küche. Linett spürte zu deutlich den Blick von Jeremys Vater auf sich und vermochte nicht zu sagen, ob dessen Interesse für sie gut oder schlecht war.

»Das ist übrigens Linett«, läutete Jeremy die obligatorische Vorstellungsrunde ein.

»Und ich bin John«, stellte sich daraufhin sein Vater mit einem Lächeln vor.

»Und ich Lucy«, meinte seine Mutter munter, die mit einem Rock und einem leichten Pullover für Linett, und einem Hemd sowie Schuhe für Jeremy zurückgekehrt war.

»Das sollte dir passen, Liebes«, wandte sie sich an Linett, die dankbar nickte.

Wer lernte schon gern die Eltern eines Vampirs kennen, zu dem man eine komplizierte Beziehung hielt, während man gerade mal im Nachthemd in deren Küche stand? Linett zog Rock und Pullover über besagtes Nachthemd und fühlte sich um Einiges besser.

»Übrigens eine hübsche Pfanne. Ich habe auch so eine«, plauderte Lucy mütterlich besorgt auf sie ein und betrachtete sie freundlich. Linetts Augenbraue hob sich ein Stück.

»Ich bin nicht verrückt«, stellte sie klar.

»Natürlich nicht«, erwiderte Lucy und tätschelte fürsorglich ihre Hand. »Möchtest du einen Tee?«

Jeremy lachte leise in ihrem Rücken. »Sie ist wirklich nicht verrückt. Zumindest nicht mehr als andere.«

John holte eine Flasche Scotch hervor und befüllte vier Gläser. »Das sollte besser helfen als jeder Tee. Und die Story, warum ihr halb nackt in unserem Garten auftaucht, finde ich bereits jetzt interessant.«

Vergnügt begegnete er Linetts forschendem Blick. Wenn man die latente Streitsucht ihres Sohnes betrachtete, wunderte man sich automatisch über die warme Herzlichkeit der beiden Vampire. Linett parkte Pfanne und Handtasche auf dem Stuhl neben sich und nippte an der bernsteinfarbenen Flüssigkeit, die höllisch in ihrer Kehle brannte.

»Linett wird seit einigen Wochen verfolgt. Die Verfolger variieren immer mal. Je nachdem, mit wem sie es sich gerade verscherzt«, erläuterte Jeremy nun und fing sich einen empörten Blick Linetts ein, was seine Eltern unweigerlich zum Schmunzeln brachte.

»Sie hat Dinge gesehen, die sie besser nicht hätte sehen sollen, und ihr kennt ja meinen Job. Da sie sich als relativ unverwüstbar und garstig zeigte, wollte Jason sie als seine Assistentin haben, was bereits nach zwei Tagen scheiterte. Inzwischen ist Jason so wütend auf sie, dass er sie töten will«, schloss Jeremy seinen kleinen Vortrag, und für einen Moment herrschte sinnierende Stille in der großräumigen Küche.

Zeit, die Linett nutzen konnte, sich ein wenig näher umzusehen. Sie hatte keine Ahnung, warum Vampire so viel Wert auf die Einrichtung ihrer Küche legten, wenn diese doch sowieso nie benutzt wurde. Auch Jeremys Eltern bildeten hier keine Ausnahme. Die Einrichtung war teuer und modern. Dunkles Holz und Edelstahl wechselten sich ab. Selbst alle notwendigen Küchengeräte waren vorhanden. Ofen, Mikrowelle, Salatbesteck.

»Und welche Rolle spielt die Pfanne in der Geschichte?«, brach Lucy zuerst das Schweigen und betrachtete Linett fragend. Ernsthaft? War das das Erste, was ihr dazu einfiel? Diese Frage schien sich auch Jeremy zu stellen, denn dessen Gesichtszüge entgleisten ebenfalls für einen Moment.

»Sie kann weder sonderlich gut schießen noch Messer werfen. Aber mit dem Ding zwingt sie jeden Vampir in die Knie«, gab Jeremy zurück. Begutachtend drehte Lucy das Küchenutensil zwischen ihren Fingern. Sie musterte die Pfanne so gründlich, als würde sie eine wertvolle Antiquität in den Händen halten.

»Die Delle dort ist doch hoffentlich vom Schädel meines Sohnes verursacht worden, oder?«, befragte sie Linett streng und deutete mit ihrem sauber manikürten Finger auf eine Unebenheit auf der Rückseite. Urplötzlich entwickelte Linett eine beeindruckende Faszination gegenüber ihrem Rockzipfel, den sie immer wieder aufs Neue akkurat glatt strich.

Erst ein leises Glucksen, das von Jeremys Vater herüberdrang, ließ sie vorsichtig aufsehen. Der ältere Vampir hatte sich die Hand auf den Mund gelegt, doch zuckten seine Schultern verdächtig. Als er jedoch Linetts höchst unschuldig wirkendem Blick begegnete, war es um seine Selbstbeherrschung geschehen. Laut dröhnte sein Gelächter durch die Küche, wobei er Mühe hatte, sich an der Tischkante festzuhalten, und selbst Lucys Mundwinkel zuckten immer wieder unkontrolliert nach oben. Vorsichtig sah Linett zu Jeremy, der die Belustigung seiner Eltern gelassen aufnahm.

»Keine Sorge, du kannst bei uns bleiben«, gab Lucy Linett zu verstehen, die daraufhin dankbar lächelte.

»Dieser Jason soll mir nur ins Haus kommen, ich habe sowieso noch eine Rechnung mit ihm offen!«, brummte John, der sich nach dem Lachanfall wieder an seinen Scotch hielt. Durfte sich Linett also ein wenig sicherer fühlen. Wer Jason nicht leiden konnte, der würde sie bestimmt nicht mit den Worten ›hier und viel Spaß‹ in dessen Arme schieben, sobald Jason auch nur in der Nähe des Hauses auftauchte.

»Eine Rechnung?«, fragte Linett neugierig nach.

»Er hat mit meiner Lieblingsnichte geschlafen, sie fallenlassen, und seitdem treibt sie sich nur noch mit solchen zwielichtigen Gestalten herum. Er hat mit fast allen Frauen in unserer Familie geschlafen! Selbst mit Jeremys Schwester!«, erklärte Jeremys Vater und ließ die Faust wütend auf den Küchentisch krachen, sodass die Gläser klirrten. John machte jedem entrüsteten Vater bedrohliche Ehre. Beinahe wünschte es Linett ihrem (Ex-)Boss, er würde sich hierher verirren.

»Außer mit Lucy!«, fügte John noch empört hinzu. Lucy, scheinbar in Gedanken versunken, schreckte hoch, als hätte man sie bei einer Dummheit ertappt.

John stöhnte verärgert und knirschte anschließend so laut mit den Zähnen, dass Linett Angst bekam. »Bitte sag mir nicht, dass du auch mit ihm geschlafen hast! Wir waren schon längst verheiratet, da war der Bengel noch nicht einmal geboren!«

»Ach was! Natürlich nicht! Das Einzige, was ich unter seiner Gürtellinie von ihm kenne, ist sein Hintern!«, rief Lucy aus.

Linetts Angst wich prompt. Prustend verschluckte sie sich an ihrem Tee. John, Lucy und Jason. Das könnte spaßig werden. Ihr breites Grinsen brachte ihr von Jeremy einen missbilligenden Blick ein. Sah man ihr das Kopfkino bereits an der Nasenspitze an? Lucy beobachtete sie sinnierend, und ihr Lächeln war an Freundlichkeit kaum zu überbieten.

»Ihr seid bestimmt müde, ich zeige euch eure Zimmer«, sprach sie nun und erhob sich, um durch die Küche voranzugehen. Linett und Jeremy folgten ihr die Treppen hinauf in den ersten Stock. Sachte stieß Lucy die Tür zu einem der Zimmer auf. Die Einrichtung war einfach, aber hübsch. Bett, Nachtschränkchen, ein Schreibtisch und ein Sessel. Die Wand hinter dem Bett war in einem zarten, warmen Braunton gestrichen, und Stoffbahnen ließen das Bett ein wenig wie ein Traumschlösschen wirken. Wer wollte hier nicht gern schlafen?

»Linett, du kannst hier schlafen«, deutete Lucy Linetts sehnsüchtigen Gesichtsausdruck richtig. »Das ist unser Gästezimmer. Und du, Jeremy, kannst dein altes Zimmer nehmen. Sofern du sie die Nacht überhaupt aus den Augen lassen willst.«

Mit einem Zwinkern wandte sich die Vampirin wieder um und verschwand die Treppen hinab. Unschlüssig vergrub Jeremy die Hände in den Taschen seiner Hose, und Linett entging keineswegs sein ausdauernd fragender Blick. Sie tat so, als würde sie es nicht bemerken, und trat schließlich in das Zimmer. Erst als Jeremys Stimme hinter ihr erklang, wandte sie sich zu ihm. Er hielt gerade sein Handy an sein Ohr und sprach offenkundig mit Jason. Jedenfalls versuchte sie, sich das an seinen Antworten zu erklären.

»Nein, ich habe sie nicht gefunden. Du?« Möglichst geräuschlos zog sie sich auf das Bett zurück und gab keinen Mucks von sich.

»Ich glaube nicht, dass sie zur Polizei läuft. Sie wird versuchen, das Land zu verlassen, das war auch beim letzten Mal ihr Plan!«

Fest schlang sie ihre Arme um die angewinkelten Beine und sah Jeremy zu, wie dieser mit einem Runzeln der Stirn auflegte.

»Warum machst du das?«, fragte sie ihn kaum hörbar.

»Weil ich dich mag«, lautete die einfache Antwort Jeremys, der sich auf einem Stuhl ihr gegenüber niederließ. Sinnierend betrachtete sie ihn. Gut, er mochte sie. Das war schon mal mehr als erwartet, allerdings auch enttäuschend wenig.

»Okay«, gab Linett leise zurück und wich seinem Blick aus. Mit gesenkten Lidern knipselte sie an dem Stoff der Bettdecke herum. Eine ungemein aufmerksamkeitsfordernde Aufgabe. Erst als Jeremy seine Hand auf ihre legte, sah sie auf und bemerkte, dass er sich neben sie auf die Bettkante gesetzt hatte. Ein nervöses Kribbeln machte sich in ihrem Bauch bemerkbar, und unwillkürlich legte ihr Herz einen kleinen Salto hin. Und einen weiteren, als sich Jeremy zu ihr herunterbeugte. Für einen Moment schloss sie die Augen. Und drehte keine Sekunde später ihren Kopf zur Seite, um ihm auszuweichen. Er roch immer noch nach Fabienne.

Noch einige Stunden lang schlug sich Linett mit Schlaflosigkeit herum, bevor sie schließlich in einen tiefen Schlummer fiel, der erst am Vormittag des nächsten Tages von einer Krähe gestört wurde, die hartnäckig auf dem blechernen Fensterbrett herumklopfte. Verschlafen schlich sie sich ins Badezimmer und versuchte sich einigermaßen vorzeigbar zu gestalten. Ihre Augenringe nahmen inzwischen die Dunkelheit des Marianengrabens an, zumindest nach ihrem Gefühl. Doch was jetzt? Was würde Linett darum geben, wieder ein eigenes Heim zu besitzen. Dann könnte sie einfach in die Küche gehen und müsste mit niemandem sprechen. Ihr Magen knurrte nachdrücklich. Hoffentlich gab es in diesem Haus außer zwei gesprächigen Vampiren auch etwas zu essen. Aber womit konnte man in einem Vampirhaushalt schon rechnen?

In der Küche traf sie auf Lucy, die in einem langärmeligen roten Kleid steckte und aussah, als würde sie mal eben auf eine Modenschau gehen. Die langen Haare bildeten einen hübschen Kontrast, und Linett erinnerte sich an ihre Strubbelmähne, die ihr aus dem Spiegel entgegengegrinst hatte.

»Guten Morgen, Jeremy ist schon weg. Aber er hat vorhin noch Sachen für dich gebracht. Sie liegen in Jeremys Zimmer.«

Ein breites Lächeln zeigte sich auf Linetts Zügen, und mit einer kurzen Entschuldigung rauschte sie nach oben, um etwas aus der Tüte zu ziehen. Verblüfft zogen sich ihre Augenbrauen nach oben. Entweder war das typisch Mann oder Jeremy hatte sich dabei etwas gedacht. Es war das Kleid, das er so mochte, und er hatte ihr auch noch die zugehörigen Schuhe mitgegeben. Zwar besser als nichts, von Bequemlichkeit war es jedoch meilenweit entfernt. Trotzdem kämpfte sich Linett hinein und zog die Schnüre im Rücken zu. Als sie ihr Nachthemd zurück in die Tüte stopfen wollte, fiel ihr das Handy auf, das am Boden des Beutels ruhte. Auf dem angeklebten gelben Zettel konnte sie eine

Männerhandschrift erkennen.

»Ruf mich an, wenn du etwas brauchst. Jeremy«

Darunter war fein säuberlich eine Nummer notiert. Das Handy war das gleiche Modell, das auch Jeremy die ganze Zeit über genutzt hatte.

Johns anerkennender Blick war ihr sicher, als sie sich zurück in die Küche traute. Und zwar so offensichtlich, dass Lucy ihm den Ellenbogen in die Rippen stieß und ihn ausschimpfte. Dass es nicht ernst zu nehmen war, zeigte das vergnügte Lächeln, das sich immer wieder auf ihren Lippen bildete.

Trotz ihres Wesens wussten Lucy und John ihren Besucher durchaus mit nahrhaften Lebensmitteln zu versorgen und vor allem auch zu beschäftigen. Bei John musste sie ihre Meinung zu einer Reihe von Webseitenentwürfen kundtun und vor allem preisgeben, wie sie sich gewisse Dinge auf Homepages vorstellte. Lucy hingegen quetschte sie über ihre Erlebnisse der letzten Tage aus. Am Abend war Linett fertig genug, sodass sie drohte, mit dem Kopf auf der Tischplatte einzuschlafen, und sie dankte dem Herrn, als sich Lucy und John im Wohnzimmer über die Einrichtung der Schrankwand stritten und sie sich in die Küche entschuldigen konnte, um zu kochen.

Lucys Kühlschrank gab in Hinblick auf Gemüse (aber auch wirklich nur in Hinblick auf Gemüse) eine Menge her, was darin begründet lag, dass die Vampirin Smoothies in allen möglichen und auch abstoßend anmutenden Varianten trank, als hinge ihr Leben davon ab. Manchmal mischte sie auch Alkohol darunter. Linett hatte bereits beim Betrachten der Alkoholmenge, die Lucy hinzugab, einen leichten Schwindel verzeichnen können.

Sinnierend reihte Linett Paprika, Gurke, Tomaten,

Zucchini, Zwiebeln und Kartoffeln vor sich auf und holte sich ein Holzbrettchen sowie ein Messer. Gerade versuchte sie, sich zu entscheiden, was zuerst in die Pfanne musste, als sie ein leises Rascheln hinter sich vernahm. Erst vermutete sie Lucy, John oder gar Jeremy als Ursache, denn derartig leise pflegten sich allein Vampire anzuschleichen.

Linetts Blick strich über einen dunklen Anzug, und während ihr Herz bereits ungesunde Hüpfer vollführte, verstand sie erst einmal die Situation. Sie kreischte auf (es war ihr zwar im Nachhinein ungemein peinlich, aber sie kreischte tatsächlich) und schnappte sich das Erste, was ihr in die Hände fiel (Lucys Pürierstab).

»Nicht«, kam es leise von ihrem Gegenüber, sodass sie abrupt in ihrer Bewegung erstarrte und ihr Blick nun endlich genauer über den Vampir streifte. Erst jetzt fiel ihr auf, dass der Zustand des Mannes mit ›bescheiden‹ zu bezeichnen war. Der sonst faltenfreie Anzug wies einige zerrissene Stellen auf, als wäre er mal kurzerhand durch Dornenbüsche gerobbt. Sein Blick war leicht glasig und mühsam konzentriert.

»Jason Harris!«, donnerte John, der in die Küche stürmte, gefolgt von Lucy.

Der Angesprochene wich so schlagartig einen Schritt zurück, dass er leicht zu schwanken begann. Sichtlich verständnislos fiel sein Blick auf Jeremys Vater, der soeben den Bauch einzog und die Brust straffte.

»Ich werde Sie lehren, junge Damen zu belästigen!« Voller Tatendrang schob John die Ärmel über seine Ellenbogen, entblößte damit zwei reichlich behaarte und muskulöse Unterarme und stampfte entschlossen auf Jason los.

»Halt! Verprügeln Sie ihn, wenn er wieder nüchtern ist!«, rief Linett und stemmte sich gegen den fuchsteufelswilden

John. Dass sie ihn tatsächlich an Ort und Stelle halten konnte, war allein Johns Gutmütigkeit zu verdanken.

Natürlich gönnte sie Jason die Tracht Prügel, die John ihm sicherlich zu gern verabreichen würde, doch ging das eindeutig gegen ihren Fairness-Sinn. Außerdem würde Jason vermutlich nicht einmal verstehen, was ihm geschah. Seine Hände und die Haut unter den Rissen im Stoff waren zerschrammt und blutig, was dafür sprach, dass seine Selbstheilung gerade Urlaub genommen hatte. Viele Erklärungen konnte es dafür nicht geben. Das war eindeutig das Werk von Eisenkraut, und damit kannte sich Linett inzwischen hinreichend aus. Jasons mentale Abwesenheit ließ darauf schließen, dass man ihm genügend verabreicht hatte, um aus dem Bewusstsein zu scheiden. Nun hatte er merklich mit den Nachwirkungen zu kämpfen.

»Waren Sie nicht mit Jeremy unterwegs?«, mischte sich Lucy mit einem kritischen Blick ein.

Unweigerlich klopfte Linetts Herz schneller, und ein Anflug von Besorgnis machte sich in ihr breit. Wenn Jason so aussah, was war dann mit Jeremy? Mit großen Augen sah sie zu dem Vampir, der inzwischen an der Wand hinter ihm lehnte und nickte.

»Wo ist er?«, fragte sie Jason und als er nicht reagierte, packte sie seinen Schlips und zog fest daran.

»Wo ist Jeremy?«, fragte sie erneut, langsam, überaus deutlich und drückte mit der anderen Hand gegen Jasons Brust, bevor er, als sich schon beinahe ihre Nasenspitzen berührten, prompt auf sie drauf fiel.

»Ich dachte, er ist hier«, kam die sichtlich mühsame Antwort von Jason. »Ich habe sein Handy geortet.«

Linetts Blick fiel auf das Telefon, das auf dem Küchentresen lag. Das war kein ähnliches Modell wie das von Jeremy, sondern es war seines!

»Er hat mir seines gegeben«, informierte sie den benebelten Jason.

»Hab ich gemerkt«, gab der gepresst zurück, woraufhin Linett seine Krawatte losließ. Auch wenn er kaum Gefahr laufen konnte, von ihr erwürgt zu werden.

»Stimmt ihr euch nicht über eure jeweilig aktuellen Nummern ab?«, erkundigte sich Linett spitz und erntete von Jason einen Blick, der sicherlich bitterböse ausfallen sollte, im Moment allerdings den Eindruck vermittelte, als würde er gleich einschlafen.

»Wenn Jeremy etwas zugestoßen ist, werden Sie sich wünschen, uns niemals begegnet zu sein!« Diese Drohung Lucys verpuffte in ihrer Wirkung, denn im gleichen Moment fragte Linett, ob er die Nummer orten könnte, die Jeremy auf dem Zettel angegeben hatte.

Jason vermochte sich eindeutig nur auf einen Satz zu konzentrieren und bezog sich damit auf Linett. Diese reichte ihm den Zettel, während er sein Telefon hervorzog und die App startete, die ganz bestimmt auf legalen Downloadseiten zu finden war. Zumindest hoffte Linett das.

Nach zwei Minuten Spannung, in denen der Sucher immer genauer auf der Weltkarte einen Standort festlegte, sah man den Punkt, der sich auf einer Fläche ohne jegliche Straße bewegte.

»Gehen wir«, meinte Linett und packte Jason an seinem Sakko, um ihn hinter sich her zu zerren.

»Wo ist dein Wagen?«, wollte sie von dem stolpernden Vampir wissen, der zum Glück viel zu sehr neben der Spur war, um darüber nachzudenken, sie umzubringen.

»Glaubst du wirklich, ich bin im Wagen hergekommen?« Mist! Wie war er sonst hierhergekommen? Etwa mit dem

Bus? Suchend sah sich Linett um, aufs Fahrrad konnte sie Jason kaum schnallen, oder?

»Denk nicht mal dran!«, knurrte besagter Blutsauger, der nur zu gut Linetts Blick von dem Fahrrad zu ihm und wieder zurück registriert hatte. Ach, jetzt wurde er munter?

»Ihr könnt unseren Wagen haben«, mischte sich John ein und reichte Linett den Schlüssel. Diese drückte auf die öffnende Taste und fand damit heraus, welches der Autos Jeremys Eltern gehörte.

Linett schob Jason, der recht nachdrücklich und auch nicht sonderlich jugendfrei seine Kommentare dazu abließ, auf den Beifahrersitz, um sich selbst hinter das Steuer zu setzen.

»Schnall dich an«, befahl sie Jason, der sie entgeistert musterte.

»Ich bin ein Vampir, was soll mir schon passieren?«

Diese erfrischenden, kleinen Streitereien schienen Jason langsam munterer werden zu lassen, denn sein Blick war ein Stück weit klarer als zu Beginn. Zudem entwickelte sich ein latenter Rotstich in seinen Augen.

»Das mag schon sein, trotzdem will ich dich nicht zusammenkratzen müssen, wenn du durch die Windschutzscheibe fliegst«, gab Linett zurück und beugte sich zu dem Vampir herüber, um nach dem Gurt zu angeln, und schnallte ihn kurzerhand fest. Der Wagen floppte so flüssig aus der Parklücke, dass sich Jason am Armaturenbrett festhalten musste.

»Herrgott, schau auf die Straße«, fluchte Jason, denn Linett hatte ihm sein Handy, das noch immer die Ortung anzeigte, aus den Fingern gewunden und studierte ausführlich das Display. Sie sah auf und wich gerade noch einem Fahrradfahrer aus, der prompt im Rinnstein landete.

Der Fahrradfahrer war der einzige Verkehrsteilnehmer, der durch sie zu Schaden kam. Nachdem Linett erst einmal wusste, wo sie hinzufahren hatte, konnte sie sich auf die Straße konzentrieren. Jason hörte auf zu fluchen und wurde allgemein ungewöhnlich ruhig. Als sie an dem kleinen Wäldchen angelangte, in dem sich Jeremy (oder eher sein Telefon) aufhalten sollte, stellte sie fest, dass der Vampir eingeschlafen war oder das Bewusstsein verloren hatte. Egal, welche Bezeichnung zutraf, sie kannte nur wenig Mitleid und rüttelte an Jason herum, bis der die Augen aufschlug. Sie beugte sich über ihn, betätigte den Hebel, um die Tür auf seiner Seite zu lösen, schnallte seinen Gurt ab und stieß ihn mit aller Kraft hinaus. Bevor er wusste, was ihm geschah, lag er mit der Nase fast im Dreck. Hätte er zumindest, wenn er sich nicht rechtzeitig an der Tür festgehalten hätte.

Taumelnd kam Jason auf die Füße und folgte knurrend Linett, die mit seinem Telefon bereits zwischen den Bäumen durchmarschierte. Sie machte es einem noch immer benebelten Vampir nicht gerade leicht, ihr zu folgen. Erst als Linett auf einer Lichtung stehenblieb, gelang es Jason, sie einzuholen.

Ratlos drehte sich Linett im Kreis und wählte die Nummer. Ein Klingeln erklang aus dem Gebüsch. Jason und Linett folgten diesem und stießen prompt auf eine Herde Schafe, die in der freien Natur biologische Wolle oder wusste der Geier was herstellte. Und eines der Schafe klingelte. Was nicht nur das Schaf verblüffte.

»Seit wann fressen Schafe Handys?«, fragte Linett völlig ratlos.

»Ich glaube nicht, dass es in seinem Magen ist …«, gab

Jason zurück, der das Tier mit einem prüfenden Blick umrundet hatte.

»Wer tut so was?«, wollte Linett wissen, als sie wieder beim Wagen waren. Es war wohl sinnlos zu hoffen, dass Jeremy irgendwo im Gebüsch lag. Jason hatte seinen Geruch beim besten Willen und auch nicht bei ziellosem Herumirren wahrnehmen können. Jason rieb sich die Nasenwurzel, ohne eine Antwort zu geben.

»Und was tun wir jetzt?«, stellte Linett unbeirrt die nächste Frage. Noch immer rieb sich Jason stumm die Stirn. Mit aller Kraft boxte sie ihn auf den Oberarm.

»Du tust gar nichts. Du kannst froh sein, dass du noch lebst«, knurrte Jason. Endlich kam Leben in den Vampir, wenn auch nicht in der Form, wie Linett es gerne gehabt hätte. Nur mit Mühe konnte sie seinem Griff ausweichen.

»Dann kann ich dich nachtragende Diva ja getrost hierlassen und allein zurückfahren. In deinem Zustand schaffst du es in, sagen wir, zwei bis drei Stunden zurück in die Stadt. Aber vielleicht hast du ja Glück und begegnest dem Schäfer«, hackte sie ungeniert auf Jason herum, der gerade zu beten schien, dass jemand Hirn oder Steine vom Himmel warf. Er war definitiv für die Steine.

»Ich könnte auch dein Blut nehmen«, knirschte dieser mit den Zähnen, woraufhin ihn Linett auslachte. Es war ein freudloses Lachen und eindeutig nur dazu gedacht, ihn zu provozieren und zu verspotten.

»Du könntest im Moment noch nicht einmal eine Schildkröte fangen.«

›Warum?‹, schien sich Jason zu fragen. Und meinte damit wohl, was er getan hatte, um mit ihr gestraft zu werden. Oder vielleicht auch, warum er ernsthaft in Betracht gezogen hatte, sie zu behalten. Eventuell fragte er sich auch, warum Jeremy ihn in Hinsicht auf Linetts Aufenthaltsort belogen hatte. Es war eindeutig nicht der richtige Zeitpunkt, über solche Dinge nachzudenken, denn während seiner kurzen geistigen Abwesenheit baute sich Linett vor ihm auf. Da Jason auf einem abgesägten Baumstamm saß, musste er erstens zu ihr aufsehen, zweitens war es so ungemein verführerisch, die Hand auszustrecken und ihr das Genick zu brechen. Es brauchte nicht sehr viel Intelligenz oder Einfühlungsvermögen, um zu erkennen, was in Jason vorging, also ahnte auch Linett, was anstand.

»Hey, penn nicht schon wieder weg!« Sie schnippte mit den Fingern vor seinem Gesicht herum, als würde ihn das von irgendetwas abhalten können.

»Hilft Blut gegen die Nachwirkungen des Eisenkrautes?«, verlangte sie zu wissen.

»Ja« erwiderte Jason lauernd. Dass er zu langsam unterwegs war, um ihr ernsthaften Schaden zuzufügen, machte das kleine Ding übermütig. Das würde selbst Linett ohne zu zögern unterschreiben. Aber verflucht, wann hatte sie schon Gelegenheit, ihm ein wenig von dem heimzuzahlen, was er ständig anderen antat: blödes Grinsen und noch blödere Kommentare.

»Meins bekommst du nicht, aber ich kann dich sicher irgendwohin fahren, wo es welches gibt. Oder reicht dir eines der Schafe aus?«

Jasons Blick wurde merklich entgeistert, als sie das Schaf erwähnte.

»Okay, kein Tierblut, schon verstanden«, sprach sie, bevor er auch nur den Mund aufmachte.

Geduldig wartete Linett darauf, dass sich Jason, wenn auch mit sichtlichem Widerwillen und in der Hoffnung auf

Spontanheilung, um sie dann umzubringen, zum Wagen schlich und sich hineinsetzte. Während der Fahrt versuchte sie sich einzureden, dass es keinen Grund zur Sorge gab. Während sie seinen Chef durch die Stadt kutschierte (erstaunlicherweise immer noch lebend), war Jeremy ganz sicher in seine Wohnung zurückgekehrt. Sie versuchte, Jason die Geschichte hinter dem Ganzen zu entlocken, doch letztendlich erreichte sie nur, dass der Vampir immer wieder aus seinem Dämmer aufschreckte und von Mal zu Mal unleidlicher wurde. Nur eines erfuhr sie: Sie waren gerade unterwegs zu einem Auftrag gewesen. Ihr Ziel war eine Galerie, die heute ihren Ruhetag hatte. Laut Jason war das wohl der ideale Zeitpunkt, um eines der Gemälde dort zu stehlen. Bevor sie jedoch auch nur an der Hintertür geklopft hatten, waren sie mit Eisenkraut niedergestreckt worden. Jason war schließlich in einem Wald wieder zu sich gekommen.

Linett hielt in einem Industriegebiet, in dem sich um die Uhrzeit bereits angeschickerte Truckerfahrer herumdrückten. Sie rüttelte geschlagene zwei Minuten an dem schlafenden Jason, bevor dieser endlich mal die Freundlichkeit hatte, sie anzusehen. Mit einem recht hungrigen Ausdruck in den Augen. Linett zog es vor, schleunigst den Wagen zu verlassen. Was sich als recht schwierig gestaltete, da Jason sie am Arm packte. Während sie gleichzeitig versuchte auszusteigen, bog sie Jasons Finger von ihrem Arm, dass sie schon Gefahr lief, ihm diese zu brechen. Doch auch ohne das Knacken ließ er von ihr ab, und Linett sah zu, dass sie in die Nähe der Trucker kam. Eilig bog sie um die Ecke. Nur kurz warf sie einen Blick zurück und sah Jason, wie dieser mühsam aus dem Wagen kletterte. Versammelt um einen kleinen, kippelnden Tisch traf sie drei Trucker an, die gerade

Karten spielten. Der Größte von ihnen schien auch der mit dem meisten Glück zu haben, denn der Haufen dreckiger Casino-Chips war vor seiner Nase am höchsten.

»Hey, Püppchen, was willst du so allein hier?«, sprach der nun.

Besagtes Püppchen betrachtete ihr Gegenüber prüfend und auch ein wenig fragend. Würde der Kerl für Jason ausreichen? Linett hatte keine Ahnung, wie viel ein Vampir zu sich nehmen musste, um die betäubende Wirkung des Eisenkrautes hinter sich zu lassen. Aber einer war sicherlich besser als drei, die sich schneller mit Kanthölzern bewaffnet über den Vampir hergemacht hätten, als dieser sein weißes Taschentuch hervorziehen konnte und um Gnade bitten.

»Ich werde verfolgt«, meinte Linett recht kläglich und schielte an dem Trucker vorbei zu den anderen beiden Hünen, die sich nun ebenfalls aufmerksam musterten.

»Von wem?«, fragten die drei im Chor.

»Schaut nicht hin, der Kerl ist dort drüben in der Gasse«, bat sie.

»Könnte mich einer von euch zu meinem Wagen begleiten?« Mit weit aufgerissenen Augen wanderte ihr Blick von einem zum anderen und wurde merklich fassungslos, als alle drei beinahe synchron die Ärmel hochkrempelten.

»Keine Sorge, Schätzchen.«

Mit dieser Aussage beschieden sah Linett zu, wie die drei wandelnden Muskelpakete geradewegs in die dunkle Ecke steuerten, in welcher sich Jason aufhielt. Herrje, doch nicht so viele auf einmal!

»Wartet, das ist doch unnötig«, versuchte sie, die drei aufzuhalten, wurde jedoch von ihrem Anführer zurückgeschoben.

»Solche Kerle verdienen das. Warte hier!«

Unschlüssig blieb Linett unter der einzigen Straßenlaterne in dieser Straße stehen und beobachtete die drei Männer, die nun geradewegs im Schatten verschwanden. War der Vampir stark genug, um gegen drei Muskelprotze anzutreten? War er gerade überhaupt bei Bewusstsein? Sollte sie ihm helfen?

Unruhig trat Linett von einem Fuß auf den anderen, zählte die Sekunden und lauschte krampfhaft ins Dunkel hinein. Ein Krachen in ihrem Rücken ließ sie zusammenzucken, doch es war lediglich eine Katze, die auf dem Metalldeckel einer Mülltonne gelandet war. Gott, die Sekunden verstrichen wie Minuten, sie hatte keine Ahnung, wie lange sie gewartet hatte, als sie sich schließlich doch ein Herz fasste und sich an der Mauer entlang dorthin wagte, wo sie Jason vermutete. Und kreischte plötzlich auf, als jemand sie am Arm packte.

»Deine Dummheiten werden von Mal zu Mal sagenhafter«, hörte sie Jason knurren.

Ihr Herz klopfte so schnell, als würde es bereits die Flucht antreten wollen. Zu schade, dass Linett seinem Beispiel nicht folgen konnte.

»Hey, ich wollte dir helfen!«, empörte sich Linett, auch wenn sie es vorziehen würde, mal eben galant in Ohnmacht zu fallen. Vielleicht wachte sie dann einfach nicht mehr auf, und der Albtraum hätte ein Ende.

»Drei gegen einen?«

Linett schnaubte abfällig. »Ein Vampir gegen ein schwaches Mädchen?«

Zwangsläufig musste sie Jason folgen, der sie ruppig zum Wagen zurück dirigierte. Wenn er sie ins Auto bringen wollte, dann wollte er sie doch nicht töten, oder?

»Du bist nicht schwach«, lautete dessen Urteil. »Und jetzt

hör auf, dich zu sträuben.«

Linett war sich nicht wirklich bewusst gewesen, dass sie vehement die Hacken in den Boden drückte, um sich ihm entgegenzustemmen. Nicht, dass es helfen würde …

»Ich lass mich nicht einfach umbringen!«, protestierte sie unbeirrt weiter.

»Hör auf zu schreien. Ich überlasse es Jeremy, dir für deine Dummheit mit dem Staatsanwalt den Hintern zu versohlen. Wenn du dir jedoch noch einmal eine ähnliche Schote leistest, solltest du nach China auswandern und beten, dass du mir niemals wieder begegnest!« Okay, das war deutlich.

»Hab ich nicht vor«, gab sie nach einem Schlucken zurück.

»Warte«, hat sie eine Minute später den Vampir, der sie immer noch angepisst hinter sich herzerrte. War das eigentlich eine Mode unter Vampiren? Eine Frau einfach an den Haaren hinter sich herzuschleifen? Fielen Männer in den Steinzeitmodus zurück, sobald ihr Herz aufhörte zu schlagen?

»Was?«, lautete Jasons gereizte Antwort.

»Es tut mir leid. Wirklich«, sagte sie und holte tief Luft. Dann schüttelte sie den Kopf. »Okay, streichen wir das. Es tut mir nicht leid. Wenn du wirklich vorgehabt hättest, ihn zu töten, wäre es dir nicht gelungen. Allein schon deshalb tut es mir nicht leid. Ich kann mich nun einmal nicht daran gewöhnen, dass du ohne mit der Wimper zu zucken, ständig irgendwelche Menschen tötest.«

Sachte rieb sie sich den Arm, wo gerade noch Jasons Finger gewesen waren. Er hatte sie losgelassen und lehnte sich mit einem Seufzen gegen den Wagen.

»Das spricht zwar für dein Karma, ist aber völlig

überflüssig. Tag für Tag sterben Menschen, die es nicht verdient haben. Das ist das Leben. Darum dreht sich das ganze Universum. Geburt, Tod, vielleicht auch Wiedergeburt, wer weiß das schon. Es wird immer so sein. Bisher hast du, wie alle anderen Menschen, erfolgreich die Augen davor verschließen können, bis es dich schließlich mit dem Tod deines Freundes eingeholt hat. Du könntest jetzt genauso in deine heile Welt zurückkehren, wieder die Augen vor der Wirklichkeit verschließen und hoffen, dass alle Menschen, die du liebst und kennst eines Tages eines natürlichen Todes sterben werden. Oder du findest den Mut, dich damit abzufinden und hilfst mir, Jeremy zu finden.«

Nachdenklich kaute Linett auf ihrer Lippe herum. Ja, er hatte ja recht. Weder würde es ihn aufhalten, wenn sie vehement gegen sein Tun protestierte. Noch konnte sie mit seiner Weigerung, für ihn zu arbeiten auch nur irgendetwas bewirken, außer ihr Gewissen auf selbstbetrügerische Art rein zu halten. Und da wunderte sich Jeremy, wenn sie in Depressionen verfiel.

Dessen Verschwinden ließ Übelkeit in ihr aufsteigen. Linett wollte lieber nicht darüber nachdenken, was mit ihm geschehen sein könnte. Vampire waren zwar unempfindlicher als Menschen, aber sie waren nicht unsterblich und unzerstörbar. Wenn sie ihn betäuben konnte, dann konnte das auch jeder andere. Und es gab genügend gehässige Mittel, um einen Vampir zu quälen. Eisenkraut war nur eines davon.

»Ich weiß nicht, wo er sein könnte«, erwiderte sie leise.

»Hat er dir irgendwas von Fabienne erzählt?« Verdutzt blinzelte sie gegen die aufsteigenden Tränen an und schüttelte heftig den Kopf. Über dieses Weib hatte sie bestimmt nicht mit ihm reden wollen!

»Fabiennes Definition von Loyalität ist meistens sehr weit dehnbar. Sie ist zwar gut, aber ich wurde das Gefühl nicht los, dass sie anfängt, ihr eigenes Ding zu drehen. Deswegen habe ich sie mit Jeremy zusammengesteckt. Sie hat eine ausgeprägte Schwäche für ihn. Wahrscheinlich, weil er sich nach dem Fiasko, das sich ihre Beziehung schimpfte, ihr und ihrem Charme konsequent verweigert hat. Ein störrischer Mann wirkt wie Apfelwein auf Fliegen bei diesen Frauen. Ich hatte Hoffnung, dass sie ein wenig aus dem Nähkästchen plaudert, wenn er erst einmal seinen Charme spielen lässt«, erklärte Jason nun ausführlich, während er sie musterte.

Leise stöhnte Linett auf. Sie war so dumm. Am liebsten hätte sie sich selbst geohrfeigt. Jeremy hatte tatsächlich nur mit Fabienne herumgeschmust, weil Jason es so wollte. Halt! Dann war nicht sie es, die dumm war. Es war alles Jasons Schuld!

»Du erweiterst dein Geschäft nun also auch auf Prostitution?«, fragte sie sarkastisch nach und warf dem Vampir einen bösartigen Blick zu. Verdammt noch mal! Wegen ihm hatte Jeremy mit Fabienne herumgeschäkert, und wegen Fabienne hatte Linett sich geweigert, Jeremys Nähe zu suchen! Und jetzt war Jeremy verschwunden! Hatte Jason sonst sicherlich eine unpassende Erwiderung bei der Hand gehabt, so hob er nun lediglich die Augenbrauen und schwieg.

»Dann steckt Fabienne dahinter?«, hakte Linett nun nach.

»Das ist meine Vermutung. Aber nur ein Teil davon. Der andere ist, dass ich denke, dass du der Schlüssel dazu bist. Bisher habe ich mir wenig Gedanken darum gemacht, was Lorenzo mit seiner Tochter meinte. Es war mir schlichtweg egal. Das war ein dummer Fehler. Ich vermute, dass er Fabienne bezahlt, um an seine Information zu kommen. Selbst ein Blinder konnte sehen, dass du und Jeremy einander nicht egal seid. Er wird also das Lockmittel abgeben müssen. Solange er bei dir war, kam niemand an dich heran. Aber es ist davon auszugehen, dass du nicht zulassen wirst, dass Jeremy wegen dir etwas geschieht.«

Verwirrt folgte sie Jasons Worten und brauchte einen Moment, diese sacken zu lassen. Jeremy war der Köder? Für sie?

»Das ist verrückt«, lautete nach einer Weile ihr Urteil. Sie und Jeremy waren wie Hund und Katze. 95 % ihrer Gespräche waren handfeste Auseinandersetzungen, die meistens in Tränen ihrerseits und im Einbüßen wichtiger Nervenstränge von Seiten Jeremys endeten.

»Warum fragt Lorenzo nicht einfach dich, wenn er etwas von mir wissen will? Warum beauftragt er andere?«, rief Linett aus. Nein, das ergab in ihrem Kopf keinen Sinn. Einfacher war es doch nun wirklich nicht. Lorenzo hatte eindeutig noch einen bei Jason gut, schließlich hatte dieser seinen Auftrag nicht erfüllt. Was war also so schwer daran, das Telefon in die Hand zu nehmen, Jason anzurufen und ihn darum zu bitten, seiner neuen Assistentin ein paar Fragen zu stellen?

»Wir sind Kriminelle. Hier geht es selten nach Vernunft«, lautete Jasons lapidare Begründung für diesen Unsinn.

Ungläubig starrte sie ihn an. »Ist kriminell gleichlautend mit hirnverbrannt?«

Hups, hatte sie das etwa laut gesagt? Unsicher sah sie zu Jason. Doch der schien langsam zu seiner alten Form zurückzufinden. Statt sauer oder beleidigt zu sein, zeigte er lediglich ein leichtes Schmunzeln. »In manchen Fällen trifft das durchaus zu.«

»Aber was jetzt? Wir können doch jetzt nicht einfach

warten!«, wurde ihr Tonfall nun drängender. Sie konnte zwar noch stundenlang hier stehen und Jasons Ahnungen, Vermutungen, Vorhersehungen ausdiskutieren, aber das brachte ihnen Jeremy nicht zurück. Vielleicht war sein Leben wirklich gerade gesichert, wenn Jason recht hatte, aber was, wenn nicht? Was, wenn Jeremy schon längst tot war?

Just in diesem Moment kam ihr eine Idee. Sie atmete so plötzlich tief ein, dass sie einen Schluckauf bekam.

»Wenn eine Hexe hellsehen kann, kann sie dann auch herausfinden, wo sich jemand aufhält?«, fragte sie zwischen zwei hohen Hicksern. Sie würde Jason schlagen, wenn er jetzt lachte!

»Durchaus möglich. Kennst du eine hellsichtige Hexe?«

Eine halbe Stunde später hielten sie vor einem kleinen Ladengeschäft. Es handelte sich um einen Laden für esoterisches Gerümpel, wie es die Menschen mit dem angeblichen Sinn für Hexerei zu gerne nutzten. Tarotkarten, Runensteine, Traumfänger, Ritualbedarf, ›Fach‹bücher. All das gab es hier in allen möglichen Farben und Ausführungen. Mittelalterlich, modern, ägyptisch – das Herz eines Möchtegernesoterikers schlug hier sicherlich Purzelbäume.

Für Linett war lediglich die Klingel relevant. Diese drückte sie beharrlich so lange, bis jemand das Licht in dem Laden anknipste. Erwartete man nun eine besonders schöne, durchtriebene oder eben eine sehr alte, weise Frau, so wurde man mit beiden Vermutungen enttäuscht. Bei Cecile Deroubaix handelte es sich um eine Frau um die Vierzig. Ihre Bewegungen waren kraftvoll und entsprachen eher einer jungen Frau. Kleine Fältchen hatten sich um ihre Augen eingegraben und umrahmten die blitzenden grünen Augen, die nun bedächtig Linetts Begleiter musterten.

»Das ist der falsche Vampir!«, stellte die Hexe zur Begrüßung fest, kaum dass sie die Tür geöffnet hatte.

»Er ist jetzt mein Boss, Cecile«, sprach Linett leise.

Ein breites Lächeln zeigte sich auf den Zügen der Hexe. Ungeniert und in aller erdenklichen Ruhe glitt ihr Blick über Jason. Dessen eher misstrauische Haltung irritierte Linett. Mochten Vampire keine Hexen? Oder mochte es Jason nicht, wenn zur Abwechslung einmal er wie ein Hirsch gemustert wurde, den es zu erlegen galt?

»Keine Sorge, Kindchen. Es scheint zwar der Pakt mit dem Teufel zu sein, aber so viel hat er mit dem Gehörnten doch nicht gemein«, versuchte Cecile Linett zu beruhigen und tätschelte ihr mit einem zuversichtlichen Zwinkern die Hand.

»Das ist jetzt ein wenig beleidigend«, murrte Jason, während Linett ein sarkastisch gescufztes ›Gut zu wissen‹ von sich gab.

Langsam folgten sie Cecile, die sie in die kleine Küche führte, die zum Laden gehörte. Es war gerade einmal Platz für eine winzige Küchenzeile, zwei Stühle und einen Tisch, der auch schon bessere Tage gesehen hatte. Doch auch hier hatte es Cecile geschafft, die schäbige Einrichtung gemütlich wirken zu lassen. Linett konnte sich noch gut an den Tag erinnern, als sie hier erfahren hatte, dass Menschen doch nicht die Krone der Zivilisation waren. Noch am Tage danach hatte sie sich gefragt, ob sie nicht geträumt hatte. Wann rief einem auch schon auf offener Straße eine Frau hinterher, sie müsse unbedingt hereinkommen, ihr Leben hinge davon ab? Zu Recht hatte Linett lediglich mit einer unseriösen Werbung gerechnet. Und dementsprechend spöttisch waren ihre Kommentare auf die Neuigkeiten ausgefallen. Noch heute war sie Cecile unbeschreiblich dankbar, dass sie die Beleidigungen geduldig über sich ergehen ließ und trotzdem beharrlich auf sie einredete, bis Linett schließlich bereit war, ihr zu glauben. Und noch höher rechnete ihr Linett an, dass sie sie im nächsten Atemzug mit Eisenkraut und Handschellen ausgestattet hatte. Auch wenn Cecile, ihrem Zwinkern nach, damals wohl eher angenommen hatte, Linett würde sie für erotische Zwecke einsetzen, anstatt damit ihr Leben zu retten. Vielleicht war das ja eine der erwähnten Möglichkeiten gewesen? Nur hatte anscheinend jemand etwas getan, sodass Linett nicht mit einem gefesselten Vampir im Bett gelandet war, sondern ihn erst hasste, um dann festzustellen, dass sie sich wider jegliche Vernunft in ihn verliebt hatte.

»Hör auf zu träumen«, riss Jason sie aus ihren Gedanken, bevor er sich an Cecile wandte.

»Was heißt das? Welche Möglichkeit?«

»Manchmal ist das Schicksal eines Wesens ein wenig ungenau. Es gibt so viele Faktoren, die unser Leben beeinflussen. So viele Abzweigungen, an denen wir vermeintlich falsch abbiegen können. Gehe ich auf das Konzert oder werde ich vorher krank? Wäre ich gegangen, hätte mich auf dem Weg vielleicht ein Auto überfahren. Auch bei Linett gab es einige Möglichkeiten. Ich hätte schwören können, dass du mit einem anderen Vampir hier aufkreuzen würdest«, sprach Cecile.

»Also ist etwas schiefgelaufen?«, fragte Linett. Nachdrücklich schüttelte die Hexe den Kopf. »Nein, denk so etwas nicht. Nichts ist schiefgelaufen. Euer Schicksal nimmt nur gerade einen Umweg«, erklärte Cecile, während sie ihnen den Rücken zuwandte. Lautstark begann sie mit dem Teekessel zu hantieren. So laut, dass Jason von seinem Platz aufstand und Cecile das Geschirr aus der Hand riss, um sich selbst darum zu kümmern.

»Geht doch«, hauchte die Hexe leise und zwinkerte Linett zu.

»Das habe ich gehört«, knurrte Jason im Hintergrund, während sich Cecile nun zu Linett setzte.

»Anscheinend hatte das Schicksal noch nicht die aktuellsten News ausgewertet. Jeremy wurde anscheinend entführt«, erklärte Linett in einem seltenen Anfall von Galgenhumor. In der Gegenwart dieser Frau fühlte sie sich geborgen, und die Hoffnung, Cecile könnte einen Hinweis für sie haben, füllte sie wie ein kleiner Lichtschein aus. Doch Cecile seufzte. Nicht nur Jason runzelte über das sorgenvolle Kopfschütteln der Hexe die Augenbrauen.

»Also ist dieser Fall eingetreten«, sprach Cecile für sich.

»Kannst du uns sagen, wo er ist?«, fragte Linett flehend, während Jason schweigend dem Gespräch folgte.

»Willst du nicht auch mal was sagen?«, herrschte sie den stummen Blutsauger an, der mit dem Teebeutel in der Hand verdutzt blinzelte. Laut und vergnügt lachte Cecile auf.

»Ein Pakt mit dem Teufel ist es wahrlich nicht. Höchstens andersherum«, stellte sie mit einem zufriedenen Lächeln fest.

Jason knurrte widerwillig und selbst auf den unheilvollen Blick, den er ihr zuwarf, reagierte Cecile unbeeindruckt. Sie warf Jason einen Luftkuss zu und ignorierte seine angriffslustig gebleckten Zähne.

»Können Sie uns nun helfen oder nicht?«, herrschte der Vampir Cecile an, und auch Linetts Blick richtete sich fragend auf die Hexe. Nachdenklich wiegte sie den Kopf.

»Ich bin nicht allwissend, Schätzchen«, sprach sie mit einem bedauernden Lächeln. Ob sie damit Jason oder Linett meinte, konnte man nicht genau sagen, aber allein die Vorstellung, dass sie Jason mit ›Schätzchen‹ gemeint haben könnte, entlockte Linett ein leises Prusten. War sonst Jasons Laune so gut, dass man ihr nur mit Brechreiz begegnen konnte, schien ihm der heutige Tag völlig verhagelt zu sein. Mit seinem biestigen Gesichtsausdruck könnte man Jason für Jeremys Bruder halten.

Und schon wurde Linetts Herz auch wieder schwerer. Die kurze Erheiterung schwand, als sie an Jeremy dachte. Wenn Cecile schon hoffnungslos klang, dann saß Jeremy richtig in der Tinte, oder?

»Aber ich kann es versuchen; gib mir deine Hand«, forderte die Hexe nun Linett auf. Bereitwillig legte Linett ihre Hand in die von Cecile. Doch wollte die Hexe keineswegs Linetts Handlinien genauer untersuchen, sondern umfasste mit ihrer zweiten Hand ebenfalls die von Linett. Mit geschlossenen Augen begann sie leise zu summen.

»Sie summt jetzt nicht ernsthaft ›Lemon Tree‹?«, mischte sich Jason pikiert ein.

Verärgert über die Störung, hob Cecile die Lider. »Still jetzt. Ich habe neben Handschellen auch Knebel für Vampire in meinem Sortiment. Wenn Sie keinen probetragen wollen, lassen Sie mich summen, was ich will. Es hilft mir, mich zu entspannen, außerdem mag ich das Lied.«

Erneut schloss sie ihre Augen, und erneut begann sie zu summen. Diesmal erschien ihr ›Can you feel the love tonight‹ von Elton John wohl passender. Fasziniert beobachtete Linett ihren Chef, der sich in einer Geste der mühsam unterdrückten Wut in die eigene Hand biss. Jasons Augen glühten scharlachrot und fokussierten Ceciles Halsschlagader. Aber er blieb ruhig. Zumindest gab er keinen Ton von sich und störte damit nicht die Konzentration der

Hexe.

»Deine Verbindung zu ihm ist sehr stark. Bist du von ihm schwanger?«, meldete sich plötzlich Cecile zu Wort.

Linett glaubte, sich verhört zu haben. Zu ihrem Leidwesen brachte sie nur ein ratloses ›Äh‹ heraus, während Jason hier sehr viel mehr beizusteuern hatte. Nichts Sinnvolles, im Übrigen.

»Ist ja nicht so, als ob wir nicht schon genug Probleme hätten«, knurrte der Vampir missmutig. Empört richtete sich Linetts Blick auf Jason.

»Und wenn, dann ist es eh nicht von dir. Kann dir doch egal sein!«, blaffte sie zurück.

»Leider nicht. Denn Menschen sind nicht dafür geschaffen, Kinder von Vampiren auszutragen. Die meisten sterben dabei!«

»Was?« Entsetzt schweifte ihr Blick von Jason zu Cecile. Plötzlich war Jasons Ausspruch nicht mehr ganz so daneben. Ja, sie hatte wirklich mehr als genug Probleme und war bestimmt nicht einem Vampir und irgendwelchen Mafiosi entkommen, um dann an einer Schwangerschaft draufzugehen.

»Er hat recht«, stimmte Cecile mit einem sanften Lächeln zu. »Aber jetzt mach dir keine Sorgen darüber. Eine so starke Verbindung zwischen zwei Wesen ist sehr selten. Aber sie muss nicht zwangsläufig auf einer Schwangerschaft beruhen. Sie kann auch einfach zustande gekommen sein, weil ihr sehr emotional miteinander umgeht. Und selbst wenn du schwanger bist, dann stehen deine Chancen nicht schlecht, wenn du Unterstützung von einer Hexe, also von mir bekommst. Dann ist das Risiko für dich und das Kind nicht größer als in jeder anderen normalen Schwangerschaft.«

»Aber ich habe nur einmal mit ihm geschlafen«, versuchte Linett, so ruhig wie möglich zu sagen.

»Herrgott, kreisch doch nicht so. Dann war eben der erste Schuss ein Treffer. Muss ich dich ernsthaft noch darüber aufklären, dass man nicht verheiratet sein muss, um schwanger zu werden?«, schnarrte Jason, während er ausgiebig die Augen verdrehte.

Cecile warf ihm ein Stück Kandiszucker an den Kopf, gepaart mit einem strafenden Blick. Zittrig ließ Linett endlich die Luft aus ihren Lungen entweichen. Gab es eigentlich einen Reset-Knopf für ihr Leben? Wenn ja, dann würde sie gern diesen Moment hier löschen. Die Information über eine mögliche Schwangerschaft erschien ihr völlig ausreichend beim Ausbleiben ihrer Tage in etwa zwei Wochen. Ja, wirklich, dann war immer noch genügend Zeit, um schreiend im Kreis zu rennen. Welcher Mistsack in der Organisation ›Schicksal‹ dachte sich solche Storys aus? Hatten die keine besseren Schauspieler für ihre Daily Soaps?

»Dein Jeremy hält sich im Übrigen in einer recht geräumigen und luxuriös ausgestatteten Villa auf. Mehr kann ich euch leider nicht sagen«, kehrte Cecile nun zum eigentlichen Grund ihres Hierseins zurück und zuckte bedauernd die Schultern.

»Gibt es irgendeinen Anhaltspunkt, welche Villa es sein könnte? Es gibt schließlich nicht nur eine in und um Paris?«, mischte sich Jason entnervt ein, und Cecile schenkte ihm ein besänftigendes Lächeln.

»Ich sagte doch, ich bin nicht allwissend. Dafür weiß ich, dass Sie durchaus nicht der dümmste Vampir auf diesem Planeten sind. Wie viele in Ihrer Branche wohnen denn in einer Villa? Im Übrigen wäre es dafür eine umso dümmere Idee, wenn Sie dem Drang nachgeben, mich zu erwürgen.

Linett braucht mich vielleicht noch«, erwiderte Cecile an Jason gewandt und deutete damit die Absicht seiner zuckenden Finger richtig.

»Keine Sorge, so schnell erwürge ich niemanden«, erwiderte Jason mühsam darum bemüht, seine eigene Gelassenheit wiederzufinden. »Und in meiner Branche wohnen mehr als Sie denken in protzigen Häusern, aber gut, ich denke, ich weiß, welche Villa gemeint ist. Zufällig wohnt Fabienne in einer recht großen.«

»Ist das nicht ziemlich dumm?«, fragte Linett zweifelnd. Das war ja, als würde sie jetzt Jason k. o. schlagen und ihn zu sich nach Hause schleifen. Also wenn sie ein Zuhause hätte. Hätte man sie im Verdacht, würde man doch dort als Erstes suchen. Zu schade. Da hatte sie schon kein Zuhause und konnte sich trotzdem nicht an dem Vampir rächen, der ihr den ganzen Ärger eingebrockt hatte. Es sei denn, sie setzte ihn irgendwann unter Eisenkraut und überließ ihn Cecile. Ein netter Gedanke, wie sie seufzend feststellte.

»Wie man es nimmt. Vielleicht fühlt sich Fabienne unentdeckt. Vielleicht aber ist das Anwesen so gut gesichert, dass sie sich sicher wähnt«, unterbrach Jason nun ihre Gedanken, in denen er bereits entsetzt vor Cecile zurückwich, bevor sie ihn zur Teilnahme als Model für ihre Produktwerbung nutzen konnte. Überflüssig zu erwähnen, dass die vorgestellten Produkte bestimmt keine Tarotkarten waren.

»Nun, ich bin sicher, ihr rettet euren Freund. Wäre ihm zumindest zu wünschen«, mischte sich Cecile heiter ein. Sinnierend stützte sie ihr Kinn auf die gefalteten Hände, und mit einem Lächeln im Blick huschte dieser abwechselnd von Jason zu Linett und zurück.

»Vielleicht kann ich euch ein wenig unter die Arme greifen, ohne das Universum zu sehr zu verärgern. Wartet hier.«

Flink huschte Cecile aus dem Raum, während Linett ihre Finger um die gefüllte Teetasse legte. Die Wärme an ihren Fingern fühlte sich himmlisch an. Genauso wie die Zuversicht von Cecile. Wenn Jason mit seiner Vermutung nicht danebenlag, wussten sie nun, wo sich Jeremy aufhielt, und wenn die Verbindung von ihm zu ihr so stark war, dann konnte er doch kaum tot sein!

»Die spinnt doch«, hörte sie Jasons vernichtendes Urteil über die Hexe, und ein Grinsen bildete sich auf ihren Lippen.

»Das sagst du doch nur, weil sie dich zum Teekocher umerzogen hat und dich völlig auflaufen lässt«, gab sie frech zurück.

»Keineswegs. Ich sage das, weil sie nicht mehr alle Federn am Traumfänger hat!«

»Kennst du eigentlich den Spruch: Wenn eine Frau dich wahnsinnig macht, ohne auch nur ein Kleidungsstück auszuziehen, dann ist sie die Richtige für dich?«

»Heiße ich Jeremy? Ich suche mir die Frauen nach anderen Gesichtspunkten aus. Je weniger nervtötend, umso anziehender«, stellte Jason störrisch fest. Es war zu schade, dass Cecile bereits zurückkehrte, gewann die Diskussion doch merklich an Fahrt. In der Hand hielt die Hexe nun ein Medaillon von der Größe einer Eieruhr.

»Kommt her, ihr Zwei«, sprach sie und winkte nach den beiden. Cecile ließ sich nicht im Mindesten anmerken, ob sie das Gespräch zwischen Jason und Linett und auch Jasons vernichtende Meinung über sie vernommen hatte. Und wenn doch, war es ihr scheinbar egal. Jasons Blick war ebenso fragend wie der von Linett, und nur langsam näherte er sich der Hexe. Cecile war sich nicht zu schade, ein wenig an dem Blutsauger zu schieben, sodass er näher an Linett heranrückte. Kaum waren sie in der erforderlichen Position, legte Cecile ihnen die lange Kette des Medaillons um die Hälse.

»Das ist ein wenig eng«, wagte Linett einzuwenden, die praktisch an Jasons Wange klebte, und noch immer schnitt ihr das Metall der Kette in die Haut.

»Hmm, okay, es ist eigentlich auch nur für einen gemacht«, erwiderte Cecile und streckte ihre Hände aus, als würde sie ein imaginäres Foto ausrichten. »Aber es steht euch hervorragend. Wenn das mit Jeremy nichts wird, passt der Vampir hier auch ganz gut zu dir.«

»Wenn sie jetzt noch ein Foto fürs Familienalbum macht, bring ich sie um«, hörte Linett Jason neben sich knurren.

»Wozu ist das?«, fragte Linett.

»Was?« Cecile wirkte merklich aus ihren Gedanken gerissen. »Ach ja. Es verbirgt zum Teil die Anwesenheit desjenigen, der es trägt. Euer Freund wurde doch sicher von Vampiren entführt. An diese kommt ihr kaum unbemerkt heran. Dein Vampir hier hat zwar keinen Puls mehr, den man hören kann, aber er riecht«, erklärte Cecile nun ausgelassen.

»Ich muss doch sehr bitten«, murrte Jason.

»Ich habe nicht gesagt, dass du stinkst. Du riechst sehr gut. Wenn Jeremy überlebt, bist du dann noch frei?«

»Bitte!«, flehte Linett. »Könnten wir uns auf das Wesentliche konzentrieren?«

»Solange ihr euch in einer Menschenmenge oder einer Gruppe anderer Wesen aufhaltet, ist euer einzelner Geruch natürlich kein Problem. Kritisch wird es, wenn ihr euch anschleichen wollt. Du, Linett, hast einen Puls und einen Geruch. Man würde dich drei Meilen gegen den Wind bemerken, egal, wie vorsichtig du dich anpirschst. Das alles unterdrückt das Medaillon. Das Einzige, worauf ihr noch achten müsst, ist, leise zu sein und nicht gesehen zu werden. Denn es macht euch weder unhörbar noch unsichtbar. Seid also vorsichtig. Mehr darf ich für euch nicht tun. Glaubt mir, ich würde euch liebend gern ein anderes Medaillon geben. Es kann sogar teleportieren und unsichtbar machen. Allerdings hoffe ich einfach darauf, dass die Mafia auch ohne solche Spielzeuge auskommt.«

Kapitel 20

Wer hätt's gedacht?

Jason lehnte Linetts Idee, besagtes Medaillon, das teleportieren und unsichtbar machen konnte, zu stehlen (dann hätte Cecile nichts Unrechtes getan – sie hätte es ihnen nicht gegeben, sie hätten es ihr geklaut), nachdrücklich ab. Seiner Meinung nach war das Medaillon, das Linetts Puls und ihre Gerüche unterdrückte, für ihr Vorhaben völlig ausreichend. Vielleicht sagte er das, weil Cecile recht damit hatte, dass ein Mafia-Boss durchaus nicht auf solche Spielereien angewiesen war. Vielleicht aber auch, weil Jason keine Sekunde länger in der Nähe von Cecile bleiben wollte. Auf deren Vorschlag vorbeizukommen, wenn ihm langweilig wäre, versicherte er Cecile glaubhaft, dass ihm erstens nie langweilig wäre und er zweitens die Adresse ihres Ladens und ihrer Wohnung aus seinem Gedächtnis löschen würde. Mit so viel Absinth wie nötig wäre.

»Was hast du gegen Ceciles Angebot? Sie mag dich. Und ich dachte, du bist so was wie eine männliche Nutte«, erkundigte sich Linett, um die Stille während der Fahrt zu durchbrechen. Jason stieg so abrupt auf die Eisen, dass sie mit einem Ruck in ihren Gurt fiel. Okay, es war ohnehin rot.

»Was?«, fragte Jason, während er sich ihr zuwandte. Mittlerweile hatte sich der rote Wutschimmer in seinen Augen gelegt. Stattdessen blickte er sie an, als hätte sie nicht mehr alle Federn am Traumfänger. So war doch seine Formulierung gewesen, oder?

»Du hast mit fast allen Frauen aus Jeremys Familie geschlafen«, erläuterte sie nun ihren Gedankengang mit einem lieblichen Lächeln.

»Ja, aber nicht gegen Geld!«

»Sicher?«, fragte sie ehrlich erstaunt. Er zögerte doch sonst auch nicht, aus allem Geld zu machen. Warum nicht auch mit seinen Fähigkeiten als Liebhaber?

»Warum eigentlich nicht?«, sprach sie ungeniert ihre Frage aus. »Wenn du Vorkasse verlangst, dann ist es auch nicht schlimm, wenn jemand sein Geld zurückverlangt. Dann hast du gleich noch ein Mittagessen.«

Okay, vielleicht hatte sie sich ein wenig zu weit aus dem Fenster gelehnt, aber diese Frage und dieser Vorschlag waren ihr schneller über die Lippen gekommen, als ihr lieb gewesen war. Von seiner stoischen Ruhe hatte Jason jedenfalls gerade nicht sehr viel zu bieten. Seine Hand am Lenkrad zuckte, als würde er sie liebend gern um ihren Hals legen. War es ihr Glück, dass die Ampel just in diesem Moment auf grün umsprang und sie bereits das Viertel erreichten, in dem Fabienne angeblich wohnte?

Die Tatsache, dass Jasons Fingerknöchel weiß hervortraten, während er das Lenkrad umklammerte, deutete darauf hin. Provokation war ein beliebtes Mittel der Ablenkung. Beliebt zumindest bei Linett. Während andere Frauen es vorzogen, andächtig in Ohnmacht zu fallen oder ängstlich um ihren Liebsten zu beten, beschränkte sich Linett auf das hintergründige Beten und unterbrach ihr Gedankenkarussell, indem sie Jason zur Weißglut trieb. Das war wesentlich besser, als sich Jeremys Leiche vorzustellen.

»Was hast du vor?«, fragte Linett, als Jason langsamer, aber nicht auffällig schneckenhaft an einem Haus vorbeiglitt und dieses dabei prüfend musterte. »Reinspazieren und klingeln?«

»Das würde ich dir nicht empfehlen. Sie hat Kameras, ist bestimmt nicht mit Jeremy allein, und ich hasse es, anderen das Leben zu leicht zu machen«, erwiderte Jason. Er parkte den Wagen zwei Straßen weiter und stellte den Motor ab.

»Hab ich schon gemerkt«, stimmte ihm Linett zu. Unschlüssig löste sie den Gurt.

»Jetzt tu nicht so, als hättest du es bei mir unsagbar schwer«, schnaubte ihr Chef.

»Du hast versucht, mich umzubringen!«

»Mach dir nichts vor. Jeder, der dich kennt, erliegt irgendwann diesem Verlangen«, sprach Jason und stieg aus. Eilig folgte Linett seinem Beispiel und schlug die Tür wieder zu. Die Hände in den Hosentaschen spazierte Jason die Straße entlang.

»Ohne Weiteres kommen wir da nicht unbemerkt rein«, stellte er fest, als ihn Linett eingeholt hatte.

»Du bist doch Mafia-Boss. Du hast hunderte Mitarbeiter. Kannst du nicht alle herholen und das Haus umstellen lassen?«, fragte Linett.

»Ich kann auch fünf Hubschrauber besorgen, eine Anzahl an Waffen, die selbst für einen dritten Weltkrieg ausreichend wäre, und wenn nötig auch unseren Präsidenten herbestellen, aber was soll das nutzen? Sobald Fabienne Gefahr wittert, wird sie ihn töten und ihr Glück auf einem anderen Weg probieren.«

Linett erbleichte über seine Worte. Übelkeit stieg in ihr auf (na super, das fehlte ihr noch gerade) und mit zitternden Fingern krallte sie sich an Jasons Jackett.

»Bitte sag mir, dass dir was einfällt«, flehte sie ihn an und krallte sich in seine Finger, als er versuchte, ihren Griff zu lösen.

»Hör auf, mich zu kneifen. Und ja, mir fällt etwas ein. Du bist doch Sängerin.«

War es sehr dumm, wenn ihr nicht im Geringsten

aufging, was das eine mit dem anderen zu tun hatte?

»Ja, aber ich singe nicht so schlecht, dass wir Fabienne damit aus ihrem eigenen Haus vertreiben können.«

Und schwupps, da war es wieder. Auf Jasons Zügen zeichnete sich endlich wieder das unbesorgte, jungenhafte Lächeln ab, als könnte kein Problem der Welt sein Wässerchen trüben. Wie lange musste man gekifft haben, um dieses Level zu erreichen?

»Hast du viele spontane Fans?«, hakte er nun nach.

Leicht zuckte sie mit den Schultern.

»Also mehr als ein Dutzend?«

»Das auf jeden Fall«, gab Linett zurück. Spontan waren sie doch alle. Zumindest, wenn sie wussten, dass sie spontan zu sein hatten. Aber noch immer ging ihr nicht auf, was Jason mit seinen Fragen bezweckte. Aber sie hörte ihm gut zu, als er es ihr erläuterte.

Es war unglaublich. Dieser Anblick verzückte sie immer wieder aufs Neue. Vielleicht reichte es nicht für ein Stadion, aber Ablenkung war hier wahrlich garantiert. Die schwarze Masse wogte vor der improvisierten Bühne, zusammengestellt aus mehreren Obst- und Gemüsekisten und einem Vorhang, der den Blick vom Haus auf die Band blockierte, auf und ab, die Menschen schwatzten fröhlich durcheinander und tippten auf ihren Handys herum, um noch möglichst vielen Freunden davon zu berichten, damit diese ebenfalls herkämen. Sollte Fabienne jetzt aus ihrem Fenster sehen, würde sie sicherlich an einen Vulkanausbruch glauben. Nervös flatterte Linetts Magen. Wie immer vor einem Auftritt und sei er noch so spontan.

»Mann, Linett, hast du ein Glück, dass wir gerade alle unsere freien Tage haben«, stellte Théo fest. Théo war der

Bassist der Gruppe, der Komponist der härtesten Klänge ihrer Songs und für jeden Mist zu haben. Ihm war schnell klar gewesen, dass Linett dieses spontane Konzert nicht aus marketingtechnischen Gründen erbeten hatte. »Was sollen wir tun?«

»Spielt so lange, bis jemand aufkreuzt, der euch vertreiben will«, steuerte Jason aus dem Hintergrund bei. Der Vampir lehnte gegen einen der Bäume, die die Straße in regelmäßigen Abständen säumten. Ein selbstzufriedenes Grinsen umspielte seine Lippen, und sein Blick schweifte über die bunte (okay, schwarze) Menschenansammlung. »So viel Metall habe ich zuletzt in einem Stahlwerk gesehen«, bemerkte der Blutsauger und sah neugierig einem Mann hinterher, dessen Hemd nicht aus einem Fitzelchen Stoff, dafür aber komplett aus Kettenringen bestand. Ein extremes Beispiel, aber Jason hatte durchaus recht. Heavy Metal hieß eben nicht nur wegen der Härte der Sounds Heavy Metal. Obwohl nur mäßig laute Musik aus ihrem CD-Spieler dudelte, hoben bereits manche eifrig ihre Hände zur Pommes-Gabel und übten sich im Headbangen.

»Gibt das nicht eine Gehirnerschütterung?«, fragte Jason.

»Unser neuer Manager?«, fragte hingegen Théo. Nachdrücklich schüttelte Linett ihren Kopf. Das wäre ja noch schöner!

»Braucht ihr einen?«, fragte Jason, bevor es Linett verhindern konnte.

»Nein«, rief sie dazwischen, doch Théo hob die Hand und verkniff sinnierend seine Lippen.

»Nicht so voreilig. Machen wir uns nichts vor. Unsere bisherigen Manager sind inkompetent und stecken zu viel ein. Ich wette, der hier braucht kein Geld mehr. Der sieht aus, als hat er welches, auch wenn er davon absehen sollte, durch Gebüsche zu kriechen. Vielleicht kann er sogar noch in uns investieren«, legte Théo seine Gedanken dar, während er unverhohlen Jasons zerfetzten Anzug betrachtete. Okay, Zeit für einen Themenwechsel!

»Wag es ja nicht, allein dort hineinzugehen«, brachte Linett an Jason gewandt an und griff an ihren Hals. Kühl schmiegte sich das dünne Goldband in ihre Hand. Das Medaillon ruhte sicher zwischen ihren Brüsten und war für Jason nicht erreichbar. Und ohne würde der Vampir hoffentlich nicht in das Gebäude gehen wollen.

»Ich hol dich dann. Aber vorher solltest du singen. Sonst haut die Meute enttäuscht wieder ab«, erwiderte der Vampir beiläufig. »Außerdem holst du damit unsere Gegner aus dem Haus.«

Jason hatte recht: Nach den ersten Klängen stiefelte ein vierschrotiger Mann aus der Tür. Wild mit den Armen schwenkend und aus vollster Kehle brüllend, versuchte er, das Getöse und Gegröle der Mitsingenden zu übertönen. Selbst Linett, die sonst sehr viel mehr Bewegungsfreiheit auf der Bühne gewohnt war und immer wieder darauf achten musste, nicht mit der Nase voran abzustürzen, registrierte den Besucher. Niemand ließ sich von ihm beirren. Weder Linett, ihre Band noch ihre Fans. Hin und wieder sah sie Jason durch die Menge streunen. Gelassen bahnte er sich seinen Weg durch das Getümmel, beobachtete die Umgebung, und manchmal sah ihn Linett telefonieren. Ständig hielten Autos in der Nähe, und Menschen sprangen heraus, die anhand ihres Kleidungsstils eindeutig ihrer Szene zuzuordnen waren. Selbst ein Fernsehteam fand den Weg hierher. Genauso wie die Polizei. Für einen Moment verunsichert, suchte Linett die Menge nach Jason ab. Und sang aus vollster Kehle weiter, als sie registrierte, dass der Vampir einem der Beamten ein Bündel Geldscheine in die Hand drückte. Hoffentlich das Strafgeld.

Doch Linett konnte das alles nur recht sein. Die Menge begann sich auf die Vorgärten zu verteilen. Selbst auf den von Fabienne. Vielleicht kackte ja jemand dorthin? Oder schmierte ihr Butter in die Vorhänge. Wünschen würde Linett es ihr.

Jason gab das Zeichen für eine Pause. Linett schrie Théo zu, einfach weiterzuspielen. Jason reichte ihr seine Hand, damit sie von der Bühne herunterklettern konnte und begann ohne Umschweife an ihrem Ausschnitt zu nesteln, um an das Medaillon zu gelangen.

»Das nennt man sexuelle Belästigung am Arbeitsplatz!«, empörte sich Linett.

»Da gibt es nicht viel zu belästigen.«

»Dafür suchst du ziemlich lange!«

Jason ignorierte jeden weiteren ihrer Kommentare und zog sie mit sich die Straße entlang, um auf die Rückseite von Fabiennes Anwesen zu gelangen. Erneut fühlte sich Linett an der Taille gepackt und stand keinen Moment später auf der Mauer, die das Grundstück umgab. Und im nächsten Moment bereits auf dem Dach des Hauses. Erschrocken keuchte sie auf.

»Wie machst du das nur?«, fragte sie leise und sah sich um.

»Ich bin ein Vampir, schon vergessen?«, erwiderte Jason amüsiert. Vorsichtig zog er sie mit sich zum Rande des Daches und spähte hinab. Die Kameras waren auf den Garten gerichtet, aber nicht direkt auf die Hausmauer. An dieser schwang sich nun Jason mit ihr hinab, durch ein offenes Fenster. So musste sich Jane gefühlt haben, als sie von

Tarzan durch den Urwald geschleudert worden war.

»Würdest du bitte von mir heruntergehen?«, fragte Jason. Die Hitze schoss in ihre Wangen, als ihr bewusst wurde, dass sie die Beine um seine Hüften geschlungen hatte, in der Angst, er könnte sie fallen lassen. Himmel, wie peinlich. Konnte er nun auch noch Höhenangst auf die Liste ihrer Macken setzen.

Erneut ging sie mit Jasons Wange auf Tuchfühlung, als er die Kette um ihre beiden Hälse legte. Und noch näher als gewünscht, kam sie ihrem Chef, als dieser sie auch noch ein wenig unter den Armen griff und hochhob.

»Oh nein!«, entfuhr ihr, doch es war bereits zu spät. Die Umgebung rauschte schemenhaft an ihr vorbei, und plötzlich fand sie sich in der Eingangshalle wieder.

»Oh gut. Keine Kameras«, flüsterte Jason.

»Mir ist schlecht«, hauchte Linett.

»Musst du ausgerechnet jetzt die Schwangerenklischees bedienen?«

Bevor diese Diskussion in Gang kommen konnte, zog Jason sie bereits wieder ein Stück nach oben. Es schien ihn nicht zu stören, dass sie auf einem seiner Füße stand. Er bewegte sich trotzdem behände und vor allem leise.

»Schafft mir diese schwarze Pest vom Hals! Und sucht nach Harris! Ich weiß, dass er hier ist!«, hörten sie nach einer Weile Fabiennes herrische Stimme. Vorsichtig und mit ruhigen Bewegungen stahl sich Jason mit Linett hinter den langen, schweren Vorhängen entlang, die jedes verfügbare Fenster der Villa schmückten.

Durch einen schmalen Spalt erhaschten sie einen flüchtigen Blick auf Fabiennes schwarze Mähne und schließlich auf Jeremy, der mit Armen und Beinen an einen Stuhl gefesselt war. Immer wieder senkten sich seine Lider, als hätte er Mühe, bei Bewusstsein zu bleiben.

»Und du sagst mir jetzt, wo diese Göre ist!«

»Wie oft soll ich dir noch sagen, dass sie abgehauen ist?«, brummte Jeremy.

»Und auch dieses Mal glaube ich dir nicht. Vielleicht hilft dir ja ein wenig Wasser auf die Sprünge.«

Entsetzt stieg Linetts Puls an, und sie hob den Kopf, um zu Jason zu sehen. Wasser? Weihwasser! Jasons Gesichtsausdruck hatte sich merklich verdüstert. Sein Griff um sie wurde fester. Und seine Hand legte sich über ihren Mund, um ein etwaiges Keuchen zu unterdrücken. Völlig unnötig. Um ihre Anspannung loszuwerden, zog Linett kräftig an Jasons Krawatte.

Was Weihwasser bei einem Vampir anzurichten wusste, bekam Linett nun eindrucksvoll zu Gesicht. Fabienne schützte ihre Hände mit Handschuhen. Aus einer billigen Plastikflasche kippte Fabienne die farblose Flüssigkeit über Jeremys Unterarme. Ätzend wirkte das Wasser wie Säure auf Jeremys Haut und riss hässliche Wunden auf. Entlockte das dem Vampir bereits ein schmerzerfülltes Ächzen, so war das Fabienne noch nicht genug. Sie drückte Jeremys Kinn nach oben und setzte die Flasche an seine Lippen. Zuckend versuchte er, ihr auszuweichen, und strapazierte die Haltbarkeit seiner Fesseln aufs Äußerste. Kleine Rinnsale liefen an seinem Kinn nach unten und tropften auf seine Brust. Überall, wo die Flüssigkeit seine Haut berührte, platzte diese auf, entzündete sich und begann zu nässen. Tränen tropften auf Jasons Hand, und würde er sie nicht im Griff haben, wäre sie aus ihrem Versteck hervorgestürzt. Linett verkrallte sich in Jasons Hemd. Sie spürte die Anspannung Jasons, die seinen Griff immer fester werden ließ. In mühsamer Selbstbeherrschung klammerten sich die zwei aneinander, um sich gegenseitig von verräterischen Bewegungen und Lauten abzuhalten. Jeremys schmerzvolles Klagen ließ Linetts Herz schier zerspringen. Sie wollte auf Fabienne zustürzen, ihr einen Pflock in den Rücken treiben, damit sie endlich von Jeremy abließ.

Verzweifelt zappelte sie in Jasons Griff und konnte nichts weiter tun als zuzusehen, wie Fabienne Jeremy zu zwingen suchte, das Zeug zu schlucken. Die Musik von draußen wurde immer lauter, bis schließlich das Poltern an der Eingangstür selbst Jeremys gequältes Husten übertönte.

»Solltet ihr euch nicht darum kümmern?«, herrschte Fabienne ihre Gesellen an.

»Die lassen sich nicht vertreiben.«

»Idioten«, fauchte die Französin. »Was soll's, kümmere ich mich eben selbst darum. Unser lieber Jeremy wird sowieso mindestens eine Viertelstunde brauchen, ehe er sich soweit regeneriert hat, dass er wieder sprechen kann.«

Atemlos lauschten sie auf die Geräusche der forteilenden Schritte. Jeremy blieb allein zurück. Die Augen geschlossen, hatte er den Kopf in den Nacken gelegt und zuckte erschrocken zusammen, als die Linett und Jason hinter den Vorhängen hervortraten. Hektisch befreite sich Linett aus Jasons Griff und zerriss die Kette des Amuletts, als sie unbedacht auf Jeremy losstürzte.

»Unser Glück, dass sich Fabienne im Garten aufhält«, murrte Jason und rieb sich den Hals. Doch sein Protest blieb von Linett völlig unbeachtet. Sanft legte sich ihre Hand auf Jeremys Wange, der prompt unter ihrer Berührung zusammenzuckte.

»Seine Mundhöhle wird verätzt sein, es wäre besser, wenn du fünf Minuten mit dem Fummeln wartest und stattdessen die Fesseln löst«, zischte Jason in ihrem Rücken.

Auf seine geflüsterten Worte fing sich Jason einen bitterbösen Blick ein, doch Linett gehorchte ohne Widerworte. Schweigsam begann sie, an den Stiften zu ziehen. Leise klirrend lösten sich die Manschetten um Jeremys Gelenke und hingen nun nutzlos an dem Stuhl herab. Als sie endlich wieder aufsah, nuckelte Jeremy an Jasons Handgelenk.

Dieser Anblick war zu ungewöhnlich, um ihn einfach hinzunehmen. Vielleicht stand Linett gerade ein wenig der Mund offen, aber sie wurde sowieso von den beiden Männern ignoriert. Zugleich kam sie sich völlig fehl am Platze vor, denn dieser Moment war, nun ja, ein wenig intim. Zumindest verband sie eine freiwillige Blutspende mit Intimität.

»Danke«, sprach Jeremy schließlich leise mit kratziger Stimme. Mühsam packte er die von Jason gereichte Hand und zog sich daran nach oben. Das Blut hatte zwar das meiste seiner Verletzungen verheilt, wie Linett an seinen vorher noch verätzten Händen sehen konnte, aber trotzdem kostete es ihn Kraft, und noch immer steckte ihm die Wirkung des Eisenkrautes in den Knochen. Nervös wippte sie auf den Zehenspitzen. Wie sollten sie unbemerkt wieder nach draußen gelangen? Vielleicht ein Sprung durchs Fenster? Draußen waren viele Leute. Fabienne würde ja wohl kaum vor den Augen hunderter Menschen auf sie losgehen, oder?

»Meine Güte, tut das weh«, klagte Jeremy, der sich nun auf Jason stützte.

»Hör auf zu jammern und denk an etwas anderes«, flüsterte Jason mitleidslos zurück.

»An etwas anderes denken? Du träumst wohl!«, röchelte Jeremy heiser.

»Denk doch lieber an die Möglichkeit, dass du der Vater

von Linetts ungeborenem Baby sein könntest«, schlug Jason vor.

Oh ja, sehr charmant. Hatte der Kerl noch nie etwas davon gehört, dass die Frau eine solche Nachricht zu überbringen hatte? Soweit das überhaupt noch möglich war, verlor der gepeinigte Jeremy noch mehr an Farbe. Sein Mienenspiel wechselte von ungläubig, zu entsetzt und dann zu einem Ausdruck, den Linett beim besten Willen nicht deuten konnte. Vielleicht war es aber auch nur eine Gesichtslähmung.

»Was?« Selbst mit zerstörter Speiseröhre und angeschlagenen Stimmbändern konnte sich Jeremys Stimme noch hektisch überschlagen. Sein Blick legte sich nun auf Linett und wanderte eindeutig zu ihrem Bauch.

»Selbst wenn, sieht man da noch nicht viel. Außerdem ist das überhaupt nicht sicher!«, mischte sie sich nun ein und warf Jason, der inzwischen seinen Arm um Jeremy gelegt hatte, einen Blick zu, der ihm nicht nur die Pest an den Hals wünschte.

»Die Hexe meinte nur, dass ich von dir schwanger sein könnte. Das würde die starke Verbindung erklären, die nötig war, um dich zu finden«, versuchte Linett ein wenig Licht ins Dunkel zu bringen.

Jeremys Mimik wurde sinnierender, bevor er sich erstaunlich kräftig aufrichtete und Jason, der ihn bisher gehalten hatte, am Kragen packte. »Und du Vollidiot hast nichts Besseres zu tun, als die Frau mit hierher zu bringen, die von mir schwanger sein könnte. Direkt ins Hauptquartier von denen, die sie umbringen wollen?«

Mit offenem Mund starrte Linett zwischen den beiden Männern hin und her. Jason war über den unerwarteten Kraftausbruch seines Freundes ebenso verblüfft und versuchte sich erfolglos aus dessen Griff zu winden.

»Ihr spinnt doch beide. Erst tust du so, als ob du stirbst und jetzt entwickelst du Vatergefühle«, beschwerte er sich.

»Wahrscheinlich. Aber dafür ist nun auch das Verlangen, in Ohnmacht zu fallen, ziemlich groß.« Jeremy wurde plötzlich aschgrau im Gesicht und lehnte sich gegen Jason. Dieser hatte sichtliche Mühe, mit den plötzlichen Stimmungswechseln seines Freundes Schritt zu halten, und es fehlte nicht viel, da wäre er mit ihm umgekippt.

»Vergiss es. Wer meckern kann, kann auch laufen«, entschied Jason.

»Was für ein süßer Dreier«, ließ Linett eine höhnische Stimme im Hintergrund zusammenzucken.

»Ich hasse dieses Weib«, nuschelte Jeremy deutlich hörbar.

»Du redest zu viel. Vielleicht sollte ich dir noch ein Glas Weihwasser zu trinken geben. Es scheint dir ja geschmeckt zu haben«, höhnte Fabienne.

»Und du redest zu viel Müll. Vielleicht sollte man dir Gülle zu trinken geben.«

Nein, dieser Ausspruch kam von keinem der Vampire, die es kräftemäßig sicher durchaus mit Fabienne aufnehmen konnten, sondern von der kleinen, schwachen Linett, die langsam, aber sicher empfindlich sauer wurde.

Fabienne schoss mit einem Knurren auf Linett zu. Diese duckte sich und wollte sich in Jasons Nähe in Sicherheit bringen. Allerdings war sie nicht schnell genug. Fabiennes Hand legte sich um ihren Hals, und Linett verlor den Boden unter den Füßen. Sie sah im Augenwinkel, wie Jason Jeremy fallen ließ, um in atemberaubender Geschwindigkeit auf Fabienne zuzuschießen. Doch jemand anderes war noch schneller als er.

Linett schnappte nicht nur wegen dem festen Griff um ihren Hals nach Luft, als Jason mit einem markerschütternden Krachen gegen eine der Wände knallte und sichtlich benommen zu Boden fiel. Über ihm stand nun ein weiterer Vampir. Mit einem Pflock in der Hand.

Mit aller Kraft, die sie aufbringen konnte, trat sie Fabienne vors Knie. Zum Dank verdrehte ihr diese den Arm. Gepeinigt schrie Linett auf.

»Schau ruhig zu, wie deine beiden Beschützer draufgehen. Das hast du allein zu verantworten!«, raunte es an ihrem Ohr. Die Alte träumte wohl! Linett hatte nichts zu verantworten! Allerdings war das keine Diskussion, die Linett jetzt führen wollte.

»Lass sie in Ruhe, und ich sag dir alles, was du wissen willst«, versprach sie flehend.

Ebenso wie Jason, erwehrte sich der angeschlagene Jeremy mit Händen und Füßen gegen einen mit einem Pflock bewaffneten Vampir. Der von Jeremy versuchte sich sogar in Karate. Wild fuchtelte er mit dem Pflock herum, sodass es Jeremy sichtlich schwerfiel, stets rechtzeitig auszuweichen. Mit Entsetzen sah Linett, wie sich der Pflock in Jeremys Arm bohrte, und sie hätte fast gejubelt, als Jeremy dem Kerl dafür mit einem ordentlichen Hieb die Nase brach.

»Wo hat Tony Lorenzos Tochter versteckt?«, knurrte Fabienne an ihrem Ohr.

Bei allen Tumult um sie herum, bei Linett bildete sich unweigerlich das berühmte Grillenzirpen. Tony und Lorenzos Tochter?

»Äh, was?«

Grob wurde sie wieder nach oben gezogen, sodass sie nun einen wunderbaren Nahblick auf Fabiennes schiefe

Nase bekam. Erneut trat sie der Vampirin gegen das Knie, doch die ließ sich nicht beirren.

»Tony hat sie entführt. Und jetzt will ich wissen, wo sie ist!«

»Hä?«

Ja, sorry, mehr hatte sie zu dem Thema nicht beizusteuern. Tony entführte niemanden. Erst recht keine Frauen. Und vor allem nicht die Töchter von Gangstern. Tony war zwar mitunter völlig stoned gewesen, aber nicht einmal er hätte sich so etwas gewagt!

»Er hat niemanden entführt. So kriminell war er nicht. Und bei uns in der Wohnung oder im Keller hat er niemanden versteckt«, besaß Linett nun endlich die Güte, etwas mehr preiszugeben.

Hektisch wanderte ihr Blick zwischen Jeremy und Jason hin und her. Jeremy beschränkte sich nur noch aufs Ausweichen, während Jason es inzwischen mit zwei Gegnern zu tun bekommen hatte. Zwar konnte er hin und wieder einen Hieb austeilen, musste dafür aber mindestens doppelt so viele einstecken. Sie sah Jason erneut unter einem Schlag taumeln, und dieser schien gesessen zu haben. Der größere der beiden Männer packte seine Arme und hielt sie hinter seinem Rücken zusammen. Und der andere nahm mit dem Pflock Anlauf. Nein, das wollte sie nicht sehen! Linett presste die Lider aufeinander.

Und riss sie wieder auf, als ein ohrenbetäubendes Klirren die Luft erfüllte. Die breite Glasfront war vollständig zerbrochen. Der Boden war mit Glassplittern bedeckt. Jason zerrte umständlich an dem Pflock in seinem Bauch, während sich seine Gegner gegen eine aufgebrachte Lucy zur Wehr zu setzen suchten. Dem Einen brach sie mit einem Ruck das Genick. Das tötete ihn zwar nicht, aber Linett glaubte nicht, dass es schön für einen Vampir war, das Genick gebrochen zu bekommen. Der Andere bekam mit einem stumpfen Gegenstand, den Linett nicht recht erkennen konnte, eins übergezogen und hielt sich anschließend mit schmerzverzerrter Miene den Kopf.

Auch Fabienne stöhnte auf und lockerte endlich ihren Griff, um sich Jeremys Vater zuzuwenden, dessen Augen bedrohlich rot glühten. Mühsam rappelte sich Linett auf und stürzte auf Jeremy zu, der auf dem Rücken lag. Sein Gegner beugte sich über ihn und hätte ihm sicher schon längst den Pflock in die Brust gerammt, würde Jeremy diesen nicht umklammern und immer wieder von sich weg drücken. Mit Kraft trat Linett Jeremys Angreifer zwar nicht in den Allerwertesten, aber dorthin wo es richtig wehtat, und machte ihn damit hoffentlich zum Eunuchen. Stöhnend vor Schmerz rollte er von Jeremy herunter.

»Das ist sicher der schlimmste Tag in seinem Leben«, kommentierte Jeremy heiser und vor allem schadenfroh. Mit Linetts Hilfe drückte er sich auf die Beine und wankte auf Jason zu. Mit einem Ruck zog er seinem Freund den Holzpfahl aus den Eingeweiden.

»Himmel, hilf«, stöhnte Jason. »Du bist eine lausige Krankenschwester.«

»Und du ein nörgliger, wehleidiger Patient«, meckerte Jeremy zurück. »Vielen Dank, Mutter. Wie kommt ihr überhaupt hierher?«

Die letzten Worte richtete er an Lucy, die Jason und Jeremy jeweils einen der bewusstlosen Gegner reichte.

»Jason hat uns angerufen«, erwiderte Jeremys Mutter. Beide Männer versenkten ohne zu zögern ihre Zähne in den Hälsen ihrer dahingerafften Gegner, um ihnen dann, als Dank für die unfreiwillige Blutspende, noch die Pflöcke in die Brust zu rammen. Linett begann zu würgen.

»Ganz ruhig, Liebes, das ist der Lauf der Natur«, sprach Lucy beruhigend auf sie ein und strich ihr sanft über die Haare.

»Der Lauf der Natur ist zum Kotzen«, erwiderte Linett. Sie wollte lieber nicht zu genau zu dem dritten, männlichen Vampir hinsehen, aber dem Fluchen nach zu urteilen, hatte eine überlebt – Fabienne. Diese zappelte in dem unnachgiebigen Griff von John.

»Gegen einen geborenen Vampir kommt eben auch eine alte Vampirin nicht an«, flüsterte Lucy Linett mit unverkennbarem Stolz zu.

»John ist auch ein geborener Vampir?«, fragte Linett verblüfft.

»Ja, die sind von Natur aus stärker als gewandelte«, erwiderte Jeremys Mutter mit einem Nicken. Bevor jemand auch nur ein einziges Wort an die fauchende Vampirin richten konnte, baute sich bereits Lucy vor deren Nase auf.

»Ich bin dafür, dass wir ein ausgiebiges Frauengespräch führen. Und ich rate dir nicht, auch nur einen einzigen falschen Mucks von dir zu geben. Es sei denn, du möchtest von meiner zukünftigen Schwiegertochter eins mit der Pfanne ins Gesicht gebraten bekommen. Liebes, holst du bitte das Küchengerät?«

›Liebes‹ musste sich jedoch erst einmal von dem Schock erholen. Völlig irritiert starrte sie Lucy an. Sie vergaß sogar, einen Blick zu Jeremy zu wagen, um zu sehen, wie seine Reaktion auf die Worte seiner Mutter ausfiel (er untersuchte höchst interessiert seine ehemaligen Verletzungen).

»Zukünftige Schwiegertochter?«, echote sie völlig überfahren und sah John hinter Fabienne grinsen.

»Ach, kommt schon. Jeder Depp sieht doch, was zwischen euch ist!«, erwiderte Lucy lächelnd an sie gewandt.

»Sarkasmus, Depressionen, Spott, Wut, Resignation, Streitsucht?«, steuerte Jeremy unpassenderweise aus dem Hintergrund bei. Selbst seinem Vater entlockte er damit ein Augenverdrehen.

»Im Allgemeinen sind das Nebenwirkungen von Liebe und Ehe, mein Sohn«, wusste dieser nun nicht sonderlich ernstzunehmend zu erwidern.

»Das erklärt doch einiges«, setzte Jeremy trocken hin und tauchte neben Linett auf. In der Hand hielt er einen Wok.

»Ernsthaft?«, fragte Linett und nahm das schwere Ding entgegen.

»Verweigere meiner Mutter niemals ein Frauengespräch. Das geht für niemanden gut aus«, flüsterte Jeremy ihr übertrieben zu, aber doch so laut, dass es für jeden hörbar war. Vor allem für Jeremys Mutter.

»Du bist noch nicht zu alt, um dich übers Knie zu legen!«

»Siehst du«, wandte sich Jeremy an Linett, als wäre dies nun die Bestätigung für seine Worte.

Linett war völlig überfordert. Sie war so verwirrt, dass sich ihr Blick nun eher fragend auf Fabienne legte. Eine, die ihre Verwirrung sicherlich verstehen konnte, denn sie sah nicht minder durcheinander aus.

»Könnte ich vielleicht …?«, versuchte sich nun Jason einzumischen.

Lucy hielt ihm ihren Finger unter die Nase. »Sie, junger Mann, halten sich da raus. Mit Ihnen setze ich mich später auseinander! Sie sind schließlich dafür verantwortlich, dass Jeremy hier in den Fängen dieses, dieses …«

»Miststücks« half Jason im gleichen Moment aus, in dem Linett ein ›dieses zahnlosen Kängurus‹ beisteuerte.

Alle Blicke der Anwesenden richteten sich auf sie. Zart zuckte Linett die Schultern. Hey, ihr war nichts Besseres eingefallen!

»Und genau genommen müssten Sie die Schuld Ihrer zukünftigen Schwiegertochter in die Schuhe schieben. Denn nur ihretwegen sind wir hier. Oder besser: Weil sie etwas zu wissen scheint, das andere ebenso gern wissen wollen. Und wenn wir nicht noch mehr Zeit hier vertrödeln wollen, sollte man Fabienne dazu befragen«, erklärte Jason nun Lucy in einer unnachahmlich gelassenen Art.

»Hey!«, protestierte Linett. »Ich bin an gar nichts schuld!«

Jason verdrehte die Augen. »Direkt nicht, nein. Und lass deine Aggressionen ruhig an Fabienne aus.«

Unschlüssig sah Linett von dem Küchenutensil in ihrer Hand zu der wutschnaubenden Fabienne, die sich immer wieder aufs Neue aus Johns Griff zu winden versuchte. Bisher erfolglos. Jeremys Vater sah darüber so unbeeindruckt aus, als würde er eine junge Katze am Nackenfell halten.

»Warum willst du wissen, wo Lorenzos Tochter ist?«, wandte sie sich an Fabienne.

»Das geht dich einen feuchten Dreck an!«, knurrte die Vampirin zurück.

»Verpass ihr eine, Liebes«, forderte Lucy Linett auf, doch die war alles andere als entschlossen. In Notwehr um sich zu schlagen, war eine Sache. Jemanden zu verprügeln, der gerade nicht sehr wehrhaft war, eine ganz andere. Nachdrücklich schüttelte Linett den Kopf.

»Nein, dann wäre ich keinen Deut besser als sie«, sprach sie nun und trat einen Schritt zurück. Sie stieß dabei gegen Jeremy, der einen Arm fest um ihre Taille legte.

»Als Schläger können wir dich schon mal nicht einstellen«, gab Jason vergnügt zurück. Eine Stimmung, die sich schlagartig änderte, als er auf Fabienne zutrat. Seine Haltung drückte nur noch mühevoll gebändigte Wut aus, und selbst Linett, die sich im Augenblick wohl wirklich sicher fühlen konnte, drückte sich schutzsuchend ein wenig mehr gegen Jeremy. War ihr Jason im Schlafzimmer unheimlich gewesen, als er wutentbrannt von ihr wissen wollte, ob sie ihn an den Staatsanwalt verpetzt hatte, dann war das damals Kindergarten gewesen. Die Mordlust des Vampirs war unübersehbar, und selbst Fabienne beäugte ihn misstrauisch.

»Du hast die Wahl, Fabienne. Entweder du erleidest gleich einen schrecklichen Unfall mit Todesfolge oder du sagst uns, was wir wissen wollen, und ich gebe dir einen Tag Zeit, deine Sachen zu packen und ans andere Ende der Welt zu verschwinden.«

Eines musste man der Vampirin lassen. Linett hätte sich bei dieser Ansage schon längst in die Hose gemacht, laut geschrien und alles versprochen, was Jason hören wollte. Sie wäre auf dem Boden herumgerutscht, um auf Knien um ihr Leben zu betteln. Oder hätte (was Jeremy für sehr viel wahrscheinlicher hielt) mit Beleidigungen und Küchengegenständen um sich geworfen. Fabienne sah zwar leicht beunruhigt aus und zog erneut an Johns Griff, aber sie schien mehr nachzudenken als sich zu fürchten. Nach einem Moment des Sinnierens schnaubte sie verächtlich.

»Du bist wahrlich ehrenhaft und dämlich genug, mich laufen zu lassen. Also gut. Lorenzos Tochter verschwand plötzlich aus seinem Haus. Angeblich hat einer seiner Mitarbeiter, ein gewisser Tony, sie entführt und wollte Lösegeld erpressen. Tony ist aber tot. Seine Tochter ist nicht wieder aufgetaucht. Das hat bisher niemanden weiter interessiert, selbst Lorenzo nicht. Es ist nicht seine leibliche Tochter, sondern das Kind seiner Frau aus ihrer ersten Ehe. Vor einigen Tagen hat er sich jedoch umentschieden. Er will unbedingt ‚seine' Tochter wieder, koste es, was es wolle. Und jetzt stell dir vor, was man von Lorenzo alles verlangen könnte, wenn man die Göre hätte.«

Sprachlos folgte Linett Fabiennes Bericht. Auf Jasons Zeichen hin wollte John die Vampirin loslassen.

»Warte kurz«, mischte sich Linett ein und bückte sich nach der Flasche Weihwasser. John wich rechtzeitig aus und entging damit dem Wasserregen. Im Gegensatz zu Fabienne. Ein lauter, schmerzvoller Aufschrei gellte durch den Raum. Jeremy packte Linett am Arm und zog sie hinter sich, bevor Fabienne Anstalten machte, auf Linett loszugehen. Ihr Gesicht war grauenvoll entstellt, wie geschmolzenes Plastik. Als hätte jemand bei einer Barbiepuppe ein Feuerzeug an das Gesicht gehalten. Linett wurde schlecht.

»Bist du schwanger, Schätzchen?«, mischte sich Lucy ein, die sie nun besorgt musterte, während sich niemand mehr um die entstellte Vampirin zu scheren schien, die wie gestochener Hafer aus dem Zimmer schoss.

Linett riss die Augen auf. »Was?«

»Diese ständige Übelkeit ist nicht normal. Du wirst doch keinen Magentumor haben?«

Was war jetzt besser? Die Schwangerschaft oder der mögliche Krebs? Linett wusste es nicht, und ganz ehrlich? Sie hatte auch keine Lust, darüber nachzudenken. Also wandte sie sich an Jason.

»Aber ich weiß nicht, wo sie ist. Keine Ahnung, vielleicht ist sie weggelaufen, scheint ja Mode bei denen zu sein«, beteuerte Linett.

»Wieso Mode?«, fragte Jason.

»Davide, auch so ein Mafioso-Kind hat davon erzählt,

dass jemand aus seiner Familie durchgebrannt ist«, berichtete Linett, und ihr Blick legte sich fragend auf ihren Chef. Und Jason? Der hatte gerade nichts Besseres zu tun, als auf seinem beschissenen Handy herumzutippen!

»Hey, hörst du überhaupt zu?«, blaffte Linett ihren Chef an.

»Ja, natürlich. Hat Tony mal irgendetwas von einem Schlüssel erzählt? Oder dass er einen Raum, ein Hotelzimmer, was auch immer angemietet hat?«

Linett schüttelte ratlos den Kopf.

»Wo ist er hingegangen, wenn er nicht gerade auf Arbeit war?«

»Meistens war er bei uns zu Hause. Aber eines stimmt tatsächlich – er ist wenige Tage vor seinem Tod öfter als sonst weg gewesen. Er sagte, er müsste mehr arbeiten.«

Sie hatte keine Ahnung, worauf Jason hinauswollte.

»Ich bin dafür, dass wir uns morgen früh gegen 10 Uhr in meinem Büro treffen. Dann können wir vielleicht den Rest des Rätsels auflösen«, sprach Jason und ging. Er ging?

»Was macht er da?«, fragte Linett Jeremy, doch der zuckte nur die Schultern.

»Recherchieren. Ich nehme an, dass er bereits eine Ahnung hat, wo er nach Lorenzos Tochter suchen muss.«

»Aber ich hab ihm doch nichts sagen können«, widersprach Linett.

»Manchmal reicht ihm selbst das.«

»Hey, junger Mann! Ich schulde Ihnen noch eine Tracht Prügel!«, rief John Jason hinterher.

Kapitel 21

Der letzte Akt

Sollte sich die Schwangerschaft als Irrtum herausstellen, so hatte Jeremy am gleichen Abend alles versucht, um sie doch noch wahr werden zu lassen. Der Gedanke, Vater zu werden, gefiel ihm auch. Auch wenn er noch vor einer Woche jedem das Genick gebrochen hätte, der es gewagt hätte, ihm genau das zu prophezeien. Das war auch der Grund, warum er und Linett am nächsten Tag zu spät in Jasons Büro eintrafen. Mit einem verschmitzten Lächeln öffnete ihnen Helen die Tür.

»Oh«, hörte Jeremy Linett sagen, die sich gerade an Helen vorbeischob.

»Was?«, fragte er. Ihm entging nicht das Zittern in ihrer Stimme, und dass sich ihre Hand fest um seine krampfte, war auch kein sehr gutes Zeichen.

»Lorenzo«, verriet sie ihm leise und blieb unschlüssig in der Tür stehen.

»Du wirst doch wohl nicht schon wieder abhauen wollen? Das ist keine Verlade, um dich ihm doch noch zu übergeben«, stellte Jeremy klar. Einen solch seltsamen Sinn für Humor konnte man noch nicht einmal Jason unterstellen. Für Linett gab es in seiner Gesellschaft und in der von Jason keinerlei Grund zur Beunruhigung. Aber wann waren Ängste schon einmal rational?

Linett schüttelte vehement den Kopf und trat endlich näher, sodass auch Jeremy eintreten konnte. Tatsächlich saß auf einem der Stühle Lorenzo Sivori. Sein Anzug war blütenweiß, die Haare ölig glänzend. Wenn jetzt noch jemand den Schwarz-weiß-Modus einstellte, könnten sie den glaubwürdigsten Gangsterfilm aller Zeiten drehen. Lorenzos Hut lag vor ihm auf dem Tisch, neben dem Glas Brandy. Der Italiener bedachte Linett mit einem argwöhnischen Blick. Neben seinem Stuhl lehnte ein Gehstock mit silbernem Knauf. Ein schickes Teil, dennoch täuschte die Edelversion nicht darüber hinweg, dass Lorenzo im Moment Hilfe beim Gehen benötigte.

»Durchsucht sie auf Waffen«, schnarrte der kleine Mann. Einer seiner Handlanger trat vor und wurde seinerseits von Linett gemustert, als würde Linett schon einmal nachsehen, wo seine Waffen versteckt wären.

»Welches Kaliber benutzen Sie?«, fragte Linett ihr Gegenüber und murrte unwillig, als Jeremy ihr einen warnenden Klaps auf den Hintern versetzte.

»Niemand von uns hat hier eine Knarre«, mischte sich Jason ein, der soeben aus der Küche trat. In seiner linken Hand hielt er das obligatorische Scotchglas, während er die andere in seiner Hosentasche verborgen hielt. Würde man ihn nun noch mit einer Zigarre und Hauspuschen ausstatten, wäre er der Inbegriff eines britischen Adligen, der es sich vor dem Kamin gemütlich zu machen gedachte.

»Das hatte sie das letzte Mal auch nicht«, knurrte Lorenzo. Unruhig rutschte er auf seinem Stuhl herum. Für einen Moment zuckte ein schmerzverzerrter Ausdruck über seine Züge.

»Schau nicht so selbstzufrieden«, flüsterte Jeremy Linett zu und stieß ihr den Ellenbogen in die Seite.

»Selbst schuld, wenn deine Männer ihre Waffen nicht festhalten können«, schoss Jason gelassen zurück.

»Hast du mich nur herbestellt, um dich über mich lustig zu machen? Zur Erinnerung: Deine Erfüllung eines simplen Auftrags war katastrophal und absolut inakzeptabel. Das

Mädchen lebt noch, schießt mir ins Knie ...«, echauffierte sich der Italiener.

»In den Oberschenkel«, mischte sich Linett ein.

»Wie auch immer. Und meine Stieftochter ist immer noch verschwunden! Meine Frau ist in höchster Sorge um diese verzogene Göre! Du kannst froh sein, dass ich nicht nachtragend bin. Sonst wäre dein Büro bereits Schutt und Asche, ebenso wie deine Mitarbeiter und du selbst.«

»Von einer Tochter hatte nie jemand etwas gesagt«, erwiderte Jason. Sein Blick ruhte emotionslos auf seinem Gegenüber. Weder die Drohung noch die Kritik schien es ihm wert zu sein, auf diese genauer einzugehen. Scharfe Worte perlten grundsätzlich an Jason ab. Der Vampir war nun so viele Generationen im Geschäft, dass er sich kaum von einem sterblichen Italiener ernsthaft beeindrucken lassen würde. Also bezog er sich auf das Wesentliche: auf Lorenzos Stieftochter. Und die Nachricht schien dem Italiener nicht zu gefallen. Sein Blick schweifte verärgert zu einem seiner Männer. Dieser war im Gegensatz zu dem Rest von Lorenzos Mannschaft zu klein und zu dünn, um einen Bodyguard darzustellen. Was ihm jedoch an körperlicher Größe und Masse fehlte, machte er mit einem verflucht schnellen Blutfluss wieder wett. In Sekundenschnelle färbten sich seine Wangen in einem leuchtenden Rot. Ein panisches Funkeln trat ihm in die wässrigen Augen.

»Möglich, dass ich vergessen habe, das zu erwähnen. Außerdem war es Ihnen doch völlig egal, wo Ilaria ist. Sie sagten doch selbst, Sie wären froh, sie los zu sein«, stotterte er mit höchster Mühe heraus. Lorenzo knirschte so laut mit den Zähnen, dass ihm Jeremy innerlich viel Spaß beim nächsten Zahnarztbesuch wünschte.

»Genug«, schnarrte Lorenzo über das weitere Gestammel

seines Assistenten und schlug mit der flachen Hand so stark auf den Tisch, dass der Tee aus Helens und Linetts Tassen hüpfte. Helen wischte diesen kurzerhand zusammen und wieder in die Tasse hinein.

»Deine Tochter haben wir trotzdem gefunden«, mischte sich Jason ein, bevor der Italiener zur Waffe greifen konnte, um seinem Assistenten die Kündigung in Form eines Kopfschusses zu überreichen. Jetzt hatte sich Jason auch die letzte Aufmerksamkeit gesichert. Die Augen sämtlicher Anwesenden ruhten auf dem Briten. Und seinem Grinsen nach zu urteilen, genoss er es in vollen Zügen. Jeremy hatte insgeheim damit gerechnet, dass Jason am gestrigen Nachmittag eine Erleuchtung gehabt hatte. Das änderte jedoch nichts daran, dass er sich die Geschichte ebenso wenig erklären konnte und daher wie jeder andere in diesem Raum auf die Lösung brannte. Mit langen Schritten überbrückte Jason die Distanz zur Tür und bat jemanden herein. Einer von Jasons Mitarbeitern betrat den Raum. Er war so groß, dass er beinahe den oberen Teil des Türrahmens streifte. Sein Gesicht war ebenso hager wie der Rest seiner Statur und wurde von schwarzen und grauen langen Haaren umrahmt, die ihm unordentlich bis auf die Schultern hingen. Eine scharf geschwungene Hakennase hätte seinem Gesicht bereits die nötige Düsternis verliehen, um jedem auf den ersten Blick einen Schrecken einzujagen, doch schien es dem Schöpfer wohl nicht gereicht zu haben. Um den Eindruck noch zu untermauern, funkelten über der gekrümmten Nase zwei dunkle, kalte Augen, die einen nach dem anderen im Raum musterten. Ein unzufriedener Ausdruck war in ihnen zu lesen. Womöglich lag es daran, dass er beide Hände benötigte, um das zappelnde Bündel auf seiner Schulter zu bändigen. Kaum hatte er den Raum vollständig betreten, packte er seine Last am Gürtel und ließ sie mit einem Rumms auf den Boden krachen. Italienische Flüche vom Feinsten wehten ihnen um die Ohren. Es handelte sich um eine junge Frau. Die schwarzen Haare waren kurz und frech geschnitten. Sie war vielleicht ein wenig älter als Linett und noch sehr viel unausgeglichener.

»Ilaria!«, stellte Lorenzo fest. Vaterfreuden klangen eindeutig anders. Welches Argument Lorenzo auch immer dazu brachte, Ilaria doch wieder bei sich haben zu wollen – es musste verdammt gut sein. Vielleicht drohte ihm seine Frau sonst mit der Scheidung? Soweit sich Jeremy informiert hatte, war der Vater von Lorenzos jetziger Frau ebenfalls ein erfolgreiches Mitglied der sizilianischen Mafia gewesen, bevor er sich zum Ruhestand in Rom niedergelassen hatte. Vielleicht war diese verwöhnte Göre Ilaria ja dessen Lieblingsnichte. Bevor sich Jeremy jedoch zu viele Gedanken darüber machen konnte, erhob bereits Jason wieder das Wort.

»Bevor du sie zu Tode herzt, solltest du wissen, dass Ilaria keineswegs entführt wurde, sondern mit Tony durchgebrannt war. Sie hat die Zeit nicht in einem Keller an eine Heizung gefesselt verbracht, sondern in einem meiner Vier-Sterne-Hotels«, erläuterte Jason nun.

»Das ist eine Lüge. Ich habe das Erpresserschreiben bekommen!«, empörte sich Lorenzo, und sein Blick lag unbeirrt auf seiner Stieftochter, die sich wutschnaubend aufgerappelt hatte und nun alle Anwesenden trotzig anstarrte.

»Den hat sie geschrieben«, erwiderte Jason gelassen.

»Was?«

Nein, es war nicht Lorenzo, der mit dieser Frage herausplatzte, sondern Linett. Deren Blick lag verwirrt abwechselnd auf Ilaria, Lorenzo und schließlich auf Jason. Sachte strich Jeremy ihr über den Rücken, doch sie schüttelte ihn nur ab, um kerzengerade auf ihrem Stuhl auf eine Antwort zu warten.

»Im Grunde ist sie schuld an Tonys Tod«, erklärte ihr Boss nun unbarmherzig. »Sie hat ihn überredet, zusammen abzuhauen, und um sich auch weiterhin einen guten Lebensstil zu sichern, hat sie ein Erpresserschreiben verfasst. Ohne das Wissen von Tony.«

Was musste bei einem jungen Mädchen schieflaufen, um auf eine so idiotische Idee zu kommen? Klar, das romantische Durchbrennen war noch verständlich, aber dem alten Herrn (selbst wenn er nicht der leibliche Vater war) noch eine Lösegeldforderung zukommen zu lassen, schlug dem Fass nicht nur den Boden aus, es sprengte es mit einer Stange Dynamit in die Luft.

»Und woher willst du das alles wissen?«, erkundigte sich Lorenzo, der inzwischen puterrot angelaufen war. In einer ungesund verkrampften Haltung hielt sich der Italiener an der Tischkante fest. Seine Knöchel traten weiß hervor, und seine kleinen Frettchenaugen huschten zu Jason. Der lehnte sich mit verschränkten Armen in seinem Stuhl zurück und hatte immer noch sichtlich Spaß an seiner Aufführung.

»Gestern Abend war sie noch ein wenig redseliger«, erklärte Jason gelassen.

Jeremy machte sich keine Illusion darüber, dass Ilaria gestern nicht ebenso verstockt auf das Verhör des Blutsaugers reagiert hatte. Nur, dass dieser eben (un)schlagbare Argumente besaß, trotzdem jemanden zum Reden zu bewegen. Und selbst bei einem Mädchen nicht zögerte, diese zu seinem und ihrem Besten einzusetzen. Blaue Flecken zierten ihre Arme, und auch ihre Nase schimmerte ein wenig violett. Und so vorsichtig, wie sie sich bewegte, sollte man sich ihr Hinterteil wohl nicht zu genau ansehen. Jason war ein Brite der alten Schule, der zwar nicht ständig dazu neigte, Frauen übers Knie zu legen, sich aber nicht lange bitten ließ, wenn es tatsächlich einmal nötig war. Und diese Methode war demütigender als jede Folter mit einem Messer.

»Ist das wahr?«, wandte sich Lorenzo fragend an seine Stieftochter.

Von dieser war natürlich keine Reaktion zu erwarten. Anstatt ihrem Stiefvater Rede und Antwort zu stehen, traktierte sie Jason mit Blicken, die deutlich machten, dass er in ihren Gedanken mindestens von einer Herde Elefanten zu Brei zertrampelt wurde.

»Antworte …«, blaffte Lorenzo.

»Hast du ihn geliebt?«

Das kleine, zarte Stimmchen der zitternden Linett unterbrach Lorenzo in der Tirade, zu der er gerade tief Luft geholt hatte. Linett hielt sich erstaunlich tapfer. Zwar glänzten Tränen in den braunen Augen, aber sie weinte (noch) nicht. Sanft nahm Jeremy ihre Hand in seine, aber sie entzog sich ihm, um aufzustehen und Ilaria mit einem flehenden Blick zu bedenken. Endlich kam Bewegung in die verzogene Göre. Ihre Augen wandten sich mit einem verächtlichen Ausdruck zu Linett.

»Tut mir leid, wenn ich dir deinen Stecher ausgespannt habe und er leider dabei draufgegangen ist. Und nein, habe ich nicht. Er war nützlich und ein Depp. Hätte ja klappen können.«

Wenn man Jeremy fragte, dann klang das Weibsbild nicht im Mindesten so, als ob sie überhaupt irgendetwas bedauerte. Sein Arm legte sich blitzschnell um Linett, noch während diese einen Satz nach vorn zu machen versuchte. Ja, er würde sie zu gerne auf das verzogene Balg loslassen. Nur eines war hinderlich: Lorenzos Männer, die bereits ihre Waffen zogen.

Ilaria war einen Schritt zurückgewichen, und der abfällige Ausdruck wurde nun ihrem Vater zuteil.

»Du Bastard hättest ja sowieso nicht gezahlt. Weil dir dein Geld und deine Macht mehr am Herzen liegen als deine eigene Familie!«

»Lass mich sie schlagen!«, verlangte Linett. An wen diese Bitte gerichtet war, konnte man nicht sagen, aber sie spiegelte nur zu gut wider, welche Wut in Linett tobte.

»Ich schlag ihr ihre dumme Nase in tausend Teile. Ich brech ihr jeden verdammten Knochen!«, donnerte Linett und zappelte beharrlich in seinem Griff. Gütig, wie er war, unterstellte er ihr, dass sie ihm mitnichten mit Absicht soeben auf die große Zehe getreten hatte.

»Vielleicht keine gute Idee«, raunte Jeremy ihr leise zu.

»Vielleicht doch!«, mischte sich Lorenzo ein.

Misstrauisch legte sich Jeremys Blick auf Lorenzo. Der verschaukelte sie doch! Jeremy ließ Linett los, Linett stürzte sich auf Ilaria, und dann würde hier die schönste Schießerei losgehen.

»Ich bin ursprünglich Sizilianer. Sizilianer kennen das Geschäft und die Befriedigung der Rache«, sprach der kleine Schnösel nun und erhob sich. Geduldig und hochkonzentriert klopfte er seinen Hut zurecht, bis er die perfekte Form erreicht hatte.

»Wenn etwas von ihr übrig bleiben sollte, schick es mir bitte nach Hause. Deine Mitarbeiter kennen ja die Adresse«, wandte er sich an Jason und griff nach seinem Gehstock. Schwer stützte er sich auf seine Gehhilfe und warf dabei Linett einen finsteren Blick zu.

»Das gilt im Übrigen auch für uns beide. Und nein, keine

Sorge, ich werde dich nicht töten, Mädchen. Dann würdest du den Aufenthalt im Krankenhaus und die anschließenden Schmerzen nicht mehr miterleben. Und das wiederum liegt nicht in meinem Interesse«, sprach er.

Grüßend nickte er ihr noch einmal zu, bevor er seinen Leuten winkte. Diese folgten ihrem Chef auf der wirklich langsamen Ferse hinaus. Nur Lorenzos Assistent hatte noch einen mitleidigen Blick für Ilaria übrig. Die anderen beeilten sich lieber, ihrem Chef nachzulaufen.

»Jeremy, lass sie los«, forderte Jason ihn auf. Das Grinsen in seinem Gesicht zeigte unverhohlen die Schadenfreude, die er für Ilaria empfand. Misstrauisch sah sie zu, wie sich Jason und Jeremy zwei Wächtern gleich links und rechts neben der Tür postierten. Und ihre Augenbraue hob sich höhnisch, als Helen der wutschnaubenden Linett ihr Lieblingsfolterinstrument in die Hand drückte.

»Hitzebeständig, brandneu und sauteuer. Der Griff sollte nicht so schnell abfallen«, pries Helen die Pfanne an, dass selbst die Werbeindustrie neidisch werden könnte. Linett prüfte deren Gewicht, als würde sie einen Tennisschläger in der Hand halten.

»Ich würde ihr zuallererst die Nase zertrümmern«, versorgte Helen Linett nicht nur mit einer Waffe, sondern auch mit einem guten Ratschlag.

»Dir ist klar, dass du danach renovieren musst«, wandte sich Jeremy an Jason, doch dieser zuckte nur gelassen mit den Schultern.

»Ist eh mal wieder nötig«, erwiderte er. Jeremy konnte seine Worte nur schwer verstehen, wurden diese doch von einem gepfefferten ›Dong‹ übertönt.

»Ja, sie passt eindeutig zu uns«, stellten Jason und Helen im Chor fest.

Epilog

»Es tut mir leid, dass ich dir nicht vertraut habe«, sprach Linett leise und kuschelte sich in die Arme ihres Vampirs. Das Mondlicht schimmerte durch das dichte Astwerk der Weide. In der Ferne konnten sie die einzelnen Autos hören, die trotz der späten Uhrzeit durch die Stadt rasten. Näher wie jetzt konnte man der Natur in einer Stadt nicht sein und näher konnte sie kaum noch an ihren Begleiter rücken, wenn sie nicht in ihn hineinkriechen wollte.

»Es ist seltsam. Noch vor wenigen Tagen hatte ich Angst vor dir«, stellte sie leise fest.

»Das Leben geht manchmal seltsame Wege.«

»Aber ich habe dich gehasst!«, stellte sie ungläubig fest. Die Augen weit aufgerissen musterte Linett das Profil ihres Begleiters. Es gab nur wenig Aufschluss darüber, was Jeremy vielleicht von alldem halten mochte. Die Dunkelheit vertuschte zuverlässig die Einzelheiten seiner Mimik.

»Hast du nicht. Du warst verschreckt. Hättest du mich gehasst, hättest du mich erschossen, als du die Gelegenheit dazu hattest.«

»Vielleicht habe ich dieses Stockholz-Syndrom«, zweifelte sie noch immer.

»Das heißt Stockholm-Syndrom. Und möglich wäre es. Wenn es so ist, dann funktioniert es auf jeden Fall in beide Richtungen. Soll ich mich lieber von dir fernhalten, bis du dir darüber klar bist?«, fragte Jeremy.

Himmel, der Mann kam auf Ideen. Wenn sie eines aus seiner Entführung gelernt hatte, dann, dass sie alles wollte, aber nicht ihm fern bleiben. Sie würde sich immer fragen, wie es ihm gerade ging, ob er in Gefahr war, ob er vielleicht tot war? Wie sollte sie bei diesen Gedanken bitte ihr Leben wieder auf die Reihe bekommen? Nein, zu ihrem eigenen Besten musste sie ihn in ihrer Nähe behalten! Genau! Einfaches Problem – einfache Lösung.

»Nein. Nein, ich glaube auch nicht, dass das wirklich sein könnte. Ich verstehe es nur nicht. Erst habe ich Angst, dann bin ich eifersüchtig auf Fabienne, und jetzt ist plötzlich alles gut?«

»Alles vielleicht nicht. Wie gesagt, das Leben geht seltsame Wege. Ich habe es dir auch nicht sonderlich leicht gemacht«, gab Jeremy zu und platzierte einen Kuss auf ihrer Schläfe. Sie spürte, wie sich ihre Mundwinkel hoben. Ein sachtes Kribbeln stellte sich an der berührten Stelle ein und setzte sich in ihrem Bauch fort.

»Ja, du warst ein ziemliches Arschloch«, stellte sie ungeniert fest.

»Bin ich immer noch. Aber jetzt bist du in mich verliebt, und dank der rosaroten Brille des Lebens verwandelst du dich jetzt in eine der Frauen, die voll auf tyrannische und arrogante Machos abfahren.«

»Das denkst du nur, weil du ebenfalls verliebt bist. Sobald die Verliebtheit verfliegt, wirst du feststellen, dass die zukünftige Schwiegertochter deiner Mutter eine zänkische, unausgeglichene Diva mit einer großen Auswahl an Handschellen ist.«

Gerade wollte sie ihm weitere Horrorszenarien beschreiben (angefangen bei der erzwungenen Einhaltung seiner ehelichen Pflichten bis zur Tatsache, dass in ihr ein weiterer kleiner Tyrann heranwuchs, der ihm bald den letzten Nerv rauben würde), als die Blätter der Weide raschelnd beiseitegeschoben wurden.

Linett rechnete mit einem weiteren verliebten Pärchen, doch im Schatten zeichnete sich lediglich die gebeugte

Gestalt einer einzelnen Frau ab. Eine, die ihr vertraut vorkam.

»Fabienne!«, keuchte Linett.

Wo kam sie plötzlich her? Hatte sie nicht die Stadt verlassen? Linetts Hände verkrampften sich um den Arm Jeremys, als sie die Pistole in den Händen der Vampirin gewahrte.

»Hallo Fabienne«, begrüßte Jeremy die Französin mit einem klirrend kalten Tonfall, sodass es selbst Linett fröstelte. »Ich habe mich schon gefragt, wann du deinen Beobachtungsposten verlässt.«

Verdutzt drehte sie den Kopf zu Jeremy herum. Er hatte gewusst, dass sie hier war? Und es nicht für nötig befunden, etwas zu tun? Der Schreck wich vielen erstaunten Fragen, ließen eine Verwirrung in ihr aufsteigen, die dafür sorgte, dass sich ihre Gedanken praktisch verknoteten. Und für einen Moment kam ihr ein völlig absurder Gedanke: War das nur ein abgekartetes Spiel, und die zwei gehörten letztendlich doch unter eine Decke, in ein Bett, in eine Beziehung, und sie hatten ausgemacht, sie zu töten? In Anbetracht der Geschehnisse erschien das völlig absurd. Und auch wieder so verdammt wahrscheinlich.

»Was will sie?«, hauchte Linett leise. Das Herz hämmerte in ihrer Brust, ihre Finger krallten sich in Jeremys Arm, und zugleich versuchte sie, ein wenig von ihm fortzurutschen. Sie brauchte Bewegungsfreiheit. Aufspringen, weglaufen, das hatte sie schon so oft gemacht.

»Unser Leben«, erwiderte Jeremy gefühlskalt. »Weil wir ihr die Tour vermasselt haben, und sie nicht gerne verliert. Sieh sie dir an. Völlig heruntergekommen, zerzaust, vermutlich nur knapp Jasons Überraschung entronnen und damit dem Tod. Und anstatt so clever zu sein, die Beine in die

Hand zu nehmen und ans andere Ende der Welt zu verschwinden, sinnt sie auf Rache.«

Ein Knurren von Fabienne unterstrich seine Worte. Das war nicht das Knurren eines wütenden Menschen, auch nicht das eines stinksauren Vampirs, es erschien ihr wie das Knurren eines tollwütigen Hundes. Erst jetzt fiel ihr auf, dass Fabienne ihre einstige Schönheit verloren hatte. Im Spiel des Mondlichtes und der Schatten wirkte ihre so ranke Gestalt mager, verhärmt und wie die einer alternden Frau. Das seidenweiche Haar war ungekämmt und zu einem nachlässigen Knoten gebunden worden. Ihre Hände zitterten, ob aus Angst oder Wut, vermochte Linett nicht zu sagen. Sie wollte es lieber auch nicht wissen.

»Da hättest du die Gunst einer schönen Frau haben können und gibst dich mit der unausgegorenen Liebe einer blutjungen, erbärmlichen Sterblichen zufrieden. Ich freue mich sehr für dich, dass sie schwanger ist. Das Kind wird ihr sämtliche Kraft entziehen, sie langsam und schmerzlich aussaugen, um selbst an Kraft zu gewinnen. Und irgendwann wird die Kraft groß genug sein, damit es im Bauch der Mutter treten kann, und irgendwann wird es ihr eine Rippe brechen, die sich in ihr Herz bohrt«, zischte die Vampirin bösartig. Entsetzt über diese grausame Beschreibung schnappte Linett nach Luft.

»Wird sie nicht. Ich werde sie zu einer Hexe bringen«, zeigte sich Jeremy über die Worte völlig unberührt, doch Fabienne lachte nur laut auf. Schrill hallte das Gelächter in Linetts Ohren, vermischte sich mit dem Rauschen ihres Blutes und sorgte dafür, dass Linett ein Zittern nicht mehr unterdrücken konnte.

»Wirst du nicht, denn du wirst leider tot sein!«

»Wird er nicht«, fauchte Linett. Verdammter Mist!

Niemand würde ihr Jeremy nehmen! Da ging sie lieber mit ihm gemeinsam drauf! In dem Moment, in dem Fabienne die Waffe auf seine Stirn richtete, warf sich Linett vor ihn. Halb aufgestanden kam sie durch den Schwung ins Straucheln. Sie hörte ein Knallen, und Schmerz schoss durch ihren Ellenbogen, als sie damit an Jeremys Schulter knallte. Seine Arme umfingen sie und hielten sie auf seinem Schoß. Schützend legten sich ihre Arme um seinen Kopf und drückten ihn an sich. Niemals würde sie zulassen, dass diese Irre eine Kugel in seinen Kopf jagte. Dazu musste die erste Kugel schon ihr gelten.

»So gern ich mein Gesicht zwischen deinen Brüsten vergrabe, es wird doch ein wenig unbequem«, klang es gedämpft von Jeremy zu ihr.

»Was?«, fragte Linett völlig verdutzt.

»Alles gut. Sie kann uns nichts mehr tun.« Irritiert sah Linett zurück zu der Stelle, an der soeben noch Fabienne gestanden hatte. Der gleiche, hagere Mann, der gestern Ilaria in Jasons Büro gebracht hatte, beugte sich über die bewusstlose Fabienne.

»Was?«, fragte Linett noch einmal. Erst als Jeremy ihre Arme auseinander drückte, lockerte sie ihren Würgegriff. »Jasons Rückversicherung für uns«, lautete seine lapidare Antwort.

»Du hast gewusst, dass sie hier war«, stellte Linett fest. Ihr Blick hing noch immer an dem Mann, der die Vampirin an den Haaren packte, um sie sich über die Schulter zu werfen.

»Und du wusstest, dass er hier ist«, fügte sie noch hinzu.

»Ja«, erwiderte dieser verfluchte Mistkerl, ohne einen Anflug von Reue. Mit aller Kraft schlug sie ihm mit der Faust gegen die Schulter.

»Verdammt, Jeremy, ich dachte, sie bringt dich, uns, dich, ach, keine Ahn … uns um«, brüllte sie ihn an.

Ein merkwürdiges Geräusch ließ ihren Blick wieder zu ihrem Lebensretter wandern. Es klang wie ein defekter Wasserhahn, ein Glucksen.

»Ich wüsste nicht, was es da zu lachen gäbe«, fauchte sie ihn an.

»Angeber sind wir doch alle«, erwiderte dieser. Grüßend tippte er sich noch einmal kurz an seinen Hut und wandte sich um. An der Seite seines Gürtels steckten drei spitze Pflöcke. Einen davon würde er heute wohl noch benutzen.

»Ich nehme an, wir sehen sie nie wieder«, stellte Linett mit einem Zittern in der Stimme fest.

»Ihr Tod macht diese Welt ein wenig friedlicher«, erwiderte Jeremy.

»Wird das immer so sein?«, hörte Jeremy nach einer Weile ihre leise Stimme.

»Ja«, erwiderte Jeremy ebenso leise. Selbst wenn er sich nun zur Ruhe setzte, würde das niemand zur Kenntnis nehmen. Es sei denn, er tötete jeden, mit dem er vielleicht einmal ein Problem gehabt hatte. Oder irgendwann haben könnte. Das wäre, gelinde gesagt, achtzig Prozent von Paris, ein Drittel von Gesamtfrankreich und sicher ein Prozent der Weltbevölkerung. Ja, er war nun einmal sehr gut darin, sich beliebt zu machen. Das war nicht unbedingt jedermanns Sache. Selbst den größten James-Bond-Verehrern zerrte das irgendwann an den Nerven. Wie sollte es dabei erst Linett ergehen?

»Stört dich das?«, fragte er also nach. Es war zum Mäusemelken. Immer wenn er glaubte, ein Hindernis mit und bei Linett überwunden zu haben, stellte sich ihnen das nächste in den Weg. Und nun war es auch noch eines der Grundsätzlichen. Die Gefühle und Fronten zwischen ihnen waren geklärt, aber konnte diese Beziehung eine Zukunft haben? Würde Linett nicht lieber ein ruhiges, beschauliches Leben führen wollen? In einem der schöneren Vororte in Paris, in einem hübschen, langweiligen Haus mit einem Mann, der vielleicht Buchhalter oder etwas ähnlich Ehrenvolles war? Jeremy konnte seine Vergangenheit nicht ungeschehen machen. Und er würde auch zukünftig kein braver Vampir-Bürger werden. Er würde immer ein Mörder bleiben, der Menschen tötete, um selbst zu überleben. Er würde immer ein Krimineller und bester Freund eines der einflussreichsten Mafiosi in Paris bleiben. Okay, vielleicht nicht bis in alle Ewigkeit, aber sicher die nächsten fünfzig Jahre. Würde Jeremys Herz noch schlagen, würde es nun sicherlich einige Purzelbäume machen, aus Angst vor Linetts Entscheidung. Er hielt es nicht für ein gutes Zeichen, dass sie sich schweigend an ihn lehnte und keine Antwort auf seine Frage gab.

»Stört es dich?«, fragte Jeremy erneut. Seine Arme waren noch immer fest um sie geschlossen, als könnte sie keine andere Haltung mehr einnehmen. Mit geschlossenen Augen inhalierte er ihren so vertrauten und geliebten Duft. Er hörte ihren zarten Herzschlag, der stetig anstieg und damit die schlimmsten Befürchtungen in ihm schürte. Herrgott, wenn sie ginge, wäre sie in Sicherheit. Lorenzo wollte sie nicht mehr belästigen, der Weg zu einem friedlichen Leben stand ihr offen. Nur nicht, wenn er an ihrer Seite blieb.

»Nein«, hörte er sie leise sagen. Verdutzt löste er sich ein wenig von ihr. Er hatte so fest damit gerechnet, dass sie ihm sagen würde, sie würde lieber ein sicheres, ruhiges Leben bevorzugen, dass er mit dieser unerwarteten Antwort im ersten Moment nicht klar kam.

»Es wäre besser für dich«, versuchte er, sie zu überzeugen.

»Vielleicht. Vielleicht aber auch nicht. Du bist nun einmal du. Dich bekommt man nicht in der weichgespülten, hausfrauenfreundlichen Variante«, sprach sie mit fester Stimme. Bevor Jeremy zu einer störrischen Erwiderung fand, die sie in die richtige Richtung drängen sollte (in die Hausfrauensicherheit), legten sich ihre Lippen auf seine. Seufzend ließ er es geschehen. Mit dieser Frau zu diskutieren, war ein Kampf, den er nur verlieren konnte. Jedes Mal aufs Neue, hoffentlich sein ganzes Leben lang.

»Aber ich muss morgen unbedingt zu Cecile. Ich brauche Eisenkraut, Handschellen und eine neue Pfanne.«

ENDE

Bonus: Kleine Pfannenkunde

Die Auswahl der richtigen Pfanne ist natürlich nichts, was man einfach im Vorbeigehen erledigen sollte. Diese Entscheidung ist wie das ›Ja-Wort‹, die Weihnachtsdekoration, das Absetzen der Pille, die Unterzeichnung der Scheidungspapiere und der Auswahl der Musik für die eigene Beerdigung essenziell! Neben der Produktion hervorragender (oder eben zweifelhafter) kulinarischer Genüsse könnte diese über Sieg oder Niederlage gegen streitlustige Vampire (oder auch einfache Einbrecher) entscheiden. Deswegen gebe ich euch hier eine kleine Übersicht über mögliche Formen und Materialen einer Pfanne – beides entscheidende Kriterien zur Auswahl eures neuen Schlag- äh, Kochgerätes. Damit ihr später nicht behaupten könnt, ich hätte es euch nicht gesagt!

Zur allgemeinen Begriffsklärung:

Die gemeine Bratpfanne ist ein flaches Kochgerät, das zum Braten verwendet wird. Sie ist mit einem länglichen Stil ausgestattet, der am Pfannenkörper befestigt ist. Doch die gemeine Bratpfanne kann noch mehr als Braten. Sie ist auch der Albtraum aller Vampire, Einbrecher und unaufmerksamer Ehemänner (neben dem Nudelholz).

1. Edelstahl:

- aufgrund des edlen Designs absolut salonfähig
- peppt jedes Outfit auf
- leicht und gut zu handhaben
- geringes Gewicht (wird daher auch in einer Handtasche nicht zu schwer)
- weniger Gewicht, weniger Bums:

Ihr müsst wahrscheinlich mehrfach draufhauen, um jemanden loszuwerden.

2. Keramik:

- hohe Kratzfestigkeit – hält also einige Einsätze ohne Schäden aus
- leicht zu reinigen
- Bekommt zwar keine Kratzer in den neuen Lack, aber gegen Dellen ist die Pfanne nicht gefeit.

3. Guß- oder schmiedeeisern:

- robust und praktisch unzerstörbar
- Bringt beim regelmäßigen Heben nicht nur schöne Oberarmmuckies, sondern lässt auch jeden Vampir die Engelchen sehen, wenn ihr einen guten Treffer landet.
- gibt einen phänomenalen Klonk
- sehr schwer und unhandlich

Fazit: Wenn ihr richtig trefft, habt ihr definitiv gewonnen!

1. Lyonnaiser Form

Die Mutter der Pfannen. Sie verfügt über einen hohen, bauchig gewölbten Rand. Im Grunde die typische Form einer ‚gemeinen' Bratpfanne wie in Großmutters Zeiten. Die Form erzeugt ein stabiles, gut ausbalanciertes Küchengerät.

2. Fischpfanne

Um einen ganzen Fisch hineinzubekommen, ist die Form eher oval als rund. Diese Pfanne sieht zwar sehr elegant aus, eignet sich jedoch eher zum Rodeln als zur Verteidigung, geschweige denn für einen Angriff.

3. Crêpes-Pfanne

Diese Pfanne hat einen sehr flachen Rand und eignet sich daher besonders für Crêpes und Eierkuchen (lecker!). Haut euren Gegner aus den Socken, indem ihr ihm Crêpes anbietet (am besten mit Nuss-Nougat-Creme). Wenn er sie nicht haben will, dann findet ihr in mir einen dankbaren Abnehmer.

4. Eier-Pfanne

Ein besonderes Cleverchen hat die normale Pfanne so verbessert, dass die Eierpfanne mit kreisförmigen Vertiefungen für jeweils ein Ei aufwartet. Ob nun Ei oder nicht – stabil muss sie sein, dann könnt ihr die Eierköpfe so richtig in die Pfanne hauen!

5. Biný-Pfännchen

Diese ist der Eier-Pfanne sehr ähnlich. Sie weist jedoch nur einen Durchmesser von ungefähr zwölf Zentimetern auf. Aufgrund der geringen Größe kann man damit wunderbar schnell agieren. Der Nachteil: Wenn ihr trefft, sagt euer Gegner nur ‚Au' und wird dann sauer.

6. Paella-Pfanne

Um die typischen Paella herstellen zu können, ist diese Pfanne häufig sehr groß und besitzt zwei gegenüberliegende Griffe aus Metall. Solltet ihr von eurem Gegner zum Fechtduell herausgefordert werden, könnte diese einen guten Schild abgeben.

7. Makiyakinabe

Die Makiyakinabe (versucht das dreimal schnell hintereinander auszusprechen) ist eine japanische, rechteckige oder quadratische Omelett-Pfanne. Die Form erinnert ein wenig an die früheren Aschebehälter. Oder an eine übergroße Fliegenklatsche. Liegt extrem gut in der Hand.

8. Bräter

Ein Bräter ist ein rechteckiges, rundes oder ovales Gefäß mit zwei Henkeln und einem Deckel. Der Bräter eignet sich hervorragend zur Zubereitung von Geflügel; in der Vampirabwehr ist er jedoch weniger zu empfehlen. Es sei denn, es ist ein Bräter in Sarggröße vorhanden, und der Vampir ist bereits bewusstlos oder er steigt freiwillig hinein (man braucht halt gute Argumente).

9. Raclette und Fondue

Diese Pfannen müssen noch ein wenig wachsen. Wenn ihr jemanden mit diesen Pfännchen bedroht, ist das sicherlich ein sehr interessanter Anblick. Aber: Vampire mittels Lachanfall k. o. legen, gilt nicht!

Zu guter Letzt: Achtet darauf, dass Henkel oder Stiel bombenfest an der Pfanne sitzen. Nichts ist peinlicher, als wenn euch der schwere Teil beim Ausholen auf den Fuß fällt.

Quelle: Wikipedia, Haushaltsabteilungen diverser Kaufhäuser, die eigene Küche

Nachwort

Ein paar letzte Sätze zum Schluss:

Jeremy, Linett und ihre Abenteuer wären wohl niemals in dieser Form entstanden, gäbe es da nicht zwei liebe Freundinnen. Gefunden über ein Harry-Potter-RPG haben wir irgendwann unser eigenes Ding in Sachen RPG, Vampire, Wölfe und Hexen gedreht. So entstand der Rahmen für die Eigenschaften der Vampire (zum Beispiel die Abneigung gegen Eisenkraut, die magie-getunten Fesseln), die ihr auch in diesem Buch findet. Ich hoffe sehr, dass auch diese beiden irgendwann ihre Charaktere aus unserem Forum zweckentfremden oder gar neue erschaffen, um euch ebenfalls mit ihren Werken zu beglücken. Ich kann euch jetzt schon versprechen: Sie werden euch ebenso süchtig machen wie mich. Und sollten euch dann gewisse Rahmenbedingungen bekannt vorkommen, dann wisst ihr bereits, warum das so ist. Denn: Allein ist man niemals so kreativ wie gemeinsam.

Und keineswegs vergessen möchte ich in diesem Rahmen den Mann, der erst dafür gesorgt hat, dass ich den Irrsinn meiner Gedanken nicht nur aufschreibe, sondern auch veröffentliche. Ihm gebührt der vollste Respekt. Nicht nur, dass er den Alltag mit mir teilt (und das ist wahrlich nicht einfach), er widmet sich auch mutig der letzten Korrektur meiner Texte. Für seine Fähigkeit, alles zu hinterfragen, logische Zeitlinien zu finden und jeden verfluchten Weg auf der Landkarte zu verfolgen, um herauszufinden, ob man in der Zeit wirklich diese Entfernung zurücklegen kann und ob es in diesem Ort wirklich einen Bahnhof gibt, wird er von mir gleichermaßen gehasst und geliebt. Aber meistens geliebt. Sehr sogar.